本书出版得到湖北科技学院、五邑大学的资助

学人文丛

宋元话本语言研究

周文 著

暨南大學出版社
JINAN UNIVERSITY PRESS

中国·广州

图书在版编目（CIP）数据

宋元话本语言研究/周文著．—广州：暨南大学出版社，2017.4
（学人文丛）
ISBN 978－7－5668－2026－6

Ⅰ.①宋…　Ⅱ.①周…　Ⅲ.①话本小说—古汉语—研究—中国—宋元时期　Ⅳ.①I207.41②H109.2

中国版本图书馆 CIP 数据核字（2016）第 306364 号

宋元话本语言研究
SONGYUAN HUABEN YUYAN YANJIU
著　者：周　文

出 版 人：徐义雄
策划编辑：晏礼庆
责任编辑：黄文科　李倬吟
责任校对：邓丽藤
责任印制：汤慧君　周一丹

出版发行：暨南大学出版社（510630）
电　　话：总编室（8620）85221601
营销部（8620）85225284　85228291　85228292（邮购）
传　　真：（8620）85221583（办公室）　85223774（营销部）
网　　址：http://www.jnupress.com　http://press.jnu.edu.cn
排　　版：广州市天河星辰文化发展部照排中心
印　　刷：佛山市浩文彩色印刷有限公司
开　　本：787mm×960mm　1/16
印　　张：19.75
字　　数：335 千
版　　次：2017 年 4 月第 1 版
印　　次：2017 年 4 月第 1 次
定　　价：56.00 元

前 言

所谓“宋元话本”，是指宋元时代说话艺人用来记录故事梗概的底本，后经书会文人参与编辑、整理和写作，逐渐脱离口头创作，成为一种独立的文学样式。话本作为我国白话小说的最初形式，脱胎于民间说话，继承并发展了说话的艺术特点，并由此形成我国古典白话小说鲜明的民族艺术特征。

鲁迅先生在《中国小说史略》中首次提出把“话本”作为一种文学体裁。自此以后，后世学者研究宋元话本的甚夥，就专著而言，影响较大的有胡士莹的《话本小说概论》、欧阳代发的《话本小说史》、石麟的《话本小说通论》、程毅中的《宋元小说研究》和陈桂声的《话本叙录》等。但这些专著多是从文学、社会学、文献学的角度来观照、研究宋元话本，而不是从语言角度去审视宋元话本。

从语言研究的历史看，历代训诂学家、注释学家都把研究的重点放在先秦两汉，放在高文典册的雅诂旧义上，而对于唐宋以降的口语语言及用这种语言写成的作品，如宋元话本小说往往不屑一顾，训诂学兴旺发达的清代乾嘉时期亦是如此（王锳语）。日本学者青木正儿曾说过：“古书的训诂，我们能够浴于清代学者的余泽中，是很幸运的。然至近世俗语文学之训诂，则还在赤贫如洗的状态。”① 由于清代以前的语言研究，都是为经学服务的，其重点只能是经、子、史三部，故对上古汉语的研究比较深入。而近代汉语的研究对象大多为诗词、戏曲、小说，古人把它们看作小道，认为无关于治理，故少有人措意。尤其是对于近代汉语，“由于问津者少，至今心中无数，许多词似懂非懂，或只知其一不知其二。这样，对于现代汉语某些词语的语源及其演变，以至整个现代汉语（普通话及各大方言）

---

① 青木正儿著，隋树森译：《中国文学概说》，重庆：重庆出版社 1982 年版，第 1－9 页。

的形成，也就难以作出科学的全面的说明”（吕叔湘语）。因此，汉语史的研究向来存在着详古略近、头重脚轻的状况，近代汉语的研究历来是汉语史研究的薄弱环节。蒋绍愚曾经说：“近年来有不少学者致力于六朝到明清的词语研究，取得了很大的成绩，但总的来说，还是处于初始阶段。”①

本书研究领域主要是近代汉语、汉语史专类的语言研究，其中涉及的理论主要包括话本词汇理论和话本语法的研究，词汇理论方面主要包括新词新义的研究、常用词的演变研究、同义词系统的研究、口语词的研究；语法研究主要包括话本中新出现的语法现象，例如代词、副词系统等，还有被动式、处置式和动补式等语法特例分析等。

周　文

2016 年 10 月

---

① 蒋绍愚：《古汉语词汇纲要》，北京：商务印书馆 2005 年版，第 1 页。

凡　例

一、为了行文简洁，书中多次出现的部分书名采用简称，如《全相平话五种》简称《全相》，其中《武王伐纣平话》简称《武王》，《七国春秋平话》简称《七国》，《秦并六国平话》简称《秦并》，《前汉书平话》简称《前汉》，《三国志平话》简称《三国》；《新编五代史平话》简称《五代史》；《大宋宣和遗事》简称《宣和遗事》；《大唐三藏取经诗话》简称《取经诗话》；《薛仁贵征辽事略》简称《征辽事略》；《梁公九谏》简称《九谏》。

二、1955年古典文学出版社出版的《全相》简称“古典本”，1956年文学古籍刊行社出版的《全相》简称“五种本”，1990年巴蜀书社出版的钟兆华编校本简称“钟注本”，1999年北京图书馆出版社出版的陈翔华编校本简称“陈注本”，《汉语大词典》简称《大词典》，《说文解字》简称《说文》。书中引自《全相》的原文如无特别说明，均以“古典本”（见上）为据，“□”表示原文缺。

三、本书所引用的十三经及其注疏中的原文，如未作说明均以清阮元校刻《十三经注疏》为据。

四、行文均用简体，但考虑部分汉字因辨明形义需要，仍保留繁体。

五、为了凸显书中论及的字、词、句，引例中皆以下划线标示，若同句中有与之词义相同或相关的字、词，也用下划线标示，以相互参证。

六、书中称引前贤时彦之说，皆直书其名。

目 录

第一章　绪　论

第一节　研究宋元话本的语料

一、何为话本

（一）“话”“话本（文）”

什么是“话本”？一般认为是说话人讲演故事的底本，是说话人作为备忘和师徒传授之用的。说话艺人们在说话的过程中，“话本”不断得以增补、润色，最后才被写定、传抄出来。随着宋代印刷业的发展，这些底本被大量刊印问世。后世学者如施蛰存①、胡士莹②、萧欣桥③、程毅中④等都赞同此论。笔者则以为，如此理解“话本”的含义，有以偏概全之嫌。因为这种理解忽视了其含义的历时发展，“话本”的含义在历时的发展过程中是不断发展和变化的。

1. 宋元之前的“话”

“话本”早期称作“话”，说“话”可远溯至上古时代的神话传说，但那时文字尚未产生，神话及传说主要靠口耳相传。以听众为对象的说

---

① 参见施蛰存：《说“话本”》，《文史知识》1988 年第 10 期，第 53 – 57 页。

② 参见胡士莹：《话本小说概论》，北京：中华书局 1980 年版，第 155 页。

③ 参见萧欣桥：《关于“话本”定义的思考——评增田涉〈论“话本”的定义〉》，《明清小说研究》1990 年第 C1 期，第108 – 115 页。

④ 参见程毅中辑注：《宋元小说家话本集》，济南：齐鲁书社 2000 年版，第 1 页。

"话"艺术，至迟在唐代就已出现，如：

(1) 白在散官，隶属杨素，爱其能剧谈。每上番日，即令谈戏弄，或从旦至晚，始得归。才出省门，即逢素子玄感，乃云："侯秀才，可以玄感说一个好话。"［《太平广记》卷二四八"侯白"条（出《启颜录》）］

(2) "翰墨题名尽，光阴听话移。"自注云："……又尝于新昌宅，说一枝花话，自寅至巳，犹未毕词也。"（《酬翰林白学士代书一百韵》）

(3) 每日上皇与高公亲看扫除庭院，芟薙草木，或讲经、论议、转变、说话，虽不近文律，终冀悦圣情。(《说郛》卷一一一载《高力士外传》)

例（1）中的"一个好话"即"一个好故事"；例（2）中的"新昌宅"是指白居易长安的住宅，"一枝花"是长安名伎李娃的别名，"说一枝花话"即讲述关于李娃的故事；例（3）则说明唐代宫中已有说"话"的活动。可见，唐代的"话"是"故事"。

敦煌变文中有"话"和"画本"，敦煌写本 S. 2073 号《庐山远公话》是讲述庐山远公的故事，故标题中的"话"亦指故事。S. 2144 号《韩擒虎话本》篇末云："画本既终，并无抄略。"[①] 叶祖认为"画本"一词在唐宋时代为图画之意，某些早期的话本小说在演出时由于受到变文演出习惯的影响，也是配图的，后来说唱小说不再配图，因而"画本"一词就转化为"话本"[②]。这种观点显然是错误的，刊刻于元代的《全相》就是配图的话本小说，"所谓全相平话，是就形式和内容的概括称呼。全书每页上面三分之一的篇幅为图像，下面三分之二为文字。图的右上角有小字画

① 《韩擒虎话本》初并无题目，篇题乃王重民等在编《敦煌变文集》时根据内容所加。据学者考证，敦煌变文中已有宋话本，《韩擒虎话本》为宋代作品。详见王宗祥：《敦煌变文断代研究札记二则》，《敦煌研究》2001 年第 1 期，第 161－163 页。S. 2073 号的敦煌写本《庐山远公话》为北宋初年的钞本。该卷结尾有"开宝五年张长继书记"字样。"开宝"为宋太祖年号。详见周维平、李宏：《敦煌文献中的三部唐代话本小说》，《丝绸之路》1999 年第 A1 期，第80－82页。

② 叶祖：《宋代话本小说及其存在条件》，见王小盾编：《扬州大学中国文化研究所集刊》（第一辑），南京：江苏古籍出版社 1998 年版，第 267 页。

题，画题与下面或前后的文字内容大体相一致。这种自始至终以图像和文字并出为形式的话本，称之为全相平话”①。

黄征、张涌泉认为“画本”即“话本”，“画”“话”是同音替代②，王庆菽以为“画”“话”乃同音假借所致③，张锡厚认为“画本”是“话本”之抄误④，但笔者以为此“画本”与宋元之“话本”并不同义。理由有二：第一，如认为“画本”乃“话本”之替代、假借或误抄，那么这种结论的前提是至少在变文之前已有“话本”一词，而实际情况并非如此，宋元之前的文献中未见“话本”一词；第二，敦煌变文中“画本”中“画”显然是因变文中有图画，故曰“画”。如 P. 4524 号的《降魔变文》，正面六幅图画，背面则写着与画图内容相应的唱词六段，“画”指的是“图画”，这与唐代的“话”指“故事”之义有别。

2. 宋元明清时期“话本”“话文”

“话本”一词首见于宋人耐得翁《都城纪胜》和吴自牧《梦粱录》：

> （1）凡傀儡敷演烟粉灵怪故事、铁骑公案之类，其话本或如杂剧，或如崖词。大抵多虚少实，如巨灵神、朱姬大仙之类是也。影戏，凡影戏乃京师人初以素纸雕簇，后用彩色装皮为之，其话本与讲史书者颇同，大抵真假相半，公忠者雕以正貌，奸邪者与之丑貌，盖亦寓褒贬于市俗之眼戏也。（《都城纪胜·瓦舍众伎》）
>
> （2）凡傀儡，敷演烟粉、灵怪、铁骑、会案、史书历代君臣将相故事，话本或讲史⑤，或作杂剧，或如崖词。（《梦粱录·百戏伎艺》）

例（2）中的“话本”似乎可以理解为“故事的底本”，但是根据例（1）“话本”的含义来看，耐得翁认为“话本”的内容“大抵真假相半”，又与杂剧、讲史、崖词（一种以韵文为主的说唱文学）同义，可见，这个“话本”与唐代的“话”义同，是“故事”之意，这与后世学者认为“话

---

① 钟兆华：《元刊全相平话五种校注》，成都：巴蜀书社 1990 年版，第 1 页。

② 参见黄征、张涌泉校注：《敦煌变文校注》，北京：中华书局 1997 年版，第 318 页。

③ 参见王庆菽：《试谈“变文”的产生和影响》，见周绍良、白文化编：《敦煌变文论文录》，上海：上海古籍出版社 1982 年版，第 261 页。

④ 参见张锡厚：《敦煌文学源流》，北京：作家出版社 2000 年版，第 470 页。

⑤ 此处原文傅林祥断句“话本”二字属上，当属下。

本”是说话人故事底本的意义明显不同。元代文献亦多见“话本”一词，如：

（3）他须是赵氏门中一命根。直等待他年长进，才说与从前话本，是必教报仇人，休忘了我这大恩人。（《赵氏孤儿大报仇》）

（4）千古兴亡费讨论，总一段渔樵话本。（《沉醉东风·归田》）

例（3）“说与从前话本”乃叙说从前故事，例（4）“总一段渔樵话本”乃编写一段渔樵故事，故此二例中的“话本”也是故事之意。

可见，宋元代文献中的“话本”均为“故事”义，并无“故事底本”之义。宋元文献亦见“话文”，与“话本”同义，如：

（5）你们休得闲争论，被傍人闻知作话文。（《白兔记》）

（6）似恁唱说诸宫调，何如把此话文敷演。（《张协状元》）

明代“三言”“二拍”中屡见“话本”“话文”：

（7）这话本是京师老郎流传。若按欧阳文忠公所编的《五代史》正传上载道……（《喻世明言》）

（8）这段话文，叫做“三生相会”。如今再说个两世相逢的故事……（《喻世明言》）

（9）这段话文不比曹丕忌刻，也没子建风流……听着在下讲这节故事，都要学好起来。（《醒世恒言》）

（10）这话本也出在本朝宣德年间，有一老者……（《醒世恒言》）

（11）他聪明了一世，懵懂在一时，留下花锦般一段话文，传与后生小子恃才夸己的看样。（《警世通言》）

（12）有分教才人把笔，编成一本风流话本。（《警世通言》）

（13）而今更有一段话文，只因一句戏言，致得两边错认，得了一个老婆，全始全终，比前话更为完美。（《拍案惊奇》）

（14）从来说鬼神难欺，无如此一段话本最为真实骇听。（《拍案惊奇》）

(15) 这段话文，乃是四川新都县，有一乡宦，姓杨，是本朝甲科，后来没收煞，不好说得他名讳。(《二刻拍案惊奇》)

(16) 而今说一个做夫妻的被折散了，死后精灵还归一处，到底不磨灭的话本。(《二刻拍案惊奇》)

例(8)、例(9)中“话文”明显和例中后面的“故事”同义；例(13)“话文”与后面的“话”含义相同。故从上面“三言”“二拍”中“话本(文)”的用例来看，“话本(文)”与宋元时代含义一样，都是指故事。清代由于“拟话本”① 创作的衰落，文献中“话本(文)”的用例很少，如：

(17) 这是那作恶的下场，完了这个畜生的话本。(《醒世姻缘传》)

(18) 这段话文，出在松江府华亭县，有一人姓赵……(《珍珠船》)

此二例“话本(文)”也是指故事。

3. 现代意义的“话本”

现代意义的“话本”指说话人的底本，为一种文学体裁，是鲁迅先生首次提出的：“说话之事，虽在说话人各运匠心，随时生发，而仍有底本以作凭依，是为‘话本’。”② 后世学者常常讨论的所谓“话本”其实是指一种文学体裁，与古人所谓“话本”意义不同。

综上所述，从唐代到明清文献中的“话”“话本(文)”的含义均指“故事”，并无“故事底本”之义。古人所谓的“话本”一词意义与现代的“话本”意义有差别，“话本”指“说话人的故事底本”是现代才发展出来的意义。本书后文所用“话本”概念是现代意义的“话本”。

(二) 宋元话本的分类

宋元时期的“说话”有“四家”之说：

---

① “拟话本”的概念是现代学者从文学体裁角度划分的。

② 鲁迅：《中国小说史略》，北京：人民文学出版社 1973 年版，第 90 页。

> 说话有四家，一者小说，谓之银字儿，如烟粉、灵怪、传奇，说公案皆是扑刀杆捧及发迹变态之事[①]，说铁骑儿，谓士马金鼓之事；说经谓演说佛书，说参请，谓宾主参禅悟道等事；讲史书，讲说前代书史文传兴废争战之事……合生与起令、随令相似，各占一事。（《都城纪胜·瓦舍众伎》）

由此可见，所谓说话的家数，是以故事题材作为划分标准的：小说家以讲烟粉、灵怪、传奇、公案等故事为主；说经家以演说佛经故事为主；讲史家以讲前代兴废和战争故事为主；合生指的是艺人当场指物赋诗，其内容滑稽并含讽劝意味，也叫乔合生。宋洪迈《夷坚志·支乙·合生诗词》："江浙间路岐伶女，有慧黠知文墨能于席上指物题咏应命辄成者，谓之合生；其滑稽含玩讽者，谓之乔合生。"目前，大多数学者也是从故事题材角度对宋元话本进行分类的，如程毅中[②]、欧阳健、萧相恺[③]、李钊平[④]等。由于"合生"的内容后世文献不载，学者们一般把现存的宋元话本分为3类：小说话本、说经话本、讲史话本。我们这里介绍宋元话本也采取这种分类方法。

1. 小说话本

据宋罗烨《醉翁谈录》和清钱曾《也是园书目》《述古堂书目》等文献的记载，当时的小说话本篇目较多，但"现存的小说家话本，除了元刻本《红白蜘蛛》残页，都只有明刻本"[⑤]。所以，到目前为止，我们还没有见到完整的、真正意义上的宋元小说话本。虽有程毅中辑注的《宋元小说家话本集》，然而其中部分内容有明人改过的痕迹，故不能作为宋元小说话本的确凿语料。

2. 讲经话本

讲经话本的内容主要是演说佛经故事。今存的宋元讲经话本，有无名

① 句中"杆捧"当作"杆棒"。

② 参见程毅中辑注：《宋元小说家话本集》，济南：齐鲁书社2000年版。

③ 参见欧阳健、萧相恺编订的《宋元话本总集》（中州古籍出版社1991年版），包括《宋元小说话本集》《宋元讲史话本集》《宋元说经话本集》。

④ 参见李钊平：《话本二题》，《钦州师范高等专科学校学报》2000年第1期，第27－32页。

⑤ 程毅中：《从姚卞吊诸葛诗谈小说家话本的断代问题》，《文学遗产》1994年第1期，第103页。

氏的《大唐三藏取经诗话》3卷和《大唐三藏法师取经记》，二者实乃同书异名，原书均藏于日本。《取经诗话》主要是叙述唐僧师徒前往西天寻求大乘佛法的故事，它可能是后来《西游记》故事的雏形。除此之外，还有《〈华严经〉感应故事》《花灯轿莲女成佛记》两篇①。

3. 讲史话本——“平话”

讲史话本又称“平话”。学术界对“平话”有两种理解：一种认为是只用口语讲述而不加弹唱，如丁锡根认为：“所谓平话，大概是艺人用口语讲述而不加弹唱之故；其中穿插诗词，也只用于念诵，而不用于歌唱。”② 另一种认为“平”即“评”，“平话”即“评话”，“讲说历史故事而加以评论”③。

笔者赞同后者的观点：其一，平话在叙述中常常引用诗词，如“有诗为证”的情况比较普遍，平话的语言常常是韵文、散文兼用，所以平话艺人在讲故事的时候应该是以说为主，说唱并用；其二，平话之“平”，当含有评论、评议的意思。《说文》未收“评”字，《说文·言部》：“订，平议也。”《玉篇·言部》云：“评，平言也。”故“平”即“评”也。“平话”当是既要讲述故事，又要进行评论，罗烨《醉翁谈录》曰：“讲论只凭三寸舌，秤评天下浅和深……只凭三寸舌，褒贬是非；略万余言，讲论古今。”其《小说开辟》云：“说征战有《刘项争雄》，论机谋有《孙庞斗智》，新话说张、韩、刘、岳，史书讲晋、宋、齐、梁。”此例中“新话”与“史书”对举，可见“讲论古今”是讲史目的之所在，同时也说明说书人在讲史的过程中注重对历史人物、事件进行评述。《全相》在讲述历史故事的时候，就经常插入一些诗句对故事或者人物进行评赞，《秦并》中使用诗赞最为频繁，“而插入进去用它来抒情、写景，藉以增加听众兴趣的”④。后世讲述历史小说的艺术称为评书，“评”亦含“评论”之意。

“宋刊话本今已无从见到。目前所见元刊话本，以讲史居多。”⑤ 宋元

---

① 参见欧阳健、萧相恺编订：《宋元说经话本集》，郑州：中州古籍出版社1991年版，第23－35页。程毅中把《花灯轿莲女成佛记》归入小说话本，参见程毅中辑注：《宋元小说家话本集》，济南：齐鲁书社2000年版，第481－494页。

② 丁锡根点校：《宋元平话集》，上海：上海古籍出版社1990年版，第1页。

③ 胡士莹：《话本小说概论》，北京：中华书局1980年版，第166页。

④ 叶德均：《戏曲小说丛考》，北京：中华书局1979年版，第629页。

⑤ 章培恒、骆玉明：《中国文学史》，上海：复旦大学出版社1996年版，第138页。

时期的讲史话本主要有《九谏》《宣和遗事》《五代史》《全相》4 种。《九谏》是讲史话本的早期作品，主要内容是叙述唐狄梁公（仁杰）九次进谏，反对武则天立武三思为储君的故事，此话本语言整齐，文辞古朴，叙事简单扼要；《宣和遗事》分元、亨、利、贞四集，记述了北宋衰亡、金人入侵和南宋建都临安的经过，其中还夹杂有梁山泊英雄的故事，像杨志卖刀、晁盖智取生辰纲、宋江杀惜、梁山聚义、宋江受招安、征方腊等故事，基本上具备了后来《水浒传》的雏形，然其叙事简略，类似纲要；《五代史》分梁、唐、晋、汉、周 5 个部分断代编述，它以《资治通鉴》为主要依据，吸收新、旧《五代史》的某些内容，并掺和了一些民间传说故事。

（三）宋元话本语言研究语料的判定

研究话本不可避免的一个问题，就是话本的断代问题。现存的宋元话本，除极少数是流传下来的单行本（如《宣和遗事》《九谏》）外，大多数皆散见于明人汇辑的《清平山堂话本》（原名《六十家小说》）、《熊龙峰小说四种》、《古今小说》（又称《喻世明言》《警世通言》《醒世恒言》）等书中。张兵先生在其《宋辽金元小说史》中综合前辈学者判定小说话本著作年代的方法，提出了判定小说话本著作年代的依据，具体有：

（1）根据现存话本的刻印年代。

（2）参考各种书目著录和其他文献记载。

（3）考察小说话本本身的艺术体制、语言风格和涉及的名物制度、社会风俗、地理、职官及典章制度等。

（4）比较同时代、同题材的戏曲故事或民间传说、野史笔记，从故事情节的演变中判断它的时代先后。

（5）依据宋戏文、金院本、元杂剧等来证明小说话本中的故事在当时的表现情形，并依据小说话本所反映的时代背景来探讨作品的著作年代。

（6）分析不同时代、不同社会阶层的思想意识。

（7）从同一内容的话本在不同时期的演变作相互比勘。

（8）参照流行于世的时代方言、俗语等。

（9）参考近人研究所得的见解。

我们认为，由于很多所谓宋元话本都是明代稍加整理的，从整体上进行断代还是比较切实可行的，但对细节上的不和谐因素（明人修改的部分）应如何处理，我们还是持谨慎态度，如果明人改动较多的话，最后只能作为参考语料。

基于这样的考虑，我们在宋元话本语料的选材上，根据前辈学者以及时人的研究者认为目前问题比较少、证据比较确切、能作为研究语料的有6篇，即《全相平话五种》《新编五代史平话》《大宋宣和遗事》《大唐三藏取经诗话》《梁公九谏》《薛仁贵征辽事略》。其他的例如《清平山堂话本》中的《简帖和尚》《西湖三塔记》《合同文字记》《柳耆卿诗酒玩江楼记》4种，钱曾《述古堂书目》（抄本）曾列入“宋人词话”，我们认为只能作为参考语料，不能作为主要语料。再比如《京本通俗小说》，虽然题为宋元旧作，但实乃明人制作；“三言”“二拍”中的一些作品比如《三现身包龙图断冤》《闹樊楼多情周胜仙》《郑节使立功神臂弓》等，虽被学界疑为宋元旧作，但我们也只能作为参考语料。

二、宋元话本研究语料介绍

（一）《全相平话五种》

1. 刊刻

元至治年间（1321—1323），福建建安虞氏务本堂刻印了《新刊全相平话五种》：《新刊全相平话武王伐纣书》3卷、《新刊全相平话秦并六国》3卷、《至治新刊全相平话三国志》3卷、《新刊全相平话乐毅图齐七国春秋后集》3卷、《新刊全相平话前汉书续集》3卷。其中，从后两种书名“后集”“续集”上看，当还有前集，所以整个平话可能是7种21卷，这样，从春秋战国到前汉、三国，就是一个完整的系列讲史话本。只可惜，另两种“前集”至今未曾看到，可能已经亡佚。

上述5种平话均分为上、中、下3卷，共15卷，为蝴蝶装版式。每本平话扉页上有“至治新刊”或“建安虞氏新刊”字样。《全相》的刻版一般是上图下文，全书有图42幅。笔者经过比对发现，上图和下文内容并不一定相合，笔者认为这种小说插图更多的是为了装帧效果，读者可以边看文字边欣赏精美的图画。从《全相》插图故事的主题来看，多是故事情节的核心内容，所以插图还起到类似故事提纲的作用，读者即使不通读全书，仅通过浏览插图就可以了解全书的大致内容。“观其简率之处，颇足疑为说话人所用之话本，由此推演，大加波澜，即可愉悦听者，然页必有图，则仍亦供人阅览之书也。”[①] 因此，《全相》有可能是话本刚刚脱离口头文学而走上书面文学阶段的产物。

此外，《全相》中一幅图画一般有一个画题，画题统摄的内容可能是艺人说书时每次一个小节的内容，画题文字一般是对一个相对完整的小情节的概括。话本的画题文字可长可短，一般只有一句，语言简朴。《全相》中最短的画题只有 3 个字，如《三国》卷上“黄巾叛”“破黄巾”；最长的 12 字，如《前汉》卷中“韩信下六将为主报仇射吕后”。虽然画题文字长短不一，但画题的体例直接影响到明清章回小说的体例，明清章回小说每回前面整齐的回目就是由此发展而来的，只不过后来章回小说的回目已经较为成熟，一般要求语句对偶和押韵，讲求一定的文采和修辞效果。如《三国演义》第一回：“宴桃园豪杰三结义，斩黄巾英雄首立功。”

《全相》每种平话首页的上半部图像右下角都有刻工的名字，如《武王》《七国》《前汉》卷上首页图像右下角有“樵川吴俊甫刊”，《三国》卷上首页图像右下角有“古囗吴俊甫刊”，《秦并》卷上首页图像右下角有“黄叔安刊”。根据笔者的考察发现：几种平话前后字体风格不一，甚至同一种平话如《秦并》卷上和卷中、《三国》卷上和卷中前后字体风格也不一样。五种本《三国》卷中（第 438 页）的“诸葛”均错作“朱葛”，字体和前面不一致。“诸葛亮”是《三国》中着重刻画的角色，也是家喻户晓的历史人物，一般人应该不会把他的名字写错，可见刻工的文化水平较低，此页前后文字当出自不同人之手。《全相》原文除了正文之外，还有画题和小标题。有的画题与小标题对同一个人的称呼不一样，如画题中多称呼诸葛亮为“孔明”，下面小标题中则一般称作“诸葛”。另外，按照刻版的惯例，一般小标题应用阴文刻版以示和正文相区别，但《武王》《秦并》《前汉》中的小标题都没有用阴文刻版，只有诗赞中的“诗曰”二字是用阴文刻版，《前汉》中甚至大部分的“诗曰”二字都没有用阴文刻版。《七国》《三国》中“诗曰”和小标题一般是阴文刻版。综合以上这些刻版特征，我们以为，五种平话不会仅仅出自“吴俊甫”“黄叔安”二人之

① 鲁迅：《中国小说史略》，北京：人民文学出版社 1973 年版，第 105－106 页。

手，在刊刻过程中可能有多人参与刻写。

总的来说，《全相》刊刻粗糙，语言较为粗疏，其间讹误较多，史实和常识错误比比皆是，说明作者的文化修养不高。纪德君认为："宋元平话读本也很可能就是他们在其讲史走俏的情况下，应书贾之请，将其所据的史料和口头演说的成果，删繁就简，略加缀辑，交付书贾刊行的。"①

2. 主要内容

《全相》主要是讲历史故事，《秦并》卷首云："世代茫茫几聚尘，闲将史记细铺陈。"《全相》中很多故事来自前代史书，其间也杂采野史、传说，并结合说话人自己的一些虚构，这使得《全相》中的一些故事富有传奇色彩，如《武王》中姜太公与千里眼离娄、顺风耳师旷斗法的故事，《三国》中"死诸葛走生仲达"的故事等。有的故事则充满迷信色彩，如《武王》中姜皇后显灵、姜太公用障眼法救武吉、三日血雨淋城等故事。这五种平话的主要内容简要介绍如下：

《新刊全相平话武王伐纣书》，又称《吕望兴周》，亦称《武王伐纣平话》。上卷故事有：纣王行香、妲己入宫、毒害姜皇后、计谋太子；中卷故事有：囚西伯于羑里、烹杀伯邑考、黄飞虎造反、比干剖腹；下卷故事有：姜尚拜将、武王伐纣、受刑台斩妲己。其故事多来自《史记》。

《新刊全相平话乐毅图齐七国春秋后集》，别题《乐毅图齐》，又称《七国春秋平话》。上卷故事有：孟子至齐、孙子伐燕、四国困齐、孙子出山、乐毅伐齐；中卷故事有：乐毅破齐、田单火牛阵破燕、孙子游说乐毅；下卷故事有：孙子战乐毅、鬼谷下山、七国混战、众仙归山。全书以孙膑、乐毅为主要人物，讲述他们如何利用神仙、道术斗法的故事，其中斗法的情节神怪色彩颇浓。

《新刊全相平话秦并六国》，又称《秦始皇传》，亦称《秦并六国平话》，叙述了秦始皇灭六国、统一天下的过程。上卷故事主要有：六国伐秦、王翦灭韩伐赵；中卷故事有：荆轲刺秦王、王翦伐燕灭魏、秦国伐楚；下卷故事有：统一六国、始皇泰山遇鬼、焚书坑儒、赵高篡权、楚汉相争。这本平话特别是下卷多依正史，如荆轲刺秦王故事基本上复述《史记·刺客列传》，还引用了杜牧《阿房宫赋》、李斯《谏逐客书》、贾谊

---

① 纪德君：《宋元平话与明清历史演义小说析异》，《学术研究》2001年第12期，第145页。

《过秦论》及唐代胡曾《咏史诗》等作品，其故事多来自《史记》和《战国策》等史书，虚构的故事情节较少。

《新刊全相平话前汉书续集》，又称《吕后斩韩信》，亦称《前汉书平话续集》。上卷主要故事有：刘邦计夺韩信兵权、陈豨造反、吕后诱斩韩信；中卷故事有：陈平计赚彭越、英布造反、高祖驾崩；下卷故事有：诸吕作乱、田子春计夺兵权、刘泽平乱、文帝登位。其故事多来自《汉书》。

《至治新刊全相平话三国志》又称《三国志平话》，是《全相》中字数最多也是最重要的一种。上卷主要故事有：桃园三结义、刘备破黄巾、董卓专权、虎牢关三英战吕布；中卷故事有：关羽千里走单骑、古城聚义、三顾茅庐、新野之战、赤壁鏖兵、三气周瑜；下卷故事有：刘备平定西川、关羽大意失荆州、白帝城托孤、诸葛七擒孟获、六出岐山、命丧五丈原、司马立晋。该书已经初具《三国演义》的雏形，只是叙事比《三国演义》简略，有的地方语气不连贯，有的故事不够完整。不过，书中已有不少作者自己虚构的故事情节，如张飞杀定州太守、三兄弟太行山落草、张飞摔杀袁襄、刘备黄鹤楼逃宴等，这些故事情节皆前不见于《三国志》，后不见于《三国演义》。郑振铎认为："虞氏刊的三国，与宋人传本的《五代史平话》，其气韵与结构之间，实迥乎不同，辞语的写作也完全歧异。在取材一方面，更足以见出他们不是一条道路上的伙伴。《五代史平话》似出于通人之手，采用俚俗之说，极为小心，且不大敢十分大胆的超出于历史的真实的范围之外。虞氏刊的《三国志平话》则完全不同。她的取材是十分任意的。历史只有三分，采之传说和作者自己的想象的创作倒有七分。所谓'满纸荒唐言'者是也。"① 全书以张飞、关羽和诸葛亮三个人物的描写最为成功，笔者发现各卷描写人物似乎各有侧重：上卷侧重刻画张飞，如拳打段珪、刺杀元峤、鞭打督邮、摔杀袁襄、鞭挞曹豹等；中卷主要表现关羽，如斩颜良、诛文丑、千里走单骑、斩蔡阳、袭车胄等；下卷主要描写诸葛亮，如收魏延、降黄忠、两败曹操、七擒孟获、六出岐山、造木牛流马、死诸葛走生仲达等。书中已鲜明体现出作者拥刘反曹的思想倾向。

---

① 郑振铎：《郑振铎全集》（第四卷），石家庄：花山文艺出版社 1988 年版，第 155 – 156 页。

3. 流传

《全相》原书在国内早已亡佚，今日本内阁文库有藏本，后为日本学者盐谷节山发现①，方被世人重视，可谓弥足珍贵。另有《三分事略》，实为《三国》的异名刻本，仅藏于日本天理图书馆。20 世纪以来，这五种讲史平话曾经几次影印：1926 年，日本东京帝国大学据原刻本首次影印《三国》；20 世纪 30 年代，日本学者仓石武四郎据原刻本首次影印了另外四种平话；1929 年，上海涵芬楼翻印东京帝国大学影印本《三国志平话》，收入《古佚小说丛刊》初集校印刊行；1956 年文学古籍刊行社翻印仓石武四郎影印本四种平话，并重翻涵芬楼本，合为一集，称作《全相平话五种》；1955 年上海古典文学出版社以竖行繁体分册出版了这五种平话的校点本；1990 年巴蜀书社出版了钟兆华的校注本；1999 年北京图书馆出版社出版了陈翔华编校的《元刻讲史平话集》，它包括《全相》和《三分事略》，共 6 种。

4. 对作者的推测

《全相》不著撰人。五种为一人所著还是不同作者的合集？笔者试图从词语上寻找答案。我们对其中的一些常用词进行了考察，发现有些词语只为某种平话所独有，如“殿使（帝王派出的使者）”在《全相》中出现 11 次，均出自《武王》：

(1) 殿使将圣旨，行经数日，到岐州至近，令人先去报国主姬昌。(《武王》)

(2) 纣王大怒，把耿氏醢为酱，封之一合，令殿使送与柘城县南燕王。(《武王》)

(3) 殿使不敢隐匿，实说此肉是大王夫人之肉也。飞虎闻言大怒，骂纣王不仁无道之君。(《武王》)

同样是指“帝王派出的使者”，其他四种平话多作“使命”（129 次），

---

① 鲁迅《中国小说史略·题记》曰：“回忆讲小说史时，距今已垂十载，即印此梗概，亦已在七年之前矣。尔后研治之风，颇益盛大，显幽烛隐，时亦有闻。如盐谷节山教授之发见元刊全相平话残本及‘三言’，并加考索，在小说史上，实为大事。”（鲁迅：《中国小说史略》，北京：人民文学出版社 1973 年版，第 1 页。）

少数作“使者”（6次），如：

（4）王无兵将，发使命前去即墨，宣田单去。（《七国》）

（5）当有一大臣司马欣出班奏曰：“陛下若论七国，则国势均平；若论气力，则秦为上国。何不发使命，赍国书，威伏六国……”（《秦并》）

（6）陈平于相府院才坐，忽有使命至，奉帝诏陈平。（《前汉》）

（7）正饮酒，一小校报曰：“有大王使命至。”巩固出与使命相见。（《三国》）

（8）王闻之大悦。乃朝服，设九宾，见燕使者咸阳宫。（《秦并》）

（9）（始皇）为玺书，赐公子扶苏曰：“与丧会咸阳而葬。”书在赵高所，未授使者。（《秦并》）

这类只见于一种平话的词语还有如“阴书”（兵书），共出现20次，均出自《七国》；“提备”（6次）、“已毕”（9次）、“经图”（13次）均出自《秦并》；“作患”5次均出自《三国》等，我们认为出现这种现象可能体现了不同作者的用词习惯，五种平话可能分别出自不同人之手。

另外，笔者推测《全相》的作者可能为福建人。其理由有三：首先，《全相》在福建刊刻，可能这五种平话即为当地说书艺人所作。其次，李宜涯分析了《全相》中反映道教文化的情节之后认为：“平话所描述的道教法术为南方正一教和玄教的特色，其中道教法术特别强调的是正一教中的符箓派和五雷派的特色，而此二派系在福建、广东地区特别盛行，极有可能平话作者为当地人士，受到本地道教的影响，而在该地著作。”① 最后，《全相》中多次用到敬辞“贤”，而今天的福建方言中仍有此用法（详见本章第三节）。

（二）《新编五代史平话》

1. 刊刻与成书年代

《新编五代史平话》，又称《五代史平话》。清光绪二十七年（1901）

---

① 李宜涯：《〈元刊五种平话〉中的道教色彩》，台湾《成大宗教与文化学报》2001年第1期，第173页。

曹元忠游杭州时于常熟人张敦伯家得到的。清宣统三年（1911）董氏（董康）诵芬室借以影印，编入其《诵芬室丛刊》二编，称《景宋残本五代平话》，后附有曹元忠的跋。现存《五代史》可能系众多版本或抄本中幸存者之一，《五代史》全书包含《梁史平话》《唐史平话》《晋史平话》《汉史平话》《周史平话》5 种，各分为上下两卷，共 10 卷。其中《唐史平话》《周史平话》正文有缺页，《梁史平话》目录及下卷、《汉史平话》下卷俱缺失，现存影印版与“曹跋”所述的情况一致。本书研究所选用的版本是 1990 年上海古籍出版社《古本小说集成》之《新编五代史平话》，此本根据董氏诵芬室影印本影印。另有 1925 年商务印书馆排印本和 1959 年中华书局排印本作为本书研究重要的参考版本。

《五代史》的成书年代，迄今为止还存在诸多争议，主要存在三种观点。第一种观点认为《五代史》成书于宋代：最早发现者曹元忠在其跋中称之为“宋巾箱本”，“或出南渡小说家所为”；翻刻者董康认为“其为宋椠无疑”；胡士莹《话本小说概论》也认为是“宋人旧编”，但经过元人修订刊印[①]。第二种观点认为《五代史》成书于金亡前后。宁希元《〈五代史平话〉为金人所作考》认为成书于金亡前后[②]；吕叔湘在汉语史的研究过程认为《五代史》“观其用语，显出北方，时代为金元之际，使此假设近于事实，则曹跋所云‘每于宋讳，不能尽避’，亦即更易为说也”[③]；丁锡根在《〈五代史平话〉成书考述》中指出此书无法定论为宋代刻本[④]，认为此书成书于南宋以后的可能性更高。第三种观点认为《五代史》成书于元代：蒋绍愚《近代汉语研究概要》中提到“……《新编五代史平话》历来认为是宋人所作，但实际上可能成书于元代”[⑤]；吴福祥《敦煌变文语法研究》附录的主要引用文献中也将《五代史》排在元代语料之列；日本学者太田辰夫在《中国语历史文法》书后的引书目录把《五代史》归入元语料。

2. 内容

既然是讲述历史故事，平话很多内容来源于前代或同时期史书。学者

---

① 胡士莹：《话本小说概论》，北京：中华书局 1980 年版，第 712 页。
② 宁希元：《〈五代史平话〉为金人所作考》，《文献》1989 第 1 期，第 25 页。
③ 吕叔湘：《吕叔湘文集》（第 2 卷），北京：商务印书馆 1990 年版，第 2 页。
④ 丁锡根：《〈五代史平话〉成书考述》，《复旦学报》1991 第 5 期，第 34 页。
⑤ 蒋绍愚：《近代汉语研究概要》，北京：北京大学出版社 2005 年版，第 20 页。

一般认为平话主要内容来自《资治通鉴》。罗筱玉通过研究认为，该平话故事内容主要来源于《资治通鉴纲目》而非《资治通鉴》，为元代下层文人新编刊印，而非宋人旧编元人增益刊行；编刊时间不会早于宋宁宗嘉定十二年（1219），可能在元至大三年（1310）至元至治间。罗筱玉推测其可能是在元代文人学术上渐宗程朱理学、史学上更重《资治通鉴纲目》研究、文学上提倡“宗唐得古”的雅正风尚等几个方面的综合影响下编纂而成的[①]。

鲁迅认为此书“大抵史上大事，即无发挥，一涉细故，便多增饰，状以骈俪，证以诗歌，又杂诨词，以博笑噱”。它采用编年叙述的体例，近似一部五代史的通俗讲话。这部书既反映了当时封建暴政、割据混战给人民群众带来的灾难，也反映了统治阶级的历史观和对农民起义的偏见、诬蔑。书中对黄巢、刘知远、郭威、石敬瑭等历史人物发迹的故事，采撷了许多民间的传说佚闻，文笔生动活泼，是全书最精彩的部分。另外，书中对历代帝王的兴废，都有独特的议论，如说黄帝是“断杀头脑”，成汤、周武王是“以臣杀君”，刘邦诛杀功臣韩信、彭越、陈豨，后来三人托生曹操、孙权、刘备，分了汉代的天下等。这些说法，既有说书人的标新立异，也反映了轮回报应的观点。

（三）《大宋宣和遗事》

1. 刊刻与成书年代

《宣和遗事》二集，作者已佚，明郎瑛《七修类稿》云有刊本，明高儒《百川书志》有“《宣和遗事》二卷”，明周弘祖的《古今书刊》中载“福建书坊，《宣和遗事》”，清钱曾在《也是园书目》中著录“《宣和遗事》四卷”。主要刊本有璜川吴氏旧藏明本、《士礼居丛书》本、金陵王氏洛川校正重刊本、涵芬楼翻刻金陵王氏本、商务印书馆据金陵王氏重刊排印本等。《士礼居丛书》本分两集，书前有300多条分节目录；商务印书馆据金陵王氏重刊排印本分元集、亨集、利集、贞集，内容相同。通行的还有古典文学出版社排印本。

关于《宣和遗事》的成书年代，学术界的主要意见有三：一为宋人旧

---

① 罗筱玉：《〈新编五代史平话〉成书探源》，《文学遗产》2012年第6期，第24－26页。

刊；二为宋人旧编，元人增益刊行；三为元人编刊。持宋刊的多为明清人，如明高儒《百川书志》谓此书“宋人所记”，黄丕烈也认为“当出宋刊”；钱曾《也是园书目》列于“宋人词话”中。鲁迅《中国小说史略》最早指出：“《大宋宣和遗事》，世多以为宋人作，而文中有吕省元宣和讲篇及南儒咏史诗，省元南儒皆元代语，则其书或出于元人，抑宋人旧本，而元时又有增益，皆不可知，口吻有大类宋人者，则以钞撮旧籍而然，非著者之本语也。”① 胡士莹先生在其《话本小说概论》中考证书中四条有元人痕迹，认为是元人增益之作。② 张兵认为是“南宋的下层文人，目睹南宋王朝的覆亡后痛心疾首而作”③，亦即出于南宋遗民中的下层文人之手笔。

2. 内容

故事内容，依古典文学出版社排印本，元集记述宋宣和四年（1122）之前的故事。讲中国历代昏君，一直讲到宋徽宗；在后半部分，开始讲述梁山泊宋江等人的故事。亨集记述宣和四年到宣和六年的故事。在前半部分，继续讲述梁山泊宋江等人的故事。利集记述宣和六年到金天辅十一年（1127）的故事。宣和末年，金兵南下，靖康之变发生。贞集记述金天辅十四年到宋绍兴年间的故事。宋室南渡，赵构称帝，南宋建立。其中讲宋江 36 人聚义梁山泊、宋徽宗宠爱娼妓李师师、讲腊月预赏元宵和元宵放灯的盛况等段口语化程度较高，像是说话人的创作。其他部分文体较杂，如讲金兵掳徽、钦二帝北行即引自无名氏的《南烬纪闻录》《窃愤录》（清人题辛弃疾撰）、《窃愤续录》，文字基本相同，并未作重大修改。编者从各种书里摘录资料，作为说话的底本，刊行时也没有加工整理，实际上只是提纲式的讲稿。

（四）《大唐三藏取经诗话》

1. 刊刻与成书年代

《取经诗话》现存有两个版本：

一为大字本，题《新雕三藏法师取经记》，分三卷，每一卷缺第一至

① 鲁迅：《中国小说史略》，北京：人民文学出版社 1973 年版，第 105－106 页。

② 胡士莹：《话本小说概论》，北京：中华书局 1980 年版，第 712 页。

③ 张兵：《话本小说史话》，沈阳：辽宁教育出版社 1992 年版。第 65 页。

三则，第二卷全缺。此本旧藏日本高山寺，后归德富苏峰成篑堂文库，罗振玉曾据以影印，收入《吉石庵丛书》初集。

一为巾箱本，题《大唐三藏取经诗话》，分上、中、下三卷，凡 17 节，中卷第七节结尾及第八节前半部分亦缺，卷末有“中瓦子张家印”题款。此本原藏日本高山寺，后归大仓喜七郎，1916 年罗振玉亦据以影印。罗振玉认为是宋刻本，其跋曰：“闻德富氏成篑堂文库中尚有别本，乃移书求观。书往不逾旬，苏峰翁果奇所藏本至。亟取以校巾箱本，称名虽异，而实是一书。惟巾箱本分卷为上中下。此则署一二三为不同耳。且皆为高山寺旧藏，而此刊刻为精。书中‘快’字作‘佚’，‘敬’字缺末笔，则此亦宋椠也。”王国维、鲁迅认为此本当为元刻本，鲁迅说：“所以倘无积极的确证，《唐三藏取经诗话》似乎还可怀疑为元椠。”上海古籍出版社 1994 年亦据此本影印，收入《古本小说集成》。今有李时人、蔡镜浩校注《大唐三藏取经诗话校注》（中华书局 1997 年版）。

2. 内容

《取经诗话》叙述唐玄奘僧行六人碰到白衣秀才（也就是猴行者），一行七人西去取经的故事，其中猴行者为主要人物，他为扶助三藏法师大显神通。途中经过香山寺、蛇子国、狮子林、树人国、大蛇岭、火类坳、鬼子母国、女人国、沉香国、波罗国、优钵罗国、竺国等地方，故事情节都比较简单，无猪八戒、沙和尚等形象，但有些故事情节，如化作妇人的白虎精（似《西游记》中白骨精），女人国女王要玄奘留下做国王，猴行者前生在王母池偷蟠桃发配花果山等，略具明代小说《西游记》的雏形。

（五）《梁公九谏》

1. 刊刻与成书年代

据陈桂声《话本叙录》记载：“《梁公九谏》存一卷，佚名撰。清钱曾《述古堂书目》卷三《疏谏》、《读书敏求记》卷四《总集》著录。”此书有明抄本，清乾嘉间黄丕烈刊入《士礼居丛书》，商务印书馆《丛书集成》初编即据《士礼居丛书》本排印。丁锡根收入《宋元平话集》。丁锡根先生将《九谏》收入其点校的《宋元平话集》，并声称它“是唐五代说唱文学向宋元平话过渡的产物，是讲史话本的早期作品”。陈汝衡也以为从其中“文字内容看，颇像敦煌写卷中的《唐太宗入冥记》。因此说《九谏》是南宋时编定，或者说更早一些，也不为过”。此书卷首载范仲淹《唐相梁公庙碑》，作于他贬官番阳时，其书当在明道二年（1033）之后。

2. 内容

《九谏》讲述唐武则天在废黜太子李显于庐陵后，欲传位于其侄武三思，经梁国公狄仁杰的前后九次进谏劝阻后，复召庐陵王李显为太子，此事是有史实根据的，《旧唐书·狄仁杰传》说：“仁杰前后匡复奏对，凡数万言。开元中，北海太守李邕撰为《梁公别传》，备载其辞。”虽然此书有一定的史实依据，但转化为民间说唱文学时，已有了很大的虚构与扩展，《九谏》属于早期的讲史话本。罗筱玉对其成书过程作了较为详细的考辨，认为现存《九谏》是从张仁亶或郭元振的《九谏书》嫁接增饰而来的，并考查了转嫁到狄仁杰身上的原因在于，张、郭二人与狄仁杰虽然同为唐代才兼文武的一代名相，但由于唐宋以来普遍地将返周归唐的功勋系于狄仁杰一身，狄仁杰在人民心目中的地位更为崇高，故民间艺人将张、郭二人的《九谏书》移植到他们所敬慕的狄梁公身上①。

（六）《薛仁贵征辽事略》

1. 刊刻与成书年代

《征辽事略》，只有一卷，作者已佚。明《文渊阁书目》卷六杂史类最早有著录，注云：“一部一册，阙。”原书单刻本今已不存，幸赖《永乐大典》卷五千二百四十四（十三萧）的“辽”字韵全文收入，赵万里据英国牛津大学图书馆藏大典本摄影迻录校注，由古典文学出版社 1957 年排印出版。1994 年上海古籍出版社《古本小说集成》之《薛仁贵征辽事略》即据大典本影印。

赵万里从英国牛津大学图书馆所藏大典中所辑出《征辽事略》附有其后记，云：“此书文辞古朴简率之处，和至治新刊平话五种相似，当是宋元间说话人手笔。”其中涉及芙蓉城故事，赵氏据以推断：“可见此书写作时代，当在王子高故事流传正盛时。据此推断，知非南宋时或元初不可矣。”陈汝衡认为：“现在我把这一《征辽事略》话本作为南宋时代产物，

---

① 罗筱玉：《〈梁公九谏〉成书考述》，《古籍整理研究学刊》2005 年第 6 期，第 24 页。

是不会错的。”[①] 胡士莹《话本小说概论》、谭正璧《古本稀见小说汇考》认为约为元初人的话本作品。因为《征辽事略》本身的体制、语气风格均与元至治间刊《全相》十分接近。其开场诗云：“三皇五帝夏商周，秦汉三分吴魏刘，晋宋齐梁南北史，隋唐五代宋金收。”与《武王》开场诗全同，这首诗历叙各朝代至金止，显然是元人口吻。

2. 内容

《征辽事略》以唐太宗发动的辽东战争为背景，以薛仁贵为中心，讲述薛仁贵在征辽战争中屡立大功，但屡次都被主将张士贵和副将刘君昂冒功受赏，二人甚至还企图谋害薛仁贵，意在杀人灭口，但中间变故迭起，直至最后真相大白，薛仁贵终于受到太宗的赏识，得以成就功名；张士贵、刘君昂也分别受到了应有的惩罚，是一种典型的中国俗文学的大团圆以及好人好报、恶人恶报的结尾模式。

第二节　宋元话本语料的特点和研究的意义

一、语料特点

袁宾在《近代汉语概论》中曾论及近代汉语文献的语料特点：“口语和文言相间杂的特点，有时还表现在同一部作品前后语体不一，忽而使用文言，忽而使用口语，例如《大宋宣和遗事》。”[②] 宋元话本的语体特点正是这样：一方面，在其讲述前代历史故事时，语言常常近似于古语，此其文言性的一面；另一方面，在其虚构故事的地方，作者又往往以当时的口语大肆渲染，语言近似于白话，即口语化的一面。所以宋元话本的语料具有文白相杂的二重性，究其文白相杂的原因，楼含松认为：“题材因素是讲史平话文言与白话混用的客观原因……讲史平话在改写史籍时，大致是

① 陈汝衡：《宋代说书史》，上海：上海文艺出版社 1979 年版，第 89 页。
② 袁宾：《近代汉语概论》，上海：上海教育出版社 1992 年版，第 22 页。

将原文改得浅近一些，让文言向白话靠拢，以求生动和通俗。平话中使用大量文言的主观原因，则是平话整理写定者的‘拟史’（此词套用‘拟话本’而来）倾向。”① 以下就其语言特点的两个方面各举例说明。

（一）文言性

《武王》开篇云：

（1）话说殷汤王，姓子名履，字天乙；谥法：除虐去残曰汤；是契十四世孙，主癸之子。以伊尹相汤伐桀，三让而践天子之位。顺天革命，改正朔天下，号曰商。以建丑之月为正月，色尚白，大濩，作历，作囿，见张网四面，兽令去三存一，仍取自犯者。诸侯叹德，三十六国来归。天旱七年，以六事自责，焚身于桑林之野。天降甘雨，天下太平。汤王在位十三年而崩，传国世三十一王，计岁六百二十九年。(《武王》)

这段叙述殷汤王“德及禽兽”“焚身求雨”的两则故事乃承袭《吕氏春秋》和《史记》部分内容而来：

（2）昔者汤克夏而正天下，天大旱，五年不收，汤乃以身祷于桑林，曰：“余一人有罪，无及万夫。万夫有罪，在余一人。无以一人之不敏，使上帝鬼神伤民之命。”于是翦其发，鄌其手，以身为牺牲，用祈福于上帝，民乃甚说，雨乃大至。(《吕氏春秋·顺民》)

（3）汤出，见野张网四面，祝曰：“自天下四方皆入吾网。”汤曰：“嘻，尽之矣!”乃去其三面，祝曰：“欲左，左。欲右，右。不用命，乃入吾网。”诸侯闻之，曰：“汤德至矣，及禽兽。”(《史记·殷本纪》)

对比以上三例，可以看出平话作者在讲述前代历史故事的时候，潜意

① 楼含松：《论讲史平话的语言特征》，《浙江大学学报》（人文社会科学版）2002 年第 6 期，第 53－54 页。

识里会不自觉地受到原史书内容的影响，这使得平话的内容不太可能过多地偏离史书的内容。再举一例，我们比较一下《三国志》和《三国》对刘备出身的介绍：

（4）先主姓刘，讳备，字玄德，涿郡涿县人，汉景帝子中山靖王胜之后也。胜子贞，元狩六年封涿县陆城亭侯，坐酎金失侯，因家焉。先主祖雄，父弘，世仕州郡。雄举孝廉，官至东郡范令。先主少孤，与母贩履织席为业。舍东南角篱上有桑树生高五丈余，遥望见童童如小车盖，往来者皆怪此树非凡，或谓当出贵人。先主少时，与宗中诸小儿于树下戏，言："吾必当乘此羽葆盖车。"叔父子敬谓曰："汝勿妄语，灭吾门也！"（《三国志·蜀志·先主传》）

（5）说起一人，姓刘名备，字玄德，涿郡范阳县人氏，乃汉景帝十七代贤孙，中山靖王刘胜之后，生得龙准凤目，禹背汤肩，身长七尺五寸，垂手过膝，语言喜怒不形于色，好结英豪，少孤，与母织席编履为生。舍东南角篱上，有一桑树，生高五丈余，进望见重重如小车盖，往来者皆怪此树非凡，必出贵人。玄德少时，与家中诸小儿戏于树下："吾为天子，此长朝殿也。"其叔父刘德然见玄德发此语，曰："汝勿语戏灭吾门。"（《三国》）

例（5）作者介绍刘备出身时，大部分袭用例（4）原文的内容，原因在于：刘备是个妇孺皆知的人物，对他的介绍如果过多偏离史书内容进行虚构，恐怕难以服众。作者甚至还不自觉地因袭原史书的一些词语和内容，如"吾""汝"① "汉景帝""涿郡""桑树""中山靖王刘胜之后""与母织席编履为生""高五丈余""如小车盖"等，这些承袭的内容使得这段内容的语体风格近似于文言。

宋元话本语言的文言性还表现为语法的"仿古性"。袁宾谈到近代汉语的处置式时认为："从金、元时代开始，'将'字的口语色彩逐渐减弱，

① 香坂顺一认为此处的"吾""汝"含有语用色彩（详见香坂顺一著，江蓝生、白维国译：《白话语汇研究》，北京：中华书局1997年版，第4－5页）。笔者以为此处"吾""汝"明显承袭史书内容而来，与语用无关。

用口语写作的文献里‘把’字的使用率增高。”① 冯春田也认为：“随着处置介词‘把’的出现和发展，‘将’字式大约宋代之后在口语中就逐渐被淘汰了。”② 这说明在宋元时期的白话文献中，“把”字处置式的使用频率应超过“将”字处置式。然而，《全相》中这两种处置式的使用情况却相反，“将”字处置式的使用频率大大高于“把”字式③，这明显是作者仿古而有意为之。

（二）口语性

“一般而言，任何一种历史文献都有一定程度的口语性。但并不是每一种文献都具有同等程度的口语性。相对而言，来自民间的比较俗的文献的口语化程度高。”④ 宋元话本是来自民间的古白话文献，其白话部分的语言基本上是当时的实际口语，带有鲜明的民间色彩和口语化特征。宋元话本语料的口语性主要表现为两个方面：其一，大量的口语词；其二，口语化的对话描写。

1. 大量的口语词

宋元话本中有着大量的口语词，这些口语词大多由一些常用字作为构词语素构成，并且大部分一直沿用至今。例如：

【病症】

至来日，高祖耽着病，正登宝殿，众臣入朝问病。（《前汉》）

此句语意不清，句中“正”，钟注本《全相》改为“症”，“高祖耽着病症登宝殿”。陈注本《全相》此处断句同古典本⑤。

按：笔者以为古典本、陈注本失校，钟注本是。断作“高祖耽着病，正登宝殿”，语句似乎在强调高祖带着病体，正在登宝殿，此动作与后面

① 袁宾：《近代汉语概论》，上海：上海教育出版社1992年版，第247－248页。
② 冯春田：《近代汉语语法研究》，济南：山东教育出版社2000年版，第561页。
③ 参见高育花：《〈元刊全相平话五种〉中的处置式》，《古汉语研究》2006年第2期，第34页。
④ 陈秀兰：《敦煌变文词汇研究》，成都：四川民族出版社2002年版，第10页。
⑤ 陈翔华编校：《元刻讲史平话集》（第4册），北京：北京图书馆出版社1999年版，第21页。

的“众臣入朝问病”同时进行，故作此断法明显不合情理。此当是“正”“症”音近而误。“病症”是元明时期习见的口语词，意即“疾病”或“病”，如元关汉卿《包待制智斩鲁斋郎》第三折：“我是你姐夫，倒做了姨夫。当初我医可了你病症还乡去，把你似太行山倚仗做亲属……”元高文秀《保成公径赴渑池会》第四折：“（吕成云）丞相，这病药饵不能医，则怕你这病症，感气填胸，必是廉将军之事么？（正末云）非为廉将军，盖因我病体在身。”明清小说亦多见“病症”一词，如《喻世明言》卷三一：“汪氏扶他上床。次日昏迷不醒，叫唤也不答应，正不知什么病症。”《二刻拍案惊奇》卷二三：“崔生道：‘不想吴家兴娘，为盼望吾家音信不至，得了病症。我到得吴家，死已两月。’”

此例句中“耽”乃“带、承受”义，元杨显之《临江驿潇湘秋夜雨》第三折：“忽听的摧林怪风鼓，更那堪瓮瀽盆倾骤雨。耽疼痛，捱程途。”故“耽着病症”即“患病”，元刘唐卿《降桑椹蔡顺奉母》第二折：“争奈老身年纪高大，肌体尫羸，我那里耽的这般病症！这两日身心恍惚。”元白朴《董秀英花月东墙记》第一折：“自从后花园中见了那个秀才，教我愁闷更增十倍，不觉耽此病症，如之奈何?”“耽着病症”又简作“耽病”，《西游记》第六九回：“却说那国王耽病设朝，请唐僧见了，即命众官快往会同馆参拜神僧孙长老取药去。”明李介宾《景岳全书》卷一六：“又曰脾胃受劳役之疾，饮食又复失节，耽病日久，事息心安，饱食太甚，病乃大作。”

【日今】

(1) 田忌曰：“大夫错矣。虽诛淖齿，目今燕兵未退，不如共迎齐王归即墨会议破燕。”(《七国》)

例（1）中的“目”，《全相》五种本原文作“日”，钟注本《全相》同古典本《全相》改作“目”，注曰：“目今，眼前。”

按：在《全相》五种本中有一些由于“目”“日”形近而讹的例子，如：

（2）太后听言毕，自然冷笑。太后抱太子归于后宫，即日教众文武封为太子常山王。宴罢皆散。（《前汉》）

（3）大王刘号与刘泽四人升殿共议，三处军有七十万余，先取长安。即日兵至长安西二十里下寨。（《前汉》）

例（2）、例（3）中的“日”，五种本原文均作“目”。然而“即目”（眼前、现在）义与句意不合，故五种本当误。因此，古典本、钟注本也认为上例是“目”“日”形近而讹，而且“目今”有“现在、当前”义，《宋史·李光传》：“光言：‘有钱则交子可行。今已谓桩办若干钱……若已桩办见钱，则目今所行钱关子，已是通快，何至纷纷？’”《大宋宣和遗事·亨集》：“天子道：‘……咱八辈儿称孤道寡，目今住在西华门东，东华门西，后载门南，午门之北，大门楼里面……’”

殊不知，“日今”不误，“日今”是元代才出现的口语词，亦有“目前、现在”之意，元明清文献习见，如《元典章·吏部·解由体式》：“日今某处居住，识会是何文字。”清白云道人《玉楼春》第五回：“虚斋曰：‘……愚言在前月之间，不必再渎，日今大难临身，到明朝必不见容，速归贵府，即日去弃家园远远逃避……’”清潇湘迷津渡者《都是幻》第五回：“外人答道：‘他家主人，姓江，名渊，是本州库吏。日今库中失去钱粮一千，官府将江渊夹打监追，受刑不过，教妻子将两女卖与烟花抵粮，鸨家明早来交银娶去，故此哭别。’”古典本、钟注本此处均不烦改字。

宋元话本中除了出现了大量的双音节口语词，如“暗杀、暗喜、暗中、昂首、把门、把关、把住、半晌、绊倒、包袱、背地、比试、辨认、病患、病证（症）、草料、策应、偿命、唱喏、辰牌、谶语、称雄、承认、承应、迟到、迟延、迟慢、宠信、处斩”等之外，还出现了大量三音词和四音节的成语。这些都是口语词，三音词的如“明晃晃、拿云手、大元帅、刽子手、滴溜溜、气昂昂、绿茸茸、顺风耳、一场空”等；成语类的如“交头接耳、十面埋伏、安邦定国、兵临城下、措手不及、风卷残云、改邪归正、呼风唤雨、悔之晚矣、叫苦不迭、计上心来、进退无门、龙争虎战、面黄肌瘦、你死我活、奇珍异宝、前街后巷、人烟稠密、日月如梭、如雷灌（贯）耳、神通广大、羞花闭月、心惊胆颤（战）、争名夺利、走马上任、游山玩水、血流成河、足智多谋、号啕大哭、尸横遍野、里应外合、锣鼓喧天”等，这些三音词和四音节的成语仍然活跃在现代汉语中，说明这些词语具有极强的口语性。

2. 口语化的对话描写

平话作者为了达到感染听众的目的，擅长在一些细小的故事情节上进行大肆地夸张和渲染，尤其注重描写人物对话，如“关羽斩颜良”的故事，《三国志》和《三国》描述就不一样：

（1）颜良攻东郡太守刘延于白马，曹公使张辽及羽为先锋击之。羽望见良麾盖，策马刺良于万众之中，斩其首还，绍诸将莫能当者，遂解白马围。曹公即表封羽为汉寿亭侯。（《三国志·蜀志·关羽传》）

（2）关公出寨，掉刀上马，于高处观颜良麾盖，认的是颜良盖。见十万军围绕营寨，〔关公刺颜良〕[①] 云长单马持刀奔寨，见颜良寨中，不做疑阻，一刀砍颜良头落地，用刀尖挑颜良头复出寨，却还本营，见曹公，骇然而惊，手抚云长之背，言曰：“十万军中取颜良首级，如观手掌，将军英勇之绝也！”云长：“关羽不强。兄弟百万军中取一颗人头，如观手掌。”曹公曰：“张飞更强！”（《三国》）

相比之下，例（1）的描述要简单得多，文言成分较浓；例（2）的内容较为详细，并虚构了关羽和曹操的对话描写，语言浅显易懂，突出表现了关羽勇猛善战的高超本领和谦虚的性格。

又如对“张飞义释严颜”故事的描写：

（3）至江州，破璋将巴郡太守严颜，生获颜。飞呵颜曰：“大军至，何以不降而敢拒战？”颜答曰：“卿等无状，侵夺我州，我州但有断头将军，无有降将军也。”飞怒，令左右牵去斫头，颜色不变，曰：“斫头便斫头，何为怒邪！”飞壮而释之，引为宾客。（《三国志·蜀志·张飞传》）

（4）至江州，破巴郡太守严颜，生获之。飞呵颜曰：“大军既至，何以不降，而敢拒战！”颜曰：“卿等无状，侵夺我州。我州但有断头将

① “〔关公刺颜良〕”为小标题。

军，无降将军也！”飞怒，令左右牵去斫头。颜容止不变，曰：“斫头便斫头，何为怒邪！”飞壮而释之，引为宾客。(《资治通鉴》)

(5) 张飞渡江，有五里阔，看看抵岸。巴州太守严颜笑问：“张飞，你不读孙武子兵法？涉水半渡者可击！”张飞言曰：“你不闻吾到当阳长坂坡，观曹操百万之军，吾叫一声，如同小卒。何况小沟，岂能作祸！”张飞纵马上岸战，严颜乱军中坠马，被张飞捉了贼军，至林前下马，〔张飞义释严颜〕高叫：“我闻严颜，西川名将；今日捉了，斩，斩！”大将听的笑曰：“张飞不惯，吾落马失，被其捉。大丈夫弃命于毫毛，何缘斩！”张飞指住群刀言：“严颜，大丈夫也！”令人去其绳索放了。(《三国》)

比较以上三例可以看出，例（4）《资治通鉴》几乎全文袭用例（3）《三国志》内容，例（5）的描写与《三国志》《资治通鉴》的描写完全不同：此段故事情节均为作者自己虚构，故事情节生动，人物形象丰满。特别是文中张飞和严颜的对话颇具口语性，这段对话描写一方面表现了严颜的疏忽大意和宁死不屈的硬汉性格，另一方面刻画了张飞勇猛善战和爱惜贤才的豪爽英雄形象。

最为精彩的莫过于《七国》中孙膑游说乐毅的一段对话：

(6) 乐毅曰：“仁兄先生何来？”孙子曰：“特来讲和一件事。”乐毅曰：“何事也？”先生曰：“交我上帐可言。”毅曰：“看有甚事？”先生上帐坐定，趺足捻髯，目视乐毅。乐毅言：“何也？”孙曰：“古者燕、齐为唇齿之邦，今两国不和，齐王故使膑来讲和。膑为贤士，兼次齐王幼小，兵少将微，库藏空闲，人民残毁。今仁弟兵雄将勇，非为之敌。看膑一面，仁弟肯回兵么？”乐毅哮吼如雷：“叵耐瘸汉敢发此言！”喝令刀斧手下手者。石丙言：“不用外人，我与你下手。”抢起石棰便打孙子。孙子性命如何？当有乐毅止住：“未可，看孙子别有甚事。”毅又问先生曰：“待论文，待论武？会其本是交我回兵？”膑曰：“尔非为手。”毅曰：“我非将手，怕有破绽处么？”……孙子极怒，用拐便打。乐毅用手约住。石丙大怒：“打杀孙膑，容易图齐！”乐毅曰：“未可。交尽词者，杀他未迟。”膑曰：“尔仗众杀我，非强。

你敢放我出寨，取少军兵来敌你多兵，则一阵便见高低。”乐毅曰：“这汉使脱身之计。”毅曰：“我不放你出去。”膑曰：“你不放我出去，你敢做爷娘养着我么？你不放我出寨去，就此处杀你！”膑于衣底取刀与毅看。乐毅曰：“杀你可当强？”膑曰：“你不敢杀我，百万军中，我杀你，万载标名；你杀我，千年骂名。你若杀我，交您一百万军，限三日血流成河。”石丙怒曰：“你道有灵圣，打杀你，看谁来与你报仇？”抡起石棰，望孙子顶门上便打。(《七国》)

这段对话语言口语性极强，描写生动活泼，栩栩如生地再现了乐毅、孙膑当时争辩斗智的情状，突出表现了两个人物的性格特点：乐毅刚愎自用、自视甚高又稍显急躁；孙膑则沉着冷静、胸有成竹。

宋元话本的口语性还体现在许多俗语、谚语的运用上。俗语类的如“架海梁”比喻起重要作用的杰出人物，“砧①上肉”用砧板上的肉比喻任人宰割，“拿云手”比喻有远大志气、高强的本领。谚语类的有“内无粮草，外无救兵”“自古道是养兵千日，用在一朝”“逢山开路，遇水安桥”“贫居白屋灾须少，富住朱门病也多”“吾闻顺德者昌，逆德者亡”“天无二日，民无二主”“不求同日生，只愿同日死”“礼长当行，礼短则止”“口是祸之门”。

二、宋元话本语言研究的意义

胡明扬在《原本老乞大·序》中说：“汉语研究长期以来重点放在公元三世纪魏晋以前的古代汉语和十九世纪中叶以后的现代汉语上，而魏晋以后到十九世纪中叶这近一千年的汉语很少有人研究。”② 蒋绍愚也认为：“我们对汉语历史词汇的研究做得还非常不够。第一，对汉语各个历史时期的词汇的面貌，还处在若明若暗的状态。先秦和西汉词汇的研究，前人给我们打下了一定的基础。但是还有不少问题需要进一步搞清楚。至于东

---

① “砧”五种本页232作“扤”，钟注本页247注曰：“疑为‘杌’，意为木墩子。”

② 胡明扬：《原本老乞大·序》，见郑光主编：《原本老乞大》，北京：外语教学与研究出版社2002年版，第1页。

汉以下，就以往的研究来说，几乎可以说是空白。近年来有不少学者致力于六朝到明清的词语研究，取得了很大的成绩，但总的来说，还是处于初始阶段。第二，对于汉语词汇的系统、理论的研究，则更显得薄弱。”① 宋元话本是研究宋元时期词汇和语法的重要语料。因此，开展宋元话本的语言研究，我们认为其意义主要体现在以下几个方面。

（一）对于汉语史的研究具有重要意义

展开宋元话本的语言研究，对于汉语史研究的意义主要表现在三个方面：其一，宋元话本语言具有承上启下的时代意义；其二，宋元话本语言反映了宋元时期的真实面貌；其三，有利于近、现代汉语的溯源。

1. 语料的承上启下

袁宾在其《近代汉语概论》中说：“近代汉语位于古代汉语和现代汉语之间，这种特殊的位置使得近代汉语在汉语史的研究上具有特殊的重要意义。汉语几千年的发展未曾出现重大的断裂，是一个自古至今连贯的过程。探索汉语发展的来龙去脉，寻求其演进、变化的种种规律，是汉语史研究中最引人入胜，也最有价值的课题。而这种纵向研究的许多问题都必须经过近代汉语阶段才能得到完满的解决。”② 宋元话本产生于宋元时代，其语言上承中古汉语，下启近代汉语，具有承上启下的意义，其中很多词汇正好体现了宋元时期白话文献由文言逐步向白话过渡的特征。我们举几组常用词来加以说明：

【足】【脚】【腿】

话本中用“足”表“脚”义的有18次，除去沿用的古语词如“刖足”（4次）和一些成语、固定用语中的“足”，如“拈衣蹑足”“披头跣足（2次）”“跌足捻髯”“手足（2次）”等，实际上单用“足”表“脚”义只有6处，即：

（1）妲己奏曰：“坐中先抬左足者是男，先抬右足者是女。”

① 蒋绍愚：《古汉语词汇纲要》，北京：商务印书馆2005年版，第1页。
② 袁宾：《近代汉语概论》，上海：上海教育出版社1992年版，第8页。

（《武王》）

（2）当夜又梦见一个鹰飞来，额上嘴一啄，又见一个狗于足上咬一口……（《前汉》）

（3）郦生至，入谒沛公，方踞床，令二女子洗足。（《秦并》）

（4）有司断了足筋，俄施刀脔，血肉狼藉，终莫知其所从来。（《五代史》）

（5）时帝手足颤掉，不能击掬，令左右督责习之。（《宣和遗事》）

（6）苻习共部下将三十余人，闻得晋王的说，以义激发，将足顿地恸哭曰……（《五代史》）

例（3）“洗足”乃袭用《史记》原文，《史记·郦生陆贾列传》：“郦生至，入谒，沛公方倨床使两女子洗足，而见郦生。”在“足”的这6例中，1例是袭用史书，可见，话本中已经基本上不用“足”了。“到了中古，‘脚’在基本词汇中已经代替了‘足’。”①

话本中43次用到“脚”，如：

（7）（楚王）腰缚碧玉带，脚穿乾皇履。（《秦并》）

（8）暗中有一小将，斫折费孟马脚，活捉住费孟，来见太公。（《武王》）

（9）娘娘暗教人藏刀子于皇后脚下。（《武王》）

（10）刘泽上殿，只见柱脚倒折，不能坐稳。（《前汉》）

（11）石人言道：“三七二十一，由字头不出，脚踏八方地，果头三屈律。”（《五代史》）

（12）忽值一人，松形鹤体，头顶七星冠，脚着云根履，身披绿罗阑，手执着宝剑，迎头而来。（《宣和遗事》）

在43次“脚”的用例中有32例指“人或者动物腿的下端，接触地面、支持身体和行走的部分”，如例（7）、例（8）、例（9）、例（11）、例（12），余下一例是指器物的底部支撑部分，即例（10），这说明“脚”

① 王力：《汉语史稿》，北京：中华书局1980年版，第491页。

基本上取代了“足”的地位。张永言等指出：“‘脚’在魏晋南北朝时期使用频繁，词义发生变化：先是义域扩大，侵入‘足’的义域，有时还侵入‘股’的义域，但最常用的还是指‘膝盖以下部分’；然后停止后一发展趋势，并逐步失去指‘小腿’部分的功能，词义趋向于固定在‘脚掌’上。这一过程的最终完成应该是在唐以后。”① 话本中“足”“脚”的用例情况印证了此论断。

“腿”俗书亦作“骽”，慧琳《一切经音义》卷一四“腿足”条：“俗字，非也，正体从骨作骽。《考声》：‘骽，髀也，股也。’《字书》：‘髋也。’”又卷六〇“脊腿”条：“两髀也。膝已上腰已下两股名曰腿。”王仁昫《刊谬补阙切韵》云：“骽，吐猥反，股。”② 王梵志诗《贮积千年调》：“〔决〕鼻断领牛，杖打过腿膊。”“据此，则‘腿’与‘股’同义，指大腿，至少在唐代尚如此。”③ 话本中4处用到“腿”，如：

(13) 即时于即墨城里构刷上等庄家好牛，得一千余只，于牛角上施枪，腿上安刃，尾上扎火把，膏油灌于其上……（《七国》）

(14) 高皇闻言不觉长吁。帝于戚氏怀中，枕右腿，睡正浓。（《前汉》）

(15) 二人闻言，急点手下巡兵二百余人，人人勇健，个个威风，腿系着粗布行缠，身穿着鸦青衲袄……（《宣和遗事》）

(16) 一人觑时，认得是平章高俅，急忙跪在地上，諕得两腿不摇而自动。（《宣和遗事》）

王凤阳认为用“腿”来兼称“小腿”和“大腿”是明代以后的事情④，但是我们发现，话本已经有“腿”指称“小腿”的用例了，如例(13)、例(15)、例(16)。例(14)“腿”指“大腿”。“腿”为什么会代替“脚”指称“小腿”呢？我们推测可能是由于“脚”在中古后期逐

① 张永言、汪维辉：《关于汉语词汇史研究的一点思考》，《中国语文》1995年第6期，第405页。

② 周祖谟编：《唐五代韵书集存》，北京：中华书局1983年版，第477页。

③ 姚永铭：《慧琳〈一切经音义〉研究》，南京：江苏古籍出版社2003年版，第136页。

④ 参见王凤阳：《古辞辨》，长春：吉林文史出版社1993年版，第127页。

渐失去指“小腿”部分的功能，词义趋向于固定在“脚掌”上（见上文张永言等的论述），而“足”成为古语词不再被使用，语言中指“小腿”的义位出现了缺失，而在一个词汇系统中，假如出现某个词语的形式缺位或者语义缺失，那么必然需要一个词语来补偿，“腿”正好填补这一空位。因为“腿”原指称“大腿”，由于“脚”义域的缩小，导致与“小腿”相邻部位的“腿”义域扩大，取代了“脚”的部分指称功能。

比较话本中“足”“脚”“腿”的用例，鲜明地体现了话本语料承上启下的特点：首先，“足”作为古语词在白话文献中已经较少使用；其次，“脚”在中古时期义域扩大，到唐代以后又逐步缩小指称“脚掌”，“腿”作为新兴的口语词，取代了“脚”指称“小腿”的功能。又由于“腿”刚刚登场，话本语料的时代正处在近代汉语初期，故“腿”在话本中的用例不多。

又，《大词典》“腿”条首引例为明代文献，例证稍晚。

【服】【著（着）】【挂】【穿】

董志翘研究《入唐求法巡礼行记》中表示穿戴义的动词之后认为：“表‘穿、戴’之义，文言中用‘衣’‘服’或‘冠’。如《论语·雍也》‘赤之适齐也，乘肥马，衣轻裘。’到了汉代，‘着（著）’从‘附着’义引申出了‘穿、戴’义，成了较为口语化的形式……而《行记》中‘著（着）’已基本上取代了较古的形式‘衣’、‘服’、‘冠’。”① 这说明到了晚唐时期，表穿戴义的“著（着）”成为主要的表达形式，话本中“服”和“着”的用例可以为证：

(1)（李斯曰）……今陛下致昆山之玉，有随、和之宝，垂明月之珠，服太阿之剑……（《秦并》）

(2) 时下众军下手捉住，认看时，却是淳于坤，着王御衣。（《七国》）

(3) 忽有小军报元帅：“寨门外有一道人，着青袍，骑着青牛，

① 董志翘：《〈入唐求法巡礼行记〉词汇研究》，北京：中国社会科学出版社2000年版，第230页。

提双拐，来见招讨。”（《七国》）

（4）内中一妇人身着绛衣，体貌娇容……（《三国》）

（5）李克用部兵四万至河中。其军皆着黑衣，部伍精明。（《五代史》）

话本表穿戴义的“服”只出现一次，即例（1），此例中的“服”明显是沿用古语，此段内容乃抄撮李斯《谏逐客书》而成；表穿戴义的“着”有9次，如例（2）、例（3）、例（4）等，说明话本中“着”表穿戴义是较为常见的用法。

话本中表穿戴义的动词还有“挂”。“挂”本划分、界画之意，《说文·手部》：“挂，画也。”段玉裁注：“《易·系辞传》：‘分而为二以象两，挂一以象三。’……古本多作画者，此等皆有分别画出之意。”后又引申出悬挂义，《楚辞·招魂》：“砥室翠翘，挂曲琼些。”王逸注：“挂，悬也。”把东西挂在器物上有如将人视为衣架，人穿衣有如衣架挂衣，故称穿衣的动作为“挂”，如：

（6）副先锋景耀龙身穿黄金锁子甲，体挂皂罗袍，头上铁幞头……（《秦并》）

（7）当头一员将，身披黄金锁子甲，头顶金盔，体挂皂罗袍，跨匹赤色虬龙马……（《秦并》）

（8）云雾之中，有一白衣妇人，身挂白罗衣，腰系白罗裙，手把白牡丹花一朵……（《取经诗话》）

（9）行者曰：“我不用你。”又敲五下，见一孩儿，面如满月，身挂绣缨。（《取经诗话》）

“挂”表穿衣的动作始见于敦煌变文，《敦煌变文校注·破魔变》：“（魔王）‘库内绫罗，任奴妆束。’侧抽蝉鬓，斜插凤钗，身挂绮罗，臂缠璎珞。”又《苏武李陵执别词》：“且见李陵，身卦（挂）胡裘，顶带胡帽，脚蹃赤荆。”王梵志诗《寺内数个尼》：“本是俗人女，出家挂佛衣。”但其后宋元明文献中的“挂”基本上是“悬挂”义，罕见其用作穿戴义，笔者猜测有可能是“挂”表穿戴义语义较为模糊，其早期意义似乎还在“披”和“穿”之间，并不完全是表穿戴义，如上变文中的两例。故其在表穿戴义的语义场中与“穿”“著（着）”竞争中处于劣势，此意义很快被淘汰了。

话本中表穿戴义的动词还有“穿”。“穿”本凿通、穿孔义，《说文·穴部》：“穿，通也。”《诗·召南·行露》：“谁谓鼠无牙，何以穿我墉?”《庄子·秋水》：“北海若曰：‘牛马四足，是谓天；落马首，穿牛鼻，是谓人。’”着衣要把手和身体从衣袖、衣服中穿过，故“穿”引申出“把衣、帽、鞋、袜等套在身体相应部位上”的意义。慧琳《一切经音义》卷八一“樌体”条引《考声》云：“穿衣也。”蒋绍愚据此推测“穿”之穿衣义产生的时间可能在齐梁隋唐之间[①]，但“穿”之“穿衣”义在中古文献罕见用例，直到近代汉语初期的白话文献中才多见，如《敦煌变文校注·汉将李陵变》：“其夜，西楚霸王四更已来，身穿金（甲），揭上头牟，返去衙（牙）床如（而）坐，诏钟离昧附近帐前。”又如话本的用例：

(10) 忽班部中撞出一将，身长九尺，面赤髭黄，穿红袍，白玉带，银锁甲，金弁冠；愿为先锋，与郑安成比试。(《秦并》)

(11) 言讫，一人身长八尺，穿金章紫绶，不言功，至于筵前便坐，拈盏。(《前汉》)

(12) 仲相见言，尽皆受了。即时穿毕。坐定，手执白玉圭。(《三国》)

话本中168次出现“著（着）”，用作穿戴义的12次，而“穿”话本中出现38次，用作穿戴义24次，“穿”的使用频率超过了“著（着）”，这说明“穿”之穿戴义当是更为口语化的用法。

我们进一步考察了同时期文言性较强的两部史书《旧五代史》《辽史》，就其中“著（着）”和“穿”的使用情况和出现次数进行了调查，结果见下表：

---

① 参见蒋绍愚：《近代汉语研究概况》，北京：北京大学出版社1994年版，第251页。

出处	著（着）	表穿戴义	穿	表穿戴义
《旧五代史》	96	13	12	0
《辽史》	72	3	5	2
宋元话本	168	12	38	24

从上表的数据看，《旧五代史》中“著（着）”96次出现，表穿戴义13次，“穿”12次出现，但没有表穿戴义的用法；《辽史》中“著（着）”72次出现，表穿戴义3次，“穿”出现5次，表穿戴义2次，这说明在文言性较强的史书中，“著（着）”表穿戴义还是较为常见的用法，“穿”表穿戴义的用法不常见。而在这时的口语化较强的文献中，“穿”的这种用法不断扩大，“穿”的使用频率超过了“著（着）”，已有取代“著（着）”的趋势，到现在汉语中就基本上只用“穿”了。

2. 反映当时语言的真实面貌

在语言的三要素中，词汇对于社会的变化反映最敏感，社会制度的变革、人们思维观念的变化、新事物的出现会最先在词汇中体现出来。蒋绍愚曾经说：“从汉语词汇史研究的角度看，我们首先关心的是专书中的反映这个时期词汇新面貌的口语词汇。”① 有学者认为：“汉语的纵向研究不仅常常牵涉古白话，而且解决许多问题的关键也往往正在于古白话提供的语言现象。”② 宋元话本中出现了大量的口语词，这些口语词对于研究宋元时期词汇的面貌有着重要的意义。如：

【褙子】

姜尚大喜，先写计与羊刃。羊刃依计，便起兵来下寨。至夜，羊刃着皂衣褙子去劫黄飞虎寨，被飞虎手下兵将捉羊刃，推见飞虎。（《武王》）

① 蒋绍愚：《〈入唐求法巡礼行记〉词汇研究·序》，见董志翘著：《〈入唐求法巡礼行记〉词汇研究》，北京：中国社会科学出版社2000年版，第2页。

② 徐时仪：《古白话词汇研究论稿》，上海：上海教育出版社2000年版，第31页。

图1　隋唐时期的半臂

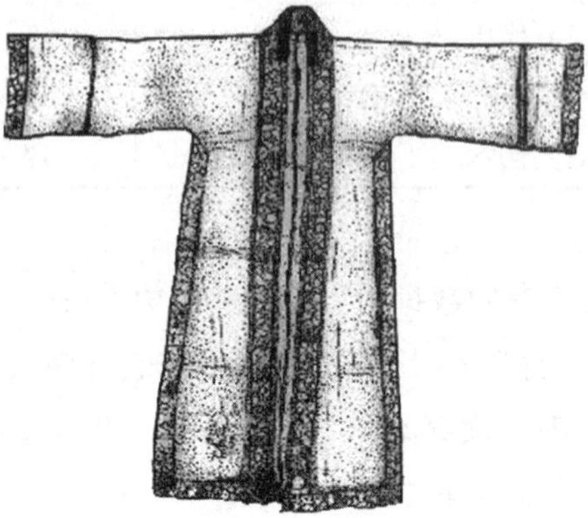

图2　褙子（福州南宋黄昇墓）

图3　明代的褙子

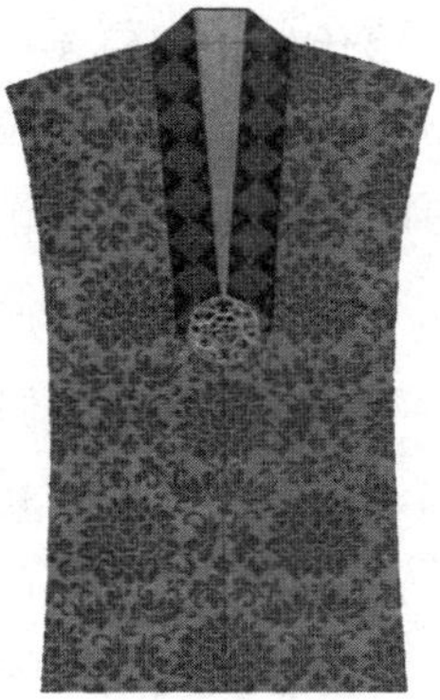

图4　明代的比甲

注：图2来自《大词典》第6册第1224页，图1、3、4均来自 http：//post. baidu. com/f? kz = 5703242，引用日期为 2006 - 05 - 20。

“褙子”是一个具有宋代特色的词语，它是宋代流行的一种服饰。“褙子”又作“背子”，明方以智《通雅》卷三六《衣服》：“褙即背也。”

“褙子”的前身当为“半臂”（图1），《太平广记》卷四四九“李氏”条（出《广异记》）：“狐亦笑云：‘……顷者我欲取韦家女，造一红罗半臂，家兄无理盗去，令我亲事不遂，恒欲报之。今故来此。’”《旧唐书·李德裕列传》：“又令皇甫询于益州织半臂背子、琵琶扞拨、镂牙合子等，苏颋不奉诏书，辄自停织。太宗、玄宗皆不加罪，欣纳所陈。”但是隋唐时期的“半臂”和宋元时期的“褙子”的形制是不同的，宋高承《事物纪原》卷三："《实录》又曰：隋大叶中，内官多服半臂，除即长袖也。唐高祖减其袖，谓之半臂，今背子也。"明王圻、王思义《三才图会·衣服三·半臂》："今俗名搭护，又名背心。"因此，"半臂"无袖，而"褙子"半长袖，比较图1和图2、图3可知，"褙子"的袖子均为半长袖。方以智《通雅》卷三六《衣服》："而背子又引为长袖，与半臂制亦不同。"宋元明时期"褙子"的领型是直领对襟式，和"半臂"明显不同，"半臂"的衣长与腰齐，并在胸前结带，"褙子"则没有束带，但"褙子"明显是在"半臂"的基础上改造而来的。

方以智《通雅》卷三六《衣服》："唐、隋尚半除，宋尚背子。""半除"即"半臂"。"褙子"是宋元明时期流行的一种外衣，当时无论是皇亲贵族还是普通百姓，男女皆服。《宋史·志·舆服三》："后殿早讲，皇帝服帽子，红袍，玉束带，讲读官公服系鞋。晚讲，皇帝服头巾，背子，讲官易便服。此嘉定四年讲筵之制也。"《宋史·志·舆服五》："女子在室者冠子、背子。众妾妆则假紒、背子。"《大宋宣和遗事·亨集》："是时底王孙、公子、才子、伎人、男子汉，都是了顶背带头巾，窄地长背子，宽口裤，侧面丝鞋……"

"褙子"之所以盛行于宋元，可能与其设计样式有关。古人常见的上衣一般是宽袍长袖，交领系带，而"褙子"的形制却是短袖、直领，而且背后没有系带，穿着起来比较方便、随意，类似今天的披风、风衣。另外，"褙子"短袖的设计更利于手部的活动，《论语·乡党》云"亵裘长，短右袂"。说明早期春秋时期，人们已经注意到长袖不利于手部活动，所以老夫子才会"短右袂"。所以，"褙子"短袖的设计深受当时各个阶层人士的欢迎。到明代又出现了"比甲"（图4），《西游记》第二三回："穿一件织金官绿纻丝袄，上罩着浅红比甲；系一条结彩鹅黄锦绣裙，下映着高底花鞋。"又第八二回："发盘云髻似堆鸦，身着绿绒花比甲。一对金莲刚半折，十指如同春笋发。""比甲"在"褙子"的基础上又进行了改造，它干脆去掉了袖子，其改造的意图明显是为了更有利于手部的活动，"比甲"是我们今天"马甲"的前身。

"褙子"因其用料和颜色的不同，又有"布背子""紫背子""红锦背子""皂褙子"等名目，《宋史·志·礼二十八》："三年之内，禁中常服布巾、布衫、布背子。"《东京梦华录》卷五《娶妇》："其媒人有数等：

上等戴盖头，着紫背子，说官亲宫院恩泽；中等戴冠子，黄包髻、背子，或只系裙，手把青凉伞儿，皆两人同行。”元关汉卿《刘夫人庆赏五侯宴》第一折：“（唱）你穿着些布背子，排门儿告些故疏。”《金史·仪卫志下》：“内金枪队一百二十六人，分左右，人员十八、（并铁甲、皂帽、红锦背子，执小旗，马甲，红锦包尾。）长行一百八人……”《元史·志·舆服》：“一，娼家出入，止服皂褙子，不得乘坐车马，余依旧例。”

“褙（背）子”何以言“背”?《朱子语类》卷九一：“或曰：《苍梧杂志》载‘背子’，近年方有，旧时无之。只汗衫袄子上便著公服。女人无背，只是大衣。命妇只有横帔、直帔之异尔。背子乃婢妾之服，以其在背后，故谓之‘背子’。”所以，我们认为“背子”主要是用来遮蔽后背的，故曰“背”，又其为衣服之属，故又写作“褙”。

此外，现在韩国妇女在节日穿着的传统服饰，其形制仿自我国明朝，也是上身穿短褙子，下身穿宽松的裙子，领型为直领对襟式。可见“褙子”的形制对后来服饰的影响是很大的。

【归天】

(1) 太后令人唤至戚夫人，责曰：“高祖才是归天，陵土未干，尔乃快活，我辈如何?”(《前汉》)

(2) 太后知，诏吕胥议曰：“惠帝若归天，暗使兵部官闻闹中扶吕氏为君。”(《前汉》)

(3) 武侯归天。姜维挂起先君神，斩了魏延。(《三国》)

(4) 二月十八日，金主归天。立太子完颜亶为君，即位，改元天眷，有赦。(《宣和遗事》)

“归天”是对人死的一种委婉说法，是宋元时期习见的口语词，如《旧唐书·封常清传》：“是以驰御就日，将命归天。一期陛下斩臣于都市之下，以诫诸军将……”元秦简夫《晋陶母剪发待宾》第一折：“夫主归天，老身发愿。将豚犬，严教了十年，下苦志习经典。”

【害病】【行医】

有日，军师使关平问蛮王不降又不战，为何？蛮王言害病。关平言曰：“你识俺军师善能行医。”（《三国》）

“害”在宋元时期有“患病”之意，《朱子语类》卷一三八：“叔祖奉使在北方十五年已上，生冷无所不食，全不害。归来才半年，一切发来，遂死。”元杨显之《郑孔目风雪酷寒亭》第一折：“争奈我那浑家害的重了，我家中看一看去。”“害病”即“患病、得病”之意，宋代文献未见，是元代才出现的一个口语词，多见于元杂剧中，关汉卿《感天动地窦娥冤》第二折：“如今那老婆子害病，我讨服毒药与他吃了，药死那老婆子，这小妮子好歹做我的老婆。”元李文蔚《张子房圯桥进履》第三折：“我做大将甚是标，兵书战策不曾学。听的厮杀推害病，正是买卖归来汗未消。”元刘唐卿《降桑椹蔡顺奉母》第二折：“我弹的琵琶，善为高歌；好饮美酒，快噇肥鹅，那害病的人请我，我下药就着他沉疴。活的较少，死者较多。”今湖北方言还有“害病”的说法。

“行医”指从事医业，做医生。《北梦琐言·逸文》卷一：“先是，武信王赐姓朱，后复本姓……收得名方，仍善修合，卖药自给，亦便行医。娶妇后，唯生数女，尽如向言。”《元史·刑法志》：“诸医人于十三科内，不能精通一科者，不得行医。太医院不精加考试，辄以私妄举充随朝太医及内外郡县医官，内外郡县医学不依法考试，辄纵人行医者，并从监察御史廉访司察之。”《元典章·吏部·医官》：“除医学生员外，应有系隶籍医户，及但有行医之家，皆是医业为生。”关汉卿《感天动地窦娥冤》第一折：“行医有斟酌，下药依《本草》。死的医不活，活的医死了。”此词沿用至今。

【狠毒】

（1）亦有刘长之母孙夫人曰：“太后心怀狠毒，向陈平议论。”（《前汉》）

（2）有大夫卫勃奏：“大王休去，岂不知吕后狠毒，恐有计策。”

（《前汉》）

（3）戚夫人得知大惊，知太后狠毒，言："我儿争肯此处睡也？"（《前汉》）

"狠"乃"凶狠"之意，《梁书·刘季连传》："本以文吏知名，性忌而褊狭，至是遂严愎酷狠，土人始怀怨望。""狠毒"即凶狠毒辣之意，是宋元时期习见的口语词，《宋史·丁大全传》："监察御史朱貔孙复论：'大全奸回险狡，狠毒贪残，假陛下之刑威以箝天下之口，挟陛下之爵禄以笼天下之财。'"关汉卿《赵盼儿风月救风尘》第四折："这厮心狠毒，这厮家豪富，衡一味虚肚肠，不踏着实途路。"又《包待制三勘蝴蝶梦》第二折："要偿命留下孩儿，宁可将婆子去。似这般狠毒，又无处告诉，手扳定枷梢叫声儿屈。"元高文秀《好酒赵元遇上皇》第二折："有妻是刘月仙，生的有些颜色，十分的不贤惠，将小人千般毁骂，万般憎嫌。更有丈人丈母，十分狠毒，将小人时常打骂。"

宋元时代是重叠式的亲属称谓词充分发展的时期，现代汉语中很多重叠式亲属称谓词就是产生于这一时期，如"爷爷、公公、舅舅、姑姑、叔叔、哥哥、姐姐"等，这些亲属称谓词同样带有时代特点，而这些词语都见于话本（详见第二章），这体现了话本词汇的时代特征。

在宋元时期，"打"的构词能力迅速增强，在这一时期构成很多新词，这在话本中可以得到鲜明的体现："打"在话本中的构成的新词有"打扮、打动、打猎、打算、打探、打听、打脊（即）、打捕、打散、打请、打话、打拷、打并、打揲、打闹、打阵"等（详见第二章）。这些"打"类词语同样体现了话本词语鲜明的时代特色。

3. 有利于近、现代汉语溯源

"从小说史的眼光看，宋元平话乃是后世历史演义小说之嚆矢和蓝本，明代最初出现的几部历史演义如《三国志演义》《春秋列国志传》《全汉志传》《南北两宋志传》等，皆承祧平话，由平话直接或间接地演化而来。"[①] 就宋元话本来说，其写作形式和风格上承唐代变文，下启明清演义小说。宋元话本对于后来明清小说有着重要的影响，如小说内容方面，

① 纪德君：《宋元平话与明清历史演义小说析异》，《学术研究》2001年第12期，第145页。

《武王》是《封神演义》的创作基础；《七国》是《列国志传》的原型；《前汉书平话续集》是《西汉演义》的成书依据；尤其是《三国》是《三国志通俗演义》的雏形，它是今存最早的一部以三国故事为题材的平话小说，为民间传说中三国故事的写定本。

（1）宋元话本对近代汉语词汇的影响。

如果说宋元话本的内容对于明清文学的影响是宏观方面的话，那么，对于近代汉语词汇方面的影响则是微观方面的。这表现在一些习见于宋元话本的词语身上，在一些重要的明清小说如《三国演义》《水浒传》中会经常看见它们的身影，此处举几例说明之：

【一彪】

董成将七人首级前往太行山去。见一彪军兵。（《三国》）

“一彪”表数量，犹言一队、一支。《三国演义》第二回：“方欲攻打，忽见正东一彪人马到来。为首一将……”又第六回：“忽然喊声起处，一彪人马赶来：却是徐荣从上流渡河来追。”《水浒传》第三四回：“只听见山上锣声震天响，飞下一彪人马出来。”又第四八回：“只见直西一彪军马，呐着喊，从后杀来。”

【绊马索】

二人急走，被袁达绊马索绊倒，捉于马下。（《七国》）

“绊马索”为绊倒敌方人马而暗设的绳索。《三国演义》第一五回：“慈急待走，两下里绊马索齐来，将马绊翻了，生擒太史慈，解投大寨。”又第九〇回：“原来马岱埋伏在此，用绊马索绊倒。”《水浒传》第三四回：“那马正待跑时，被那小喽啰拽起绊马索，早把刘高的马掀翻，倒撞下来。”又第四八回：“夜来进兵，又被一丈青捉了王矮虎，栾廷玉锤打伤了欧鹏，绊马索拖翻捉了秦明、邓飞。”

【护心镜】

关公视鲁肃从者三千军，有衣甲，众官皆挂护心镜。(《三国》)

“护心镜”为镶嵌在战衣胸背部位用以防箭的铜镜。《三国演义》第六回：“蔡瑁舞刀来迎。斗到数合，盖挥鞭打瑁，正中护心镜。”《水浒传》第六四回：“只听得铛地一声响，却射在背后护心镜上。”又第八九回：“那箭正中兀颜统军后心。听的铮地一声，火光迸散，正射在护心镜上。”

【四下里】

傲曰：“此阵四下里黑气，中间里黄气，困着孙子。”(《七国》)

“四下里”犹言四周、到处。《三国演义》第一二回：“却说曹操见典韦杀出去了，四下里人马截来，不得出南门。”又第一六回：“须臾，四下里火起。操始着忙，急唤典韦。”《水浒传》第三回：“王观察就带了房主人，东西四下里去跟寻……”又第十回：“(林冲)仰面看那草屋时，四下里崩坏了，又被朔风吹撼，摇振得动。”

【相貌堂堂】

孙权言曰：“今观皇叔，汉之亲也，相貌堂堂，后必为君也。”(《三国》)

“相貌堂堂”形容人的仪表端正魁梧。《三国演义》第一回：“玄德看其人：身长九尺，髯长二尺……相貌堂堂，威风凛凛。”《水浒传》第一三回：“杨志看那人时，身材凛凛，七尺以上长短，面圆耳大，唇阔口方，腮边一部落腮胡须，威风凛凛，相貌堂堂……”第二三回：“身躯凛凛，相貌堂堂。一双眼光射寒星，两弯眉浑如刷漆。”此词又见于《西游记》第五四回：“驿丞道：‘御弟相貌堂堂，丰姿英俊，诚是天朝上国之男儿，南赡中华之人物。’”

【四面八方】

孙子言曰：“九天玄女阵。逃身白旗，近里青旗，中心黑旗，四面八方皂旗；中间一发九面绣旗各一处，是九天玄女……”（《七国》）

“四面八方”犹言周围各处、各个方面。《三国演义》第三九回：“一霎时，四面八方，尽皆是火；又值风大，火势愈猛。”又第七四回：“德大惊，急出帐上马看时，四面八方，大水骤至。”又第八四回：“陆逊听罢，上马引数十骑来看石阵，立马于山坡之上，但见四面八方，皆有门有户。”又见于《水浒传》第一八回：“只见前后门四面八方，约有三四十把火发，焰腾腾地一齐都着。”又第六〇回：“（樊瑞）看了宋江军马，四面八方，摆成阵势……”第八〇回：“原来梁山泊自古四面八方，茫茫荡荡，都是芦苇野水。”

【人困马乏】

有黄忠、张飞杀一阵。曹操甫能得脱，人困马乏，不能进也。（《三国》）

“人困马乏”形容人马疲倦困乏。《三国演义》第一一回：“吕布骤马提戟赶来，大叫：‘操贼休走！’此时人困马乏，大家面面相觑，各欲逃生。”又第一五回：“离城二十五里，三路各伏一军，太史慈到那里，人困马乏，必然被擒。”又第一九回：“吕布料难抵敌，引军东走。曹兵随后追赶。吕布走得人困马乏。”此词又见于《水浒传》第三四回：“看看天色晚了，又走得人困马乏……”又第七七回：“马步三军没了气力，人困马乏。”

《三国演义》沿用宋元话本中的词语还有如“有隙可乘、午牌、御林军、安邦定国、桃园结义、尽皆、片甲不回、隘口、放参、校刀手”等；《水浒传》袭用的词语有“做主、系是、不移时、唆使、叹气、害病、有些、背反、款状、碎尸万段、无计奈何、簇拥、辨认、铁桶、头功、响箭、鸣金收兵、鼓乐喧天”等。此外，“三言”“二拍”袭用的词语有“直至、在日、只怕、姑表、侄儿、人等、兄长、纵容”等。

（2）宋元话本对现代汉语词汇的影响。

蒋绍愚曾经说："从晚唐五代开始，逐步形成了古白话，古白话的词汇，和现代汉语词汇有着更为密切的关系，不对古白话的词汇进行深入研究，对现代汉语词汇也就不能有透彻的理解。所以，汉语历史词汇学面临的一个重要任务，就是要把这段空白填补起来。"① 徐时仪在《古白话词汇研究论稿》中谈到宋元话本的价值时认为："这些话本皆为元代刊刻，有确切的年代记载，不仅在小说发展史上有重要的史料价值，而且在确定古白话词语源流上有参考价值。"②

以往讨论近代汉语白话词汇对现代汉语的影响，多选取敦煌变文词汇为例，一般认为敦煌变文中的词汇对现代汉语词汇影响较大，现代汉语中很多词汇来源于变文词汇。根据陈明娥的研究："而在变文的2 000多个新词中，有60%多的新词都在宋元以后的文献中出现过，有30%多的新词一直保留到了现代汉语中，这又足以说明变文词汇对后世白话词汇的形成所起的重要影响。"③ 陈秀兰统计结果和陈明娥的结果出入较大，根据陈秀兰的统计，敦煌变文有新词1 128个④。由于二人的文章后面都没有敦煌变文新词表，笔者仅就陈秀兰《敦煌变文词汇研究》中出现的新词进行了统计，在1 128个新词中，现代汉语沿用的词汇只有53个，占整个新词的4.7%，这和陈明娥的30%的结论相距甚远。笔者以为30%的比例不太可信：虽然变文词汇有着较高的口语性，但毕竟只是代表唐五代时期的口语状况，其中很多词语在我们今天看来还是晦涩难懂的。蒋礼鸿先生的《敦煌变文字义通释》里面解释的都是敦煌变文的口语词汇，如"手力（第51页）、人貌（第62页）、水病（第79页）、房卧（第89页）"等，但如果不是蒋先生深入浅出的解释，我们很难理解这些词语。我们不否认敦煌文献的口语性和研究价值，但其对现代汉语的影响可能远不及宋元话本。

笔者翻阅《现代汉语词典（修订本）》，比照话本所见新词，统计之后得出了惊人的数据：宋元话本所见宋元新词855个，其中见于《现代汉语词典（修订本）》共有456条，占新词数量的53.3%，也就是说，宋元话

① 蒋绍愚：《古汉语词汇纲要》，北京：商务印书馆2005年版，第240页。

② 徐时仪：《古白话词汇研究论稿》，上海：上海教育出版社2000年版，第93页。

③ 陈明娥：《敦煌变文词汇研究》，山东大学博士学位论文，2003年，第167页。

④ 参见陈秀兰：《敦煌变文词汇研究》，成都：四川民族出版社2002年版，第17页。

本中的新词有一半的词语被现代汉语接纳，这显示了宋元话本词语极高的口语价值。

宋元话本中新词的构词语素多是常用字，大多数词语浅显易懂，不需要做过多的解释，比如“紧紧、欺压、教唆、惧怕、拷打、遮挡、狠毒、行径、洗尘、施礼、行医、落后、参破、迟到、暗喜、暗中、通红、急忙、价钱、接着、款待、能够、军民、屡次、受苦、正在、之前、之后、假装、通过、只怕、患病、粗鲁、打听、打算、打扮、得手、等待、点火、带领”等。有的是首次在话本中出现，一直被沿用至今，如“公公、刚硬、尸横遍野、改邪归正”等，这些词语至今仍然活跃在我们的现代汉语中。像将要在第二章谈到的重叠式亲属称谓词，如“爷爷、舅舅、姑姑、叔叔、姐姐”等，都是我们现在使用频率极高的称谓词，而它们都产生于宋代且已见于话本。

还有一些宋元之前已经出现的词语，但在宋元时期产生了新的用法和意义，见于话本的就有如“当头”之“为首”义、“会意”之“了解、同意”义、“不觉”之“无意间”义、“对手”之“势均力敌的人”义、“几乎”之“差点儿”义、“妙法”之“巧妙的方法”义、“强人”之“能人”义、“所有”之“整个、全部”义、“同道”之“同行”义、“有劳”之“麻烦”义、“正要”之“刚要”义等，这些新义至今还活跃在我们的口语中。宋元话本新词新义在现代汉语中有较高的沿用率，这在宋元文献中还是不多见的。

（二）对于辞书编纂具有重要意义

以往的辞书编纂由于没有或较少利用像宋元话本这样的白话文献，致使辞书在收词、释义等方面都存在着缺憾，我们研究宋元话本中的词语，查阅《大词典》，发现其对于辞书编纂的意义主要有以下几点（由于本书第四章有详细的论述，本处仅各举一例说明）：

1. 补充词条

【两壁（厢）】

（1）言未尽，正东有三万兵来，中间孙子旗号，两壁李牧、袁

达。(《七国》)

(2) 有一桥，军过尽。后有拆其桥，两壁火起。(《三国》)

(3) 左右依令，根寻到陕府东约四五里地，见轩辕皇帝庙门前两壁厢，有千里眼、顺风耳。(《武王》)

(4) 至十五夜，去内门直上赐酒。两壁有八厢，有二十四个内前等子守着……(《宣和遗事》)

"壁"本指墙壁，以人所站立的方位来看，墙壁在人的两边，故引申出"边"义，元白朴《董秀英花月东墙记》第一折："（梅云）姐姐，我猜着你敢待和昨日那秀才说话。他在那壁，你在这壁，如何得会?"元马致远《吕洞宾三醉岳阳楼》第二折："（正末云）古人英雄，今安在哉?华容路这壁是曹操遗迹，乌江岸那壁是霸王故址。"故"两壁"即"两边"，见例（1）、例（2），《东京梦华录》卷三《寺东门街巷》："巷口宋家生药铺，铺中两壁皆李成所画山水。"又卷七《驾幸临水殿观争标锡宴》："水戏呈毕，百戏乐船，并各鸣锣鼓，动乐舞旗，与水傀儡船分两壁退去。"

"厢"本正屋两边的房屋，《尔雅·释宫》："室有东西厢曰庙。""厢"指厢房，其位置在正屋两边，故又引申出"边"义，元高文秀《须贾大夫谇范叔》第二折："莫不是梦断茅庐映雪窗。长叹罢刚将眼睁放。我看了这厢，我又觑了那厢，天也，原来我这七尺身躯在那厕坑里躺。"纪君祥《赵氏孤儿大报仇》第二折："他一个个亲手剁作三段。我将的这小舍人送到那厢去?"《西游记》第一〇回："太宗道：'崔先生，那厢是甚么山?'"

故"壁""厢"同义，又有"壁厢"连言的，亦作"边"义，关汉卿《包待制三勘蝴蝶梦》第二折："三哥打的更毒，老身牵肠割肚。这壁厢那壁厢犹犹豫豫，眼眼厮觑；来来去去，啼啼哭哭。"元郑廷玉《包待制智勘后庭花》第一折："俺浑家心意真，您母子性命存。那壁厢欢喜杀三贞妇，这壁厢镬铎杀五脏神。"

故"两壁"即"两厢""两壁厢"，如例（3），《宋史·志·仪卫三》："大次两壁快行六十九人，于禁卫外排立坛周围，守踏道。"元无名氏杂剧《关云长千里独行》第四折："（张飞云）两壁厢敲马宰牛，做一个庆喜的筵席。"

《大词典》还收有与之义近的“两边、两旁（傍）、两侧”“两边厢”等，均指两边。故《大词典》当收“两壁”“两壁厢”。

2. 纠正释义

【始年】

《大词典》“始年”条：“谓青年。《新唐书·沈既济传》：‘况中宗以始年即位，季年复祚，虽尊名中夺，而天命未改。’”

《大词典》此条释义有两个问题：其一，例证是孤证；其二，此例证中“始年”与“季年”对举，“季年”乃“末年”之意，《左传·文公元年》：“晋文公之季年，诸侯朝晋。”又《左传·闵公二年》：“元年，革车三十乘。季年，乃三百乘。”故知“始年”乃“元年”之意，汉何休《春秋公羊传注疏》卷一：“元年者何？君之始年也。”古代新君即位，大多改元，重立年号，元程端学《春秋本义》卷一：“诸侯继世而有其国，故即位建始者，各得称元年以自异。”宋胡安国《春秋传》卷四：“元年，即位之始年也。自是累数虽久而不易，此前古人君纪事之例。”

故《大词典》“始年”条释义有误，此“始年”当为“元年”之意，而且用作此意的“始年”当为偏正短语，还不能算作词。

短语结构的“始年”在古汉语中另一个常见的意义是“年仅”义，话本中出现的“始年”即是此义：

自皇后卒时，太子始年一岁，别有官人育之。(《武王》)

例中“始年”为“年仅”义，“始年”后面一般接的是数词，表示年纪小。吴支谦译《五母子经》卷一：“我始年七岁，好道辞家，舍母随师，入山求道，得罗汉道。”杨衒之《洛阳伽蓝记》卷三：“时帝始年六岁。太后代总万机。”比丘道略集《杂譬喻经》卷一：“长者儿始年三岁，便持布施为作弟子。”《南史·遥欣传》：“始年七岁出斋时，有一左右小儿，善弹飞鸟，无不应弦坠落。”《太平广记》卷一一二“宋吏国”条（出《幽明录》）：“惟有一子，始年十岁，次当充行。”《五灯会元》卷一三：“（佛日禅师）遂投诚入室，时始年十三。”

3. 提前书证

【承认】

《大词典》“承认”条：“1. 表示肯定、同意、认可。柳青《铜墙铁壁》第二章：‘（曹区长）承认他在上次区委会上说的话过火了一点。’……2. 指一国肯定另一新国家为主权国家或肯定另一国新政府为该国合法政府的表示。”

《大词典》此条首引例是柳青的小说，而“承认”在话本中就有用例：

子童奏陛下：“……交子童权为皇帝，把三人赚入宫中，害其性命。今陛下何不承认，推及贱妾？”（《三国》）

元明清小说、戏曲中习见“承认”，元高文秀《保成公径赴渑池会》第二折：“（廉颇云）相如，你怎敢发大言，独自保主公去？倘或主公有些差失，谁人承认？”元王仲文《救孝子贤母不认尸》第二折：“到来日急煎煎的娘亲插状论，怎禁他恶噷噷的曹司责罪紧！实丕丕的词因不准信，磣可可的杀人要承认……”《西游记》第一七回：“行者道：‘……我又急急赶到他洞口，叫他出来与他赌斗。他已承认了，是他拿回。’”《红楼梦》第二五回：“次日，宝玉见了贾母，虽然自己承认是自己烫的，不与别人相干，免不得那贾母又把跟从的人骂一顿。”

4. 补充例证

【无多时】【无移时】

《大词典》“无多时”条仅引《清平山堂话本》为证，“无移时”仅引《水浒传》为证，“无多时”即“无移时”，《全相》中就有“无多时”“无移时”的用例：

（1）石丙败；石凯又战，又败；无多时，败燕数将。（《七国》）

（2）（石丙曰）……无移时，败俺数将，不能当敌。愿先生出阵用计擒之。（《七国》）

（3）独孤角凭英勇，仗钢刀，独自战四将。无移时，杀气从中分

胜败。(《七国》)

【左手】【左面】

《大词典》“左手”条:“1. 左边的手。2. 左首。”“左面”条:“左边。”均没有例证,《全相》则有它们的用例:

(1) 忽有一书生……左手携酒一壶,右手将着瓦钵一副……(《三国》)

(2) (赵云) 盘桓数遭,猛见甘夫人右手抱其胁,左手抱阿斗。(《三国》)

(3) 众官皆觑为首者一将……左手下一将,身长九尺二寸,是蒲州解良人也,姓关名羽,字云长。(《三国》)

(4) 张飞后赶军师,行二日,张飞在于左手下,赵云在于右手下,军师正西取葭萌关。(《三国》)

(5) 却说周瑜用帐幕船只,曹操一发箭,周瑜船射了左面,令扮棹人回船,却射右边。移时,箭满于船。(《三国》)

例 (1)、例 (2) 为“左手”义项 1 的用例;例 (3)、例 (4) 为“左手”义项 2 的用例;例 (5) 为“左边”的用例。又,《大词典》“右手”有用例,“右面”没有用例①。

(三) 对于宋元话本的校勘和流传具有重要意义

宋元话本由于刊刻之初较为草率,其间讹误较多,而当前又没有一个较好的校勘本,这将不利于宋元话本研究的深入和它的普及与流传。我们开展宋元话本的研究,可以从现有的校勘本中纠正很多的错误,以钟注本《全相》为例来说明这个问题,如:

1. 例一

(1) 今汉天下无计奈何,须用此人。献帝赐赏曹操誃目使。“若

---

① 按:《封神演义》第二〇回:“姬昌接旨,开读毕,使命官将龙凤膳盒摆在右面。”

大事毕，加做天下都元帅，你在意勾当；若卿获功者，加卿为左丞相。”（《三国》）

例中“献帝赐赏曹操諺目使。”钟注本断作：“献帝赐赏曹操，諺目使。”钟注本注曰：“諺目：怒目相视。”

按：笔者遍检文献，未发现“諺目使”的用例，查《历代职官表》《中国历代官称辞典》亦不见收录，看来它不是官名。《说文·言部》：“諺，相怒使也。”除字书之外，文献中未见“諺”的用例。此处如依钟注本所释，此句意即：献帝赐赏曹操，曹操怒目相视。显然前后语意自相矛盾：曹操此时毛遂自荐，希望朝廷能重用自己，带兵征讨董卓，从而施展自己的才能。假如献帝赐予他官职，命他出征，他不可能不高兴，故“諺”与句意不合。

窃以为例中“諺”字当为“謬（谬）”之形近而误，“目”字当为“曰”的形近而误，“谬”有“假装”义，《史记·范雎蔡泽列传》：“应侯知蔡泽之欲困己以说，复谬曰：‘何为不可？夫公孙鞅之事孝公也，极身无贰虑……’”《晋书·卫瓘传》：“瓘欲言而止者三，因以手抚床曰：‘此座可惜！’帝意乃悟，因谬曰：‘公真大醉耶？’”

又句中“使”当属下，“使”和“若”均为表假设关系的连词，古文献中常见，如《国语·吴语》：“（夫差）‘使死者无知，则已矣；若其有知，吾何面目以见员也！’”此例中“使”“若”对举，二者义同。同样，“使若”连文亦作表假设关系的连词，文献中“使若”连用表假设义的用例甚多，如《晋书·桓玄传》：“玄曰：‘卿使若有功，当以吴兴相叙。’”《新唐书·杜暹传》：“会孚迁大理正，暹适以累当坐，孚曰：‘使若人得罪，众安劝乎？’以状言执政，繇是擢为大理评事。”宋司马光《涑水记闻》卷八：“（范文正）‘臣以为使朝廷见之而不能讨，则辱在朝廷，乃对官属焚之，使若朝廷初不知者，则辱专在臣矣。故不敢以闻也。’”

故古典本、钟注本所断皆误，此句当断作：“献帝赐赏曹操，谬曰：‘使若大事毕，加做天下都元帅……’”“谬”作“假装”义正合文意：汉献帝虽然不喜欢曹操，但是董卓作乱，目前无人可用，任用曹操乃不得已而为之，并非出自真心。如此断句，文从字顺也。

又有相近的例子：

> (2) 令弟陈招于代州城内守把提备，管勾内外，救应外营提点使，若用汝兵，即倒锦旗二面，如截之，即来救助。(《前汉》)

例中“提点”为宋代官名，掌管司法、刑狱及河渠等事。《宣和遗事》：“提点淮东刑狱章绎，可怜见商贾受苦，上奏钞法误民。以此忤蔡京意，遂夺章绎官，贬做庶人。”《宋史·太宗本纪》：“五月己亥朔，诏减两京诸州系囚流以下一等，杖罪释之。庚子，置诸路提点刑狱官。”所以此句正确的标点应该为：“令弟陈招于代州城内守把提备，管勾内外，救应外营提点：‘使若用汝兵，即倒锦旗二面，如截之，即来救助。’”故古典本此例中“使”亦当下属，钟注本此处“使”下属，是。

又，《大词典》失收“使若”条，当补。

2. 例二

> (燕王曰) ……尚欲与共燕国。今乐毅亲为寡人破齐，夷其宗庙，报塞先仇，以称寡人之意…… (《七国》)

例中“报塞”，钟注本改为“报雪”并注曰：“原作‘塞’，误。”

按：“报塞”，钟注本改作“报雪”，是因“报雪”有“报仇雪恨”义，如《后汉书·班超列传》：“勇上议曰：‘……今曹宗徒耻于前负，欲报雪匈奴，而不寻出兵故事，未度当时之宜也。’”《北齐书·封隆之传》：“隆之以父遇害，常怀报雪，因此遂持节东归，图为义举。”

殊不知“报塞”亦有“报仇雪恨”之意，如《三国志·吴志·吴主传》：“分部诸将，镇抚山越，讨不从命。”裴松之注：“(权)‘今欲讨之，进为国朝扫除鲸鲵，退为举将报塞怨仇，此天下达义，夙夜所甘心。’”《资治通鉴》卷四：“(昭王)‘今乐君亲为寡人破齐，夷其宗庙，报塞先仇，齐国固乐君所有，非燕之所得也。’”通过对比，我们可以看出例二内容与《资治通鉴》此例大致相同。讲史话本很多材料来自前代史书，《七国》此处正是化用《资治通鉴》原文而来。

《敦煌变文字义通释》“报赛、保塞（报塞）”条曰：“报答、填偿。父母恩重经讲经文：‘今既成人，还须报赛，莫学愚人，返生逆害。’这里指报答父母的恩德。‘赛’古作‘塞’，是用相当的价值填偿的意思。填偿须用资财，就改为从贝的‘赛’。”① “报塞”有“报答、报效”之意，从词义引申角度来看，所报答之人可以是恩人，亦可为仇人。如为恩人，那么“报塞”就是我们常见的“报答、报效”义；但若为仇人，“报塞”则为“报仇雪恨”之意。《大词典》已收“报塞”条，但失收“报仇雪恨”之义项，当补。

3. 例三

(1) 不久，纣王回马恰待走，正迎着引驾大将军武吉。武吉喑呜叱一声：“不得走!”(《武王》)

钟注本“喑呜叱”下补“咤”字，陈注本同古典本未补字②。

按：“喑呜”本“发怒”义，《文选·左思〈吴都赋〉》：“睚眦则挺剑，喑呜则弯弓。”“睚眦”为“发怒”义，《战国策·韩策二》：“夫贤者以感忿睚眦之意，而亲信穷僻之人……”鲍彪注曰：“睚眦，怒视也。”“喑呜”与“睚眦”对举，二者义同，故“喑呜”又引申出“怒喝”义，唐骆宾王《代李敬业讨武氏檄》：“喑呜则山岳崩颓，叱咤则风云变色。”文中“喑呜”“叱咤”对举，二者义同。“喑呜”当为联绵词，“呜”“恶”音近，故“喑呜”亦作“喑恶”，《史记·淮阴侯列传》：“信再拜贺曰：‘……项王喑恶叱咤，千人皆废……’”司马贞索隐：“叱咤，发怒声。”故“喑呜”“叱咤”同义，都是“怒喝”之意，又如：

(2) 高祖圣旨言：“卿不知就里之事。霸王有喑呜叱咤之声，三人逼到乌江自刎……”(《三国》)

故例(1)“喑呜叱”后当脱“咤”字，古典本、陈注本均失补。

从历时的角度来看，宋元话本上承唐传奇、敦煌变文，下启明清白话小说，是连接中古汉语与近代汉语的一座桥梁。话本口语化的词语不仅是研究宋元时期口语的宝贵材料，而且是近、现代汉语词语溯源的重要语

① 蒋礼鸿：《敦煌变文字义通释》(增补定本)，上海：上海古籍出版社 1997 年版，第 207 页。

② 陈翔华编校：《元刻讲史平话集》(第 1 册)，北京：北京图书馆出版社 1999 年版，第 43 页。

料。因此，全面展开宋元话本的词汇、语法研究，有助于我们全面了解宋元时期词汇和语法的特点与真实面貌，揭示该时期语言发展的特点和规律，从而推动近代汉语、现代汉语乃至整个汉语史研究的深入。

此外，袁宾在《近代汉语概论》中还对《全相》中的“念”进行了讨论：

(1)（张）飞问曰：“君子何往？甚州人氏？”关公见飞问，观飞貌亦非凡，言曰：“念某河东解州人氏，因本县官虐民不公，吾杀之。不敢乡中住，故来此处避难。”（《三国》）

(2)（张飞）捻指到燕王阶前，下马，被门人拦住。飞曰：“念某特来见主公，有商议的事。”（《三国》）

(3)礼毕，诸葛问曰：“尊重何人也？”玄德曰：“念刘备是汉朝十七代玄孙中山靖王刘胜之后，见新野太守。”（《三国》）

(4)（正末云）将军一貌非俗，但不知年甲几何？（潘云）念潘美年二十二岁。（《外编·风云会》）

(5)（石云）贤士姓甚名谁？家乡何处？曾习武艺不曾？（正末云）念在下姓赵名匡胤，副指挥弘毅之子，自幼习成武艺一十八般，韬略兵法，无所不通。（《外编·风云会》）

袁宾认为：“这个‘念’与上文介绍的句首助词‘但’有相似之处，即使用‘念’字的句子一般表示自我介绍、自我说明的意思，‘念’字后面多跟自称词语（如例中的‘某’‘刘备’‘在下’等）。从我们搜集到的用例来看，这类‘念’字句一般出现在回答应对之语中。句首助词‘念’是由动词‘念’虚化而成的。动词‘念’有顾念、怜惜的意思，经常使用于句首……‘念’字仍含有可怜之义，而在用法上，已具备句首助词‘念’的一些特点（表示自我说明的语气，两处‘念’字后跟自称词语）。继续演化的结果，‘念’字便失去了顾念、怜惜的动词意义，而变成句首助词了。”①

笔者认为袁宾的看法值得商榷。从他举出《全相》三例和《外编·风

① 袁宾：《近代汉语概论》，上海：上海教育出版社1992年版，第210－211页。

云会》的两例来看，“念”在句中与“某”“刘备”“潘美”“在下”同现，均为句中的主语，因此，“念”当为同位语，而不是句首助词。笔者认为以上的“念”均当作谦辞，这种用法在《全相》中还有用例：

(6) 姜尚归宅辞母曰：“念儿子今有皇帝圣旨，令我收黄飞虎去。”(《武王》)

(7)(栾布) 曰：“念微臣与梁王昆弟之礼，一乃小臣之主，便死难忍，更教筵上众官食之。”《前汉》)

(8) 至来日，众臣皆到，唯三王起来奏帝曰：“念臣自小离帝业长安，久在江南……”(《前汉》)

(9) 英布谓灌婴曰：“我亦无反高祖之心，因坏二将之事，念自来共尔垓下苦战之功，不干尔事。”(《前汉》)

以上四例中的“念”均不表“念及、顾及”义，也不是袁宾所认为的“句首助词”，“念”表达的不是请求语气，而是一种谦逊语气，“念”用作谦辞。

中国自古就是礼仪之邦，大量敬辞和谦辞正是礼仪在语言中的体现。谦辞是用谦卑的言辞谦称自己或与自己有关的人和事，《礼记·曲礼上》：“夫礼者，自卑而尊人。”这就是说，在人际交往中，“自卑而尊人”是礼的基本原则，如古代王侯使用“孤、寡、不谷”等谦辞，大臣多用“窃、辱、敝”等。谦辞的语法特征就是与主语、宾语同现，如例(1)至例(9)中的“念儿子”“念刘备”“念微臣”“念臣”等。谦辞也可以直接在句中代替主语或者宾语，如：

(10)(秦王曰)……各有吞噬上国之谋。寡人知之久矣，念欲兴问罪之师，实以盟会之言犹在耳，未忍寒盟，遽为此举。(《秦并》)

例(10)中“念”在句中作主语，并不是句首语气词。“念”的这种用法与“某”同，“某”用作谦辞在近代汉语中常见，“两宋‘某’用于第一人称代词普遍可见……‘某’用于第一人称代词不晚于晚唐五代。从用法上看，‘某’与‘我’相比，显得谦逊；与称名相比，又显得正规”①。正因为二者用法相似，故又有“念某”连言的，如例（1）、例（2），但“念某”连言位于句首有时并不是谦辞连言，如：

（11）承曰：“因念某旧日西都救驾之功，故有此赐。”（《三国演义》）

（12）（异人）请于不韦曰：“念某孤身质此，客馆寂寥，欲与公求得此姬为妻，足满平生之愿。”（《东周列国志》）

以上两例中的“念某”，正如袁宾所说，“念”乃“念及”义，“某”为谦辞。但“念”不是句首助词。

唐代又有“念奴”一词，本妓女名，唐元稹《连昌宫词》：“力士传呼觅念奴，念奴潜伴诸郎宿。”自注：“念奴，天宝中名倡，善歌。每岁楼下酺宴，累日之后，万众喧隘……”后来“念奴”泛指歌女，宋柳永《木兰花》词：“心娘自小能歌舞，举意动容皆济楚。解教天上念奴羞，不怕掌中飞燕妒。”汉语中用作谦辞的词多为卑、贱、愚、拙、贫、寒、微、小等义，如“愚、猥、辱、奴”等。“奴”本为丧失人身自由，为主人从事无偿劳动的人，《周礼·秋官·司厉》：“其奴，男子入于罪隶，女子入于舂稿。”郑玄注：“奴，从坐而没入县官者，男女同名。”“奴”后可用作自称的谦辞，《敦煌变文校注·王昭君变文》：“可汗将为情和，每有善言相向。‘异方歌乐，不解奴愁；别域之欢，不令人爱。’”又《韩擒虎话本》：“皇帝宣问：‘阿奴无得（德），槛（滥）处为军（君）……’”古代妓女的名字多为艺名，如唐传奇《李娃传》中的“李娃”，关汉卿杂剧《救风尘》中的“赵盼儿”、《金线池》中的“杜蕊娘”，“三言”中的“杜十娘”，“二拍”中的“关盼奴”等，故笔者以为“念奴”虽是人名，其起名之初，“念”“奴”均当为含有卑称义的谦辞。

“念”引申出谦辞的用法与“窃”类似，“窃”本为“私下认为”义，表达的是说话人一种主观的态度，《史记·赵世家》：“太后笑曰：‘妇人异甚。’对曰：‘老臣窃以为媪之爱燕后贤于长安君。’”同样，“念”位于句首时，一般是动词“念及、顾及”义，表达一种请求语气，如《三国演

① 蒋冀骋、吴福祥：《近代汉语纲要》，长沙：湖南教育出版社1997年版，第374－375页。

义》第八九回：“（孔明）‘万望尊神，念本朝恩义，通灵显圣，护佑三军！’”《喻世明言》卷三三：“正是义方妹子文女，跪告张公道：‘告真人，念是妾亲兄之面，可饶恕他。’”“念”同样是表达说话人的一种主观态度。由于它们都是表心理活动的动词，而用作谦辞的一般位于句首，表达对后面内容的一种主观态度，“自卑而尊人”又是古人交往礼仪中遵循的基本原则，所以“窃”“念”自然会引申表谦辞的用法。

又，《大词典》“念”条所收义项多为动词义，未收作为谦辞的用法，当补。

第二章　词汇篇

语言由语音、词汇、语法三要素构成。在语言的发展中，变化最快的是词汇。“因此语言的词汇对于变化是最敏感的，它处在几乎不断变化的状态中。”① 社会的发展、人们对客观世界的认识和语言系统的自我调整，无一不影响着词汇的演变。王云路认为：“新词给一个时代的词汇注入生机与活力，新义给一个时代的词汇增加内涵与表现力，而最持久、最有生命力的词汇是那些人们习见的、普通的词语——常用词。”②

研究宋元话本中的新词新义，首先要面临的是判别词与跨层结构③、词与短语之间的区别。因为在古汉语中，在线性序列上两个临近的成分有的在今天看似是词，然而在古汉语中某个阶段有可能是短语或者跨层结构，如汉代以前的“规矩”（短语）和“消息”（短语）、唐以前的“窗户”（短语）、汉代以前的“否则”（跨层结构）等。由于语法形式的渐变性，某种形式由短语、跨层结构变为词需要很长的时间，有时候同形的词和短语、跨层结构会共存较长的时间，例如汉贾谊《鹏鸟赋》：“合散消息兮，安有常则?”“消息”是一个动词性并列短语，义为“减少和增长”。《后汉书·董祀妻传》载蔡琰《悲愤诗》：“有客从外来，闻之常欢喜。迎问其消息，辄复非乡里。”句中“消息”已变成一个名词，指关于人或事物情况的报道。又如《仪礼·士冠礼》：“至于庙门，揖入。”“至于”是跨层结构；《史记·秦本纪》：“下罢极，则以仁义怨望于上，上下交争怨而相篡弑，至于灭宗，皆以此类也。”“至于”黏合为一个连词。

---

① 斯大林著，中共中央马克思恩格斯列宁斯大林著作编译局编：《斯大林选集》（下卷），北京：人民出版社 1979 年版，第 516 页。

② 王云路：《中古汉语词汇研究综述》，《古汉语研究》2003 年第 2 期，第 76 页。

③ 所谓跨层结构，是指在线性顺序上邻接的两个成分不构成一对直接成分，而是分属不同句法层次的形式。

那么，我们如何判别词与跨层结构、词与短语之间的区别呢？我们这里主要依据三点：①在句中线性序列上的相互关系；②语义结合的紧密度；③使用的频率。

第一节　新词新义概貌

宋元时期是白话词汇发展的高峰时期，仅在宋元话本中出现的新词就有1 000多个，这些新词大部分都是口语词，这些口语词有着较强的生命力，大部分词语一直沿用至今。从音节形式来看，新词主要是双音词，占全部新词的83%，这和汉语词汇双音化的趋势是一致的。新义主要是在旧有单音词和双音词的基础上引申出来的意义，在旧有的三音词和四音词的基础上引申出新义的很少。以下我们从单音词、双音词、三音词和四音词四个方面介绍宋元话本新词新义的概貌。

一、单音词

一般认为中古时期是汉语双音化迅速发展的时期，到了中古末期，汉语双音化的趋势已经表现得相当明显了，一些新出现的意义主要是以双音词的形式表现出来，以单音词的形式表现新出现的意义应该比较少见。其实不然，宋元话本中反映宋元时期新出现的意义，有很多是以单音词的形式表现的。

（一）新词举例

宋元话本新出现的单音词从词性来看，主要是动词和代词两个词类，以动词为例，如：

【趓（躲）】

（1）那佳人见天子便躲，躲不及，便山呼万岁。（《武王》）

(2) 天色正晡，且同入个树林中躲了，待晚西却行到那马家门首去。(《五代史》)

(3) 那明皇无计奈何，只得带领百官走入蜀川，躲避了禄山。(《宣和遗事》)

(4) 一骑马上摩天岭去。喜煞程咬金："勇哉仁贵！前后绝伦。"复上岭，石头复打，躲过又上。(《征辽事略》)

"趓"乃"躲开、避开、躲藏"义，"趓"即"躲"之俗写，"躲"有时写作"趓"，如《三国》："操趓过，即时拿住吉平打拷。""曹公三十万军至。'尊重何不趓？'"古本董解元《西厢记》卷四："红娘急趓过，曰：'死罪！死罪！'"话本中共有25次"躲"的用例，"躲"又见于同时期文献，《南村辍耕录》卷九："民间谣曰：'满城都是火，府官四散躲。城里无一人，红军府上坐。'"陆游《沁园春》词："非惟我老，更有人贫。躲尽危机，消残壮志。"元杂剧中多见，如关汉卿杂剧《关张双赴西蜀梦》："咱是阴鬼，怎敢陷他，唬的我向阴云中无处躲。"杂剧《西厢记》："门儿外，帘儿前，将小脚那。我恰待目转秋波，谁想那识空便的灵心儿早破。諕得我倒躲，倒躲。"可见，这个新出现的单音词"躲"有着极强的生命力，一直沿用至今。

【攧】

(1) (太公曰)……岂不知纣王无道，恣从妲己之言，将尔姊就摘星楼攒下来，攧杀姜皇后。(《武王》)

(2) (武王曰)……尔去摘星楼上撺下姜皇后攧死……是三过也。(《武王》)

(3) 师曰："你神通广大，去必无妨。"说由未了，攧下三颗蟠桃入池中去。(《取经诗话》)

(4) 遣伴当每送放旷野，名做青草村，将这孩儿要顿放鸟鸢巢内，便是攧下来，他怎生更活！(《五代史》)

这些例中"攧"乃"摔倒、跌落"义，其又见于同时期文献，《全宋词》中辛弃疾词《踏歌》："攧厥。看精神、压一庞儿劣。更言语、一似春莺滑。"《南村辍耕录》卷二十八："杭州杨镇一凶徒，素不孝于母，尤凌虐其妻。有子三岁，爱惜甚至。妻常抱负，偶失手，攧损其头。"元杂剧马致远《破幽梦孤雁汉宫秋》："那壁厢锁树的怕弯着手，这壁厢攀栏的怕攧破了头。"古本董解元《西厢记》卷七："休教觅生觅死，自推自攧，有些儿好弱，你根的不舍。"又，湖北鄂州方言中至今还有此义用法，如：这细伢不小心从牛背攧了下来，摔断了腿。

新出现的单音节动词还有"绰、绑、皈、掿、搠、搼、唆"等。

（二）单音节的新义

宋元话本中单音节的新义从词性上看，大多为动词义和副词义，其次是代词义，如：

1. 动词

【刷】

"刷"本"清除"义，《周礼·天官·凌人》："秋，刷。"郑玄注："刷，清也。"清除杂物，本就含有选择有用的、去除无用之物的意思，如施之于人，可向两个方向引申：选择有用的，可引申出"选择、选调"义；去除无用的，则为"缉拿、缉捕"义。如：

(1) 陈平奏曰："且于城中刷以似太后颜貌妇人，斩首与之解围。"(《前汉》)

(2) 今有富民朱长者，闲坐自思：汉王行诏刷钟离眛、季布二人，若有隐藏之家，九族遭诛。(《前汉》)

(3) (季布曰) ……齐王改楚王之恨，诏赦楚将，二次刷季布出来。有钟离眛不出，被韩信藏之，请大王圣鉴不错。(《前汉》)

(4) 蔡京差官划刷诸司库务故弊的物，及粗细香药、漆器、牙锦之类，高估价直…… (《宣和遗事》)

例 (1)、例 (4) "刷"为"选择、选调"义。此义又见于同时期其他文献，如宋陈规、汤璹《守城录》卷三："规遂措置修筑城壁，召募胆勇，刷差军兵。”例（2）、例（3）“刷”为“缉拿、缉捕”义。

“拘”亦有“拘禁”义，《书·酒诰》：“群饮，汝勿佚，尽执拘以归于周，予其杀。”故又有“拘刷”连言的，如：

（5）子房奏毕，高祖即行圣旨诏行天下，拘刷钟离昧、季布二人。（《前汉》）

（6）（夏侯婴曰）……拘刷钟离昧、季布二人，至今不得；切恐刷得紧急，别生事端，如之奈何？（《前汉》）

（7）五台山寺长违命不从，以此官司拘刷抗命僧人，拘囚押至京师，奏闻天子。（《宣和遗事》）

例（6）中一处用“拘刷”，一处用“刷”，二者义同。“拘刷”为“缉拿、捉拿”义，此义又见于同时期文献，《金史·食货志》：“随处官豪之家多请占官地，转与它人种佃，规取课利。命有司拘刷见数，以与贫难无地者……”元纪君祥《赵氏孤儿大报仇》第二折：“与我张挂榜文，着晋国内但是半岁之下，一月之上，新添的小厮，都拘刷到我帅府中来听令……”又《七国》：“用上等剑客霍道真，即时于即墨城里构刷上等庄家好牛，得一千余只，于牛角上施枪……”此处“构刷”当为“拘刷”之误。

《大词典》“拘刷”条：“谓全部收禁、收缴或扣留。”释义不确，未收其“缉拿、缉捕”义。《大词典》“刷”条同样失收此义。

【主】

“主”有“主宰、掌管”义，《墨子·尚贤中》：“子墨子言曰：‘今王公大人之君人民、主社稷、治国家，欲修保而勿失，故不察尚贤为政之本也。”北齐颜之推《颜氏家训·治家》：“妇主中馈，惟事酒食衣服之礼耳。”

古人本有信奉自然之神的习俗，从远古的甲骨卜辞即可见一斑，遇大事必先占卜是古人的生活习俗，在古人看来，占卜的结果预示着将来事态发展的结果，故在宋元时期，“主”又引申出“预示、预兆”之意，如：

（1）西伯侯又发一课：今日是戊子日，雨降，合主此墓自摧破，此墓中合出一个烈士。（《武王》）

（2）是夜，一阵风过。孙子言道："主有贼兵至。"（《七国》）

（3）先生曰："不主吉凶，只主山摧。"（《三国》）

（4）先生道："洛阳从来无杜鹃，今忽来至，必有所主。"（《宣和遗事》）

（5）司天台奏孛犯荧惑，当主火灾。群臣奏请修德以消弭灾异。（《五代史》）

此义亦见于宋元文献，宋范仲淹《奏乞宣谕大臣定河东捍御策》："河东地震数年，占书亦主城陷。"

见于宋元话本的单音词产生新义的还有"挑、扛、赶、抹、勾、勘、把"等。

2. 副词

宋元话本新出现的副词义以表程度的居多，如：

【好】

《说文·女部》"好，美也。从女子。"故"好"本指女子貌美，《国语·晋语》："子思报父之耻而信其欲，虽好色，必恶心，不可谓好。"韦昭注："好，美也。"又引申出良好、优良的意义，《论语·子张》："子贡曰：'譬之宫墙，赐之墙也及肩，窥见室家之好……'"而形容词"良好、优良"本有极强的程度意义，故在宋元时期"好"又引申出表示程度的副词"很、甚"，一般用在形容词、动词或短语前面，如：

（1）太子言道："此旋风好怪么！"（《武王》）

（2）毅曰："你好毒害！既赚我过河，尔兵不及一万，如何近我？"（《七国》）

（3）言未尽，窗外一人叫曰："您好大胆！我告曹操！"（《三国》）

（4）师师道："……你好不晓事也，直这般烦恼！"（《宣和遗事》）

（5）徽宗见了，思想这人好面熟，欲待询问。（《宣和遗事》）

（6）敬瑭道："这事也好作怪！"（《五代史》）

“好”在这一时期除了引申出程度副词义之外，还引申出了表示同意、赞同语气的用法，一般单独成句，如：

(7) 姜尚曰：“若你无事，休来见我；若有事，却来见我。”武吉言曰：“好么。”(《武王》)

(8) 伯杨曰：“仁兄别吾一阵。”鬼谷曰：“好。”(《七国》)

(9) 那汉索要卖五百贯钱，郭威道：“好！只直得五百钱。咱讨五百钱还你，问你买得。”(《五代史》)

此义又见于同时期文献，《京本通俗小说·碾玉观音》：“郡王道：‘好！正合我意！’”

【忒】

《说文·心部》：“忒，更也。从心弋声。”故“忒”本“变心”义，《诗·大雅·瞻卬》：“鞫人忮忒，谮始竟背。”毛传：“忒，变也。”人如变心，则被视作行为不端，故“忒”又有“邪恶”义，《书·洪范》：“人用侧颇僻，民用僭忒。”“邪恶”义是“恶”的极端，含有程度深之意，故宋元时期又引申出程度副词的用法，表“太、过于”义，如：

(1) 田单言：“只有三万兵，忒少，恐难成大事。”(《七国》)

(2) 伯杨曰：“孙子欺吾忒煞！”(《七国》)

(3) 军师言曰：“老贼忒逞不睹事，当斩黄忠！”(《三国》)

元关汉卿《钱大尹智宠谢天香》第一折：“（柳云）大姐，你也忒心多。怕你放不下，我再过去。”在古汉语中，“甚”也是表程度的副词，故有“忒煞”“忒甚”连言的，如例（2），又如《五代史平话·梁史平话》卷上：“朱温道：‘哥哥自从做皇帝后，残忍忒煞。’”同卷：“朱温未听得万事俱休，才听得后，怒从心上起，恶向胆边生：‘却不叵耐这黄巢欺负咱每忒甚！’”

“好”“忒”副词义的产生方式有着相似之处：“好”表示极好，“忒”表示极坏，它们虽然语义相反，但含有程度高的意义，故都引申出表程度义的副词用法。可见，词义的引申不在于具体意义的引申，而重在对语义抽象的概括。

其他新出现的副词义，见于话本的还有如“倒”引申出表强调的副词“反倒”，《武王》卷下：“徐郎见言，大怒：‘暗，我教你去捉太公，主将倒来取救兵！’”“怕”引申出表测度的副词“难道”，《七国》：“毅曰：‘我非将手，怕有破绽处么？’”“能”引申出表情态的副词“宁可”，《三国》：“张表大怒，见张飞城壕澡洗，人马无备。张表对兄言：‘我今不杀这汉，能死不辱！’”“待”引申出表情态的副词“将要”，《七国》：“齐王闻之，待不吃，腹内饥渴；待吃，君子不吃挨赖之食。”“单”引申出表范围的副词“专门”等。

有的单音词在这一时期发展出了多个义项，如：

【下】

“下”本指位置在底处，《孟子·梁惠王上》：“（孟子）对曰：‘……民归之，由水之就下，沛然谁能御之？’”由于方位名词“下”指位置底下处，其与“上下位置”或“目的、结果”相关，而古汉语中名词用作动词较为常见，故其引申出的动词义都与“上下位置”或“目的、结果”相关，与“上下位置”相关的动词义如“下降、仆倒、弯曲”等；与“目的、结果”相关的动词义有“撤除、除去、攻克、播种”等义，在宋元时期，用作动词义的“下”沿着这两个方向继续引申出新的意义和用法：

其一，沿“上下位置”引申出的动词义有以下三种：

①“关押、押下（入狱）”义：

（1）二世大怒，遣使按验三川守监与盗通，同状，下斯就狱，根勘招伏。（《秦并》）

（2）那文政已下狱了，朱三问刘崇觅钱二百文，待去徐州救取刘文政。（《五代史》）

（3）龙颜大怒，将僧下大理寺狱中去。（《宣和遗事》）

“下”之“关押、押下（入狱）”义的出现可能与古时监狱一般设在阴冷、潮湿的地下有关，此义与“上下位置”相关。

②“递交”义：

（4）姜维引众官接军师入街亭。前后一月，下战书几度司马出战。（《三国》）

（5）话说张车为使往齐邦，入城来见孟尝君，下了国书。（《秦并》）

此二例中“下”指国家与国家之间“递交”书信，对于发信国而言，本含有“高高在上”之意，元马致远《半夜雷轰荐福碑》第一折：“你下到这封书呵，休说你那盘缠鞍马，就是前程事都在此封书上。”

③“下”用在动词后面，此义逐渐虚化，仅表示动作由高到低。如：

（6）周瑜亦赶曹璋。璋射一箭，正中周瑜，落下马来。（《三国》）

（7）常山王骂众宫女：“敢把寡人推下龙床来！”（《前汉》）

其二，沿“目的、结果”引申出的动词义有以下三种：

①“安歇”义：

（8）皇叔坐马到城里馆下了。来日见袁谭。（《三国》）

（9）无三日，赵云引皇叔前至信都馆里下了。（《三国》）

②“驻扎”义：

（10）姜尚大喜，先写计与羊刃。羊刃依计，便起兵来下寨。（《武王》）

（11）赵太祖帅兵在涂山田地里下了营。（《五代史》）

（12）（曹操）附高处下一大寨，坐甲一月不动。（《三国》）

（13）天下饥馑，遂结谋聚众，在那郓、曹、濮三州反叛，在那地名长垣下了硬寨。（《五代史》）

③“占卦”“下棋”义：

(14) 姬昌便看天色早晚，乃辰时也，下一课，课内见今日至甲午时合主从巽起大风也。(《武王》)

(15) (文王曰)……吾能下课，知汝去处，捉尔到来，的无轻恕！(《武王》)

(16) 一人报曰：“告相公，先生在里向书案上，有先生下棋，正是孙子。”(《七国》)

“课”本指“检验、试用”，《管子·七法》：“成器不课不用，不试不臧。”而卦象的结果也需要用事实来检验，故“课”又引申出“卦象”义，元周文质散曲《蝶恋花·悟迷》：“壶中筹掣做签，盘内棋排成课。待卜个他心怎么。”故例（14）、例（15）中“下（一）课”即“摆（一）卦”“占（一）卦”，“下”之此义与行为的结果相关；例（16）“下棋”义的“下”指“摆下”，《西游记》第一〇回：“君臣两个对弈此棋，正下到午时三刻……”此义也是与行为的结果相关。

动词“下”在这一时期词义引申过程如下：

下（动词）
- 与上下位置相关 → “关押”“递交” 用在动词后词义虚化 → 表动作由高到低
- 与目的、结果相关 → “安歇”“驻扎”“占卦”“下棋”

从“下”的动词义引申的规律来看，“位置底下”是这些引申义的出发点，它决定了词义引申的方向，即向“上下位置”和“目的、结果”两个方向引申，这说明词的本义决定了词义的引申方向。而且，两个方向的“下”用在动词后语义都呈现出虚化的趋势。

在这七个新出现的动词义中，《大词典》“下”条失收“关押”“驻扎”“占卦”三义，当补。

“下”在宋元时期除了引申出以上一些动词用法外，还引申出了其他的一些用法，如用在数词或者方位词后面表“边、侧”义：

(17)(张飞)一饮而竭，靠树而睡。约至二更前后，听得正东下铃子响。(《三国》)

(18)小军又报：“正南下有鲁王田忌二万兵将来决战生死，今日睹一阵。”(《七国》)

(19)王翦杀出，奔走回营，折了二千余兵。两下收兵。(《秦并》)

其他见于宋元话本产生新义的单音词还有如“神”之“肖像”义，《三国》：“武侯归天。姜维挂起先君神，斩了魏延。”“把”作介词“从”义，《三国》：“(诸葛)夏侯惇败了，必把你手内过也!”“兜”之“头盔”义、“彪”作量词“支”义等。

(三)小结

话本中反映宋元时期新出现的单音词主要以动词、代词两个词类为主，可见，在宋元时期，动词类在所有的词类中发展最为迅速，其中的一些单音节动词表现出了极强的口语性和生命力，单音节动词像“躲、揪、砍、绑”至今仍活跃在我们的口语中。代词在宋元时代发展较为充分，第一、二人称代词在这一时期都产生了新词，除了“恁”之外，这些新的代词都被沿用至今。话本中反映这一时期的新义主要以动词义、副词义为主，有些新出现的动词义具有极强的口语性，如“挑、扛”等，直到现代汉语中仍保留着这些用法。

二、双音词

(一)双音节的新词

从总体来看，话本中双音节的新词有两个特点：其一，从单个双音词的语义构成来看，并列式双音词和重叠式双音词在新词的构成中占有较大的比例；其二，从双音词之间的关系来看，很多双音词含有同义或者类义的语素，以相同或近似的构词方法构成，这样就使得这些双音词形成了同义或近义的关系。以下就这两个特点分别举例说明。

1. 并列式双音词和重叠式双音词

(1)并列式双音词。

话本中的双音词以并列式构成的词语分为三类：同义并列、类义并列、反义并列。

①同义并列。

同义并列是指构词的两个语素的意义是同义或者近义关系，如：

【荡无】

“荡”有“涤荡、清除”义，如《礼记·昏义》：“是故日食则天子素服，而修六官之职，荡天下之阳事。”郑玄注：“荡，荡涤，去秽恶也。”清除之后为空，故可引申出“空、无”义，《敦煌变文校注·叶净能诗》：“道士饮一石已来，酒瓮子恰荡。”①

故“荡、无”义同，“荡无”乃同义连言，即“全无”义，如：

(1) 那时周室衰微，诸侯强勇。平王虽居尊位做天子，但王室荡无纲纪，甚至下堂而见诸侯。(《秦并》)

(2) 自天觉仙去之后，朝廷之上，荡无纲纪。(《宣和遗事》)

(3) 故宣和数年之间，朝廷荡无纲纪。(《宣和遗事》)

《宋史·任谅传》：“梁山泺渔者习为盗，荡无名籍，谅伍其家……”又《余玠传》：“监司、戎帅各专号令，擅辟守宰，荡无纪纲，蜀日益坏。”《聊斋志异》卷二《张诚》：“讷曰：‘明季清兵入境，掠前母去。父遭兵燹，荡无家室。先贾于西道，往来颇稔，故止焉。’”又卷一一《任秀》：“母劝令设帐，而人终以其荡无检幅，咸诮薄之。”《大词典》失收“荡无”条，当补。

【度与】

“度”本为计量长短的标准，《书·舜典》：“同律、度、量、衡。”《汉书·律历志上》：“度者，分、寸、尺、丈、引也，所以度长短也。”“度”表距离，用作动词则为“经过”义，《史记·田儋列传》：“汉将韩

---

① 《敦煌变文校注》此句“荡”录作“满”，注曰：“‘满’，原录作‘荡’……按：原卷草书似‘荡’……”（黄征、张涌泉校注：《敦煌变文校注》，北京：中华书局1997年版，第350页）笔者以为此处不烦改，其意自通。

信已平赵、燕，用蒯通计，度平原，袭破齐历下军，因入临淄。”《南史·恩幸传·孔范》：“范奏曰：‘长江天堑，古来限隔，虏军岂能飞度？’”“度”之“经过”义是由一个点到另一个点，把东西从一个点输送到另一点，故“度”在宋元时期引申出了“传送、给予”义①，宋李冠《蝶恋花·春暮》：“桃杏依稀香暗度。谁在秋千，笑里轻轻语。”宋倪称《临江仙》：“坐到夜深明月出，好风时度幽香。”句中的“香暗度”或“度幽香”都是“传送香气”。宋蔡絛《铁围山丛谈》卷六：“其间号药市者，于是有于窗隙间呼‘货药’一声，人识其意，亟投以千钱，乃从窗隙间度药一粒……”“度药”即“送药”。

“与”本“给予”义，《周礼·春官·大卜》：“以邦事作龟之八命：一曰征，二曰象，三曰与。”郑玄注引郑司农云：“与谓予人物也。”

故“度”“与”义同，均有“给予”义，“度与”连言亦为“给予”义，如：

(1) 王曰：“有一宝。”令一官人取过来，度与妲己。(《武王》)

(2) 太后将兵印度与大使，大使献与刘泽，刘泽顺腰悬之。(《前汉》)

(3) 莫离支曰：“臣当写其计，要退唐兵，寸甲不留。”写就计策，度与高建藏看了，大悦。(《征辽事略》)

(4) 仁贵拂开纸，一笔挥就看了，度与士贵看罢，将平辽论收于里面。(《征辽事略》)

(5) 法师曰：“借刀，我自修事。”长者取刀度与法师。(《取经诗话》)

《太平广记》卷一〇“李意期”条（出《神仙传》）：“（意期）于是乞食得物，即度与贫人。”金元好问《论诗》诗：“鸳鸯绣了从教看，莫把金针度与人。”《水浒传》第二〇回：“那新官取出中书省更替文书来度与

---

① 有的学者认为“度”与“过”同义，“度”受到“过”之“传送、给予”义的影响，同步引申而获得此义，见袁宾：《近代汉语概论》，上海：上海教育出版社1992年版，第96－97页。又见于李文泽：《宋代语言中的同义词聚合》，《四川大学学报》（哲学社会科学版）2001年第1期，第94页。

府尹。”

《说文·辵部》：“过，度也。”“过”“度”义同，故“过度”有“转交、递交”义，《元典章·刑部·禁治过度钱物》：“一件有勾当的人，将著钱物转托他人过度。”元岳伯川《吕洞宾度铁拐李岳》第二折：“（带云）我见新官到呵。（唱）马前剑有三千个利便，旧官行掯勒些东西，新官行过度些钱。”

又有“过与”，与“度与”“过度”义同，宋陈师道《临江仙·送叠罗菊与赵使君》：“过与后房歌舞手，轻盈喜色生颜。”又《卜算子·送梅花与赵使君》：“还把最繁枝，过与偏怜底。”元关汉卿《诈妮子调风月》第二折：“明日索一般供与他衣袂穿，一般过与他茶饭吃，到晚送得他被底成双睡。”

宋元话本中还有很多同义并列构成的新词，如构词语素同为动词义的有“看觑、点觑、点视、亏负、亏折、赍擎、勾唤、巡绰、讴唱、欺压、守把、披挂、拷打、打拷、遮挡”等；构词语素同为副词义的有“尽皆、悉皆、欲待、须管、须要、多敢、合该、委的、委实”等；构词语素同为形容词义的有“痊安、痊可、迟慢、疾忙、高强”等；构词语素同为名词义的有“结末、质当、舛讹”等。

②类义并列。

“类义并列双音词指的是构成并列双音词的两个语素，意义往往彼此相关，拥有一个共同的上位概念，具有同类的性质，它们代表的对象或现象因为某种联系而经常用在一起，随着使用的频繁和意义的变化，由并列短语演变成为一个双音词。”① 话本中的类义并列双音词多为名词，如：

【头项】

“头”“项”分指人或动物的不同部位，“头”是颈以上的部分，“项”是颈的后部，“头项”原本为并列短语，乃头部和颈部的意思。汉张仲景《伤寒论·上编》：“太阳之为病，脉浮，头项强痛而恶寒。”西晋竺法护译《生经》卷二：“骨节支解，头项异处，连筋断节，消为灰土。”

---

① 丁喜霞：《中古常用并列双音词的成词和演变研究》，浙江大学博士学位论文，2005 年，第 167 页。

“头项”连用日久成词，多指人的头颅，宋邵伯温《邵氏闻见录》卷一七：“赵服其药，暴下不止。已垂殆，郝老乃坐赵于大盆中，用碗覆其头项，以汤沃之，遂苏。”宋阮阅《诗话总龟前集》卷三五：“胥偃内相应举时，梦徐将军斩下头项作诗云：‘昔作树头花，今为冢下骨。’”此二例中“头项”已由并列短语凝固为偏义复词，“项”的语义脱落，意义偏重于“头”。

并列结构一个成分的语义脱落变成偏义复词的例子在古汉语中多见，如“尸首”，“尸”可指“尸体”，《易·师》：“六三，师或舆尸，凶。”“首”指头部，二者成词之后，“首”的语义脱落，如：

（1）那时，李彪中箭已死。小军抢得尸首，回归阵中，告复招讨。(《秦并》)

（2）赵王如意处分，左右拖如意尸首于后花园梧桐树下，锦被盖之。(《前汉》)

（3）克用大怒，命左右将锯解开孙揆尸首。(《五代史》)

偏义复词“头项”的意义有时偏重于“项”，如《西游记》第八回：“菩萨曰：‘岂有不到之理？你可将骷髅儿挂在头项下，等候取经人，自有用处。’”清方濬师《蕉轩随录》卷二：“李氏故后，该氏即取其铁练拴系头项，出外化缘治病。”《大词典》“头项”条失收“头项”偏指“头”和偏指“脖子”的义项，当补。

“头项”有时脱落“头”义，有时脱落“项”义，这说明有些偏义复词在成词之初，具体哪个语义脱落并不固定，如古汉语中的偏义复词“多少”[①]，可以表示“多”，如《汉书·刑法志》：“今郡国被刑而死者岁以万数，天下狱二千余所，其冤死者多少相覆，狱不减一人，此和气所以未洽者也。”亦可表示“少”，如裴松之注引晋孙盛《魏氏春秋》：“母答曰：‘汝等虽佳，才具不多，率胸怀与会语，便自无忧，不须极哀，会止便止。又可多少问朝事。’”由于“多”“少”均表数量，二者连用后语义融合，又引申为表数量的名词，如《南史·蔡撙传》：“武帝尝谓曰：‘卿门旧尚

---

① 参见张延成：《也谈“多少”》，《汉字文化》2000 年第 2 期，第 35－37 页。

有堪事者多少?'"

"那些由具体名词构成的并列短语，一般在语义上要经过隐喻抽象或概括化之后才能成词。如：首领、耳目、要领、手足、心腹、爪牙、规矩、模范等，都是经过隐喻，去掉了并列项的具体含义使其变成无指成分之后才成词的……"[①]"头项"凝固成词之后，又进一步通过概念隐喻，由"头"转指"领头的人（首领）"，宋徐梦莘《三朝北盟会编》卷二三："三则忌于敛民兵，城守养锐而不轻出战；四则忌选择兵将头项递相照应，待其退回，前邀后掩……"宋李焘《续资治通鉴长编》卷三一四："有夏国三头项人设伏，劫掠蕃兵，夏国兵贼，斩首三百级，降百二十三人。"清毕沅《续资治通鉴·宋理宗绍定五年》："（使者）语世英曰：'……此时蒙古病者众，十七头项皆在京城，若从吾言出军，中兴久矣……"由于"头项"指"首领、头领"，它又可以部分代替整体，代指带领的部队（分队）[②]，如：

(4) 时有一头项来兵救姬昌，内有一将披头似鬼，肩扛一柄大刀，高声大叫："与吾决战!"(《武王》)

例(4)"头项"，钟注本《全相》改为"头象"并注曰："原作'项'，当误。"陈注本《全相》注曰："原本'项'，疑当作'领'。"

笔者按：例中"头项"不误，"头项"即"部队、分队"义，宋陈规、汤璹《守城录》卷三："本府差拨人兵六头项前去掩杀，董平起离取唐州去。"《金史·移剌蒲阿列传》："初，禹山战罢，有二骑迷入营，问之，知北兵凡七头项，大将统之。"《续资治通鉴长编》卷一二五："近于十一月中，尽点其众作五头项，每头项八溜，共四十溜，欲尽收熟户于所住坐处下寨。"

在宋元时代，"头项"还有用作短语的，如宋丁特起《靖康纪闻》：

---

① 董秀芳：《词汇化：汉语双音词的衍生和发展》，成都：四川民族出版社2002年版，第116－117页。

② 此义可参见王锳：《唐宋笔记语辞汇释》（修订本），北京：中华书局2001年版，第170－171页。王锳认为"头项"此义来源于少数民族语言，笔者以为此义乃"头项"词义自然引申的结果，不必认为此义来自少数民族语言。

“术者言京城状如卧牛，金人若至，必击头项。善利门其头也，宣化门其项也，通津门在善利、宣化两间，此三门者，乃受攻之地。”故例中“头项”不误，钟注本不烦改，陈注本亦不当疑也。

“头项”的成词过程说明短语在词汇化过程中，同形的词和短语会在某个时间段共存同现，是词还是短语，需要结合具体语境进行辨别，这种现象在汉语词汇发展史上是很常见的。

【牌印】

“牌”指“做标志或告示用的板”，《魏书·西域列传》：“轻罪则劓刖若髡，或剪半鬓，及系牌于项，以为耻辱。”旧时官府用作凭证的小木板或金属板亦称作“牌”，唐王建《赠胡证将军》诗：“朱牌面上分官契，黄纸头边押敕符。”元关汉卿《望江亭中秋切鲙》第四折：“只道他仗金牌将夫婿诛，恰原来击云板请夫人见。”宋元时期官府在衙门前挂牌报时，称某时为某牌，如“辰牌（辰时）”“午牌（午时）”“巳牌（巳时）”：

（1）一杯未尽笙歌送，阶下辰牌又报时。(《宣和遗事》)

（2）次日午牌，秦斌打扮怎生？身披黄金锁子甲，体挂皂罗袍……(《秦并》)

（3）果至巳牌，两军布阵，擂鼓拖旗。(《秦并》)

“印”本指“官印”，《墨子·号令》：“守还授其印，尊宠官之，令吏大夫及卒民皆明知之。”《宋书·孔琳之传》：“琳之于众议之外，别建言曰：‘……而传国之玺，历代迭用，袭封之印，奕世相传，贵在仍旧，无取改作。’”

可见，“牌”“印”虽分指不同的事物，但都与官府有关，《资治通鉴》卷二五六：“将佐已下从行者三百余人，并牌印皆没不返。”胡三省注：“古者授官赐印绶，常佩之于身，至解官则解印绶。至唐始置职印，任其职者，传而用之。其印盛之以匣，当官者寘之卧内，别为一牌，使吏掌之，以谨出入，印出而牌入，牌出则印入，故谓之牌印。”“牌印”并列成词之后指朝廷任免官员或调动军队的凭证，如：

(4) 严广走马往代州雁门关，李牧拜诏了，牌印交付严广，镇守边界。(《秦并》)

(5) 臣部下将佐三百余人，并所带牌印，一时被朱全忠乱军劫去。(《五代史》)

(6) 当日，即修诏牌印金帛，夤夜使奸细人谒见刘武等四人去。(《前汉》)

《宋史·孝宗本纪》："乙卯，密诏四川制置使汪应辰，如吴璘不起，收其宣抚使牌印，权行主管职事。"《辽史·萧德列传》："太平中，领牌印、直宿，累迁北院枢密副使，敷奏详明，多称上旨。"《金史·思敬列传》："贼降将稍合住与其党神独斡，执窝斡并其母徐辇、妻子弟侄家属及金银牌印诣思敬降。"《三国演义》第一二回："谦曰：'……万望明公可怜汉家城池为重，受取徐州牌印，老夫死亦瞑目矣！'"

③反义并列。

反义并列的双音词指的是，构成并列双音词的两个语素，在参与构成双音词时的义位相反或者相对。如：

【呈纳】【献纳】

"呈"本"显现、显露"义，《列子·天瑞》："味之所味者尝矣，而味味者未尝呈。"殷敬顺释文："呈，示见也。"又引申为"送上、呈报"义，含有敬意，《晋书·载记·石季龙》："邃以事为可呈呈之，季龙恚曰：'此小事，何足呈也。'时有所不闻，复怒曰：'何以不呈?'"

"纳"乃"入"义，《尚书·舜典》："纳于百揆，百揆时叙；宾于四门，四门穆穆；纳于大麓，烈风雷雨弗迷。"故又引申为"接受"义，《孟子·滕文公下》："孟子曰：'古者不为臣不见，段干木逾垣而辟之，泄柳闭门而不纳……'"

故"呈""纳"意义相反，一为"送呈"，一为"接受"，二义相反，如"受""授"二义相反也。"呈纳"并列成词之后，"纳"义脱落，意义偏于"呈"，即"上交"义，如：

(1) 差官下二十二郡取讨降书地图，限十日呈纳，如有不伏者，

勾唤赴官，依法断治施行。(《秦并》)

(2) 王贲取了汴京，外有魏邦四十六郡。差使命随路去索讨地图降书，赴司呈纳，只限半月了当…… (《秦并》)

《元史·志·选举》：“监门官启钥，举人入院，搜检讫，就将解据呈纳。”《喻世明言》卷二四：“思厚从其请，将带周义归金陵。思厚至本所，将回文呈纳。”《水浒传》第一三回：“知县道：‘……体知东溪村山上有株大红叶树，别处皆无。你们众人采几片来县里呈纳，方表你们曾巡到那里。’”

“呈纳”为偏义复词，义同“呈进”“呈献”，如：

(3) 纣王闻奏，即日敕令出榜于内门外，教天下人，若有奇珍异宝，皆来呈进，不得隐匿。(《武王》)

(4) 王翦招讨差官下诸郡，取索地图，限半个月须管赴司呈献。(《秦并》)

“呈纳”成为偏义复词的过程与“献纳”同：“献纳”本指向上献忠言供采纳，《文选·班固〈两都赋〉序》：“故言语侍从之臣……朝夕论思，日月献纳。”后来“纳”语义脱落，只有“献”义，与“呈”一样，亦含敬意，如：

(5) 言燕乐毅于阵前叫曰：“齐王闻！早献纳降书。今孙子遭围，厮勾死也。”(《七国》)

《宋史·富弼传》：“弼曰：‘自古唯唐高祖借兵于突厥，当时赠遗，或称献纳。’”《水浒传》第五〇回：“（李逵）叫小喽啰牵了有的马匹，把庄里一应有的财赋，捎搭有四五十驮，将庄院门一把火烧了，却回来献纳。”

【好弱】

“弱”本指“柔软”，《易·大过》：“栋挠，本末弱也。”又引申指“衰弱、衰微”，《文选·张衡〈西京赋〉》：“秦据雍而强，周即豫而弱。”

“衰弱、衰微”指事物不好的一面，与“好”义相反，“好弱”连用成词后，指事情好、坏两方面的情况，如：

亢曰：“昔日父踏鸿门，若用樊亢，愿往之不惧。只此闭九重禁门，只为惠帝六日不知好弱。”（《前汉》）

古本董解元《西厢记》卷一：“打拍不知个高下，谁曾惯对人唱他说他？好弱高低且按捺。”元杂剧李直夫《便宜行事虎头牌》第二折：“婶子行熬煎，侄儿行埋怨，世事多更变，好弱难分辨。”有时“好弱”中“好”的语素义脱落，语义偏重于指不好的一面，此时犹言“好歹”，如古本董解元《西厢记》卷七：“休教觅生觅死，自推自攧，有些儿好弱，你根的不舍。”关汉卿《望江亭中秋切鲙》第三折：“这酒不是家里带来的酒，是买的酒；大人吃下去，若有好歹，药杀了大人，我可怎么了！”

【干休】

“干”本当为“盾牌”，《书·牧誓》：“称尔戈，比尔干，立尔矛，予其誓。”孔传：“干，盾也。”盾牌作为武器具有侵略性，故“干”又引申出“冲犯、干扰”义，《国语·晋语五》：“河曲之役，赵孟使人以其乘车干行，献子执而戮之。”韦昭注：“干，犯也；行，军列。”由“冲犯、干扰”又引申出“关涉”义，《朱子语类》卷九：“持敬以静为主。此意须要于不做工夫时频频体察，久而自熟。但是着实自做工夫，不干别人事。”

“休”有“罢手、罢休”义，曹丕《典论·论文》：“武仲以能属文，为兰台令史，下笔不能自休。”

故“干”乃“涉及某事”义，“休”乃“罢手”义，二者义反，“干休”连言后，“干”的语义脱落，偏指“休”，如：

（1）八人奏曰：“……光武若知，领其兵将，拜起元帅，怎生干休！”（《三国》）

（2）张飞听毕，大怒：“叵耐胡汉！尔言不求同日生，只愿同日死。尔今受曹操富贵！我若见你，定无干休！”（《三国》）

（3）纵马引段志贤便回来。敬德既理会的，须没干休，看张士贵

怎的支吾。(《征辽事略》)

元关汉卿《邓夫人苦痛哭存孝》第二折:“(李克用云)颇奈存孝无礼,你改了姓便罢,怎生领飞虎军来杀我?更待干休!”又《关大王独赴单刀会》第二折:“他瞅一瞅漫天尘土桥先断,喝一声拍岸惊涛水逆流。那一伙怎肯干休!”又《包待制三勘蝴蝶梦》第二折:“恰才我依条犯法分轻重,不想这分外却有别词讼。杀死平人怎干休,莫言罪律难轻纵。”

从宋元话本并列式结构的双音词的组成来看,同义并列结构的双音词的语义基本上等同于其中一个语素义,如“荡无”“度与”等;类义并列结构的双音词的两个语素义会发生语义融合或脱落,融合的如“牌印”,脱落的如“头项”;反义并列结构的双音词的某个语素也常常会出现语义脱落的现象,如“呈纳”的“纳”、“干休”的“干”、“好弱”的“弱”等语素的脱落,这是并列结构双音词在成词过程中常见的规律。[①]

(2)重叠式双音词——以亲属称谓词为例。

汉语有着完善的称谓体系,亲属称谓一直是中国古代礼仪和伦理道德的体现。“亲属称谓和社会生活关系十分密切,既具稳固性,又富于流动性,历代都是引人注意的话题。从《尔雅·释亲》到清人梁章钜《称谓录》,都是记载和研究亲属称谓的专门著述……”[②] 宋元时期,称谓词得到了进一步的发展和完善。话本中有很多宋元时期新出现的亲属称谓词,这些亲属称谓词又大多以重叠的方式构成,它们是重叠式双音词中最多也是最有特点的一类,如“爷爷、翁翁、公公、舅舅、姑姑、叔叔、娘娘、哥哥、姐姐、嫂嫂、妹妹”等,这些词语按照长幼等级可分为两类:

①长辈类称谓。

【爷爷】【翁翁】【公公】【舅舅】【姑姑】【叔叔】【娘娘】

(1)夫人言:“你爷爷种瓜为生,尔家本是庄农……”(《三国》)

---

① 有关并列式双音词的语义融合和脱落详见丁喜霞:《中古常用并列双音词的成词和演变研究》,浙江大学博士学位论文,2005年,第80-82页。

② 王小莘:《从〈颜氏家训〉看魏晋南北朝的亲属称谓》,《古汉语研究》1998年第2期,第59页。

(2)(独孤角曰)……吾乃独孤角也。既俺父并孙子、袁达、李牧陷在迷魂阵中，咱领部下三千军，大睹是破燕取孙子，救俺爷爷去。(《七国》)

(3) 有田忌公子觑着小厮便拜。众人惊骇："皇帝叫他做翁翁，却拜小厮儿为甚……"(《七国》)

(4) 学究妻子又来送饭，不见学究回来，告与公公得知，即时将引长子等去寻。(《三国》)

(5) 妇人曰："俺姑又与唐天子亲，是你皇帝姑姑。"(《征辽事略》)

(6) 知远疾忙起身，走下阶来将叔叔扶起，请上厅，归主位坐定。(《五代史》)

(7) 琦高叫言："周瑜元帅！父亡，刘琮献了荆州；操退，谢我皇叔叔，此复处立刘琦！"(《三国》)

(8) 军师引手下三千军离街亭约百里，有一大树，西见一庄，令人唤出一娘娘，当面问："此处属那里?"(《三国》)

(9) 太后接驾坐，置酒排宴。帝曰："娘娘排宴，因何不言?"(《前汉》)

(10) 符氏安坐堂上，叱乱兵曰："我的爷爷与郭侍中结为兄弟，尔曹休得无礼!"(《五代史》)

(11) 遂与黄巢不敢逗留，急奔过那县北十里头，小地名仁义里，投奔舅舅家借宿。(《五代史》)

"爷"本指父亲，《乐府诗集·横吹曲辞·木兰诗》："军书十二卷，卷卷有爷名。"在宋元时期重叠的"爷爷"，有两种指称义：一指祖父，如例(1)；二指父亲，如例(2)中独孤角说自己的父亲困在阵中，后说要救"爷爷"，"爷爷"即"父亲"。《五代史》："那朱温葬了那爷爷，侍奉他的娘娘王氏，和那二个哥哥……"此例上文说到朱温"其父朱诚丧亡"，此处埋葬"爷爷"，亦指其父。宋代的"爷爷"还有泛称义，如称呼年长或者有名望的人，《五代史》："诸将听得郭威言语，私相谓曰：'郭爷爷敕令不可违犯!'"陆游《老学庵笔记》卷一："建炎初，宗汝霖留守东京，群盗降附者百余万，皆谓汝霖曰宗爷爷，盖此比也。"《宋史·岳飞传》：

“金所籍兵相谓曰：‘此岳爷爷军。’争来降附。”

“翁”单言指称长辈意，有时指父亲，《史记·项羽本纪》：“（汉王）‘吾与项羽俱北面受命怀王，曰“约为兄弟”，吾翁即若翁，必欲烹而翁，则幸分我一杯羹。’”有时指称祖父，如慧琳《一切经音义》卷六五“翁亲”条：“鸟头上毛曰翁。翁，一身之最上；祖，一家之最尊。祖为翁者，取其尊上之意也。”宋王安石《久雨》诗：“城门昼开眠百贾，饥孙得糟夜哺翁。”重叠式的“翁翁”指称祖父（爷爷），如例（3）。

“公”单言指称长辈，有时指称父亲，如《战国策·魏策一》：“其子陈应止其公（陈轸）之行，曰：‘……夫魏欲绝楚、齐，必重迎公。郢中不善公者，欲公之去也，必劝王多公之车。’”有时指称祖父，如《史记·外戚世家》：“（窦后）乃厚赐田宅金钱，封公昆弟，家于长安。”司马贞索隐：“公亦祖也，谓皇后同祖之昆弟……”有时称呼丈夫的父亲，如唐韩愈《祭故陕府李司马文》：“子妇诸孙，盈于室堂，公姑悦喜，五福具有。”重叠的“公公”首见于《三国》，可指丈夫的父亲，见例（4），亦可指称祖父，如《拍案惊奇》卷三二：“（卧师）问铁生道：‘你上代有个绣衣公么？’铁生道：‘就是吾家公公。’”“公公”后来还发展出“太监的称呼”“祖上”“年老的男子”等意义，这些用法不见于《全相》，但其指称丈夫的父亲的用法沿用至今。

“舅”有多种指称义，如指母之兄或弟，《仪礼·丧服》：“舅，传曰：何以缌？从服也。”郑玄注：“（舅），母之昆弟。”晋李密《陈情事表》：“行年四岁，舅夺母志。”单言的“舅”亦可指称丈夫之父，《礼记·檀弓下》：“昔者吾舅死于虎，吾夫又死焉，今吾子又死焉。”郑玄注：“夫之父曰舅。”亦可指称妻之父，《三国志·蜀志·先主传》：“献帝舅车骑将军董承辞受帝衣带中密诏，当诛曹公。”裴松之注：“董承……于献帝为丈人。盖古无丈人之名，故谓之舅也。”亦可指称妻之兄或弟，《战国策·楚策四》：“（朱英）‘李园不治国，王之舅也。’”重叠的“舅舅”多指母之兄或弟，《全相》中5次出现的“舅舅”，均作此义。《五代史》7次出现“舅舅”，也是指称母之兄或弟，如《梁史平话》：“（尚让）遂与黄巢不敢逗留……投奔舅舅家借宿。”《汉史平话》卷上：“知远闻言，只见眼泪汪汪，向承义道：‘您不须去，您若去时，两个舅舅必用计谋陷害您……”指母之兄或弟的“舅舅”又同“母舅”，如：

（12）强人曰："俺父是沧州红海县人独孤陈便是。咱母舅袁达入九仙山，同李牧、俺父独孤陈学业……"（《七国》）

指母之兄或弟的"舅舅"一直沿用至今。又，《大词典》失收"舅舅"一词。

"姑"单言可指称丈夫的母亲、婆婆，《左传·昭公二十八年》："子容之母走谒诸姑。"亦可指称父亲的姐妹，《尔雅·释亲》："男子谓女子先生为姊，后生为妹，父之姊妹为姑。"郑樵注曰："曰姊、曰妹、曰姑，以别女子之长幼先后。"重叠的"姑姑"与单言的"姑"意义有别，多指称父亲的姐妹，如例（5），"姑姑"后来发展出"姑娘""出家女子"等义，这些用法不见于话本，但其指称父亲的姐妹的用法仍然沿用至今。

"叔"本动词，《诗·豳风·七月》："九月叔苴，采荼薪樗。"毛传："叔，拾也。"后来假借表称谓义，称父亲的弟弟，亦称与父亲平辈，年龄比父亲小的人，北齐颜之推《颜氏家训·风操》："古人皆呼伯父叔父，而今世多单呼伯叔。"亦可指称丈夫的弟弟，《礼记·杂记下》："嫂不抚叔，叔不抚嫂。"重叠式的"叔叔"与单言的"叔"可指称对象相同，如可指称丈夫的弟弟，如例（7）。《五代史》："苏氏与小叔刘光远商量：'咱家贫子幼，难以忍饥守志，未免唤取媒人，与他评议，改事他人。所有成保幼小，叔叔若可收留，幸为养他成丁，看他自去作活如何。'"也指称叔父。《五代史》："当得妻叔李敬业进前跪告，知远疾忙起身，走下阶来将叔叔扶起，请上厅，归主位坐定。"

"娘"本指年轻女子，《乐府诗集·清商曲辞·黄竹子歌》："一船使两桨，得娘还故乡。"可指称母亲，《敦煌变文校注·父母恩重经讲经文》："莫遣耶娘怨恨生，承旨候颜交（教）得所。"重叠的"娘娘"首见于变文[①]，指母亲，《敦煌变文校注·目连缘起》："娘娘且是亲生母，我是娘娘亲福（腹）儿。"《五代史》："（承义）归家泣告父亲道：'孩儿每出外闲走，被军人笑骂，道咱在此快活，怎知娘娘见在孟石村河头担水辛苦。'"亦可指老年妇女，如例（8），《五代史》："那朱温葬了那爷爷，侍奉他的

① 参见蒋礼鸿：《敦煌变文字义通释》（增补定本），上海：上海古籍出版社 1997 年版，第 16 页。

娘娘王氏，和那二个哥哥，同往徐州录事押司刘崇家，驱口受佣工作。”亦可指称后妃，如例（9）。用“娘娘”称呼后妃在明清小说、戏曲中常见。“娘娘”还用来称呼称女神。《宣和遗事》：“宋江见官兵已退，走出庙来，拜谢玄女娘娘；则见香案上一声响亮……”《大词典》首引《水浒传》第四二回：“正中七宝九龙床上，坐着那个娘娘。”例证过晚。

②同辈类称谓。

【哥哥】【嫂嫂】【姐姐】【妹妹】

（1）关公曰：“听得哥哥在冀王袁绍处见有。嫂嫂收拾行装，来日辞曹丞相，往袁绍处。”（《三国》）

（2）吴辛赶上来。被蒙恬一刀斩首翻身落马。蒙恬赶杀。吴广出阵，为哥哥报仇。（《秦并》）

（3）石丙见有救兵，尽力杀出，见许桂，大喜曰：“若非哥哥，几乎不能相见!”（《七国》）

（4）妲己奏曰：“告大王，臣妾不是怕此剑，今有子童姐姐到来，叫子童要赴仙会去，以此子童待赶姐姐去。”（《武王》）

（5）其父郭和以农耕为业，其母常氏乃河东路潞州黎城县常武安的妹妹。（《五代史》）

（6）（李洪信、李洪义）背后道：“咱爷娘得恁地无见识！将个妹妹嫁与一个事马的驱口，教咱弟兄好不羞了面皮!”（《五代史》）

“哥”是“歌”的古字，《说文·可部》：“哥，声也，从二可。古文以为歌字。”段玉裁注：“《汉书》多用哥为歌。”晋傅玄《节赋》：“黄钟唱哥，九韶兴舞。”“哥”作为亲属称谓是唐代出现的，乃对同父母或同父异母、同母异父的兄长的称呼，唐白居易《祭浮梁大兄》：“再拜跪奠大哥于座前。伏惟哥孝友慈惠，和易谦恭。”重叠式的“哥哥”首见于变文①，可指称同父母的兄长，如例（2），亦可称呼与自己年龄相近的男子，有表

① 参见蒋礼鸿：《敦煌变文字义通释》（增补定本），上海：上海古籍出版社 1997 年版，第 15 页。

敬义，如例（3），《五代史》："当时朱温笑道：'哥哥好说大话！您而今要奔归乡故，尚无盘缠……" 古本董解元《西厢记》卷二："却认得是张生，僧人把他衣扯着，低言悄语唤哥哥。" 宋元时期"哥哥"还可指称父亲，元白朴《裴少俊墙头马上》第三折："（端端云）奶奶，我接爹爹去来。（正旦云）还未来哩……你哥哥这其间未是他来时节，怎抵死的要去接。" 还可用于父母对儿子的称呼，元郑光祖《立成汤伊尹耕莘》第一折："我将这小的放在这空桑里面，妾身回家去。哥哥也，你活也自活，死也自死。" 还有表仆人对男主人的称呼，元无名氏《神奴儿大闹开封府》第三折："俺哥哥死尽七不曾把灵除。（外郎云）这妇人必定有奸夫。"

"嫂"单言指兄之妻。《庄子·盗跖》："满苟得曰：'……昔者桓公小白杀兄入嫂，而管仲为臣……'" 宋元时期出现了重叠式的"嫂嫂"，指兄之妻，如例（1），《五代史》："既是嫂嫂改适他人，只得教媒人与婚主订议，挈取成保自随，乃为便当。" 也泛称年纪不大的已婚女子，元郑廷玉《宋上皇御断金凤钗》第一折："（店小二云）嫂嫂，俺回家中去罢。"

"姐"本指称母亲[①]，《说文·女部》："姐，蜀谓母曰姐。淮南谓之社。" 宋元时期出现的"姐姐"与单言的"姐"意义有别，"姐姐"可指称母亲，宋叶绍翁《四朝闻见录》卷二《宪圣不妒忌之行》："上尝语宪圣曰：'极知汝相同劳苦，反与后进者齿，朕甚有愧。俟姐姐归，（谓太后）尔其选已。'" 宋元时重言的"姐姐"除了表母亲义之外，主要用于同辈之间互称，如称呼同父母（或只同父、只同母）而年长于己的女子，如例（4），《五代史》："那人向朱温道：'咱是您的姊夫，登州孔目官燕守志也。您恁时幼小，认我不得。我将你去探你姐姐。'" 元关汉卿《包待制智斩鲁斋郎》楔子："我浑家就是你亲姐姐一般。兄弟，你为甚么到这里？" "姐姐"亦可尊称非亲戚关系中年纪与自己相仿的女性，《宣和遗事》："有双鬟门外侍立：'请殿试稍待，容妾报知姐姐。'" 这里称"李师师"为"姐姐"。还用于男子对妻或所狎女子的昵称，如宋孙光宪《浣溪沙》词："醉后爱称娇姐姐，夜来留得好哥哥。" 也指称妓女，如元关汉卿

---

① 今之安徽阜阳、四川、湖南耒阳、广东东部部分地区仍称母亲为"姐"，见许宝华、宫田一郎主编：《汉语方言大词典》，北京：中华书局 1999 年版，第 3759 页。现代意义上的姐妹的"姐"早期是用"姊"来指称的，《诗·邶风·泉水》："女子有行，远父母兄弟。问我诸姑，遂及伯姊。" 毛传："先生曰姊。"

《赵盼儿风月救风尘》第三折："自家张小闲的便是。平生做不的买卖，止是与歌者姐姐每叫些人，两头往来……"

"妹妹"称呼同父母（或只同父、只同母）而年纪比自己小的女子。见例（5）、例（6）。《大词典》此义项首引明丘浚《伍伦全备忠孝记·感天明目》："我是你的姐姐，你是我的妹妹，难比别人。"例证过晚。

从宋元话本所见重叠式亲属称谓词来看，它们有以下三个特点：

首先，新的称谓词大部分是在旧有的单音节称谓词的基础上利用重叠的构词方法构造新词，如"爷爷、舅舅、姑姑、叔叔、哥哥、姐姐、嫂嫂"等。重叠构词法在先秦时期就已经产生了，如《诗经》中的"关关、夭夭、灼灼、振振、苍苍"等，但先秦时期的重叠式双音词主要以形容词为主，宋元时期除了利用重叠式构成形容词之外，名词的重叠构词能力增强，如李文泽分析《全宋词》前50页中由单音名词重叠构成的双音词就有"处处、岁岁、年年、字字、星星、声声、时时、人人"等①。所以，我们认为这些重叠式称谓词是在宋代名词重言构词能力普遍增强的大语言背景下产生的。宋元时期还出现了一些重叠式亲属称谓词，如"丈丈"是对尊者的称呼，《五代史》："郭威去个卦肆里买一个卦，专占此身去就。费博古排下了卦子，问：'丈丈要作何用？要谋甚事？'""婆婆"对年长女性称呼，"姆姆"是弟妻对兄妻的称呼。《宣和遗事》："乃引一小女子前拜已，戎服见太后等泣曰：'奴肃王小女珍珍也。'呼太后为'婆婆'，朱后为'姆姆'。""妈妈"对年长女性称呼，《宣和遗事》："却不是李妈妈兄弟了也。"

其次，新的称谓词在宋元时期词义发展较快，大多呈现多义性的趋势，如"爷爷、翁翁、公公、叔叔"等。有的称谓词在共时层面可指称不同的辈分，如"爷爷、翁翁"可指称祖父和父亲；"哥哥"可指称父亲和同辈的兄长；"姐姐"可指称母亲和同辈的姊妹等。需要指出的是，在共时层面中，一个称谓词同时可指称不同辈分，在语言交流中很容易产生误会，从语用上来说是不允许的。造成这种情况的原因，笔者认为可能有方言因素掺杂其间。可能是某词在不同的方言中指称的辈分不一样，例如今之方言中，"爷爷"有指父亲的父亲，如今天的湖北当阳；有指父亲的，

① 参见李文泽：《宋代语言研究》，北京：线装书局2001年版，第138页。

如河南商城、陕西西安、江苏南通等[①]。有的称呼叔叔为“爷爷”的，如皖南宁国话[②]。

最后，指称范围由亲属关系向非亲属关系扩散。大部分称谓词原本是在有血缘关系的人群之间使用的，但这一时期这些称谓词的意义发展很快，自称范围逐步向非血缘关系人群发展，如“公公”可指称太监，“姑姑”指称姑娘和出家女子，“娘娘”指称老年妇女和后妃，“嫂嫂”指称年纪不大的已婚妇女，“哥哥”指称年纪相近的男子，“姐姐”指称比自己年纪稍大的女性等。有趣的是，指称范围由亲属关系向非亲属关系扩散的都是重叠式称谓词。究其原因，可能与重叠式称谓词大多有昵称色彩有关。试比较“父亲”“爸爸”和“母亲”“妈妈”，“父亲”“母亲”一般用于庄重场合，而重叠式的“爸爸”“妈妈”明显含有亲昵色彩。昵称色彩的称谓很容易由亲属关系转指与自己关系亲密的非亲属关系人群，以“哥哥”“姐姐”为例就很能说明问题：“哥哥”发展出妻子对丈夫的称呼，“姐姐”发展出男子对妻子的称呼。这两种称谓对应，“姐姐”后来发展出男子对所狎女子甚至妓女的称呼，“哥哥”发展出女子对钟情男子的称呼，这种指称范围的扩散，正是在丈夫与妻子亲密关系的基础上发展出来的。这对称谓义的出现，同时也是宋元时期文人狎妓之风在词汇上的体现。

2. 同（近）义双音词

话本中的同（近）义双音词指的是以同义或类义的语素为构词成分，以相同或近似的构词方法构成的双音词。例如：

【端的】【委的】【委实】

“端”为“耑”之今字，《周礼·考工记·磬氏》：“已上则摩其旁，已下则摩其耑。”陆德明《经典释文》曰：“耑，本或作‘端’。”“耑”同“专”，“专”有“专一、专注”义，故“端”引申出“一定、准定”的副词义，宋蔡伸《满庭芳》词：“佳期在，宝钗鸾镜，端不负平生。”宋张元幹《永遇乐·为洛滨横山作》词：“曲屏端有，吹箫人在，同倚暮云

① 参见许宝华、宫田一郎主编：《汉语方言大词典》，北京：中华书局1999年版，第2127页。
② 参见游汝杰：《中国文化语言学引论》，北京：高等教育出版社1993年版，第78页。

清晓。”

“的”当为“旳”的俗字，《说文·日部》：“旳，明也。”段玉裁注曰：“旳者，白之明也，故俗字作的。”故“的”有“明亮”义，《文选·宋玉〈神女赋〉》：“眉联娟以蛾扬兮，朱唇的其若丹。”“的”又为“箭靶的中心”，《诗·小雅·宾之初筵》：“发彼有的，以祈尔爵。”《文选·曹植〈白马篇〉》：“控弦破左的，右发摧月支。”李善注：“的，射质也。”箭靶作为射箭的标的，具有“确切”义，故唐代又引申出副词义“确定”，唐白居易《百日假满》诗：“但拂衣行莫回顾，的无官职趁人来。”《敦煌变文校注·庐山远公话》：“远公曰：‘……死堕地狱，无有出期。但请阿郎勿怀优（忧）虑，的无此事。’”

“委”本“随从”义，《说文·女部》：“委，委随也。”引申出“弯曲”义，《说苑》第九：“螳螂委身曲附，欲取蝉而不顾知黄雀在其傍也！”故有“委曲”连言，《淮南子·精神》：“休息于无委曲之隅，而游敖于无形埒之野。”也指事情本来面貌，《魏书·后妃传》：“然惟小黄门苏兴寿密陈委曲，高祖问其本末，敕以勿泄。”事情的本来面貌又引申出“确实”义，如：

(1) 如此遍天下诸官员家委有美女者，皆不敢隐匿，尽来进献。(《武王》)

(2) 晃曰：“委无。我记得迷魂阵，写与你厌法，去救孙子。”(《七国》)

“实”有“事实”义，《北齐书·崔暹传》：“岁余，奴告暹谋反，锁赴晋阳，无实，释而劳之。”故引申出副词义“确实”，《左传·庄公八年》：“公曰：‘不可。我实不德，齐师何罪？’”

故“端、的、委、实”这四个构词语素均含有副词义“确定”义，“端的、委的、委实”同义连言亦有副词“确定”义，如：

(3) 刀枪如霜凛凛，衣甲曜日辉辉；端的枪刀如芦苇，人马撮风行。(《七国》)

(4) 仁贵奏曰：“臣乃绛州义军薛仁贵也。臣得元帅令箭，只来

探车驾何往。若知端的，便当勾军。臣若上城见帝，恐违元帅令。”（《征辽事略》）

（5）（文王）言：“武吉，此事是实么？”武吉曰：“岂敢虚诳？委的是实。”（《武王》）

（6）武王曰：“有诸侯助伐朝歌，至癸亥日，有一路兵来委的投我。”（《武王》）

（7）（皇甫嵩曰）……先生不知，今天下铜铁皆鸣，有君王问我，主何吉凶，我委实不知。今齐王与我三日限，不然责罪。（《三国》）

（8）虽撤屋伐木，雇妻鬻子，仅可供给催租吏卒酒食之费。朝廷倘无实惠抚存，百姓委实生受。（《五代史》）

“端的、委的、委实”都是口语性较强的词语，它们均不见于同时期史书，只见于口语性较强的宋词和元杂剧中，如宋吴文英《声声慢·赠藕花洲尼》词：“五月晴霞。赪玉杯中，西风不到窗纱。端的旧莲深薏，料采菱、新曲羞夸。”关汉卿杂剧《闺怨佳人拜月亭》楔子：“您端的是姑舅也那叔伯也那两姨，偏怎生养下这个贼兄弟？”又《钱大尹智勘绯衣梦》第一折：“（梅香云）理会的。姐姐，委的是双鞋儿。姐姐看！”又《杜蕊娘智赏金线池》第四折：“（石府尹云）他委实不肯便罢了，教我怎生断理？”

【告覆】【启覆】【报覆】【告复】

“告”本“上报、报告”义，《史记·孟尝君列传》：“（齐王）乃使人至境候秦使。秦使车适入齐境，使还驰告之……”

“覆”本“倾出、倒出”义，《易·鼎》：“鼎折足，覆公悚。”物体倒出为“覆”，把想说的话倒出来亦可为“覆”，故“覆”又引申出“报告”义，《汉书·冯唐传》：“臣大父言李牧之为赵将居边，军市之租皆自用飨士，赏赐决于外，不从中覆也。”颜师古注：“覆谓覆白之也。”

《朱子语类》卷九一：“今之书简使上覆，以为重于启也。然用‘启’字则有义理，用‘覆’字却无义理。启，乃开启之‘启’。‘覆’为审覆之‘覆’，如‘三覆奏’，谓已有指挥，更为再三审覆之也。”这里认为“启”“覆”不同义，然根据我们以上对其语素义的分析，二者义同。

“启”本“打开”义，《尚书·金縢》：“王与大夫尽弁，以启金縢之书。”人敞开心扉说出心中所想的事情与打开具体事物类似，故“启”又引申出“启奏、禀告”义，一般用于下级向上级禀告，《商君书·开塞》：“今日愿启之以效。”《乐府诗集·杂曲歌辞·焦仲卿妻》：“府吏得闻之，堂上启阿母。”

《说文·夲部》：“报，当罪人也。”“报”之本义是根据罪行对犯人进行判决，《汉书·胡建传》：“知吏贼伤奴，辟报故不穷审。”颜师古引苏林注曰：“报，论也。断狱为报。”《史记·酷吏列传》：“汤掘窟得盗鼠及余肉，劾鼠掠治，传爰书，讯鞫论报，并取鼠与肉，具狱磔堂下。”官吏对犯人进行判决必须符合实情，犯人必须实情禀告，这是一个事情的两个方面，故“报”又引申出“报告”义，《礼记·郊特牲》：“祭之日，王皮弁以听祭报，示民严上也。”《史记·樗里子甘茂列传》：“甘罗还报秦，乃封甘罗以为上卿，复以始甘茂田宅赐之。”

“复”亦有“回答、回复”义，《管子·中匡》：“管仲会国用，三分之二在宾客，其一在国。管仲惧而复之。”黎翔凤注：“房注：‘复，白也。’”《文选·司马相如〈子虚赋〉》：“先生又见客，是以王辞不复，何为无以应哉！”李善注引司马彪曰：“复，答也。”“复”“覆”音近义通，古书中常常互相借用，《诗·小雅·蓼莪》：“顾我复我，出入腹我。”高亨注：“复借为覆。庇护之意。”

《广雅·释言》：“报，复也。”故“告、报、启、覆、复”五个语素均含有“报告”的语素义，故组成的“告覆、启覆、报覆、告复”均为同义连言，亦为“报告、禀告”义，如：

（1）秦将洪定已死，小兵抢得尸首回阵告覆王将招讨。（《秦并》）

（2）郭威告覆：“相公！一卮酒怎能醉我？若蒙颁赐，告觅一斗见赐！”（《五代史》）

（3）霍雄答曰：“启覆招讨，若要吾邦，顿然不允。须用苦死交战一场，然后商议。”（《秦并》）

（4）知远启覆：“长者，小人不是奸细，乃是孝义县慕容三郎义子。只因父亲……”（《五代史》）

（5）小军报覆招讨曰：“关前匈奴将发喊索战。”（《秦并》）

（6）话说楚国细作，探得秦兵伐楚，回来报覆春申君言：“秦将李信兴兵二十万攻伐荆楚。”（《秦并》）

（7）那时，李彪中箭已死。小军抢得尸首，回归阵中，告复招讨。（《秦并》）

“告覆”在话本中出现4次，乃“禀报、报告”之意，多是身份、地位较低的人向身份、地位较高的人报告，元吴弘道散曲《题小卿双渐》：“苏卿告覆，金山题句。行哭行啼，行想行思……”元李唐宾《李云英风送梧桐叶》第二折：“风呵，你略停止呼号怒，容咱告覆；暂定息那颠狂性，听咱嘱付。”

“启覆”在话本中出现3次，见例（3）、例（4），全元南戏《张协状元》：“忽一日，堂前启覆爹妈：‘今年大比之年，你儿欲待上朝应举。觅些盘费之资，前路支用。’”

“报覆”在话本中出现4次，只见于《秦并》，又如：

（8）辛胜回到坝上，报覆王翦曰：“圣旨每事皆赐一千。”（《秦并》）

（9）细作报覆虏王言：“秦兵又至。”（《秦并》）

“覆”“复”均有“报告”义，二者义同，故“告覆”亦写作“告复”，“报覆”亦作“报复”。“告复”在话本中仅出现一次，见例（7），《水浒传》第一六回：“杨志禀道：‘告复恩相，只在明早准行，就委领状。’”又第五九回：“吴用道：‘俺们义士，只要求见太尉尊颜，有告复的事。’”“报复”不见于《全相》，但元明清文献习见，元关汉卿杂剧《钱大尹智宠谢天香》第一折：“（张千云）谢大姐，你怎生这早晚才来？你只在这里，我报复去。”又《望江亭中秋切鲙》第一折：“小官今日与白姑姑相见一面，便索赴任。来到门首，无人报复，我自过去。”“报覆”有时虽写作“报复”，但二者意义并不完全相同，“报复”还有报仇、泄愤之意，如《宋史·神宗本纪》：“自是夏人日聚兵为报复计，言者以谓为稔边患不便。”《金史·承晖列传》：“（承晖）曰：‘平章政事高琪，赋性阴险，报复私憾，窃弄威柄，包藏祸心，终害国家。’”

《宋语言词典》已收“启覆”（第225页）条，许少峰《近代汉语词典》已收“告覆”（第385页）、“启覆”（第893页）二条，首引例均引自话本中的《全相》，《大词典》失收“告覆”“启覆”“告复”三条，当补。

【收捉】【搜捉】【追捉】【根（跟）捉】

《说文·攴部》：“收，捕也。”

故“收”之本义为“缉拿、抓捕”，《诗·大雅·瞻印》：“此宜无罪，女反收之。”《后汉书·张酺传》：“酺大怒，即收猛系狱……”

《说文·手部》：“捉，搤也。从手足声。一曰握也。”故“捉”之本义为“握、持”义，《左传·僖公二十八年》：“叔武将沐，闻君至，喜，捉发走出。”《三国志·蜀志·宗预传》：“预复东聘吴，孙权捉预手，涕泣而别曰……”

“搜”本“搜查”义，《庄子·秋水》：“或谓惠子曰：‘庄子来，欲代子相。’于是惠子恐，搜于国中三日三夜。”

“追”乃“追赶”义，《公羊传·庄公十八年》：“夏，公追戎于济西。”

“根”本指植物根部，《管子·水地》：“集于草木，根得其度，华得其数，实得其量。”“根”又与“跟”音近义通，《释名·释形体》：“足后曰跟，在下方著地，一体任之，象木根也。”“跟”本指脚后跟，后引申出追寻、追随义，《大宋宣和遗事·元集》：“那明皇无计奈何……把那贵妃使高力士将去佛堂后田地里缢杀了。诸军且跟着明皇入蜀。”故“根捉”即“跟捉”也。《水浒传》第一七回：“（府尹）说道：‘这件事下官已受了梁府虞候的状子，已经差缉捕的人跟捉贼人，未见踪迹。前日留守司又差人行札付到来，又经着仰尉司并缉捕观察，杖限跟捉，未曾得获。’”《醒世姻缘传》第五一回：“差人察验，知是走了程谟，四下差人跟捉，那有程谟的踪影。”

故“收”“捉”同义，“收捉”乃同义连言，如：

（1）门吏报曰：“有父老告言，贼寇极多。”先主使关、张二将收捉贼寇去。（《三国》）

宋丁特起《靖康纪闻》："又晓谕诸色人并炉火之家，不得依前乱行打造，如违，收捉赴官，重行断遣。"宋司马光《涑水记闻》卷一二："及至差官交割，又不听从，此狄青等所以收捉送禁、奏告朝廷。"《朱子语类》卷一〇六："又曰：'某尝作郡来。每见有贼发，则惕然皇恐……遂百种为收捉。捉得，便自欢喜；不捉得，则终夜皇恐！'"

"追""根（跟）"义同，均为"追寻、追随"义，故"追捉"与"根（跟）捉"义同，均为"追赶捕捉"，"搜捉"与二者意义相近，但其强调的侧重点不同："搜捉"强调"搜查"的动作，"追捉""根捉"强调"追"的动作，如：

(2) 费孟曰："如今敕令吾，不越一家，搜捉太子并胡嵩。上启皇伯，此二人曾来么?"(《武王》)

(3) 须臾兵围搜捉，黄巢两个被乱军捉住，却是齐州王播部下兵众。(《五代史》)

(4) 二将交战。才三四十合，项梁败走，王翦赶上追捉。(《秦并》)

(5) 武士赶上博沙山，追捉。果有一队强兵，发喊坠石。(《秦并》)

(6) 次日天晓，大小众官请县尉商议，如何捉拿杀人贼。刘备情愿根捉。(《三国》)

(7) 张大年令花约供指了文字，将召保知在，行着文字下郓城县根捉。(《宣和遗事》)

《太平广记》卷二七三"周皓"条（出《酉阳杂俎》）："贞乃藏于妻女间。时有司追捉急切，贞恐踪露，乃夜办装具，腰白金数锭。"《水浒传》第三一回："城中坊厢里正，逐一排门搜捉凶人武松。"《元典章·吏部·投下》："见管军人内逃讫杜林、蒋兴、李德、陈义等四名，根捉到吴城山，捉获。到官，招伏就用。"可见，"搜捉""追捉""根（跟）捉"均含有"收捉"义，故四个词语义近。

【剿除】【剿平】【剿灭】【剿杀】【掩杀】

"剿"《说文》不载，其本字当作"剿"，《说文·刀部》："剿，绝也。"段玉裁注曰："《释文》曰：'剿，子六反。'《玉篇》：'子小反。'马本作‘剿’。”“剿”又写作“勦”，《书·甘誓》：“有扈氏威侮五行，怠弃三正，天用勦绝其命。”“勦”《广韵·小韵》亦作“子小切”，故“剿”与“剿”之音义皆同，当为“剿”之后出字。

“除”本为“台阶”义，《史记·魏公子列传》：“赵王扫除自迎，执主人之礼，引公子就西阶。”《汉书·王莽传》：“群臣扶掖莽，自前殿南下椒除。”颜师古注：“除，殿陛之道也。”“台阶”经常有人走过，需要清扫，所以“除”又引申出“清扫”义，《史记·苏秦列传》：“周显王闻之恐惧，除道，使人郊劳。”又具体“打扫”义泛指“清除、扫除”义，《书·微子之命》：“抚民以宽，除其邪虐。”《左传·昭公三年》：“张趯使谓大叔曰：‘自子之归也，小人粪除先人之敝庐。’”

“平”本为“平坦”义，《孟子·离娄上》：“孟子曰：……‘圣人既竭目力焉，继之以规矩准绳，以为方员平直，不可胜用也。’”又引申出“平定、消灭”义，《诗·小雅·常棣》：“丧乱既平，既安且宁。”

“灭”本为“除尽”义，《易·剥》：“剥床以足，以灭下也。”

“杀”本为“杀戮”义，《书·大禹谟》：“与其杀不辜，宁失不经。”又引申出“消灭”义，《庄子·大宗师》：“杀生者不死，生生者不生。”

“掩”本“遮没、遮蔽”义，《书·盘庚上》：“世选尔劳，予不掩尔善。”又引申出“盖过、超过”义，《国语·晋语五》：“武子怒曰：‘大夫非不能也，让父兄也。尔僮子，而三掩人于朝。”韦昭注：“掩，盖也。”“压过、超过”对方如施之于敌人则为“消灭”义，故“掩”又引申出“袭杀”义，《史记·魏豹彭越列传》：“于是上使使掩梁王，梁王不觉，捕梁王，囚之雒阳。”《梁书·侯景传》：“景退还吴郡，达松江，而侯瑱军掩至，景众未阵，皆举幡乞降。”

故“剿、除、平、灭、掩、杀”都含有“杀”义，以之为构词语素的“剿除、剿平、剿灭、剿杀”均为同义连言，同为“消灭、杀戮”义；“掩杀”则为偏正结构，为“袭杀”义，如：

（1）王翦大悦，令蒙恬剿除宫女。(《秦并》)

（2）(秦王曰) ……若负固不悛，执迷不返，则命将遣师，剿平诸国，如疾风之摧败叶…… (《秦并》)

（3）(王翦) 仍差使命下一十八郡，取索经图降书，限半月赴司

投降，如违者，定行剿灭。(《秦并》)

(4) 又被黄飞虎、殷交二人，剿杀一阵，杀得兵士十人亡九。(《武王》)

(5)（王贲）如过期不肯归降，定点集兵马，尽行剿杀，玉石俱焚，悔之无及。(《秦并》)

(6) 仁贵横戟入阵，左右冲突。后五百兵掩杀，辽兵散走。(《征辽事略》)

(7) 孙子令章子催兵掩杀。燕兵大败归城，闭门不出。(《七国》)

(8) 契丹佯弃元城而去，却就古顿丘城田地多设马军藏伏，以俟晋军来追，合兵掩杀。(《五代史》)

“剿除、剿平、剿灭、剿杀、掩杀”又见于同时期文献，如《宋史·张浚传》：“浚谓：‘贼豫以逆犯顺，不剿除何以为国？今日之事，有进无退。’”元无名氏杂剧《逞风流王焕百花亭》第四折：“奉元帅将令，再过相思河，剿平余党，先着捷书报知辕门去了……”《宋史·夏竦传》：“竦上奏曰：‘……曹光实掩袭之余，遁逃穷蹙，而犹累岁不能剿灭。’”《宋史·韩世忠传》：“（世忠）令曰：‘进则胜，退则死，走者命后队剿杀。’”《宋史·侯益传》：“益对曰：‘臣欲诱之出关，掩杀之耳。’隐帝笑之。”

在这类词语中，有些双音词的构词语素完全相同，只是排列顺序不同，这就是同素异序词。同素异序词是指构成两个双音词的语素相同，但次序相反。同素异序词反映了汉语词汇由单音词向复音词发展阶段中所经历的由不稳固、不定型到稳固、定型的语言事实。见于本书的同素异序词如“打拷”与“拷打”（详见本章第三节），又如：

【玩看】【看玩】

“玩”本“研讨、反复体会”义，《易·系辞上》：“是故君子居则观其象而玩其辞，动则观其变而玩其占。”对景物的反复观看则为“欣赏、观赏”，故“玩”又引申出“欣赏、观赏”义，《楚辞·远游》：“谁可与玩斯遗芳兮？晨乡风而舒情。”《宣和遗事》：“吏与群囚争玩月光，回顾知常不知所往。”“玩月光”即观赏月光。

“看”亦有“欣赏、观赏”义，如唐王建《醉后忆山中故人》诗：

“遇晴须看月，斗健且登楼。”唐刘禹锡《元和十年自朗州至京戏赠看花诸君子》：“紫陌红尘拂面来，无人不道看花回。”“看月”即“欣赏月光”，“看花”即欣赏花卉。

由于“玩”“看”义同，以之为构词语素构成的两个同素异序的双音词“玩看”“看玩”亦为“玩赏”义，如：

(1) 妲己问王曰：“臣启陛下，世间有何贵宝与子童玩看?”(《武王》)

(2) 纣王向灯烛之下看玩，思之至晚，悔恨无已。(《武王》)

(3) 有一日，妲己奏曰：“我王教天下，若有奇珍异宝，进来妆饰宫室。臣妾看玩之。王意若何?”(《武王》)

(4) 太后曰：“子童不敢登高看玩。子童只在阁下少阳宫等驾。”(《前汉》)

比较以上四个用例可知“玩看”“看玩”均为同义连言，二者义同，它们又见于同时期文献，《太平广记》卷八三“吴堪”条（出《原化记》）：“其家临荆溪，常于门前，以物遮护溪水，不曾秽污。每县归，则临水看玩，敬而爱之。”又卷三六八“虢国夫人”条（出《大唐奇事》）：“其小猿旦夕在夫人左右，夫人甚爱怜之。后半载，杨贵妃遗夫人芝草，夫人唤小猿令看玩。”元关汉卿《包待制智斩鲁斋郎》楔子：“但见人家好的玩器，怎么他倒有，我倒无，我则借三日玩看了，第四日便还他，也不坏了他的。”

“玩看”“看玩”明清文献亦多见，明刘若愚《明宫史》卷四：“天下繁华，咸萃于此，勋戚内眷，登楼玩看，了不畏人。”《西游记》第五七回：“沙僧徐步落伽山，玩看仙境。”《警世通言》卷八：“且说朝廷官里，一日到偏殿看玩宝器，拿起这玉观音来看。”又卷一九：“衙内道：‘儿带出去无他，但只要光耀州府，教人看玩则个。’”《醒世恒言》卷四：“他心爱着那一种花儿，宁可终日看玩……”

为了避免表意的重复，古汉语中同义的同素异序词到了现代汉语中一般只会保留其中的一个，以《韩非子》中的同素异序词为例，同义的如“实事/事实”“民人/人民”“谈言/言谈”“憎爱/爱憎”“进前/前进”

“贱贵/贵贱”等①，这些词语到了现代汉语阶段只保留了后者，所保留的形式一般在语音上有先抑后扬的特点。但是，我们发现，同义的同素异序词“玩看”“看玩”仅见于近代汉语中，到了现代汉语中都消失了，究其原因，可能是在同一语义场中与“欣赏”“赏玩、玩赏”的竞争中失去竞争力而被淘汰了。

“欣赏”中古已见，晋陶潜《移居》诗之二：“奇文共欣赏，疑义相与析。”但笔者认为它不是一个双音词，而是短语，“欣赏”当为“高兴地赏析”之意，这是因为中古直至宋元时期几乎再也没有看到“欣赏”的用例，其成词的可能性极小。《大词典》“欣赏”条以此例为首引例不妥。明清文献“欣赏”的用例逐渐多了，有二义：一作“赏识（某人或诗文）”义，如《二刻拍案惊奇》卷一四：“诗云：往返珍珠不用疑，还珠垂泪古来痴。知音但使能欣赏，何必相逢未嫁时?”二作“欣赏（景物）”义，明张瀚《松窗梦语》卷七：“余尝经齐、秦之境，亦多芙蕖，安得画舫摇曳，游人欣赏也。”清韩邦庆《海上花列传》第五八回：“其时落日将沉，云蒸霞蔚，照得窗棂几案，上下通明。大家徘徊欣赏，同进轩中。”

“赏玩”指欣赏玩味，《晋书·纪瞻传》：“立宅于乌衣巷，馆宇崇丽，园池竹木，有足赏玩焉。”唐韩愈《咏雪赠张籍》：“赏玩捐他事，歌谣放我才。”冰心《最后的安息》：“转过了坡，只见有一道小溪，夹岸都是桃柳树，风景极其幽雅，一面赏玩，不知不觉的走了好远。”

“玩赏”是近代汉语新出现的一个词语，《太平广记》卷四三六“于远”条（出《潇湘录》）：“远性癖好良马，又闻此马之异，深吝惜之。乃拜老母，乞且暂留，以玩赏数日。”元白朴《裴少俊墙头马上》第一折：“今日乃三月初八日，上巳节令。洛阳王孙士女，倾城玩赏。”

因此，在宋元时期表“欣赏、玩赏”的语义场中有四个词语：“玩看”“看玩”“玩赏”“赏玩”，到了明清时期又出现“欣赏”，这五个词语语义表达的焦点是“赏”，“玩看”“看玩”的“看”之“赏”义并不凸显，故在同一语义场的竞争中逐渐失去了使用价值，让位于“玩赏”“赏玩”“欣赏”了。又，《大词典》收有“看玩”条，失收“玩看”，当补。

---

① 这些例子引自车淑娅：《〈韩非子〉同素异序双音词研究》，《语言研究》2005 年第 1 期，第 113 页。

话本出现这些同义（近义）双音词的原因可能与其语料的内容有关：《全相》《五代史》《征辽事略》大部分内容是讲述战争的，有些故事情节大致相同，话本在讲述这些情节近似的内容的时候，为了求得语言表达的灵活性和丰富性，作者往往在相似的语境中用一些意义相同或相近的词语，这些意义相同或者相似的词语就构成了一个个同义或近义的词群。

（二）旧有的双音词产生的新义

【未免】

"未免"本"不免、免不了"义，《孟子·离娄下》："舜人也，我亦人也，舜为法于天下，可传于后世。我由未免为乡人也，是则可忧也。"《左传·文公十三年》："季文子曰：'寡君未免于此。'"此意义宋元时期还继续使用，《宋史·孙冲传》："河决棣州，知天雄军寇准请徙州治河，命冲往按视。还言：'徙州动民，亦未免治堤，不若塞河为便。'"《北梦琐言》卷六："罗既频不得意，未免怨望，竟为贵子弟所排，契阔东归。""未免"之"不免、免不了"义含有的意思是，后面的结果是前面事情自然的发展，这种结果是不可抗拒的，它顺承前面的事情发展而来。所以，到了宋元时期，"未免"在连接两个小句的时候，起着顺承的作用，语义已经虚化，从而引申出连词义的用法，相当于"接着"，如：

（1）王贲见对阵五虎离山阵，未免摆下二龙混海阵。（《秦并》）

（2）各路州县，接得文字，得知韩王被虏，诸将皆亡，未免具降书投降。（《秦并》）

（3）燕王等候景丹取太子首级，半日不来，未免再催孙虎去讨燕丹首级。（《秦并》）

（4）那杨志为等孙立不来，又值雪天，旅途贫困，缺少果足，未免将一口宝刀出市货卖。（《宣和遗事》）

（5）忽听得黄巢向他爷说着那使枪使剑的话，心下快活，思量这人也是个好汉，未免出来与他厮见。（《五代史》）

例（1）中王贲见敌方摆下了阵式，作为对敌的反应，自己也摆下对付敌人的阵式，句中“未免”的语义已经虚化，其意义只是相当于表顺承的连词“于是”；同样，例（2）、例（3）中“未免”的作用也仅仅表示两个句子之间的顺承连接，没有实在的意义，此用法又见于同时期文献，《宋史·李全传》：“全言于朝，称遣兵捕盗过盐城，令自弃城遁去，虑军民惊扰，未免入城安众。”《宣和遗事》：“其马县尉一行人，行到五花营堤上田地里，见路傍垂杨掩映，修竹萧森，未免在彼歇凉片时。”元詹时雨杂剧《围棋闯局》：“今夜雨收云霁，月白风清，未免再到西厢一行。”《大词典》“未免”条失收其连词义用法，当补。

又“未免”与“不免”义同，由于同一语义场的相互影响，“不免”也有表连词义的用法，如：

(6)（奶母）言讫，涕泪如雨。三思之次，不免也去来见妲己。(《武王》)

(7) 且说那晁盖八个，劫了蔡太师生日礼物，不是寻常小可公事，不免邀约杨志等十二人，共有二十个，结为兄弟。(《宣和遗事》)

(8) 举头见一寺额，号“香山之寺”。法师与猴行者不免进上寺门歇息。(《取经诗话》)

“未免”与“不免”义同，由于处于同一语义场中，它们都获得了连词义的用法，这说明词义的引申有时不是孤立的，有时候还会受到同一语义场中其他词语的影响，有的学者称之为同步引申。

【损坏】

《说文·手部》“损，减也。”《墨子·七患》：“岁馑，则仕者大夫以下皆损禄五分之一。”物体数量的减少意味着受损，故其又引申出“毁、坏”义，《淮南子·说山》：“小人之誉反为损。”高诱注：“损，毁也。”“毁、坏”义如施及于人，则为“伤害”义，《商君书·慎法》：“君人者不察也，以战，必损其将；以守，必卖其城。”

“坏”本有“拆毁、毁掉”义，《左传·襄公三十一年》：“子产相郑伯以如晋。晋侯以我丧故，未之见也。子产使尽坏其馆之垣，而纳车马焉。”“坏”所毁对象为物，如施及于人，则为“杀害、加害”义，此义首见于宋元时期，如：

（1）有妲己知太子长大，心中怕怖：“有一皇后正宫中宫人告与太子，知我教天子坏了他母，以此上不便。我今暗宣费仲。”（《武王》）

（2）四方人民嗟叹不息：“可惜枉坏了元帅！”（《前汉》）

（3）继韬见说，且喝令长枷送狱收问。终是惜他勇力，不忍坏了他，密地唤人放威走了。（《五代史》）

故“损坏”乃同义连言，本指“使……受到损失、使……残破”义，《后汉书·乌桓传》：“光武初，乌桓与匈奴连兵为寇……五郡民庶，家受其辜，至于郡县损坏，百姓流亡。”《梁书·阮孝绪传》：“其恒所供养石像，先有损坏，心欲治补，经一夜忽然完复，众并异之。”由于“损”“坏”都有“伤害”义，“损坏”连言也有“伤害、杀害”义，如：

（4）有张良知汉王损坏三将，张良即日将靴笏襕袍官爵于汉王面前纳了……（《前汉》）

（5）稳婆闹中抱太子出得宫门，至于本宅，欲坏太子；闻空中喝一声：“不得无礼！”道：“三世人主，无得损坏！”（《前汉》）

在例（5）中，一处用单音词“坏”，一处用双音词“损坏”，二者义同，均为“伤害、杀害”义，此义又见于同时期文献，元关汉卿杂剧《邓夫人苦痛哭存孝》第三折：“则俺那阿妈醉也，心中乖劣；他两个巧语花言，鼓脑争头，损坏英杰。”纪君祥《赵氏孤儿大报仇》第一折：“嗨，屠岸贾，都似你这般损坏忠良，几时是了也呵！”不过“损坏”之“伤害、杀害”义存在的时间较短，此义在后来的发展中逐渐消失，现代汉语阶段已无此义用法了。另外，从“坏”“损坏”的词义发展来看，当双音节当中某个构词语素语义发生了新的变化之后，它有可能会影响到所构成的双音节词的词义，这个双音词有可能在此基础上产生新的意义。

三、三音词

（一）三音节的新义

话本中在旧有三音词的基础上产生新义的很少，仅见2例：

【擎天柱】

“擎天柱”本指“托天的柱子”，语本《楚辞·天问》：“八柱何当。”《楚辞补注》引王逸注：“言天有八山为柱。”洪兴祖又引《神异经》曰：“昆仑有铜柱，其高入天，所谓天柱也。”后以喻担负重大任务的人：

> 梁王不忍，张弓射之，箭落处不见老鸦，见一石碑，上穿一箭，前来视之，上有金字一十四字，曰：“去年斩了擎天柱，今岁合摧架海梁！”（《前汉》）

元李文蔚杂剧《破苻坚蒋神灵应》第四折：“（桓冲云）文安四海擎天柱，武定八方架海梁。小官乃大司马桓冲是也。”元王实甫《崔莺莺待月西厢记》第三本第二折：“（红见末科）（末云）小娘子来了。擎天柱，大事如何了也？”元无名氏《锦云堂暗定连环记》第三折：“你本是扶持社稷擎天柱，平定乾坤架海梁。”

【消不得】

“消”有“享受、受用”义，元乔吉《李太白匹配金钱记》第一折：“没福消轩车驷马，大纛高牙。”故“消不得”有“受用不得”之意，唐白居易《哭从弟》诗：“一片绿衫消不得，腰金拖紫是何人！”《祖堂集》卷一六：“师云：‘某甲未吃茶在。’归宗云：‘作这个语话，滴水也消不得。’”“得”与“的”同义，故“消不得”又作“消不的”，元无名氏《举案齐眉》第一折：“你道他一介儒，消不的千钟粟；料应来尽世里困穷途，嫁他时空受苦。”

“消”本“消失、减少”义，《易·泰》：“内君子而外小人，君子道长，小人道消也。”故宋元时期“消不得”又引申出“少不得”义：

周瑜得知张飞五千军来解厄，对众官说："刘备困在夏口，咱三十万军、百员名将，鏖兵略战，折了黄盖。吾今杀曹璋，消不得刘备来。"（《三国》）

元关汉卿《包待制智斩鲁斋郎》第一折："消不的你请我坟院里坐一坐，教你祖宗都得生天。"元杨显之《临江驿潇湘秋夜雨》第二折："你为官消不得人伏侍，你忙杀呵写不得那半张纸？"

（二）三音节的新词

同双音节的新词相比，宋元话本中三音节的新词在数量上则少得多。其语义构成形式主要有两种：偏正式和补充式。

1. 偏正式

偏正式的三音词由来已久，陈宝勤认为：在上古汉语中，《左传》使用偏正式的三音词最多，共有 1 225 个，如一些专有名称"皇帝氏、炎帝氏、公子忽、叔孙段、东道主"等[1]。偏正式结构应该是三音节词语中最能产的构词形式。见于宋元话本的偏正式三音词从词性来说，主要以名词为主。这些三音词从语义结构看又分为两类结构：

（1）A + BC→名词。

这种结构是前面一个单音节语素和后面的双音词语结合构成三音节名词。这种结构的三音词在宋元话本中只有"大元帅"一个词。

（2）AB + C→名词。

这种结构的三音词是一种强势的构词形式，宋元话本中的大部分三音节名词都是这种结构形式，如"顺风耳、摘星楼、绿衣郎、接伴使、御林军、御林兵、马步军、连珠箭、酉字牌、十样锦、开山斧、美髯公、八卦阵、迷魂阵、拿云手、校刀手、刀斧手、刽子手、护心镜、绊马索、一场空、指南针"等。

2. 补充式[2]

补充式的三音词结构形式是前面一个单音节语素是中心语素，后面两

---

① 参见陈宝勤：《汉语造词研究》，成都：巴蜀书社 2002 年版，第 160 页。

② 这种三音节补充式构词方法，蒋冀骋等称之为"部分重叠构词"，见蒋冀骋、吴福祥：《近代汉语纲要》，长沙：湖南教育出版社 1997 年版，第 211 页。

个重叠式的双音形式作补充成分。补充式的三音词产生于上古晚期，主要见于《楚辞》中，如“芳菲菲、杳冥冥、悲吸吸、纷容容、莽洋洋”等[①]。宋元话本中这类三音词只有四个，都是前面一个形容词性的单音节语素和后面的重叠式双音结构结合，它们是“滴溜溜、明晃晃、气昂昂、绿茸茸”。

除了偏正式和补充式外，宋元话本中的三音节词的结构还有附加式。但这种结构的三音词仅有两个，即“下梢头、四下里”。这两个词中的“头”“里”都是词尾，没有什么实在意义。

四、四音词

（一）四音节的新义

同三音词一样，宋元话本中在旧有四音词的基础上产生新义的较少，仅见1例：

【自相矛盾】

“自相矛盾”语出《韩非子·难一》：“楚人有鬻盾与矛者，誉之曰：‘吾盾之坚，物莫能陷也。’又誉其矛曰：‘吾矛之利，于物无不陷也。’或曰：‘以子之矛陷子之盾，何如？’其人弗能应也。”后来比喻人的语言行动前后抵触、不相应合，《魏书·儒林传·李业兴》：“业兴曰：‘圆方之言，出处甚明，卿自不见。见卿录梁主《孝经义》亦云上圆下方，卿言岂非自相矛盾！’”《陈书·本纪·宣帝》：“五月乙巳，诏曰：‘……凡诸辩决，务令清乂，约法守制，较若画一。不得前后舛互，自相矛盾，致有枉滞。’”“自相矛盾”本用于个人语言或者行为的前后不合，如用于人与人之间，则引申为“同伙间的相互争吵或冲突”：

朱真君奏道：“……吾二国正当灾难相恤，缓急相援，如手足之卫头目，如子弟之护父兄，使秦有所惮，不敢加兵，不可自相矛盾不和。万一有隙可乘，如蚌鹬相持，只为渔者之利耳。”（《秦并》）

---

① 参见陈宝勤：《汉语造词研究》，成都：巴蜀书社2002年版，第279页。

《资治通鉴》卷一六一："切让之曰：'今二宫危逼，猾寇滔天，臣子当戮力同心，岂可自相矛盾？'"宋丁特起《靖康纪闻·拾遗》："元年春，金人退师之后，朝廷大臣，无复经画，各执偏见，自相矛盾。"

（二）四音节的新词

宋元话本中新出现的四音词主要是成语。"成语是经过千锤百炼而形成的语言精华，它以典雅、含蓄、生动、简练而独放绚丽的异彩，它以形象、丰富、深刻的语义色彩反映深邃的哲理，它是我国词汇宝库中的璀璨明珠。"① 汉语的成语大多由四个字组成，一般有来源或典故。成语中保留了很多如古音、古义、通假字、词类活用等古汉语特征，如"度德量力"的"度"念作"duó"；"否极泰来"的"否"念作"pǐ"；"赴汤蹈火"的"汤"乃其本义"热水"；"飞禽走兽"之"走"本为"跑"义；"新婚燕尔"的"燕"是"宴"的通假字；"感天动地"的"感""动"都是使动用法；"草菅人命"的"草菅"是名词的意动用法等。成语一般具备两个特征：第一，结构的凝固性，一般不能随便拆开使用；第二，意义的完整性，即不是构成成语的各个部分意义的简单相加，而是在构成成分意义上的高度概括，其表面意义与实质所指往往不同。

根据笔者的统计，宋元话本中共使用成语240条，见于《大词典》的有195条。在这195条中，袭用前代成语的共有94条，其余101条则是宋元时期新出现的成语②，有的成语首次见于宋元话本，如"尸横遍野、改邪归正、十郎八当"。对于宋元话本成语的讨论，我们拟从语义结构和同义异形两个方面来分析其结构和意义。

1. 语义结构

见于宋元话本的宋元时期新出现的成语从语义结构来说，可以分为并列式、顺承式、主谓式、补充式、偏正式五类：

（1）并列式。

①主谓＋主谓。

---

① 林宝卿：《汉语与中国文化》，北京：科学出版社2000年版，第208页。

② 《大词典》收录了一些见于《全相》的成语，但有些成语已见于《全相》而《大词典》首引例时间却晚于《全相》的有21条，如"安邦定国、悔之晚矣、鸣金收兵、奇珍异宝、人困马乏、不在话下、有隙可乘、尸横遍野、怨气冲天"等。

这类词语有“你死我活、龙争虎战、面黄肌瘦、人困马乏、里应外合、心惊胆颤”等。

②动宾+动宾。

这类词语有“捧毂推轮、交头接耳、安邦定国、称孤道寡、呼风唤雨、游山玩水、争名夺利、拔山举鼎、荫子封妻、招军买马、羞花闭月、遮天映日”等。

③偏正+偏正。

这类词语有“足智多谋、尸山血海、四面八方、龙肝凤髓、奇珍异宝、天罗地网、前街后巷、三回五次”等。

（2）顺承式。

这类词语有“鸣金收兵、先斩后奏、改邪归正、回嗔作喜”等。

（3）主谓式。

这类词语有“兵临城下、风卷残云、御驾亲征、祸起萧墙、计上心来、人烟稠密、日月如梭、神通广大、生民涂炭、相貌堂堂、锣鼓喧天、魂不着体、金蝉蜕壳、怨气冲天、杀气腾腾”等。

（4）补充式。

这类词语有“撒豆成兵、措手不及、叫苦不迭、无计奈何、昏迷不醒”等。

（5）偏正式。

这类词语有“缚鸡之力、十面埋伏、号啕大哭”等。

2. 同义异形

虽然成语结构较为固定，但其“正体”（广为接受和使用的形式）要得到承认却是一个漫长的过程，在成语发展的过程中，会出现相同的意义却用不同的形式来表达的异形词，我们称之为“变体”。如“刻骨铭心”一词本出自元刘时中散曲《端正好·上高监司》：“万万人感恩知德，刻骨铭心，恨不得展草垂缰。”但它的早期形式是“铭肌镂骨”，颜之推《颜氏家训·序致》：“追思平昔之指，铭肌镂骨，非徒古书之诫，经目过耳也。”这个意义在历时的发展过程中，不同的时代有很多不同的变体，如见于唐代文献的就有“切骨铭心、刻骨铭肌、镂骨铭肌、铭心镂骨、铭刻心骨”等，见于明代文献有“镂骨铭心、刻骨镂心、镂心刻骨、铭心刻骨”等，在这些众多变体中，语言最后选择了元代的“刻骨铭心”[①]。从正体与变体的关系来看，它们属于同义异形，体现了成语在结构上具有一定的灵活性，有的成语到了现代汉语阶段仍然没有正体，仍处于多种形式共存的状态，如《大词典》收录了见于宋元话本的“眉头一放，计上心来”条：

（1）妲己思之：“虽然似蛇赶我，恐王疑我是妖精；待不言，却如何说？”眉头一放，计上心来……（《武王》）

同样的意义，在话本中又作“眉尖一纵，计上心来”“眉头一纵，计上心来”：

（2）妲己不敢言实情之事，眉尖一纵，计上心来，奏曰……（《武王》）
（3）我恐大王知是妖怪。半晌无言，眉头一纵，计上心来。（《武王》）

《大词典》收录了“眉头一纵，计上心来”，未收“眉尖一纵，计上心来”，但收录了与之同义异形的“眉头一展，计上心来”“眉头一皱，计上心来”“眉头一蹙，计上心来”三条。话本中有很多成语存在同义异形的情况，就其结构形式的变化而言，正体和变体之间的关系大致有以下三种情况：

（1）历时的变体。

历时的变体指话本中的部分四音词是在旧有成语的基础上，在意义不变的情况下，通过变换位置或替换语素的方法，成为与正体形式共存的变体。如：

【千娇百媚】→百媚千娇[②]

（1）妲己回首戏刽子，用千娇百媚妖眼戏之，刽子坠刀于地，不忍杀之。（《武王》）

---

① 此例引自王承惠：《成语的演变和发展》，《宁波大学学报》（人文科学版）1997年第2期，第32页。

② “【】”表示正体，变体则不用“【】”，以示区别。

（2）（妲己）道罢，泣下数行，有百媚千娇。纣王见之不忍弃……（《武王》）

“千娇百媚”形容女子美丽动人，唐张鷟《游仙窟》：“千娇百媚，造次无可比方；弱体轻身，谈之不能备尽。”“千娇”与“百媚”意义、结构相同，故可变换位置作“百媚千娇”。在话本中既有袭用旧有的“千娇百媚”，如例（1）；也有变体的“百媚千娇”，如例（2）。

【飞沙走石】→扬砂走石、吹沙走石、起砂走石、走石飞沙

（1）当初道摆柳摇松，顷刻飞沙走石。（《秦并》）

（2）早至午时，果然从东南上，大风起，吹沙走石，屋瓦翻飞……（《武王》）

（3）忽见一阵大风，起砂走石，似吹扬尘，屋瓦翻飞，对面不能相见。（《武王》）

（4）千林败叶走空飞，万里黄沙随地卷。乌风大作，走石飞沙。（《秦并》）

“飞沙走石”指沙土飞扬，石块滚动，形容风力迅猛，如例（1），《太平广记》卷二〇四“吕乡筠”条（出《博异志》）：“若人间吹之，飞沙走石，翔鸟坠地，走兽脑裂。”亦作“扬砂走石”，唐韩鄂《岁华纪丽·风》：“风则从箕，月离于毕。”后注曰：“风从箕星，扬砂走石。”话本中除了正体的“飞沙走石”，见例（1）；还有通过转换位置的变体“走石飞沙”，如例（4）；亦有替换语素的变体“吹沙走石”“起砂走石”，如例（2）、例（3）。

我们发现，能够通过变换位置获得变体成语的语义结构一般是“AB + CD”式的并列结构。在这种结构中，“AB”与“CD”不存在前后的修饰关系或者先后的语义承接，二者意义相同或相近，变换位置之后对于词语的意义影响不大，所以它们的位置与意义相比显得并不重要。如“千娇百媚”→“百媚千娇”、“体健身轻”→“身轻体健”、“飞沙走石”→“走石飞沙”等。有的只是变换某个语素的位置，如“雨散云收”→“云散雨收”。

通过变换位置而来的变体成语在话本中数量不多，大部分的变体成语是通过替换部分语素得来的，如：

【食不甘味】→口不甘味 【变化无穷】→变化多般
【从谏如流】→纳谏如流

(1)（燕王）议曰："昔齐分其民众，以残我国，夷我宗庙，国为棘墟。孤身不安席，口不甘味……"（《七国》）

(2) 当时众人道："一个神通广大，一个变化多般，二人正是本对。"（《七国》）

(3)（蒯通曰）……可惜许大车马，多争天下，任用贤士，纳谏如流。（《前汉》）

例（1）"口不甘味"乃"食不甘味"之变体，形容心中有事不安。《战国策·楚策》："楚王曰：'……寡人卧不安席，食不甘味，心摇摇如悬旌，而无所终薄。'"例（2）"变化多般"乃"变化无穷"之变体，《六韬·豹韬》："所谓鸟云者，鸟散而云合，变化无穷者也。"例（3）"纳谏如流"乃"从谏如流"的变体，谓听从善意的规劝，就像水从高处流下一样顺畅，形容乐意接受别人意见，多指帝王广纳贤言。《文选·班彪〈王命论〉》："见善如不及，用人如由已，从谏如顺流，趣时如响赴。"

通过替换语素而来的变体成语见于话本的还有："一鼓作气"→"一鼓而收"、"号啕大哭"→"恸啕大哭"、"负固不服"→"负固不悛"、"朝歌夜（暮）弦"→"朝歌暮乐"、"听天任（由）命"→"听天之命"、"势如破竹"→"破竹之势"、"易如反掌"→"易如翻手"、"安如泰（太）山"→"安若太山"、"肉袒牵羊"→"袒臂牵羊"、"天崩地坼"→"天摧地裂"、"天昏地暗"→"天愁地暗"等。

(2) 共时的变体①。

---

① "正体"与"变体"实际上是一个历时的概念，是我们以现在的时间为参照系来说明某个形式是某个（些）形式的正体。在共时层面上，不能说某个形式是某个（些）形式的正体。但为了指称方便，我们这部分讨论的同一共时层面中同义异形的成语仍采用"正体"与"变体"的概念。

共时的变体指的是产生于宋元时期的正体成语与其同义但形式不同的四音词共存。由于成语在产生之初，形式并不固定，在共时层面中，相同的意义可能有不同的形式来表达。只不过在后来的发展过程中，其中的某些形式由于使用较少或其他原因逐渐被淘汰，如：

【里应外合】→外合里应　【杀气腾腾】→杀气腾空
【亭亭玉立】→亭亭而立　【动地惊天】→振地喧天

（1）高皇大喜，即便来日准备外合里应，拿捉陈豨。（《前汉》）

（2）众官簇张松见刘璋，言曰："刘巴、大夫秦宓言刘备图其川，吾不诡信，怎知二贼里应外合，有意献川与猾虏刘备！"（《三国》）

（3）二将场中宛转，杀气腾空，约斗三十合，景耀龙诈败走……（《秦并》）

（4）左有青龙助势，右有白虎盘营。战尘郁郁，杀气腾腾……（《前汉》）

（5）文简撞阵，不能得出。多时，只见一人将皂旗亭亭而立……（《七国》）

（6）果然父子不移体，是尉迟宝林。"咱两个争来。"腕悬钢鞭，亭亭而立。（《征辽事略》）

（7）寅时左右，豨见正南上旗号遮天映日，征鼓振地喧天，兵马如飞。（《前汉》）

例（1）"外合里应"是例（2）"里应外合"的同义异形，元李文蔚《张子房圯桥进履》第三折："（萧何云）军师，小官须索整点英雄将士，里应外合擒拿他，有何不可也。""外合""里应"二者是同义对举，合而见义，因此它们在结构中的位置并不重要，所以它们之间的位置可以灵活互换。只不过在后来语言选择了"里应外合"。例（3）之"杀气腾空"乃例（4）"杀气腾腾"的同义异形，元尚仲贤《汉高皇濯足气英布》第四折："杀气腾腾蔽远空，一声传语似金钟。"例（5）之"亭亭而立"乃"亭亭玉立"之同义异形，它们均形容花木主干挺拔或人的身材修长，元张养浩散曲《最高歌兼喜春来·咏玉簪》："想人间是有花开，谁似他幽闲洁白，亭亭玉立幽轩外。”例（7）之“振地喧天”乃“动地惊天”之同义异形，形容令人十分震动。元关汉卿《感天动地窦娥冤》第三折：“没来由犯王法，不提防遭刑宪，叫声屈动地惊天！”

这类成语还有如“人困马乏”→“军困马乏”、“危如累卵”→“垒卵之危”、“不计其数”→“勿知其数”、“摇旗呐喊”→“摇旗发喊”。

（3）成语的早期雏形。

成语正体形成之前一般有一些变体，有的成语的正体到明清时期才定型，而其早期的形式在话本中可以寻觅到踪迹，可以说，话本中部分四音词是后来某些成语形成的前提和基础，如：

折将亏兵→【损兵折将】　头旋眼花→【头昏眼花】
名标青史→【名垂青史】　闷闷不悦→【闷闷不乐】

（1）邹坚奏帝曰：“今四国军兵困齐，臣不能抵敌，折将亏兵，望大王恕罪。”（《七国》）

（2）秦皇头旋眼花，却见庙祠团团而倒。（《秦并》）

（3）帝从奏，令人修凌烟阁，图孙子于其上。真个是孙子名标青史。（《七国》）

（4）高皇闷闷不悦。再问吕后：“韩信死之日，言寡人甚来?”（《前汉》）

（5）徽宗已备知天机事，无心游赏月宫，闷闷不悦。（《宣和遗事》）

“折将亏兵”指兵士和将领都有损失，谓作战失利，后来演变为“损兵折将”。《水浒传》第八一回：“（燕青）‘眼见的把这二人藏在家里，不肯令他出来。损兵折将，必然瞒着天子’。”“头旋眼花”指头脑发晕、眼睛发花，后来多作“眼花头晕”“头昏眼花”。《宣和遗事》：“（马县尉）才吃酒时，便觉眼花头晕，看见天在下，地在上，都麻倒了，不知人事。”《说唐》第六六回：“秦王众将，略略少些，却也泻得头昏眼花，手足疲软。”“名标青史”指名声永留史册，后多作“名垂青史”。清卓尔堪《〈明遗民诗〉序》：“死事者名垂青史，固无论已。”“闷闷不悦”指因为不如意的事而心情烦闷，后多作“闷闷不乐”。《三国演义》第一八回：

“（陈宫）意欲弃布他往，却又不忍；又恐被人嗤笑。乃终日闷闷不乐。”

（三）小结

通过对话本成语的分析，我们可以得出以下结论：

首先，从语义结构看，话本成语的语义结构主要以并列式和主谓式为主，这两种结构形式最能产，而顺承式、补充式、偏正式的能产性则较低。

其次，成语正体的形成和接受需要一个过程，在这个过程中，一般存在同义异形的情况。这一方面是由于正体还没有得到广泛的接受，语言的使用者可以运用不同的形式来表达相同的意义；另一方面也可能是语言的使用者故意为之，以求得语言的新奇和变化。话本中的同义异形的成语大多数是作者有意为之，运用这些同义异形的词语达到语言表达的灵活性和丰富性的目的，如“千娇百媚”与“百媚千娇”、“飞沙走石”与“吹沙走石”、“里应外合”与“外合里应”、“人困马乏”与“军困马乏”等。有的成语首次在话本中出现，并在其后的发展过程中得到承认，一直被沿用至今，如“尸横遍野”“改邪归正”。话本中还有一部分四音词可能是后来某些成语的早期形式，虽然在后来的发展过程中逐渐被新的形式所代替，但其发轫之功不可低估。

最后，成语的同义异形由并存到后来某些形式被淘汰，这其中也有一些规律可循。如在并列结构中，从语义上来看，含有“天地”语素的成语，一般“天”前置，如“惊天动地”与“动地惊天”，虽然《大词典》均收录，但人们常用的还是“惊天动地”；含“男女”语素的成语，一般“男”前置，如“童男童女”；含“长幼”类语素的成语，一般尊长在前，如“如丧考妣”“子子孙孙”等①。这些规律反映了汉族“尊天卑地”“尊男卑女”“尊长卑幼”的传统观念。从语音上看，保留下来的形式大多在声调上有着先抑后扬的特点，尤其在并列式“ABCD”结构中，往往以“B”“D”为语音基点，大多遵循“B”平“D”扬、“B”平“D”仄的规律，如“百媚千娇”与“千娇百媚”、“走石飞沙”与“飞沙走石”、“外合里应”与“里应外合”、“折将亏兵”与“损兵折将”等，这体现了

---

① 参见游汝杰：《中国文化语言学引论》，北京：高等教育出版社1993年版，第78－79页。

汉民族注重语言抑扬顿挫的韵律之美。

第二节　新词新义反映的社会内容

词汇是语言中最活跃的因素，社会制度的变革、观念的改变、新事物的出现往往最先反映在新词新义当中。新词新义大多是社会文化生活变化的产物，它们与社会文化生活息息相关。话本中新词新义的意义来源主要有以下几个方面。

一、战争内容

《左传·成公十三年》：“刘子曰：‘……国之大事，在祀与戎。祀有执膰，戎有受脤。’”可见，在古时，祭祀与战争是国家政治生活中最重要的两件事情，国家的兴衰和更替与战争有着不可分割的关系，“一般地讲，战争在本质上，自古以来就是维护生存的最高、最有效的手段”①。话本主要是讲史，其基本内容是演绎前代历史故事。话本讲述前代战争故事，并非一味抄撮前代史书，作者在讲述这些故事的时候，往往把一些与战争有关的新词新义运用到故事当中，如：

【枪营】

(1) 张飞拦道，扎一枪营。(《三国》)

(2) 众官见桂阳西南坡上，直下是水，困刘封水岸上。见一枪营，此处必有凤雏也。(《三国》)

“枪营”《大词典》不载。《宋史·宋琪传》记载有当时契丹扎营之

① 倪乐雄：《东西方战争文化的原型蠡测——“荷马史诗”与〈诗经〉比较研究》，《中国文化研究》1994年第6期，第115页。

法："契丹主吹角为号，众即顿合，环绕穹庐，以近及远。折木梢屈之为弓子铺，不设枪营堑栅之备。"《辽史·兵卫志》《辽史·营卫志》亦载此事。从史载可知，契丹安营扎寨之法简单易行，不同于宋朝的"设枪营堑栅之备"。从"设枪营堑栅之备"来看，所谓"枪营"，当是在营寨周围深挖壕沟，设立栅栏。"枪营"当与"枪城""枪垒"义同，唐王建《古从军》："枪城围鼓角，毡帐依山谷。"《资治通鉴》卷二一七："光弼出兵五千为枪城于道南，夹呼沱水而陈。"唐祖咏《扈从御宿池》诗："远树低枪垒，孤峰入幔城。"唐皎然《横吹曲辞·陇头水》："碎影摇枪垒，寒声咽帐军。"《新唐书·浑瑊传》："次黄菩原，瑊引众据险，设枪垒自营，遏贼奔突。""营""城""垒"义同，均指军队安营扎寨时所设的防御工事，"枪"为削尖的竹子或木棍，像树桩一样半埋在营寨外围以御敌，远远看去，像士兵所用之枪，故"枪"实乃喻指，"枪营""枪城""枪垒"均为营寨周围用削尖的竹或木围起来的防御栅栏。又有"枪篱"一词，《金瓶梅词话》第七回："（西门庆）进去，里面仪门紫墙，竹枪篱影壁，院内摆设榴树盆景……""枪篱"即"竹篱笆"，"枪"亦为喻指。

【敌楼】

（1）张飞观瞻城池，敌楼战棚，深埋鹿角，开掘壕堑，见城上檑木炮石极广……（《三国》）

（2）赵云按敌楼，言天晚，来日入城。（《三国》）

"敌楼"是城墙上御敌的城楼，是守城防御的工事。盖其得名之由，乃御敌之城楼也。宋元文献多见"敌楼"一词，《宋史·雷德骧传》："九月，城北洞屋成，贼对设敌楼以抗官军，有终遣卒焚之，贼自是销沮，筑月城以自固。"《宋史·陈元桂传》："元桂瞠目叱骂，遂死之。悬其首于敌楼，越四日方敛，体色如生。"《元史·赵匣剌传》："六年，行院遣匣剌攻钓鱼山之沙市，焚其敌楼。"

"敌楼"这种防御工事并非宋元时期才出现，宋之前称之为"谯楼""谯"，乃城门上的瞭望楼，《三国志·吴志·孙权传》："夏四月，大赦。诏诸郡县治城郭，起谯楼，穿堑发渠，以备盗贼。"唐唐彦谦《叙别》诗：

“谯楼夜促莲花漏，树阴摇月蛟螭走。”《新唐书·沙陀传》：“佑屯美女谷，铎与幽州李可举众七万攻蔚州，谯栅相属。”《五代史》：“月华如昼，天静无云。谯楼禁鼓报三更，漏滴铜壶中夜至。”清蒲松龄《聊斋志异》卷四《罗刹海市》：“少时，抵城下。视墙上砖，皆长与人等。敌楼高接云汉。”何垠注：“敌楼，城上守御之楼，即《唐书·马燧传》所谓谯橹，俗云谯楼也。”

“敌楼”在唐代又称作“战楼”“战格”①，杜甫《潼关吏》诗：“连云列战格，飞鸟不能逾。”慧琳《一切经音义》卷一七“楼橹”条：“案：楼者，城上战楼也……今名战格是也。”从“谯楼”到“战格”“敌楼”，说明其功用发生了改变，早期主要用作军事瞭望，后来主要用于守城御敌，故名“敌楼”。

【铜锣】

> 太公写计，与殷交知之。今众将不知此计，教众将看了，依此计先行去阵上擂起锣鼓，动五百面铜锣，令师旷不闻此事。(《武王》)

“锣”是宋代出现的一种打击乐器，以铜为之，故曰“铜锣”，其形状如平而浅的铜盘，用棒槌敲打。《东京梦华录》卷一〇《大礼预教车象》：“每车上置旗二口，鼓一面，驾以四马。挟车卫士，皆紫衫帽子。车前数人击鞭，象七头，前列朱旗数十面，铜锣鼙鼓十数面。”《宋史·蛮夷列传》：“转运使寇瑊即令诸州巡检会江安县，集公私船百余艘，载粮甲，张旗帜，击铜锣，鼓吹……”元无名氏《诸葛亮博望烧屯》第二折：“帅鼓铜锣一两敲，辕门里外列英豪。三军报罢平安喏，买卖归来汗未消。”

宋元时期，“铜锣”普遍用于军队中，其作用有三：其一，娱乐之用，《东京梦华录》卷七《驾幸临水殿观争标锡宴》：“水戏呈毕，百戏乐船并各鸣锣鼓，动乐舞旗，与水傀儡船分两壁退去。”其二，敲锣传达预警信息或号令，元李文蔚杂剧《破苻坚蒋神灵应》第一折：“忙擂战鼓，急筛铜锣。战鼓响三军进步，铜锣鸣准备收兵。”其三，用作炊具，宋赵彦卫

① 参见姚永铭：《慧琳〈一切经音义〉研究》，南京：江苏古籍出版社2003年版，第18页。

《云麓漫钞》卷九："军行不暇持洗，以锣代之……军中以锣为洗，正如秦、汉用刁斗可以警夜，又可以炊饭，取其便耳。"

【马步军】

(1) 今日仁贵白衣见帝，乃是马步军常何将仁贵回来，正逢张士贵，常何与士贵相见……(《征辽事略》)

(2) 吕布言曰："丞相倘免吕布命，杀身可报。今闻丞相能使步军，某能使马军，倘若马步军相逐，今天下易如翻手。"(《三国》)

"马步军"在近代汉语中习见，《敦煌变文校注·韩擒虎话本》："韩衾虎越班便出：'启言将军，衾虎去得。''要军多少？''要马步军三万五千。'"《东京梦华录》卷三《防火》："每遇有遗火去处，则有马军奔报军厢主。马步军殿前三衙、开封府，各领军级扑灭，不劳百姓。"《五代史》："守贞下令，唤步军尽拔去鹿角出斗，马步军并进，赶散二十余里。"《三国演义》第七七回："且说关公在麦城，计点马步军兵，止剩三百余人；粮草又尽。"《水浒传》第六九回："大小头领二十五员，马步军兵一万，水军头领三员……"

"马步军"是古代军队的一种编制，它由步兵和骑兵混合组成。"马步军"当为"马军步军"的缩略语，缩略构词是汉语常见的构词方式，如"哨马"为"哨路马军"的缩略语①，《水浒传》第七七回："前面发三百铁甲哨马，前去探路。"故"马步军"又可缩略为"马步"，《南史·梁纪上·武帝》："(帝)仍遣曹景宗、萧颖远领马步进顿江宁。"《元典章·刑部·防盗》："随州、府、驿路置巡马及马步弓手，除本管头目外，本处长官兼充提控官。"

唐五代、宋、金、元各朝由于军事建制不同，"马步军"首领的称谓名目繁多，如"都指挥(使)、都虞候、都军头、都总管"等，宋陈傅良在《历代兵制》卷八中谈到宋代的兵制时曰："元丰中，神宗谓宰相吴充曰：'祖宗以来，制军有意。凡领在京殿前马步军司所统诸指挥，置都指

① 此例引自蒋冀骋、吴福祥：《近代汉语纲要》，长沙：湖南教育出版社1997年版，第215页。

挥使、都虞候分领之。’”《旧唐书·王重荣传》：“广明初，重荣为河中马步军都虞候。”《旧五代史·唐书·明宗纪》：“以果州刺史孙铎为汉州刺史，充西川马步军都指挥使。”宋范镇《东斋记事》卷二：“其老疾若有过，为御前忠佐马步军都军头、副都军头，隶军头司；甚者，黜为外州军马步军都指挥。”宋魏泰《东轩笔录》卷一〇：“英宗素愤戚里之奢僭，初即位，殿前马步军都指挥使李璋家犯销金，即日下有司，必欲穷治。”《大金吊伐录》卷四《差刘豫节制诸路总管安抚晓告诸处文字》：“右下知济南府刘豫可知东平府事、京东、京西、淮南等路安抚使，兼诸路马步军都总管，大名、开德府、濮、博、滨、棣、沧、德州亦在节制。”

话本中统率“马步军”的首领又称作“马步都元帅”，此称谓不见于正史，可能为民间艺人杜撰的官名，如“六宫大使”之类，《三国》卷中：“（曹操）‘……汉上将军兼马步都元帅正授领省大魏王曹操，谨付讨虏将军左右。’”

【校刀手】

曹公寻华容路去行，无二十里，见五百校刀手，关将拦住。(《三国》)

“校”，钟注本：“疑当作‘枪’。”钟注本注曰：“按，《武经总要》卷七《大宋常阵制·大阵》云：‘……或排方阵，以步军枪刀手在前。’枪刀手，指枪手和陌刀手。枪、校，形近。”

按：“校刀手”不误，钟注本不必疑。“校刀手”指持刀的士兵，此义屡见于元明清文献，元无名氏杂剧《关云长千里独行》楔子：“我领着五百校刀手，守着这下邳。”《三国演义》第五〇回：“言未毕，一声炮响，两边五百校刀手摆开，为首大将关云长……”又第五三回：“云长不依，只领五百校刀手而去。”清唐芸洲《七剑十三侠》第九七回：“当下已是日午，各人用膳已毕，徐鸣皋便在营内挑选了五百名校刀手，五百名长枪手，即刻又命心腹将尤保请来。”清无名氏《施公案》第二六八回：“当下计全说道：‘……我便同李公然贤弟带五百名校刀手，初更时分暗至西庄口，同攻他的西路。’”清如莲居士《薛刚反唐》第八九回：“五人齐道：‘止要五百名校刀手。’”

话本中与战争有关的新词新义还有很多，如与“杀戮”义有关词语就有“剿平、剿除、剿灭、掩杀、剿杀、厮杀、鏖战、混战、恶战、暗杀、索命、偿命、丧命、餐刀”等；与“防守”有关的词语有“严守（新义）[①]、把关、守把、把住”等；与“进攻”有关的词语有“比试（新义）、挑斗、搦战、相交（新义）、盘桓（新义）、便宜（新义）”等；与“战略、战术”有关的词语有“盛行（新义）、妙计、巧计、重兵、埋伏、围困、拖逗（引诱）、奸细（新义）、探事（新义）、探信（新义）、巡绰”等；反映战场上的武器类词语有“檑木、尖刀、掉刀、单刀（新义）、响箭、冷箭（新义）、连珠箭、智刃、智剑（新义）、套索、开山斧、绊马索”等。

二、刑法制度

宋代初年，统治者为了加强统治，制定了我国历史上第一部刊版印行的封建法典——《宋刑统》；元代统治者为了巩固其统治地位，也颁布了如《元典章》等一系列的典章，《全相》中有很多反映刑法制度的新词新义，如：

【推转】【斩首（新义）】

（1）帝不从谏，大怒骂曰：“有您，江山如此；无您，亦如故！”喝令武士推转孙子。(《七国》)

例中“转”，陈注本：“按原本此字疑当作‘斩’。”“推转”“斩首（新义）”是与法场执法有关的刑法术语。

按：齐滑王不听孙子的劝谏，要斩孙子，“推转”即“推出去、准备斩首”之意。《全相》中多次出现“推转”，均作此义，如：

（2）飞虎不从所谏，心中大怒，令左右推转逆子斩之。(《武王》)

---

① 指旧有的词语产生了新义，以下皆同。

(3) 知远曰："军卒犯令，请行军法。"喝左右将去推转了来。(《五代史》)

(4) 帝欲赐赏，英公大怒，令左右把下者，推转斩讫。(《征辽事略》)

"推转"是元代才出现的口语词，宋代文献不见。元高文秀杂剧《好酒赵元遇上皇》第三折："(光普云)既然如此，收了所送文书，左右人推转这厮斩了者。"金仁杰《萧何月夜追韩信》第三折："(正末云)众军拿下者！既为元帅，军有常刑，推转者！"无名氏《狄青复夺衣袄车》第四折："(范仲淹云)你倚酒慢公，失误了衣袄扛车，若不是黄轸复夺将回来，可怎了也！刀斧手，推转狄青，斩讫报来！"故此例陈注本不必疑"转"为"斩"。

(5) 汉王问信："尔藏钟离昧，今你虽斩首，尔合得甚罪?"令左右监押韩信还咸阳，便要斩首。(《前汉》)

(6) 徽宗道："贾奕流言谤朕，合夷三族。余者皆令推入市曹，斩首报来!"(《宣和遗事》)

(7) 曹操曰："斩于都市。"帝言："吾儿帝子龙孙，岂可斩首市曹?"(《三国》)

"斩首"本指"所斩之首"，《战国策·中山策》："大破二国之军，流血漂卤，斩首二十四万。"宋代仍沿用此义，如《宋史·石守信传》："李筠叛，守信与高怀德率前军进讨，破筠众于长平，斩首三千级。"宋元时期引申出表刑法的"砍去头颅"义，如例(5)、例(6)、例(7)。《太平广记》卷一六三"安乐寺"(出《朝野佥载》)："童谣曰：'可怜安乐寺，了了树头县。'后诛逆韦，并杀安乐，斩首悬于竿上，改为悖逆庶人。"白朴《唐明皇秋夜梧桐雨》楔子："(安禄山云)贼众我寡，军士畏怯，遂至败北。(张守珪云)损军失机，明例不宥。左右，推出去，斩首报来。"

【勘(新义)】【根勘】【照明(新义)】【当面(新义)】【契勘】

(1)(曹操)令人再勘。吉平言："别无人使我药你来。"又令人

再勘，吉平身死。(《三国》)

(2) 二世大怒，遣使按验三川守监与盗通，同状，下斯就狱，根勘招伏。(《秦并》)

(3) 吕后奏曰："陛下，非是子童之言，更有照明。"帝曰："照明者是谁?"(《三国》)

(4) 曹操班师，入寨升帐而坐，问众官，令人将吕布、陈宫执于当面。(《三国》)

(5) 或日，牌使至五国城，宣北国帝敕曰："契勘皇后赵氏已废为庶人，赐死。"(《宣和遗事》)

(6) 似你这般人，留之何用? 若五七日，闻知盖天大王，共你契勘这一场公事! (《宣和遗事》)

"勘(新义)""根勘""照明(新义)""当面(新义)"都是与公堂问讯有关的词语。

"勘"本"校订、核对"义，唐白居易《题诗屏风绝句》："相忆采君诗作障，自书自勘不辞劳。"核对的目的就是查清真相，故宋元时期"勘"引申出"审问"义，如例(1)，《旧唐书·来俊臣传》："……仍皆云：'请付来俊臣推勘，必获实情。'"《征辽事略》："褚遂良见帝奏曰：'臣勘二贼，已招伏了。'"

"根"有"追究"义，《元典章·刑部·评赃》："直候根到赃物，然后令元告事主当官一同开封下验。""勘"为"审问"义，故"根勘"为"彻底追查"义，见例(2)，《宋史·志·刑法二》："诏东京及行在官擅离任者，并就本处根勘之。"宋陆游《老学庵笔记》卷七："一日，朝士同观报状，见岭南郡守以不法被劾，朝旨令但中庸根勘。"《金史·爰申列传(附马肩龙传)》："宰相侯挚与语不契……系归德狱根勘，适从坦至，立救出之。"

"照明"本"明亮、照亮"义，《楚辞·九辩》："彼日月之照明兮，尚黯黮而有瑕。"《三国志·蜀志·诸葛亮传》："先主于是即帝位，策亮为丞相曰：'……助宣重光，以照明天下……'""照"含"清楚、明白"义，故受审者拿出人证或者物证以示清白亦称作"照明"，见例(3)。表人证或物证的"照明"常简作"照"，《朱子语类》卷六四："远人来，至去时，有节以授之，过所在为照。”元郑廷玉《看钱奴买冤家债主》第二折：“恐后无凭，立此文书永远为照。”《拍案惊奇》卷三三：“只见那婆子一闻此言，便有些变色，就问安住道：‘如今二哥二嫂在那里？你既是刘安住，须有合同文字为照。’”

“当”有“对着、面对”义，《乐府诗集·横吹曲辞·木兰诗》：“当窗理云鬓，对镜贴花黄。”故“当面”为“面对面、在面前”之意，唐杜牧《商山富水驿》诗：“邪佞每思当面唾，清贫长欠一杯钱。”官吏在公堂之上审问案件需要和犯人面对面，故“当面”在元、明时期成为官场用语，意即上堂见官。关汉卿杂剧《赵盼儿风月救风尘》第四折：“（孤云）衙门外谁闹？拿过来！（张千拿入科，云）告人当面。”孟汉卿《张孔目智勘魔合罗》第二折：“（李文道云）我和你见官去来。冤屈也！（孤云）拿过来。（张千云）当面。”《喻世明言》卷二：“御史分付开门，仍唤鲁学曾一起复审。御史且教带在一边，唤梁尚宾当面。”

“契勘”是宋、元时期新出现的词语，公文书用语，犹言“查，按查”。宋苏轼《应诏论四事状》：“契勘熙宁四年以后至元丰八年登极大赦以前，人户积欠，共计五万三百余万贯。”《元典章·户部四·婚礼》：“中书户部：契勘人伦之道，男女婚姻为大，据各处见行礼数，事深不一……省部公议得，今后但为婚姻议定，写立婚书文约明白。”

话本中涉及刑法制度的新词新义还有很多，如涉及公堂问讯的词语有“款状（罪状）、冤屈（新义）、诬害（陷害）、罗织（无中生有构陷）、分诉（辩白）、分剖（分诉）、折证（辩白）、投首（投案自首）”等；涉及执法类的词语有“法场、拷打、打拷、打即（脊）、坐罪、拘刷、拘收、监收、捉拿、处死（新义）、抄籍（没收财产）、贬剥（贬官削职）”等。

三、礼仪习俗

中国是礼仪之邦，礼仪在中国人的生活中占有非常重要的地位，《论语·季氏》：“（子）曰：‘学礼乎？’对曰：‘未也。’‘不学礼，无以立。’”古代有“五礼”之说，即吉礼（祭祀之事）、嘉礼（冠婚之事）、宾礼（宾客之事）、军礼（军旅之事）、丧礼（丧葬之事）。而社会习俗很多是在日常礼仪的影响下逐渐形成的，如问候父母的“定省”之礼，已成为一种社会习俗。可见，社会习俗与礼仪的关系密不可分，话本中有一些新词新义来源于礼仪习俗，如：

【龙灯】

（1）至三更前后，忽闻一声地裂响，龙灯皆灭，门窗自鸣。（《前汉》）

（2）万民矫望，景龙门上，龙灯凤烛相照。听教杂剧喧笑，艺人巧。（《宣和遗事》）

（3）师师道："……去三十六宫二十四苑闲游，有多少天仙玉女！况凤烛龙灯之下，严妆整扮……"（《宣和遗事》）

古人照明用的灯具一般外面糊纸，用以防风。有的灯具纸上绘有图案起装饰作用，"龙灯"指绘有龙形图案的灯，以上3例便是。在古代，人们把龙看作吉祥的化身，灯具上绘制龙形图案，代表了人们祈福消灾、风调雨顺的愿望。宋夏竦《上元应制》："宝坊月皎龙灯淡，紫馆风微鹤焰平。"宋王明清《挥麈录·余话》卷一："次诣成平殿，风烛龙灯，灿然如画，奇伟万状，不可名言。"

"龙灯"又指仿龙形所制的灯，是民间节日的文娱用具，一般是用竹篾扎成，分龙头、龙身和龙尾三个部分，从三节到几十节不等，每节用绸布相连，龙身用色彩绘成龙形，每节中间可放置灯烛，节下安装有木柄，供舞者握持。我国春节期间各地都有舞龙灯的习俗，南宋吴自牧《梦粱录》就记载了南宋都城临安舞龙的盛况："又以草缚成龙，用青幕遮草上，密置灯烛万盏，望之蜿蜒，如双龙飞走之状。"《儒林外史》第二回："夏总甲道：'……况今年老爷衙门里，头班、二班、西班、快班，家家都兴龙灯，我料想看个不了……'"此"龙灯"未见于话本。

【亲事】【回面（新义）】【缘房】【断送（新义）】

（1）鲁肃远赴荆州，以为良媒。到荆州，众官接着，馆驿安下了。鲁肃把亲事说与诸葛。（《三国》）

（2）至来日，皇叔请鲁肃。肃又言亲事。（《三国》）

(3) 夫人观皇叔数日，累次说：“皇叔累代帝王之孙，皇叔岂不知礼？我家母亲年迈，兼家兄专等皇叔回面。”(《三国》)

(4) 皇叔暗与诸葛说回面事。诸葛笑而言曰……(《三国》)

(5) (吕后) 敕令不得欺负吕女，如违者定罪，应有缘房，即日断送。(《前汉》)

“亲事”“回面（新义）”“缘房”“断送（新义）”是一组有关婚俗礼仪的词语。

《汉书·晁错传》：“臣闻五帝神圣，其臣莫能及，故自亲事。”颜师古曰：“亲事，亲理万机之务。”“亲事”指“亲自治理政事”，宋代仍沿用此义，《宋史·范纯仁传》：“纯仁从容言：‘武帝雄才大略，史无贬辞。辙以比先帝，非谤也。陛下亲事之始，进退大臣，不当如诃叱奴仆。’”唐代设有“亲事官”，指在政府部门中经办具体事务的官员，宋吴曾《能改斋漫录》卷二《事始·亲事官》：“省寺所用使令者，名亲事官，自唐已有之。”此官名宋代沿用，《宋史·夏竦传》：“（夏竦）请析河北为四路。亲事官夜入禁中，欲为乱，领皇城司者皆坐逐……”

宋元时期称婚事为“亲事”，如例（1）、例（2），《太平广记》卷四四九“李氏”条（出《广异记》）：“狐亦笑云：‘……顷者我欲取韦家女，造一红罗半臂，家兄无理盗去，令我亲事不遂，恒欲报之。今故来此。’”关汉卿杂剧《杜蕊娘智赏金线池》第一折：“我一心要嫁他，他一心要娶我，则被俺娘板障，不肯许这门亲事。”《望江亭中秋切鲙》第一折：“（云）罢、罢、罢！我依着姑姑，成就了这门亲事罢。”

男女约定婚事，两家自然结成姻亲，故“亲事”之“亲”当指“姻亲”，而“亲事（亲自治理政务）”之“亲”为“亲自”义，两个“亲事”的意义来源和语义结构均不相同，当为同形异词，《大词典》把此二意义列为“亲事”条下的两个义项，误。

“回面”本指“转过脸”，《南史·武陵王昭晔传》：“又上举酒劝晔，曰：‘陛下常不以此处许臣。’上回面不答。”宋元时期，新婚夫妇回女方家问候父母的习俗称为“回面”，见例（3）、例（4）。“回面”又称“回门”，《清平山堂话本·快嘴李翠莲记》：“（翠莲）‘……哥嫂倘有失礼处，父母分上休计较。待我满月回门来，亲自上门叫聒噪。’”元无名氏《两军师隔江斗智》第二折："等我对月回门之日，我见母亲，自有话讲。"《红楼梦》第一〇八回："一日，史湘云出嫁回门，来贾母这边请安。"

"回面""回门"之习俗当为出嫁子女回家省亲、报答父母养育之恩而设，如果夫妻二人回女方问候父母称之为"双回门"。明天然痴叟《石点头》第五回："虽不是金榜题名，也算是洞房花烛……归到广西，一般是双回门，虽非衣锦还乡，也算荣归故里。"今湖北的婚俗亦是如此，一般是新婚三天之后回门。例（3）刘备结婚数日不提回门之事，引起了刘夫人的强烈不满。不过，女婿回门一般当天就回家，不在娘家住，新妇一般要在娘家住几天，过几天女婿再来接新妇，这种习俗清代文献已见，清吴趼人《二十年目睹之怪现状》第七〇回："到了第三天，是照例回门，新婿新人，先后同去；行礼已完，新婿也照例先回。"

"缘房"乃"嫁妆"之意，见例（5）。元乔吉《李太白匹配金钱记》第四折："（贺知章云）他今日倒陪缘房，招你为婿……"① 元无名氏《施仁义刘弘嫁婢》第二折："则这陪缘房是咱的志气，配良姻是我的阴骘。咱这般疏财仗义礼当宜。"

"缘房"何以有"嫁妆"之意，窃以为"缘"本当作"圆"。"圆"有"充满"义，《吕氏春秋·审时》："长稠长穗，大本而茎杀，疏穖而穗大；其粟圆而薄糠……"高诱注："圆，丰满也。""缘房"指"嫁妆"，盖取其填满新房，以显示婚礼圆满之意。因为在古人看来，嫁妆的多少似乎与婚礼的圆满与否成正比，如果嫁妆满房，则婚礼喜庆而圆满，这种习俗在今天的部分农村地区依然存在。女方在出嫁之日，同村男女老少都要到女方家中庆贺，庆贺之余主要是看女方置办的嫁妆。如果嫁妆多，就会博得同村人的赞赏，如果嫁妆少，则认为女方吝啬、小气，那对于女方来说是一件没有面子的事情。所以一般在婚礼之前，男方会把自己置办的用品也放在女方家里，再加上女方的嫁妆，从而营造出一种嫁妆满房的气氛，以博得同村人的赞赏。

"断送"一词唐代已见，有二义：一为"度过时光"义，唐韩愈《遣兴》诗："断送一生惟有酒，寻思百计不如闲。"二为"送人钱财"义，

① 例句中"缘房"王季思本改作"房奁"，第105页注曰："'房奁'原作'缘房'，从柳枝集本改。"按：王季思本误，原文"缘房"不误，与"房奁"同义。

敦煌变文已见其义，“（断送）送给人钱财。不知名变文：‘倾尅（顷刻）中间，烧钱断送。若是浮灾横疾，渐次减除；倘或大限到来，如何免脱！’这是说烧纸钱给鬼神，以求免病……”① 宋元时期表“嫁妆”义的“断送”正是由“送人钱财”义引申而来，见例（5），元王实甫《崔莺莺待月西厢记》第二本第一折：“长老在法堂上高叫：‘两廊僧俗，但有退贼之策的，倒赔房奁断送②，莺莺与他为妻。’”元无名氏《赵匡义智娶符金锭》第三折：“妾身倒陪房奁断送，择日过门。”元无名氏《锦云堂暗定连环计》第二折：“你这贱媳妇无断送，（吕布云）这都是吕布之罪，不干他事。你这新女婿省钱财，觑的咱浑如芥薜。”

【喏喏】【报喏】【唱喏（新义）】

（1）夫人烦恼，高声骂：“周瑜儾软！……非是欺玄德，盖因不觑我！”喝一声，喏喏而退……（《三国》）

（2）孙权骂鲁肃：“前者刘表死，你赴荆州吊孝……使村夫气杀爱将周瑜，使我心碎万段！”諕得鲁子敬喏喏而退。（《三国》）

（3）司马看罢，有不从之意。神人大喝。司马喏喏言曰：“愿从军师之令。”（《三国》）

（4）玄德坐于帐上，问曰：“谁人敢去探贼兵多少？”道一声未了，有张飞帐前报喏：“飞愿自往。”（《三国》）

（5）太公见书，乃问众将：“恁谁人敢去捉胡雷？”问一声未了，有先锋将南宫适唱喏：“我去捉胡雷。”（《武王》）

（6）法师曰：“谢汝心力。我回东土，奉答前恩。从今去更莫作罪。”两岸骨肉，合掌顶礼，唱喏连声。（《取经诗话》）

“喏喏”“报喏”“唱喏（新义）”是一组酬答应对的词语。

“喏”本指应答之声，《淮南子·道应》：“于是市偷进请曰：‘臣有薄技，愿为君行之。’子发曰：‘喏。’不问其辞而遣之。”“喏喏”亦指应答

---

① 蒋礼鸿：《敦煌变文字义通释》（增补定本），上海：上海古籍出版社1997年版，第197－198页。

② “断送”王季思本属下，当误。“断送”当属上，与“房奁”同义。

之声，一般有顺从之意，见例（1）、例（2）、例（3），宋胡仔《苕溪渔隐丛话前集·王岐公》：“有无名子作诗嘲之云：‘太师因被子孙煎，身后无名只有钱。喏喏佞翻王介甫，奇奇歆杀宋昭宣。’”宋释晓莹《罗湖野录》卷三：“琏曰：‘君子可入。’公应喏喏，及相与夜话，琏曰：‘秘监曾与谁语及此事来?’”元念常集《佛祖历代通载》卷二一：“师将中观手一掣，观曰：‘这野狐精。’师曰：‘喏喏。’观曰：‘戒须别参。’”明代《续传灯录》卷一二：“师曰：‘拄杖未曾拈著，云与么则人天获利。’师曰：‘好领前话。’云：‘喏喏。’”

“报喏”即发出“喏”声，表示遵从，如例（4），关汉卿《望江亭中秋切鲙》第二折：“不听的报喏声齐，大古里坐衙来恁时节不退；你便要接新官，也合通报咱知。”“报”乃取其“告”义，唐杜甫《秦州杂诗》之十三：“船人近相报，但恐失桃花。”

“唱喏”本与“报喏”义同，指出声答应，“唱”有“叫喊”义，《北史·孙修义传》：“居（高居）大言不逊，修义命左右牵曳之，居对大众呼天唱贼。”又有“唱叫”连言的，古本董解元《西厢记》卷四：“慵懒的鸡儿甚不唱叫。”同卷：“照人的月儿怎得云蔽却，看院的狗儿休唱叫，愿劣相夫人先睡着。”“唱喏”唐五代已见，《祖堂集》卷二：“师云：‘三更则至。’行者便唱喏。”又卷六：“赵州云：‘若与么，和尚来时，莫向他说纳僧在里。’俗人唱喏。”宋元时期由“出声答应”引申为男子见面的礼节，即叉手行礼，同时出声致敬。《征辽事略》：“待入寨，从寨门里见敬德、张士贵并马出来，仁贵唱喏不定，吃紧的王孙谔两手推倒马头前面。”元关汉卿《杜蕊娘智赏金线池》第三折：“（韩辅臣云）您兄弟唱喏。（石府尹不礼科，云）我也会唱喏。（韩辅臣云）我下跪。（石府尹又不礼科，云）我也会下跪。”元吴昌龄《张天师断风花雪月》第二折：“我央及你波，我与你唱喏，怎生不动？我与你下跪，又不动……”元郑廷玉《宋上皇御断金凤钗》第二折：“（做相撞科）（邦云）唱喏哩。（孤云）还礼哩！（邦揪住孤科，云）你今日在这里撞见我……”

“喏喏”“报喏”“唱喏”虽然从字面上看，见面酬答都要发出“喏”声，而实际在宋元时期，这三个词语只是表示应答的礼仪，并不发出“喏”声，何以知之？宋陆游《老学庵笔记》卷二载：“先君言，旧制，朝参，拜舞而已。政和以后，增以喏。然绍兴中，予造朝，已不复喏矣。

淳熙末还朝，则迎驾起居，阖门亦喝唱喏，然未尝出声也。”

话本中反映礼仪习俗的新词新义还有“礼物（新义）、洗尘、施礼、过盏（敬酒）、投拜、款待”等。

四、道教思想

文学的创作往往与当时流行的宗教有密切的关系：一方面文学反映出宗教现象，另一方面宗教也渗入文学领域。宋元时期道教盛行，许多道士得到官府的重视，有的还被授予正式的官职，《宣和遗事》：“那时道教之行，莫盛于此时，推原其由，皆自徐知常有以诱惑圣听也。徐知常始赐号冲虚先生，徐守信赐虚靖先生，刘混康赐葆真观玄妙冲和先生，后并赐大中大夫。”因此，道教对当时的文化产生了很大的影响，话本中很多故事情节与道教有着密切的关系，如《武王》中姬昌多次“下课（占卦）”、姜子牙占卦；《秦并》《七国》中多次描写将军通过一阵风过来预知敌人来袭；《七国》中黄伯杨和鬼谷子斗法；《三国》中诸葛亮求风、祈神等情节，这些故事情节都显示了与道教的密切关系。话本中有一些新词新义来源于道教思想，如：

【谶语】

（1）当初始皇东巡之时，在太山路前逢一山鬼，手捧白璧来献帝，对始皇道：“明年祖龙当死。”道罢，悠忽不知去向，乃知是山鬼送谶语也。（《秦并》）

（2）此诗是康节《左衽吟》，豫先说着个宣和、靖康年间谶语么。（《宣和遗事》）

“谶”指预言吉凶的文字、图箓，《文选·贾谊〈鹏鸟赋〉》：“发书占之兮，谶言其度，曰：‘野鸟入室兮，主人将去。’”李善注：“《说文》：谶，验也。有征验之书，河、洛所出书曰谶。”“谶语”指预言吉凶的文字或者话语，《旧唐书·李宝臣列传》：“妖人伪为谶语，言宝臣终有天位。宝臣乃为符瑞及灵芝朱草，作朱书符。”“谶语”与“谶言”义同，《后汉书·方术列传》："后王莽矫用符命，及光武尤信谶言，士之赴趣时宜者，皆骋驰穿凿，争谈之也。"《新唐书·李逢吉传》："敬宗新立，度求入觐，逢吉不自安，张权舆为作谶言以沮度，而韦处厚亟为帝言之，计卒不行。"

【仙长】【道童】【道号】

(1) 燕军往燕山，行之数日，路逢一仙长，骑一青牛。(《七国》)

(2) 曹公将素车一辆，从者千人，引众官往江；见一仙长，抚琴而坐。(《三国》)

(3) 超问："尊重何人也?"先生言："是华山云台观仙长娄子旧，特来献一计与将军，为父报仇。"(《三国》)

(4) 却说齐帅孙子在营中，有人报军师："寨门外有一道童来。"(《七国》)

(5) 有道童告曰："庵前有三千军，为首者言是新野太守汉皇叔刘备。"(《三国》)

(6) 玉皇敕道："……复姓诸葛，名亮，字孔明，道号卧龙先生，于南阳邓州卧龙冈上建庵居住……"(《三国》)

(7) 先生上阶，认得是四川洛城人也，姓庞名统，表字仕元，道号凤雏先生，抱头而哭。(《三国》)

(8) 有道号了翁，姓陈名瓘的，论奏惇罪，将章惇贬雷州居住。(《宣和遗事》)

"仙长""道童""道号"都是与道教教徒称谓有关的词语。

"仙长"是对有一定身份地位的道士的敬称，见例(1)、例(2)、例(3)，元高文秀《刘玄德独赴襄阳会》楔子："(刘备云)这个仙长，他怎生知道来那?(司马云)玄德公，你可不认的贫道，贫道可识你。"元岳伯川《吕洞宾度铁拐李岳》第四折："(吕洞宾云)众仙长都来了也，李岳跟我朝元去来。"元无名氏《诸葛亮博望烧屯》第一折："有徐庶曾言：南阳邓州卧龙冈有一仙长，复姓诸葛，名亮，字孔明，道号卧龙先生。"

"道童"指修道的童子，见例(4)、例(5)，元关汉卿《关大王独赴单刀会》第二折："(正末扮司马徽领道童上。末云)贫道复姓司马，名徽，字德操，道号水鉴先生。”元李文蔚《张子房圯桥进履》第一折：“我是个道童，道法又不精，在山中闲游幸。风风傻傻任纵横，与虎豹狼虫共。”元吴昌龄《张天师断风花雪月》第三折：“（外扮天师引道童上，诗云）鼎内丹砂变虎形，匣中宝剑作龙声。”

“道号”为修道隐逸者的别号，见例（6）、例（7），宋高承《事物纪原》卷七：“元魏世祖时，赐寇谦之天师之号，后汉张道陵亦有天师之称。盖自《列子》言黄帝之称牧马童子曰天师始也。唐玄宗赐李含光曰玄静先生，此赐号先生之始也，宋朝缘唐事，亦有赐号先生、处士者。真宗，陈抟赐号希夷先生，神宗时，张噩赐号冲靖处士是也。”元关汉卿《包待制智斩鲁斋郎》第四折：“小道姓阎，道号双梅，在这云台观做着个住持。”马致远《吕洞宾三醉岳阳楼》第一折：“贫道姓吕名岩字洞宾，道号纯阳子。先为唐朝儒士，后遇钟离师父点化，得成仙道。”元马致远《邯郸道省悟黄粱梦》第一折：“贫道复姓钟离，名权字云房，道号正阳子，京兆咸阳人也。”

话本中与道教有关的新词新义还有“天书（新义，天神所托之书）、同道（新义，同行）、潜名（隐姓埋名）、起升（仙化）、经纸（道教用于经籍、符咒的黄色纸张）、亡化（去世）、作法（新义，施展法术）”等。

第三节 个案研究：“打”之考察

“打”字不见于《说文》，较早见于东汉初桓谭《新论·辨惑》：“得老狗，便打死杀之。”其后见于东汉王延寿《梦赋》：“捎魍魉，拂诸渠，撞纵目，打三颀。”① 晋郭璞《方言注》中有几次用例，如《方言》卷一：“虔，刘，惨，啉，杀也。”郭璞注：“今关西人呼打为啉。音廪，或洛感

① 《大词典》“打”条义项1“敲击”义首引例就是此例。胡明扬、祝建军认为此例是“打”的最早用例，误（参见祝建军：《“打V”之“打”的语法化探析》，《古汉语研究》2004年第3期，第38页；胡明扬：《说“打”》，见胡明扬：《语言学论文选》，北京：中国人民大学出版社1991年版，第315页）。汪维辉认为“‘打’是东汉中后期出现的一个新词”，这种观点也不准确（见汪维辉：《东汉—隋常用词演变研究》，南京：南京大学出版社2000年版，第197页）。笔者按：“打”在东汉初就出现了，见上。

反。”又卷三：“扑、铤、澌，皆尽也。”郭璞注：“扑，打扑。”在整个中古时期，“打”主要以单音词的形式出现，以构词语素形式出现的情况较少。到了近代汉语初期，特别是宋元时期，“打”字得到全面的发展，除了单音词“打”发展出较多用法之外，其作为构词语素的成词能力也迅速加强。宋刘昌诗在其《芦浦笔记》中写道：“世间言打字尚多：左藏有打套局，诸库支酒谓之打发，诸军请粮谓之打请，印文书谓之打印，结算谓之打算，贸易谓之打博，装饰谓之打扮，请酒醋谓之打醋、打酒，盐场装发谓之打袋，席地而睡谓之打铺，包裹谓之打角……又有打睡，打嚏喷，打话，打闹，打斗，打和，打合，打过，打勾，打了，至于打糊，打面，打饼，打线，打百索，打条，打簾，打荐，打席，打篱笆。街市戏谑有打砌、打调之类，因并记之。”北宋欧阳修《归田录》卷二、南宋项安世《项氏家说》卷八《隐语》亦有对“打”类双音词的记载。这些记载说明在宋元时期出现了很多“打”类词语，它们的出现已经引起了当时文人的注意。

话本中“打”的情况与以上宋元文人记载相符：“打”是一个很有特点的口语词，单用的“打”在宋元时期发展出的用法，在话本中大多可以看到用例；用作构词语素的“打”类双音词在话本中有很多，而且这些双音词大部分是新词。因此，这些“打”类双音词有着鲜明的时代特点。本节我们将对话本中的“打”进行共时和历时研究，以期揭示它的词义发展和构词规律。

一、单音节形式

“打”从字形来看从“手”，因此，其义当与手部动作紧密相关。三国魏张揖《广雅·释诂》：“打，击也。”故从其本义来看，“打”是一个动作性极强的动词。因此，“打”用作单音词时，大多为动词。话本中出现“打”348 次，其中单音词“打”共出现 146 次，103 次用作动词，6 次用作介词。

（一）用作动词

《全相》中的“打”作为动词时，有的是袭用旧有的意义，有的则是宋元时期出现的新义。

1. 承袭旧有用法

（1）“敲击、撞击”义，如：

（1）王曰：“依卿所奏。今教烧了庙，打了泥神。”（《武王》）

（2）又见一答花砖粉碎，皆是药死如意，打碎花砖。（《前汉》）

（3）孟氏看书了，便生嗔恨，毁剥封题，打碎戏具。（《取经诗话》）

（2）“殴打、攻击”义，如：

（1）皇后曰：“臣妾不曾打妲己。”（《武王》）

（2）此人身长一丈七尺，腰阔数围，拳打万人，不可当敌。（《武王》）

（3）朱温便寻闹挥拳，打落了乡人两齿，被地分投解徐州，送左狱禁勘，恰与刘文政同匣。（《五代史》）

（3）“攻打、进攻”义，如：

（1）乐毅大叫：“取下七十一城，偏即墨难打！限三日要破！”（《七国》）

（2）（陈宫曰）……倘若曹公打羊头山，温侯可保。（《三国》）

2. 宋元时期产生新义

（1）“张、举、提”义，如：

（1）（齐王）即上城望见远远兵来，打孙子旗幡，仰天而贺喜言……（《七国》）

（2）孙子领田文，更妆草人，打魏国兵旗号令，袁达为庄农衣服……（《七国》）

（2）“制造、建造”义，如：

(1)(军师)令铁匠造一寸透大小索，打数百余条。(《三国》)

(2)燕将石青龙打扮，兔丝缨用麈尾结就，白头盔使滑石打成，硬川芎犀角做梢……(《秦并》)

(3)“鞭打、驱赶”义，《大词典》“打”条失收此义项，如：

(1)军师会其意。无五日，对阵，蛮王令人打出虎豹来。(《三国》)

(2)(周仓)又言：“打木牛流马者，皆是我管。今夜入寨写木牛流马经献与元帅。”(《三国》)

(二) 用作介词

介词“打”是近代汉语中新产生的用法，因其口语色彩较浓，一般文献资料中较难找到它的用例。刘坚等认为“打”作为介词最早用例出现在12世纪晚期①，马贝加认为介词“打”最初表示“经由”，萌生于宋代②，冯春田认为可能唐代已有介词“打”③。徐时仪引用《祖堂集》和唐李德裕的文集中的例子，把介词“打”的早期用例推到了唐代④。我们赞同冯春田、徐时仪的观点，如唐李贺《酬答二首》：“金鱼公子夹衫长，密装腰鞓割玉方。行处春风随马尾，柳花偏打内家香。”“打内家香”即“从内家香”。

太田辰夫认为介词“打”早先只用于表处所，并以《警世通言》和元曲《张天师》中的用例为证，认为“打”表示时间起点用法的时间似乎还要往后⑤。我们认为不必举较晚的《警世通言》为证，话本中就有多处用作处所介词的例子，如：

(1)忽从台下数人笼放出猎之人，驾着鹰雕，打台下过。(《武王》)

(2)左右捉将放雕人来，斩了其人，灭了全家。因此后人更不敢

① 参见刘坚等：《近代汉语虚词研究》，北京：语文出版社1992年版，第224页。

② 参见马贝加：《近代汉语介词》，北京：中华书局2002年版，第30页。

③ 参见冯春田：《近代汉语语法研究》，济南：山东教育出版社2000年版，第354页。

④ 参见徐时仪：《“打”字的语义分析续补》，《辞书研究》2001年第3期，第66－74页。

⑤ 参见太田辰夫著，蒋绍愚、徐昌华译：《中国语历史文法》，北京：北京大学出版社2003年版，第234页。

架雕打台边过。(《武王》)

(3) 刘备赍擎诏赦，辞了元帅，引本部下军，往任城县东门，打跳河中过去。(《三国》)

(4) 有一日，比干打酒池肉林、炮烙虿盆边过，忽有旋风闹起，睹是枉死生灵。(《武王》)

(5) 乌伊达船着岸，夹带仁贵叩城，使人高叫："城上休放箭，我乃乌伊达，王命来宣公主添寿，正打此过。"(《征辽事略》)

以上5例中的"打"都是表处所的介词，话本中没有"打"用作时间介词的例子，这正好印证太田先生关于介词"打"用于处所先于时间的论断。

二、双音节形式

"打"作为构词语素，在话本中表现得异常活跃，共构词155次，构成双音词28个。它们是"打即（脊）、打拷、打散、打破、打碎、打动、打阵、打杀、打死、打话、打闹、打劫、打猎、打捕、打围、打听、打探、打撲、打并、打算、打扮、打请、打睡、打暖、打粗、厮打、拷打、攻打"。按"打"在词中所处的位置，我们将它们分为"打～"和"～打"两大类。

（一）"打～"结构的双音词

"打～"类词语按"打"的语素意义可分为三类：实义语素、泛化语素、虚化语素（构词前缀）。这是"打"作为构词语素在共时平面上反映出的三个不同的历时发展阶段的堆积：①实义语素，即最初构词，一般语义较为实在；②泛化语素，由于"打"使用频繁，可与"打"结合的词类增多，处于这种结构中的"打"的语义逐渐脱离具体动作义，而表示动作的进行；②虚化语素（构词前缀），"打"不再表动作义，它与后面语素的结合几乎没有理据可言，变为一个构词的零形式。"打"作为构词语素在结构中的语义变化可用下图表示：

①打（实义）——构词能力增强——→②语义泛化，不表实义动作——语义进一步泛化——→③虚化为构词前缀

1. “打”为实义语素

此类词语在《全相》中有“打阵、打即（脊）、打拷、打散、打破、打动、打杀、打死”。

【打即（脊）】

> 即日闻之，杀了陈豨，更听有使命至，将陈豨首级入宫。韩信大怒：打即匹夫，我教你恁的，如何却反了！（《前汉》）

例中原文“即”当为“脊”之音近而讹，“打即”即“打脊”也。“打脊”是宋元时期一种鞭笞背部的肉刑，唐代称“脊杖”，《旧唐书·文宗本纪上》：“壬申，敕：‘元和四年敕禁铅锡钱皆纳官，许人纠告，一钱赏百钱，此为太过。此后以铅锡钱交易者，一贯以下，州府常行杖决脊杖二十。’”“决”与“打”同义，《北齐书·封隆之传》：“帝遂决马鞭一百放出，又遣高阿那肱重决五十，几死。”“决脊杖二十”即“打脊杖二十”。王梵志诗《有钱不造福》：“打脊眼不痛，十指不同皮。”

“打脊”又作“杖脊”“棒脊”①，《敦煌变文校注·燕子赋》：“阿你逋逃落藉，不曾见你膺王役，终遣官人棒脊，流向担（儋）崖象白。”王梵志诗《双盲不识鬼》：“赤绳串着项，反缚棒脊皮。”项楚注曰：“棒脊皮，即‘棒脊’。”《宣和遗事》：“按朱勔父子皆曾犯徒杖脊，始因贿事蔡京，交结阉寺，收买花石进奉之物，其实尽以入己……”

人犯法受“打脊”之刑，“打脊”自然又引申出“该打、该死的”之意，宋元时期常用作詈词，明徐渭《南词叙录·叙文》：“打脊，古人鞭背，故詈人曰打脊，唐之遗言也。”《全相》此例“打脊”正作詈词。宋元南戏无名氏《张协状元》第五出：“早请去离，又要寻宿处。（净）腌

① 参见张涌泉：《汉语俗字研究》，长沙：岳麓书社1995年版，第229页。

臜打脊，罔两当值!”古本董解元《西厢记》卷二：“那贼将闻斯语，心生怒恶：打脊的髡囚，怎敢把爷违拗!”《喻世明言》卷三六：“宋四公道：‘打脊的检才！我是你师父，却教我摸你爷头！原来却才丞局便是你!’”《水浒传》第五回：“鲁智深大怒，骂道：‘腌臜打脊泼才，叫你认得洒家。’”

【打动】【打散】【打破】

（1）伊虎令小军打动更鼓。一更二更，不觉无事……（《秦并》）

（2）骑劫令兵攻城。齐兵用炮打散燕军。（《七国》）

（3）（乐毅）前后月余之间，打破齐境七十余城。（《七国》）

《大词典》“打动”之“敲动、敲起”义首引《儒林外史》，例证过晚，不仅话本有用例，如例（1），“打动”还见于宋代禅宗语录，如《古尊宿语录》卷二八：“上堂：‘龙门若为作端午，打动众人涂毒鼓。髑髅破后遣谁闻，鉴觉尽时敢言普。’”宋道原纂《景德传灯录》卷一一：“有时云：‘打动关南鼓，唱起德山歌。’”

“打动”“打散”“打破”均为动补结构，在动补结构中，动词是核心语素，而核心语素的意义一般难以泛化，故“打”为实义语素。

【打死】【打杀】

（1）（张良）先募壮士至阳武县博浪沙等候。始皇过来，坠石打死始皇，为韩王报仇。（《秦并》）

（2）娄忒没口中不说，心下懊闷，待要别寻个事，将这厮打死。（《五代史》）

（3）曹操打死吉平，深疑皇叔……（《三国》）

（4）石丙自思：俺跟到没人处，打杀这瘸汉！（《七国》）

（5）刘文政与那北石佛村教学的秀才杨崇赌钱相争，拿起骰盆，将杨秀才一下打杀了，被捉去押下徐州左狱拷勘。（《五代史》）

《大词典》虽未收录“打死”，但收有“打杀”，其义项1释义为“打死”。故“打死”“打杀”义近。《大词典》“打杀”条首引汉代《乐府诗集》，次引明代《清平山堂话本》。这里的例证存在两个问题：其一，两个例证时间跨度过大，“打杀”可举《全相》用例弥补例证跨度过大之失，如举例（4）为证；其二，《大词典》“打杀”首引《乐府诗集·清商曲辞三·读曲歌》：“打杀长鸣鸡，弹去乌臼鸟。”其中的“打杀”恐怕看作连动结构的短语更为稳妥，因为这个时期的“打杀”还不能算作词①。

“打杀”（短语）比“打死”（短语）出现的时代早，“打死”较早出现在唐释道世《法苑珠林》卷八五：“又问：‘若神信敬，何意？前二师并皆打死。’答云：‘前二师死者，为不能受持大乘经典。’”唐五代其他文献中少有用例，故这一时期的“打死”还不能算作词，只能看作短语“打而死”。太田辰夫在《中国语历史文法》中联系具体用例，分析了隋以前侵害行为施及对象而致其死的地方用“杀”而不用“死”，到唐代用“杀”的地方换作“死”的例子非常多了②。志村良治认为：“这些动词由‘打杀’到‘打死’，由‘烧杀’到‘烧死’，发生了构成一个单词的复合化，即作为复合词而单词化了，在这里并列性的消失得到确认，语义统括为一。因此，可以认为六朝初期的并列连用，在唐代差不多都使成复合动词化了。”③ 这说明唐五代以后“打杀”“打死”已复合成词了。

到了宋元文献中，“打死”的使用就更为频繁，除了例（1）、例（2）、例（3），还见于同时期文献，如《太平广记》卷九一“阿专师”条（出《广古今五行记》）：“后正月十五日夜，触他长幼坐席，恶口聚骂。主人欲打死之，市道之徒救解将去。”又卷四三八“温敬林”条（出《幽

① 关于“打死、打杀”的关系以及动补结构的界定问题，蒋绍愚对太田辰夫、志村良治、梅祖麟等人有关这方面的研究有详细的评述，此不赘述（详见蒋绍愚：《近代汉语研究概况》，北京：北京大学出版社1994年版，第161－170页）。吴福祥不同意太田关于“‘杀’从古到今都是他动词，‘死’从古到今都是自动词”的看法，认为二者并不对立，并举出《论衡》中的例句为证，认为在早期“杀、死”义近，“杀”也可以作为自动词（详见吴福祥：《关于动补结构“V死O”的来源》，《古汉语研究》2000年第3期，第45页）。我们同意吴福祥的看法，“打死”“打杀”处于同一个语义场中，并非对立。

② 参见太田辰夫著，蒋绍愚、徐昌华译：《中国语历史文法》，北京：北京大学出版社2003年版，第195页。

③ 志村良治著，江蓝生、白维国译：《中国中世语法史研究》，北京：中华书局1995年版，第235页。

明录》）："后酒醉形露，是邻家老黄狗，乃打死之。"我们发现，宋元时期的"打死"后面一般带有宾语或通过被动句式把宾语提前，蒋绍愚认为："只有当'动词+死'后面带宾语的时候，才不能把它看作是两个动词并列，而必须认为是'动词+补语（死）。"[①] 随着使用频率的增多，"打死"就逐渐固化成词了。

可见，在宋元时代，"打杀""打死"是并用的，二者都处于"使人致死"这个语义场中。如宋代陈规、汤璹《守城录》卷三："当日景陵门下打死贼五人，并炮打杀鼓贼一名。"又宋徐梦莘《三朝北盟会编》卷一三三："同时遇害官员都监王逵打死在仓巷口，判官吴源从事打杀在东门外。"同样的语境，既用"打死"，又用"打杀"，可见二者义同。笔者选取了宋元时期一些有代表性的白话文献（如《朱子语类》《五灯会元》《景德传灯录》《古尊宿语录》）作为检索对象，检索所得的结果是"打杀"50次，而"打死"只有6次。话本中"打杀"出现9次，"打死"5次。这说明在宋元时代，"打杀"在"使人致死"这个语义场中仍然处于强势地位，"打死"处于弱势地位。

到了明清时期，二者在语义场中的地位发生了变化，笔者选取了明清时期具有代表性的白话小说（如"三言""二拍"、四大名著等）作为参考对象，统计的结果是"打杀"160次，"打死"590次。这说明到了明清时期，"打杀"已经明显处于弱势地位，"打死"取得了强势地位。语料检索的结果与吴福祥观点不谋而合："在唐宋元明这段时期内，动补结构'V杀O'一直跟'V死O'共存、并用……明代以前的文献里，动补结构'V杀O'的使用明显多于'V死O'，特别是表程度的引申用法似乎只见'V杀O'……可见，动补结构'V死O'完全替代'V杀O'是在入清以后。"[②] 石毓智、李讷也认为："根据我们的观察，'V杀'和'V死'的真正合流是明清时候的事，直到清代'V死'才完全取代了'V杀'。"[③]

我们进一步对"打杀"和"打死"在现代汉语中的使用情况进行了调查，利用北京大学现代汉语语料库进行检索，结果是："打死"的用例共

---

① 蒋绍愚：《近代汉语研究概况》，北京：北京大学出版社1994年版，第165页。

② 吴福祥：《关于动补结构"V死O"的来源》，《古汉语研究》2000年第3期，第46－47页。

③ 石毓智、李讷：《汉语语法化的历程——形态句法发展的动因和机制》，北京：北京大学出版社2001年版，第57页。

863例，而“打杀”的用例只有8例。除了在方言中有“打杀”的说法外[①]，在普通话里基本上用“打死”，而不用“打杀”。这说明到了现代汉语阶段，“打死”完全取代了“打杀”。

2. “打”为泛化语素

南宋张世南《游宦纪闻》卷二曰：“今俗谈谓打鱼、打水、打船、打伞、打量之类，于义无取。沙随先生云：‘往年在太学炉亭中，以此语同舍，有三山黄师尹曰：“丁，当也，以手当之也。”’其义该而有理。”张世南认为“打鱼、打水、打船”这些词语中的“打”，“于义无取”。也就是说不再表“攻打、打击”这样的具体动作性很强的语义，而变为表与手部有关的抽象动作，也就是说这些词语中的“打”的语义已经泛化。所谓“泛化”，是指一个构词成分原来只和与该成分的词汇意义有关的事物结合时，但随着运用范围的扩大，逐渐用于指称与此词汇意义无关的事物，从而使得该成分本来的词汇意义逐渐模糊，不再表示实在的语义特征。“纵观‘打’的泛化过程，首先以其语义特点为基础突破了‘动词+受事’的典型组合，在与表结果与目的的组合产生的‘作出、产生’义基础上逐渐模糊其实体动词特征，从而与多种类型成分相组合，语义趋于泛化。”[②]“打”作为泛化语素的特征是：当与名词结合时，只表示与名词有关的动作；当与动词结合时，则表示动作的进行。在话本中“打”作为泛化语素出现的词语有“打话、打闹、打劫、打猎、打捕、打围”等。

【打话】

(1) 王翦出阵，与项梁施礼毕，打话不同，二将交战。(《秦并》)

(2) 陈豨号令省会诸军，无得与王陵打话，牢守城门。(《前汉》)

(3) 数日，与冀王军相对。曹操与颜良打话。(《三国》)

(4) 英公欲问，仁贵出马，不打话，战不到数合，辽将力怯，望阵便走。(《征辽事略》)

---

① 今天吴语如上海、江苏苏州、浙江绍兴还说“打杀”，见许宝华、宫田一郎主编：《汉语方言大词典》，北京：中华书局1999年版，第1017页“打杀”条。

② 祝建军：《近代汉语动词“打”的语义泛化》，《烟台大学学报》(哲学社会科学版) 2002年第3期，第354页。

（5）弓箭炮石打不到处，两处阵圆。一员将军出阵，绰马打话。（《五代史》）

在话本中“打话”共出现 99 次，且常出现在“打话不同（定）”（38 次）这样的短语结构中。因为在“打话”中“打”的语素义已经泛化，不再表示与手部有关的动作，在常人看来，“打”几乎无法与这个受事宾语“话”搭配使用，所以后来出现了“搭话”一词。如《醒世恒言》卷一七：“（过迁）每日担水灌浇，刈草锄垦，也不与人搭话。”《三遂平妖传》第一七回：“文招讨将兵分作三路，出于阵前，与王则搭话。”从成词理据上说，“搭”与“话”结合更易于理解，而且语音上“搭”与“打”音同，明清时期有互借的现象[①]。

根据笔者自建的明清小说语料库的统计，“打话”（94 次）使用频率仍大大超过“搭话”（3 次），我们利用北京大学现代汉语语料库检索了二词在现代汉语中的使用情况，其结果是“搭话”出现 55 次，而“打话”仅出现 1 次。这说明在现代汉语中，“搭话”基本上代替了“打话”，人们一般只用“搭话”，而不用“打话”，“打话”只在某些方言中使用，如《现代汉语词典补编》中“打话”条：“〈方〉说话；交谈：他们边走边打着话。”[②]

【打猎】【打捕】【打围】

（1）却说固存太子在打猎户青龙景家中养着，听得人说，齐湣王无道，被燕兵捉去，使钩子挂了。（《七国》）

（2）娄忒没听得此说，与那孩儿阿速鲁商量，待带他出去打猎时分，将他杀了。（《五代史》）

（3）言未尽，又一人来见鬼谷，礼毕，言曰：“小人是景州吴桥

---

① 谢之考察了《三刻拍案惊奇》中“打”的用法，如“彭氏道：‘好，你要钱，倒叫我打和尚。’”认为“打”有“勾搭”义（谢之：《〈三刻拍案惊奇〉语词札记》，《长江大学学报》（社会科学版）2004 年第 1 期，第 131 页）。笔者以为此处只是“打”“搭”由于音近而临时借用，而非“打”本有此义。

② 中国社会科学院语言研究所词典编辑室编：《现代汉语词典补编》，北京：商务印书馆 1989 年版，第 94 页。

镇人，打捕为生……”（《七国》）

（4）数箭竞发，老狐逐一将箭绰了，回射一箭，掷着晋主衣袂。被打捕司牵得猎犬至，狐且徐徐退走，旁若无人。（《五代史》）

（5）至唐天成二年，累功为六军诸卫副使。一日，跟明宗出郊打围，赶得一只白狐，被军卒拿与敬瑭面前。（《五代史》）

“猎”用作单音词时多作动词义，本义为“打猎”，故从语义结构上看，“打猎、打捕、打围”为并列结构，只是这种结构中的“打”语义已经泛化，不表示具体的动作。从例（1）“打猎”的用例来看，《大词典》“打猎”条首引《水浒传》，则显得例证稍晚。“打猎”一般只出现在口语化较高的白话文献中，应是一个口语词。

3. “打”为构词前缀

在话本中，“打听、打探、打揲、打并、打算、打扮、打请、打睡、打暖、打粗”等词中的“打”脱离了具体的语义特征，虚化为一个前置的虚语素，即构词前缀。刘坚等认为：“如果某个动词不用于‘主—谓—宾’组合格式，不是一个句子中唯一的动词，并且不是句子的中心动词（主要动词）时（如在连动式中充当次要动词），该动词的动词性就会减弱。当一个动词经常在句子中充当次要动词，它的这种语法位置被固定下来之后，其词义就会慢慢抽象化、虚化，再发展下去，其语法功能就会发生变化：不再作为谓语的构成部分，而变成了谓语动词的修饰成分或补充成分，词义进一步虚化的结果便导致该动词的语法化：由词汇单位变成语法单位。”[①] 因此，对“打”是否虚化为构词前缀的判断标准是：①构成的词语是“打＋动”结构；②“打”的语义已经虚化；③“打＋动”多为及物动词。

【打听】【打探】

（1）田忌令小军打听孙子、袁达，却被黄伯杨困在阵中。（《七国》）

---

① 刘坚、曹广顺、吴福祥：《论诱发汉语词汇语法化的若干因素》，《中国语文》1995年第3期，第161页。

(2)(陈豨)又三日前，打听得长安斩讫韩信也。(《前汉》)

(3)齐有细作，打探得闻王贲伐齐，便报与孟尝君……(《秦并》)

(4)(夏广)惊觉，速令孙安、柴武于长安打探此事。(《前汉》)

(5)朱温向牛存节道："此去齐州，近在五十里，打听得官兵四集，怎可久居?"(《五代史》)

(6)(黄巢)明日到试院前打探试日分，到试场左侧，已知得日分了。(《五代史》)

"打听""打探"都是宋元时期出现的新词。"探"有"听"义，《醒世恒言》卷二八："(那医生)相见之后，高谈阔论，也先探了病源，方才诊脉。"故"打听""打探"不仅结构相同，意义也相近，"打"在二词中均为构词前缀。"打听"在话本中共出现10次，"打探"共出现4次。根据以上6个用例可知，这两个词都是及物性的动词。

又，《大词典》"打听""打探"首例均引《京本通俗小说》为证，而该书已被学界证实为伪书(详见第四章)，实为明代刻本。《大词典》"打听"条首引《京本通俗小说》，次引元杂剧为证，从这点来看，似乎把《京本通俗小说》处理为宋代语料，不妥。

【打揲】【打并】

(1)(曹)操问，乃兵部侍郎杨修令众官使军打揲行李。(《三国》)

(2)又言大夫写来的家书，见军师读了，荒速令人打揲了。(《三国》)

(3)陈平笑曰："相公休愁，且将计策打并。① 凭萧何老相公，小臣不到得落于吕胥之手下。"(《前汉》)

"打揲"在话本中共出现3次，其后都带有宾语，如例(1)。例(2)"荒速令人打揲了"实际上后面省略了宾语"行李"。

《大词典》"打揲"条："1. (- yè)争斗。《太平御览》卷四九六引

① 古典本原文前后没有断开，当误，句号为笔者加。

《石勒别传》：‘阳性刚愎，每轻勒，与争沤麻池，共相打揲，互有胜负。’2.（–dié）收拾；安排。宋苏轼《答潘彦明书》：‘雪堂如要偃息，且与打揲相伴，使忘迁谪之意，亦诸君风义也。’……”我们认为《大词典》此处处理不妥：

其一，两词中的“揲”不仅读音不同，而且意义迥异。表“争斗”义的“打揲”的“揲”意义当来源于“蹀”，“蹀”乃“蹈、踏”义，《淮南子·俶真》：“虽目数千羊之群，耳分八风之调，足蹀《阳阿》之舞，而手会《绿水》之趋……”故由“蹈、踏”义引申出“争斗”义。表“收拾”义之“打揲”的“揲”乃“折叠”义，唐刘驾《长门怨》诗：“闲揲舞衣归未得，夜来砧杵六宫秋。”故又作“打叠”，刘昌诗《芦浦笔记》曰：“收拾为打叠，又曰打迸（一作併）。”故此“打揲”与“打并”意义相近。

其二，两个“打揲”语义结构不一样。表“争斗”义的“打揲”的语义结构是并列结构，表“收拾”义的“打揲”是附加式，“打”仅仅是构词前缀。所以，这两个“打揲”属于同形异词，《大词典》此处当分作两条。

《辞源》“打揲”条的释例与《大词典》同①，均误。《宋语言词典》“打揲”条（第56页）：“见‘打叠’。”其又漏收表“争斗”义的“打揲”，而且如此释义似乎把“打叠”与表“收拾”义的“打揲”看作完全同义，其实二者意义略有不同，“打叠”除了有“收拾”义外，还有“振作”义，如元无名氏散曲《红绣鞋》：“强打叠精神怎过，思量的做不得生活，越思量越间阻越情多。”故“打叠”比“打揲”的义域更宽。

“打并”在话本中仅出现1次，“且将计策打并”实际上“打并”后面也是有宾语的，只不过这个句子是通过介宾短语“将计策”把宾语“计策”提到前面去了，“打并”的受事仍然是指向“计策”。《大词典》“打并”条：“1. 收拾；清理…… 2. 凑集……”“打并”的意思是“收拾、清理”。“打”的语素义在“打并”中基本没有，其意义主要由“并”来承担。考“并”并无“收拾、清理”义，窃以为“并”本当作“屏”。“屏”

① 见广东、广西、湖面、河南辞源修订组，商务印书馆编辑部编：《辞源》（合订本），北京：商务印书馆1988年版，第654页。

之本义为“照壁、屏风”，《荀子·大略》：“天子外屏，诸侯内屏，礼也。外屏，不欲见外也；内屏，不欲见内也。”杨倞注：“屏犹蔽也。屏谓之树。”因此引申出“隐藏、保护”义，《书·金縢》：“尔不许我，我乃屏璧与珪。”孔传：“屏，藏也。”《汉书·王莽传上》：“少阿、羲和刘歆与博士诸儒七十八人皆曰：‘……成王幼少，周公屏成王而居摄，以成周道。’”颜师古注：“屏犹拥也。”把东西“隐藏、保护”起来又可引申出“收拾、清理”义。《汉语大字典》“并”条：“通‘屏’，除去；放弃。”故“并”之“收拾、清理”义当因与“屏”通假而得来[①]。

4. 小结

通过以上的分析，我们认为话本中“打”类双音词有以下三个特点：

首先，大部分都是宋元时期出现的新词，如“打话、打扮、打揲、打请、打睡、打粗”等，这些新词频繁在话本中出现，体现了话本语料的时代性和价值。在这些双音词中，使用频率最高的是“打话”，共99次，其次是“打扮”，共21次。这两个词语高频次出现的原因与话本语料的性质有关：话本主要内容是讲史，注重描写重大的历史战争场面，尤其注重对战前场面的描写，如双方的对话、双方的穿着等，这也是中国古典战争小说常见的叙事手法。故“打话”“打扮”在话本中多次出现也就不奇怪了。

其次，话本中“打～”类的语义构成有多种类型。“打～”中的“～”语素义可分为三类：名词义、动词义、形容词义。当“打”与名词义的“～”结合时，语义结构为动宾结构，如“打阵”“打话”；当与动词义的“～”结合时，语义结构有三种，一种为并列结构，如“打拷”“打闹”；一种为动补式，如“打杀”“打散”；一种是附加式结构，如“打请”“打扮”。当“打”与形容词义的“～”结合时，语义结构为动补式，如“打碎”“打破”。

---

① 中古有“屏当”一词，“屏”亦为“收拾、整理”义，参见王云路：《谈“摒挡”及其相关词语的附加式构词特点》，《语言研究》2002年第1期，第91页。

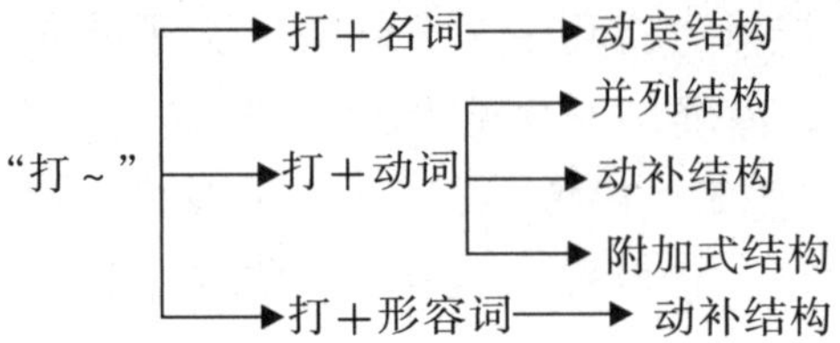

最后，从构词语素“打”的性质来看，当它为实义语素时，构成的词语一般是动宾或动补结构；当它为泛义语素时，构成的词语一般是动宾或并列结构；当它为构词前缀时，构成的词语则为附加式结构。

袁宾认为：“附加前缀‘打’而组合成的动词多半是不及物的，在句子中一般不带宾语（参见上文举例），这是前缀‘打’在使用上的一个特点。少数‘打 + 单音动词’式的双音词，由于经常使用，受到及物动词的同化影响，可以带宾语……”① 我们认为袁宾的说法不准确，根据“打～”类词语在话本中的用例来看，如“打并、打探、打听、打揲、打请”等都是及物性的。董秀芳认为：“如果 V_1 和 V_2 都是单音节，二者就构成一个韵律词，有了词化的可能，而其后的宾语在一定程度上推动了其词汇化的进程。一方面，带宾语是动词的原型特征，宾语的存在保证了这个韵律词的动词性。另一方面，根据句子的普通重音指派原则，动词是宾语的重音指派者（冯胜利，1996）。由于两个动词支配的宾语具有相同的所指，而且第一个动词后未出现有形宾语，这样就促使人们将两个在线性顺序上邻近的动词组合理解为一个单一动词，即将其作为一个单一的重音指派者，从而满足一个句子一个重音以及一个重音指派者的要求（参看冯胜利，2000b）。加之 V_1 和 V_2 在语义上的接近，使得二者的黏合具有语义上的基础。因此，在带宾结构里 V_1 和 V_2 最终被压缩成词……当 V_1 和 V_2 都是不及物动词时，其后不可能出现宾语。虽然 V_1 和 V_2 也可构成一个韵律词，但由于其后没有一个它们共同制约的要素，也就是说没有一个促使其压缩成词的外在动力，其内部关系相对来说就更松散一些，因而其成词的难度也就更大一些。”② 因此，从词汇化的角度来说，如果并列项为动词性成分，

① 袁宾：《近代汉语概论》，上海：上海教育出版社 1992 年版，第 150 页。

② 董秀芳：《词汇化：汉语双音词的衍生和发展》，成都：四川民族出版社 2002 年版，第 120 – 121 页。

两个成分都是及物性的比两个成分都是不及物性的更容易成词。

(二)“~打”结构的双音词

话本中“~打”类双音词只有三个，即“厮打、拷打、攻打”。

【厮打】

(1) 阴雾间，只见无头妇人，带血污，厮打。(《七国》)

(2) 知远心下焦躁，向他说：“我不赌钱，且赌个厮打。”(《五代史》)

(3) 被知远厮打一顿，夺得这钱回来。(《五代史》)

《大词典》“厮打”条：“相打。《水浒传》第三八回：‘戴宗埋冤李逵道：“我教你休来讨鱼，又在这里和人厮打。”’”从《全相》“厮打”的用例来看，《大词典》只引《水浒传》为证，不仅仅是孤证，而且例证明显过晚。

又，“厮”是“相”的后出字，宋人罗大经《鹤林玉露》卷五“相字音厮”条曰：“白乐天诗云：‘为问长安月，谁教不相离。’‘相’字下自注云‘思必切’。乃知今俗作‘厮’字者，非也。”罗大经虽然注意到“厮”“相”之间的关系，但对于读作入声的“厮”来源于“相”表示不理解。杨荣祥认为：“汉语语音的发展变化，也造成了一些副词的分化。如‘相’在用作副词时有入声一读，这应是汉语中破读现象（音变构词）的结果……而实际上‘厮’是由‘相’分化出来的。”[①] 今山西方言“厮”有读作入声[②]。王力、吕叔湘都认为“相”是“带有指代性的副词”。[③]“厮”主要用于互指，如“厮打”中的“厮”即表互指。在元明时期，表示相互关系的副词“厮”“相”在语义场中是互补的：“从元曲和《水浒》中用例的大致情况来看，当表互指时大多用‘厮’；表偏指时大多用

---

① 杨荣祥：《近代汉语副词简论》，《北京大学学报》（哲学社会科学版）1999 年第 3 期，第 145 页。

② 参见马启红：《“相”与太谷方言的“厮”》，《忻州师范学院学报》2003 年第 3 期，第 39 页。

③ 参见王力：《汉语史稿》，北京：中华书局 1980 年版，第 326－327 页；吕叔湘：《汉语语法论文集》（增订本），北京：商务印书馆 1984 年版，第 112－113 页。

‘相’。”① 然而“厮”出现于近代汉语，也终止于近代汉语，到了现代汉语阶段，“厮”逐渐失去了构词能力，为“相”所取代②。

【拷打】【打拷】

（1）离家去哭。被燕兵捉住固存。〔青龙景救固存太子〕③ 拷打，认是齐王太子。（《七国》）

（2）（吉平）使药便泼。操趓过，即时拿住吉平打拷。（《三国》）

《大词典》“拷打”条首引《元典章新集》为证，明显例证过晚。后汉康孟详译《佛说兴起行经》卷一：“众臣便反缚乐无为，拷打问辞。树神人现出半身，语众人曰：‘莫拷打此人。’”隋阇那崛多等译《大威德陀罗尼经》卷一六：“还复为彼而作驴身，极负重檐以杖拷打。”《唐律疏议》卷二九：“或以绳悬缚，或用棒拷打，但应行杖外，悉为‘他法’。”“打”“拷”同义，故“拷打”亦作“打拷”。《大词典》“打拷”条首引元关汉卿杂剧，同样例证过晚。唐义净译《根本说一切有部毗奈耶》卷一：“打拷及髡割，与圣教相违。”又其译《根本说一切有部毗奈耶杂事》卷二八：“即便打拷将付禁官，乞者自念。”

“打拷”多见于元杂剧，关汉卿《钱大尹智勘绯衣梦》第二折：“（李庆安云）罢、罢、罢，父亲，我那里挨的这等打拷？我招了罢，是我杀了他家梅香来。”《感天动地窦娥冤》第二折：“恰消停，才苏醒，又昏迷。挨千般打拷，万种凌逼，一杖下，一道血，一层皮。”孟汉卿《张孔目智勘魔合罗》第三折：“他道我暗地里养着奸夫，将毒药药的亲夫身故。不明白拖到官司，吃棍棒打拷无数。”“打拷”在其他文献以及后来的明清文

---

① 参见马启红：《“相”与太谷方言的“厮”》，《忻州师范学院学报》2003 年第 3 期，第 40 页。

② 马启红举元明文献中的“厮逞、厮哄、厮迎”等词为例，认为：“这些‘厮’在句中只起衬音作用，无任何意义，这些个‘厮 V’很有可能是在词的急速复合化的环境下产生的。正由于这种衬音作用逐渐增强，使用频率的增多，使得‘厮 V’的互指意义也逐渐受到影响，‘厮’语法和词汇意义渐渐消失。后随着双音节词的普遍使用，只起衬音作用的‘厮’也渐被具有词汇意义的词所取代，‘厮 V’在口语中消失了。”见马启红：《“相”与太谷方言的“厮”》，《忻州师范学院学报》2003 年第 3 期，第 41 页。

③ “〔〕”的内容为小注。

献中很少看到用例，笔者仅见一例，《型世言》第三〇回：“（陈代巡）等了两三日，不见动静，这番真是着急。知是门子书办中做的事，一打拷追问，事就昭彰……”而“拷打”的使用频率则高得多，在笔者的明清小说语料库中出现次数多达59次。这说明在元明清时期，“拷打”在语义场中一直处于优势地位，使用频率较高。特别是到了现代汉语里，基本上说“拷打”，不说“打拷”了。这说明从明代以后，“打拷”基本上让位于“拷打”，逐渐被淘汰了。“打拷”被淘汰的原因可能是：在连动式结构中，居后的动词是核心动词，是语义的焦点，而“打拷”“拷打”表达语义的焦点都是“打”，这样“打拷”的形式与表意相违背，被“拷打”取代也就不奇怪了。

通过以上的分析，话本中“～打”类词语有以下特点：

首先，在“～打”这种结构中，“打”都具有实在意义，这是由“～打”的语义结构决定的，“～打”类词语只有两种语义结构：偏正式和并列式。在偏正式结构中，由于前偏后正，“打”始终处于核心语素地位，前面的“～”只起修饰作用，处于核心语素地位的“打”的语义不会发生变化，仍然保持动词或者名词的语义特征。在并列式结构中，“～打”为连动式，居后的“打”处于核心语素地位，“打”的语义同样不会有变化，仍然保持动词的语义特征。

其次，在话本中，“打～”形式的词有25个，“～打”形式的词只有3个，“打～”明显是一种强势的构词形式，也就是说“打”作为构词语素大多居前，居后的情况较少，这与整个宋元时代是相符的，《大词典》所收宋元时期“打～”类双音词105个，“～打”类双音词只有13个。为什么会出现这种情况呢？原因就在于语义结构决定了“打”的成词能力：“打～”结构中的“打”可搭配的语素类型较多，其语义易于泛化，甚至虚化；而“～打”结构中的“打”始终处于核心语素地位，语义变化不大，这就制约了“～打”中“打”的能产性。

三、“打＊”类多音词

由于在话本中没有“＊打”类多音词，所以此处不予讨论。“打＊”类多音词也只有一个：

【打官司】

朱温与刘文政商量："咱若久留此处，必定带累刘崇打官司，不如落草闪避。"(《五代史》)

"打官司"乃诉讼的俗称。此词首见于话本，元杂剧多见，李行甫《包待制智赚灰栏记》："我想他家中大妻小妇必有争差，少不得要告状打官司的。"杨景贤《西游记》杂剧："自从摄将这女子来，他两家打官司。打不打不干我事，每夜快活受用。"无名氏《抱妆盒》第三折："咱两个对词。对词，恰便似打官司。"

为什么话本中很少见"＊打"和"打＊"类多音词呢？笔者以《大词典》所收"＊打"和"打＊"类多音词作为研究对象发现，《大词典》所收"＊打"多音词、短语很少，共16个，而且这16个词语中，有一些词语的"打"是不表义的，它们是"小苏打、呱打打、滴滴打打、羞不打（犹言羞答答）"，在剩下的12个词语中，并列结构的四字语占了一大半，共9个，分别是"大吹大打、吹吹打打、唱念做打、稳扎稳打、细吹细打、零敲碎打、鸡飞蛋打、风吹雨打、风吹浪打"；另外3个为谚语和俗语，如"现钟不（弗）打""老鼠过街，人人喊打"。不管是四字语中的"打"，还是谚语和俗语中的"打"，都具有实义的语义特征。所以"＊打"不具有能产性，这也可以解释为什么话本中没有"＊打"类多音词。

《大词典》所收的231个"打＊"类多音词（同词异形的除外），从历时来看，词语出现的时代分布见下表：

"打＊"类多音节词的历时发展表（231个）

时期	数量（个）	所占比例（%）
宋元之前	3	1.3
宋元时期	53	22.9
明清时期	77	33.4
现代	98	42.4

从上表的数据来看，“打＊”类多音词在宋元之前只有3个，这主要是因为宋元之前的“打”构词能力并不强，语义没有呈现的泛化特征，所以“打＊”类复音词较少；到了宋元时代，“打＊”类词语逐渐多了起来，明清直至现代汉语中仍保持着稳定的增长势头。这其中的原因在于“打”的语义泛化。随着“打”的构词能力不断得到加强，它不仅可以与单音节语素结合成词，也可以和双音词形式结合成为三音词，“打～～”类三音词的发展是随着“打～”类双音词的发展而发展的。

需要指出的是，话本中几乎没有“打”类的三音词和四音词，但是，从《大词典》所收宋元新词来看，三音词有20多个，如“打寒战、打勤劳、打筋斗、打擂台”等；四音词有8个，如“打成一片、打草惊蛇、打家劫舍”等。话本中为什么没有出现“打”类三音词和四音词呢？笔者认为这里面可能暗示了话本语料的时间性——宋代词语较多，很有可能话本的大部分内容已在宋代或宋元之交写成，后再经元人删改。笔者推测的理由如下：

（1）通过以上对“打”类复音词的分析，我们知道“打～～”三音词是双音节形式“打～”的扩展。在《大词典》收录的宋元时期20多个“打”类三音词中，只有少量的三音词出现于宋代。到了元代，尤其在元杂剧当中，“打”类三音词出现较多，元杂剧中出现三音词较多的原因可能与戏曲的曲调有关系：“由于词中多三字句，加上长句里固有的三字顿，故词中的三字顿节奏更多。至于元曲，形成比词更自由，句式更参差多变，短句更多，因而三字一顿的节奏形式也就更多……三字顿的节奏表现在词汇上就是三音节词增多。”① 这说明话本词语的时间层次可能早于元杂剧。在宋代出现的这些为数不多的“打”类三音词中，很多是市井用语，如“打交道、打官司、打酒坐、打笔套、打筋斗”等，话本没有出现这些词语是由于话本主要是讲史话本，其内容主要是前代历史故事，故其反映的生活内容离当时市民的实际生活较远，所以宋代出现的少量“打”类三音词在话本中没有出现。

（2）《大词典》所收录的“打”类四音词几乎都是元代才出现的，宋代很少出现“打”类四音词。如果把话本大部分语料的时间确定在宋代，也可以说明为什么话本中没有出现“打”类四音词。

---

① 蒋冀骋、吴福祥：《近代汉语纲要》，长沙：湖南教育出版社1997年版，第212页。

第三章　语法篇

第一节　宋元话本的代词系统

宋元话本如《全相》《五代史》《宣和遗事》，其主要内容来自前代史书，史书语言的文言性导致宋元话本语言呈现出文白相杂的特点。里面既有文言性较强的传统代词，如“我”在话本中用作第一人称代词出现的次数最多，共出现 1 164 次，其次是“吾”，共出现 676 次。二者在句中用作主语时，一般表单数；用作定语时，有时用作单数，有时用作复数；也有“我辈”（7 次）、“我等”（7 次）、“吾辈”（2 次）等复数形式。这些用法均见于前代，没有新的用法出现。吴福祥认为：“最迟在唐五代，汉语实际口语里第一人称代词已完全统一于‘我’。”[①] 但是由于话本语料的特殊性，这些代词的使用情况还不能反映当时的口语实际情况。话本里面也有新出现的代词，下面我们来谈谈新出现代词的情况。

一、人称代词

话本代词系统就充分体现了文白相杂的特点：既有文言性较强的传统代词，如“我、吾、尔、汝、之、其、它”，也有新出现的代词“某、俺、咱、你、您、恁”。话本中第一人称代词主要有“我、吾、俺、咱”，第二人称代词主要有“你、尔、您、汝、恁”，第三人称代词主要有“之、其、

---

① 吴福祥：《敦煌变文语法研究》，长沙：岳麓书社 1996 年版，第 4 页。

他、它”。另外，第一人称代词“某、予”，第二人称代词“贤、若”，第三人称代词“伊、彼、乃”也零星可见。

【俺】

（1）奶母每日作念太子，怎知俺冤屈之事。（《武王》）

（2）少刻双鬟出道：“俺姐姐有命，请殿试相见。”（《宣和遗事》）

（3）乐毅叫：“孙先生，我阵中都捉了您人也！却不说口来破俺阵……”（《七国》）

（4）一日，宋江与吴加亮商量：“俺三十六员猛将，并已登数；休要忘了东岳保护之恩。”（《宣和遗事》）

（5）忽见亲母并奶母一切苦楚宫人，来告太子曰：“尔父王无道，宠信妲己之言，把俺等尸首不埋，冤恨无伸。望太子与俺等报仇！”（《武王》）

“俺”，《说文》：“大也。”但宋元时期新出现的人称代词“俺”的来源和构形与《说文》完全不同，二者为同形异词。宋元时期的“俺”是北方方言的口语词，《正字通·人部》：“俺，北方读阿罕切，安上声，凡称‘我’通曰‘俺’。”“俺”出现在白话文献中之后，有着极强的生命力，“宋以后的文献里，‘俺’也多见于官话区的北方方言系作品……现代汉语里，‘俺’在官话区的部分北方方言里保存下来，南方方言一般不用”[①]。话本中“俺”出现频繁，共102次。一般认为“俺”由“我们”合音而成，字或作“唵”，始见于宋代[②]。“俺”虽然是“我们”的合音，但“似不分别单、复数”[③]。我们从上面的用例也可以看出，“俺”在话本中用法也是如此，有表单数义的，如例（1）、例（2）等，表复数义的如例（4）、例（5）。话本中“俺”多用作单数，共69例，占“俺”总数的67.65%，用作复数的有33例，占“俺”总数的32.35%。特别是《七国》

---

① 蒋冀骋、吴福祥：《近代汉语纲要》，长沙：湖南教育出版社1997年版，第375－376页。

② 关于“俺”的形成和发展，参见吕叔湘著，江蓝生补：《近代汉语指代词》，上海：学林出版社1985年版，第77－80页。

③ 冯春田：《近代汉语语法研究》，济南：山东教育出版社2000年版，第9页。

《秦并》中的“俺”几乎全部用作单数。这种情况的出现可能是“大约是宋以后人们大概忘了‘俺’原由‘我们’切合而成，逐渐把它当作第一人称单数代词来使用”①。“俺”在元代常带有复数词尾“每”“们”，主要见于元杂剧，如郑廷玉《看钱奴买冤家债主》：“秀才，似这等大风大雪，俺每行动些儿。”武汉臣《包待制智赚生金阁》：“你不知，听我说与你。俺每都是在城的老人、里正。今日是上元节令，俺往城里看灯去来，撞见个没头鬼，手里提着头，赶着众人打。俺们害慌，权躲在这酒务儿里吃杯酒。”关汉卿《杜蕊娘智赏金线池》：“这席面不是俺们设的，恐怕蕊娘姨姨知道是韩姨夫出钱安排酒果，必然不肯来赴，因此只说是俺们请他。”但这些词尾形式在话本中没有见到。

【您】

（1）忽作人言曰：“告太子，您娘苦死，不可以说！”（《武王》）

（2）当时朱温笑道：“哥哥好说大话！您而今要奔归乡故，尚无盘缠，几时得到富贵不相忘时节？”（《五代史》）

（3）虏酋曾告马广道：“刘起庆用兵，一夕逃遁，您看我家用兵有走的么？”（《宣和遗事》）

（4）却有他亲叔父郭科认得他颈上肉珠儿，便唤道：“郭成宝，您今恁地长成了！又怎生刺了脸儿？”（《五代史》）

（5）白起曰：“今燕无人破齐，您兄弟谁敢去？”（《七国》）

（6）高祖举手而骂：“贱人，您姊妹二人信谗言，损害忠良，所谋俺刘氏江山……”（《前汉》）

“您”乃“你们”的合音②，最早见于宋代文献，金元文献多见，

---

① 蒋冀骋、吴福祥：《近代汉语纲要》，长沙：湖南教育出版社1997年版，第376页。

② 参见吕叔湘著，江蓝生补：《近代汉语指代词》，上海：学林出版社1985年版，第77页。

"您"用于单数，不表尊敬色彩[①]，如例（4）、例（6）中的"您"均不表敬义。吴福祥等认为"您"主要用于第二人称复数，间或也用于单数[②]。根据我们的调查，"您"在话本中共出现231次，多表复数，如例（5）、例（6）；少数表单数，如例（1）至例（4）。冯春田认为"您"表单数的用例的出现稍迟于表复数的用例[③]。宋元话本中还有"您每"的4个用例，无"您们"，均来自《五代史》，如"朱五经看了这诗道：'秀才，您每下第不归故乡，小生惯诵经史……'""知远向五个后生道：'您每一人将一贯钱借我出注。'""契丹主遣通事谕旨云：'咱亦人也，汝曹休怕，会当使您每苏息。咱无心南来，汉军引咱至此耳。'""（唐主）道遇卫士，谓之曰：'适报魏王进西川金银五十万到京，当给与您每。'"宋元文献也有"您每"的用例，如《元朝秘史》卷二："如何恰似在前阿阑娘娘的五个孩儿般不和顺？您每休那般做！"元杂剧武汉臣《散家财天赐老生儿》："孩儿也，这钱则不那穷的每争，便这富的每也争。待老夫亲自问他，您每且休闹者。"

【恁】

（1）先生曰："吾今一百八十岁，燕、齐二国相并，你来助燕，为我所捉。你每若救了孙子，各放恁还国。"（《七国》）

（2）毅曰："先生不强，恁师父鬼谷先生是强，交了你三卷天书，能变阵……"（《七国》）

（3）（陈平）怒问："恁儿郦其明举火烧汉大臣宅，你知么？"（《前汉》）

---

① 吕叔湘和太田辰夫都认为现代汉语中表敬称的"您"和近代汉语白话文献中的第二人称代词"您"来源不同，他们赞成王力《中国语法理论》中提出的现代汉语表敬称的"您"是"你老"的合音，本当作"儜"，后由于读音相近，借用了白话文献中"您"的字形（可参见吕叔湘《近代汉语指代词》第36－38页和太田辰夫《中国语历史文法》第104－105页）。张惠英通过对唐人译经的调查，发现唐代佛经中有很多表敬称的"仁"，而"仁"由于与后来的"恁（你们）"语音相同，故她初步假设现代汉语的表敬称的"您"来源于佛经中的表敬称的"仁"。参见张惠英：《汉语方言代词研究》，北京：语文出版社2001年版，第63页。

② 参见蒋冀骋、吴福祥：《近代汉语纲要》，长沙：湖南教育出版社1997年版，第380页。

③ 参见冯春田：《近代汉语语法研究》，济南：山东教育出版社2000年版，第42页。

"'恁'是'你们'的谐音，也就是'您'的借字。'恁'表示复数的例子见于元代以后的文献……'恁'表示单数的例子似乎比表示复数要早一些"①。"恁"作为人称代词只见于《全相》，《宣和遗事》《五代史》中均用作指示代词"这么、如此"，《九谏》中不见"恁"，《全相》中用作第二人称代词共13次，其中6次用作复数，如例（1），7次用作单数，如例（2）、例（3），用作单数和复数的频率差不多。元王实甫《西厢记》第二本楔子："我从来斩钉截铁常居一，不似恁惹草拈花没掂三。"

【咱】

（1）子母二人大哭："儿必有祸矣。诣早辰，咱子母二人去渭水河边拜见渔公求计。"（《武王》）

（2）彦章怒骂道："人死留名，豹死留皮。大丈夫怎肯负人恩德！咱学取汉将王陵，宁复以家人为意？"（《五代史》）

（3）曹公曰："咱门急之。"张辽告曰："此诸葛计也。"（《三国》）

（4）少年人怒道："您三百钱只买得胭脂腻粉！咱每这刀，要卖与烈士！"（《五代史》）

（5）貂蝉哭而告曰："奉先不记丁建阳临洮造反，马腾军来，咱家两口儿失散，前后三年不能相见……"（《三国》）

"咱"始见于宋金文献②，是"自家"的合音，可能是这一时期受人称代词多带词尾的影响，类化出了"咱门""咱每""咱家"等复音节形式，如例（3）、例（4）、例（5）。"咱"带上词尾之后似乎均表示复数，不表单数，如上例中的"咱门""咱每""咱家"等均表复数，这种用法与"俺"带上词尾之后既可表单数，又可表复数不同。

从"俺""您""恁"三个代词的词形和意义来看，三者有共同点：虽然都是复数形式的语音合成词，但合成之后意义和形式之间不存在严格的对应关系：即合成之后不一定都用作复数意义，而是可表单数，可表复

① 冯春田：《近代汉语语法研究》，济南：山东教育出版社2000年版，第43页。
② 参见蒋冀骋、吴福祥：《近代汉语纲要》，长沙：湖南教育出版社1997年版，第376页。

数。“大约是宋以后人们大概忘了‘俺’原由‘我们’切合而成，逐渐把它当作第一人称单数代词来使用……”[①]“您”和“恁”的使用应该也与“俺”相同，这说明在汉语这个缺少内部曲折的语言里，复数的标识主要还是依靠形式上的标志，即一个单音节代词带上一个复数词尾才是人们惯用和习惯认知的复数形式。“您”“恁”和“俺”一旦合成为单音节代词，就很有可能被人们当作单数代词来使用，而忽视其构词的来源。

【我自】

(1) 或日，阿计替回到舍中，揖二帝曰：“且喜安乐！我自灵州往上京，又自上京至灵州，又从灵州到此处，往复一十余日……”(《宣和遗事》)

(2) 长者遂问法师：“作何修治?”法师曰：“借刀，我自修事。”长者取刀度与法师。(《取经诗话》)

(3) 法师曰：“烦恼我心！小行者出去买菜，一午不见回来，莫是被此中人妖法定也?”猴行者曰：“待我自去寻看如何?”(《取经诗话》)

(4) 仁贵曰：“你众兵不愿随吾，盖未知心腹。今日我自战辽三高，若胜者当助我功，如败杀我。”(《征辽事略》)

“我自”是第一人称代词的连用，犹“我咱”。这是宋代新出现的用法，宋刘子翚《满庭芳·桂花》词：“我自寒灰槁木，凝神处，不觉熏酣。”元明清时期还常用，如《水浒传》第七二回：“那人道：‘我自姓王。’”清谭嗣同《狱中题壁》诗：“我自横刀向天笑，去留肝胆两昆仑。”

二、疑问代词

宋元话本中的疑问代词既有上古和中古常见的疑问代词，如“谁、孰、安、焉、几、几时、那、何等、争、怎生、多少”和以“何”为语素的双音节的疑问代词“何如、如何、奈何、若何、何故、为何、何以、何

① 蒋冀骋、吴福祥：《近代汉语纲要》，长沙：湖南教育出版社1997年版，第376页。

必、何须”，也有宋元时期出现的新的疑问代词，如“兀谁”和以“甚”为语素的一批双音节疑问代词“甚底（的）、甚么、甚般、则甚”，以“那”为语素的“那里、那个、那得”，以“几”为语素的“第几、几多”等。

【兀谁】

春秋五伯之后，又有战国七雄，天下龙争虎战，干戈涂炭，未肯休歇。且说那战国七雄是兀谁？（《秦并》）

“兀谁”犹言谁，在句中作宾语。《大词典》此条首引：“《京本通俗小说·西山一窟鬼》：‘却教孩儿嫁兀谁？’”引例稍晚。宋元话本已有用作疑问代词的用法。元刘燕哥《太常引·饯刘参议归山东》词：“今古别离难，兀谁画蛾眉远山？”《警世通言·福禄寿三星度世》：“妹妹道：‘却是兀谁？’”

【怎生】

犹怎样，如何。常用在一般疑问句、反问句和是非问句中。在一般疑问句中，用来询问情态状况、方式和原因，作状语、谓语和补语。如：

（1）其苏氏向慕容三郎道：“休教刘知远去纳粮。奈他有三般病，怎生把钱付他去得？”（《五代史》）

（2）可怜风月地，番作战争场。看这个官家，怎生结束？（《宣和遗事》）

（3）敬德当阵喝采：“我少时一当百夫，老不及仁贵，怎生建功。”（《征辽事略》）

在反问句中，一般表示对所说内容的否定，用作状语，如：

（1）杨衮策马前望周世宗军马，退谓北汉主道：“周亦劲敌，怎生轻进？”（《五代史》）

（2）郭威见说：“谢长者看觑！但是小人身畔没个辽丁，怎生敢说婚姻的话？”（《五代史》）

在是非问句中，一般内容比较虚指，表示未知的情况和方式，如：

（1）三将一时坠骑。惊杀程咬金。諕杀马三宝。一发齐看，怎生建功来。（《征辽事略》）

（2）出阵与王翦施礼毕，二将打话讫，勒马交斗。不知胜负怎生？（《秦并》）

（3）袁达便入寨去，看怎生结末？（《七国》）

【甚】

用作疑问代词“什么”，主要有两种用法：

（1）在一般疑问句中主要询问人或者事物的情况、原因、处所，在句中常作定语和宾语。如：

（1）孙子叫袁达：“你去打阵。”袁达问：“师父，甚阵？”（《七国》）

（2）曹操取出吉平，又问：“甚人使你来？”（《三国》）

（3）张士贵欠身离坐，下帐执仁贵之手，言：“引你去御寨见帝，慢慢说道甚。”（《征辽事略》）

询问人、事物、处所，经常表示虚指，表不确定性，如：

（1）去到齐州探事已了，向霍存道：“朱三哥怕我吃酒，咱今事了，吃些又碍甚事？”（《五代史》）

（2）咱有桑门剑一口，是天赐黄巢的。咱将剑一指，看他甚人也抵敌不住！（《五代史》）

（3）正坐间，小军报曰：“不知甚人，城外搦战。”（《三国》）

（2）用在反问句中，把原来肯定的语气变成否定语气，在句中作定语或者状语。

【甚底（的）】

宋元时期，“底”又作“的”，“甚底”又作“甚的”，疑问代词“什么”，用在一般疑问句和反问句中，作定语或者宾语，如：

（1）却遇着谏官张天觉，问甄守中道：“今日杀的是甚人？犯甚底罪？”（《宣和遗事》）

（2）鬼谷喝一声：“不捉候甚底？”（《七国》）

（3）李敬儒梦见甚底？梦见他门楼上有一条赤蛇，缠绕作一团……（《五代史》）

（4）仁贵唱喏不定，吃紧的王孙谔两手推倒马头前面。敬德问：“汉子告甚的？”（《征辽事略》）

（5）杨戬入内，徽宗问师师道个甚的。（《宣和遗事》）

（6）长者问郭威曰：“您而今在这里做个甚的生活？”（《五代史》）

【甚么】

什么。用在一般疑问句中，作定语或者宾语，如：

（1）等到鸡鸣，李长者起来，疾忙唤门子去门下看有甚么物事，回来报说。（《五代史》）

（2）忽太宗到来，諕得袁天纲疾忙起来，起居圣驾。太宗待覰他算个甚么文字。（《五代史》）

（3）守一到得紫微官，亲见星君，判下四句云。那四句道甚么？（《五代史》）

（4）士贵道：“除了弓箭，别会甚么。”（《征辽事略》）

【甚般】

怎样、哪般、什么样。用在一般疑问句中，用作定语，如：

（1）擂鼓摇旗发喊。有探事军报曰：“祸事至。”严广问曰：“甚般事？”（《秦并》）

（2）天子看了，其中讥讽敢破家丧国。天子是甚般聪俊，何事不

理会？不觉微哂。(《宣和遗事》)

【则甚】

(1) 朱温向张归娘道："咱每行军发马，您哭则甚？"(《五代史》)

(2) 那将军答曰："咱是朱太守下部将贺瑰。我既走避，招讨只管赶来则甚？"(《五代史》)

(3) 朱亥急回，言曰："张耆，你则甚？今孙子已遭燕兵之困，今魏毕昌并齐助燕，你肯助我如何？"(《七国》)

(4) 陛下百万雄兵，骁将莫知其数，皆总不及于项羽。立韩信为帅，灭项羽在乌江。如今天下太平，更要韩信则甚？(《前汉》)

吕叔湘先生曾经指出，在宋元时期，问"做什么"的时候，常用"则甚"表示①，在话本中它的作用主要是用在一般疑问句中表询问，如例(1)、例(2)、例(3)，或者表反问，如例(4)。

【那里】

作为宋元时期新兴的疑问代词，主要用在一般疑问句和反问句中，如：

(1)(太宗)绰旗望见，失声便叫："从天地，那里有这弓箭来。抵三千个养由基，赛一万个李广。"(《征辽事略》)

(2) 仁贵自思，这般小路，却奔那里去。正进之次，忽至一高峰。(《征辽事略》)

(3) 是夜月光皎洁，撞着一阵军马，约三百余人，将朱温四人喝住，问道："您是谁人？要从那里去？"(《五代史》)

"那里"主要在句中作主语［例(1)］、宾语［例(2)］、状语［例(3)］。

---

① 吕叔湘：《吕叔湘文集》(第三卷)，北京：商务印书馆1992年版，第139页。

【那个】

作为宋元时期新兴的疑问代词，主要用在一般疑问句中，如：

（1）志贤曰："赖绛州义军薛仁贵单骑保免，今为再赶辽兵未回。"敬德大惊："那个薛仁贵？"（《征辽事略》）

（2）日色渐晡，女奴来报："兀的夜来那个平章到来也！"（《宣和遗事》）

（3）二将各下马拜谢楚王。楚王问诸将："赐那个将军为正先锋？"（《秦并》）

"那个"主要在句中作主语［例（1）］和定语［例（2）、例（3）］。

【那得】

"那得"主要用在一般疑问句中，询问处所，用法同"哪里"，如：

膑使马升去叫："哥哥，师父交我来唤你。"袁达道："那得是门？"马升急指，和马升迷了。（《七国》）

"那得"又用作语气副词，表"怎得、怎会、怎能"，如：

张士贵见言，心内自思，张公谨若见帝，那得不荐仁贵。把似别人荐，不如我做一面人情荐仁贵。（《征辽事略》）

三、指示代词

宋元话本中的指示代词基本上涵盖了古汉语指示代词的类型，如有近指代词、远指代词、中指代词、旁指代词、统称代词、逐指代词、无定代词和特殊代词等，下面就新出现的代词语法功能做简单介绍。

（一）近指代词

在近指代词中，既有如"此、之、是、兹、许"等在近代汉语之前出现的代词，也有近代新出现的代词，如“这、这个、这般、这里、者”等。

【者】

“者”用作指示代词，相当于“这”。《敦煌曲子词·望江南》：“我是曲江临池柳，者人折了那人攀，恩爱一时间。”宋辛弃疾《丑奴儿近·博山道中效李易安体》词：“只消山水光中，无事过者一夏。”“者”在宋元话本中主要用作宾语和定语，如：

（1）其太子生得相貌堂堂，浑如灌口。人人见者无不下泪，个个观了，咸皆伤情。（《武王》）

（2）当头两行八人，紫袍金带，象简乌靴，未知官大小，悬带紫金鱼：“巨奉玉皇敕交陛下受者六般大礼。”（《三国》）

【这】

“这”，代词，用来指示或代替比较近的人、事物或处所。唐白居易《商山路驿桐树昔与微之前后题名处》诗：“笑问中庭老桐树，这回归去免来无？”宋李清照《声声慢》词：“梧桐更兼细雨，到黄昏、点点滴滴。这次第，怎一个愁字了得！”

（1）欢喜仁贵，望有个成头的，这汉合死，一戟戳死这汉，然后随程咬金入洛阳驾前争先锋印则个。（《征辽事略》）

（2）仁贵道：“你射我三箭，我只一箭，这箭防着。”（《征辽事略》）

（3）太后告吕胥曰：“这条计，群臣参破也，倒送了吕超、吕产，被您儿樊亢杀了。”（《前汉》）

（4）复视朱后曰：“这一块好肉，你自食之。”（《宣和遗事》）

“这”在句中可指示或者指称人、事物、时间、次数、方位、处所等，如上面四例。

【这个】

“这个”指示比较近的事物或人。唐吕岩《苏幕遮》词：“这个鼎炉解不解。养就灵乌，飞出光明海。”《敦煌变文汇录·欢喜国王缘变文（甲）》：“人人皆道天年尽，无计留他这个人。”“这个”在话本中的用例，如：

（1）这个佳人，是两京诗酒客，烟花帐子头，京师上亭行首，姓李名做师师。（《宣和遗事》）

（2）黄宗旦又向妻子说了孩儿啼叫的事一遍。其妻道：“这个孩儿真个作怪！若不兴吾宗，定是灭吾族。”（《五代史》）

（3）忽有一人从背后笑道：“朱三哥真勇士也！”霍存、白守信道：“这个李将军。”（《五代史》）

（4）不当任郭药师，不当纳张瑴。这个未是通论。（《宣和遗事》）

“这个”在话本中主要用作定语，如例（1）、例（2），也用作主语，如例（3）、例（4），代指人或者事物。

【这般】

“这般”犹这样，表示性状、程度等。宋辛弃疾《锦帐春·席上和杜叔高》词：“看飞红几片，这般庭院。”“这般”在话本中的用例，如：

（1）这贾奕昼忘飧，夜忘寝，禁不得这般愁闷，直瘦得肌肤如削。（《宣和遗事》）

（2）转山约行二十里，仁贵自思，这般小路，却奔那里去。（《征辽事略》）

（3）燕王泪下曰：“苦哉，可惜吾儿丧命！若不这般，教本邦危矣。”（《秦并》）

（4）始皇见了这般，大怒曰：“寡人特来，愿求不死药，却有这般魍魉邪神……”（《秦并》）

“这般”在上面四例中分别用作状语、定语、谓语和宾语。

【这里】

“这里”指比较近的处所。宋辛弃疾《鹧鸪天·送元济之归豫章》词：“那边玉筯销啼粉，这里车轮转别肠。”“这里”在话本中的用例，如：

(1)（太后）又自指着心曰：“这里不可欺也！吾儿将行……”（《宣和遗事》）

(2) 君昴曰：“总管见么？仁贵这汉，今番再见帝，其功不小，这里使不得好心的，须索先下手。”（《征辽事略》）

(3) 却是齐州王播部下兵众，因见尚让，喜曰：“尚先生在这里！”（《五代史》）

“这般”在上面三例中分别用作主语、状语、宾语。

（二）中指代词

中指代词一般所指示的介乎远指和近指之间，表示程度、性质和状况。话本中的中指代词只有“恁”“恁的（地）”“恁的（地）恁的（地）”。

【恁】

“恁”代词，表这么、如此。宋欧阳修《玉楼春》词：“已去少年无计奈，且愿芳心长恁在。”“恁”在话本中的用例，如：

(1) 仁贵曰：“余功皆不要，若逢莫离支，或一戟两箭建功，恁时肯奏仁贵么？”（《征辽事略》）

(2) 那人向朱温道：“咱是您的姊夫，登州孔目官燕守志也。您恁时幼小，认我不得……”（《五代史》）

(3) 只见古殿巍峨，芳草连绵，清风飒飒。法师思惟：此中得恁寂寞！（《取经诗话》）

(4) 休道徽宗直恁荒狂，便是释迦尊佛，也恼教他会下莲台。（《宣和遗事》）

从以上用例来看，“恁”在句中作定语，如例（1）、例（2），有时用作状语，如例（3）、例（4）。

【恁的（地）】

如此，这样。宋庄季裕《鸡肋编》卷下："前世谓'阿堵'，犹今谚云'兀底'；'宁馨'，犹'恁地'也，皆不指一物一事之词。""恁的（地）"在话本中的用例，如：

（1）帝看罢，转惊，张士贵直恁的强。（《征辽事略》）

（2）（承义）被军卒戏笑曰："宣赞跨马趯球快活，怎知恁的娘娘在那孟石村，日夕在河头担水，多少苦辛么？"（《五代史》）

（3）韩信大怒：打即匹夫，我教你恁的，如何却反了！（《前汉》）

（4）通判见贾奕执迷不省，遂言曰："尊兄但放心。我有姑夫曹辅，见做谏议大夫，若知必谏，官里不敢私行。恁的交你两口儿完聚如何？"（《宣和遗事》）

从以上用例来看，"恁的"主要在句中作状语如例（1）、例（4），或作定语，如例（2），或作谓语，如例（3）。

【恁的（地）恁的（地）】

"恁的（地）恁的（地）"是"恁的（地）"的重叠形式，表示如此，这样。一般在句中单独作谓语。如：

（1）楚王分付诸卿大将："今日定计杀秦兵，恁地恁地。"（《秦并》）

（2）吴广告覆主将孟尝君招讨："聊施一计劫秦寨，恁地恁地。"（《秦并》）

（3）项梁附耳道："恁地恁地。"楚王大悦："依卿之言。"（《秦并》）

（三）远指代词

话本的远指代词中，既有前代常见的远指代词"其、彼"，也有近代新出现的代词"那"以及"那"组合而成的双音代词"那里、那时、那的"等。

【那】

“那”，指示代词，与“这”相对。唐张鷟《朝野佥载》卷二：“尚书右丞陆余庆转洛州长史，其子嘲之曰：‘陆余庆，笔头无力嘴头硬。一朝受词讼，十日判不竟。’送案褥下。余庆得而读之，曰：‘必是那狗。’遂鞭之。”“那”在话本中的用例，如：

（1）那游赏之际，肩儿厮挨，手儿厮把，少也是有五千来对儿！（《宣和遗事》）

（2）那厅上坐的，却是李长者赘婿刘知远，受了北京留守，衣锦还乡也。（《五代史》）

（3）那明皇无计奈何，只得带领百官走入蜀川，躲避了禄山。（《宣和遗事》）

从以上用例来看，“那”单用表示远指，主要指示的有时间，如例（1）；指示处所，如例（2）；指示人或者事物，如例（3）。

【那个】

那一个。唐韦绚《刘宾客嘉话录》：“揆既至蕃，蕃长问：‘唐家有一第一人李揆，公是否？’揆曰：‘非也，他那个李揆争肯到此。’”“那个”在话本中的用例，如：

（1）师师道：“恰去的那个人，也不是制置并安抚，也不是御史与平章。那人眉势教大！”（《宣和遗事》）

（2）正是宾主喧哗，觥筹交错。忽见筵前有一个白兔走过，那个白兔生得霜毫错落，玉体轻盈；四蹄壮健疾如风，双眼鲜明光耀日。（《五代史》）

（3）日色渐晡，女奴来报：“兀的夜来那个平章到来也！”（《宣和遗事》）

“那个”在话本中都用作定语，代指人或者事物。

【那里】

“那里”指比较远的处所。唐韩偓《六言》诗之三：“那里朝日才出，还应先照西楼。”“那里”在话本中的用例，如：

(1) 玄德归宅，与二弟评议，言曰：“咱去，不争到那里却不用咱，何处归止?”(《三国》)

(2) (黄巢) 来到宋州砀山县，小地名午沟里。打听得那里有一个朱教授，小名唤做朱诚，在乡里开设学馆。(《五代史》)

从“那里”用例来看，它主要用作宾语［例(1)］和主语［例(2)］。

【那般】

“那般”即那样，远指表示状况和程度。《大词典》“那般”条首引《二十年目睹之怪现状》第七四回：“伯述接口道：‘怎么你那位令孙，还是那般不孝么?’”例证过晚，话本即有用例，在句中主要作状语，如：

况凤烛龙灯之下，严妆整扮，各排绮宴，笙箫细乐，都安排接驾，那般的受用，那肯顾我来?(《宣和遗事》)

【那时】

“那时”一般用在句首，表示时间，如：

(1) 那时知远坚守太原，无赴援之意；晋主疑之，每有国家大事，皆不使知远谋议。(《征辽事略》)

(2) 那时知远年登十五了。义父一日将钱三十贯文，令知远将去汾州城里纳粮。(《五代史》)

(3) 那时道教之行，莫盛于此时，推原其由，皆自徐知常有以诱惑圣听也。(《宣和遗事》)

【那的】

“那的”表示处所方位，用作主语，话本用例只有1例：

行至天晚，问人，那的是满城县普田村。齐王自思：是我皇丈，为邹国姨，不听忠臣谏，把宰相贬了。(《七国》)

四、小结

宋元话本由于其语料的特殊性——大部分是讲史话本，讲史话本半文半白的语料性质决定了话本代词的复杂性：里面既有沿用古语的上古、中古汉语早已出现的代词，也有近代汉语新出现的代词。具体来说：

(1) 在人称代词中，在宋代之前已有的，如“吾、予、尔、汝、其、之、某、贤、若、伊、彼、乃”等，这些已有的代词的语法功能较于前代并没有什么特殊性，话本中也有近代汉语被大量运用的代词，如“我、俺、咱、你、您、恁、他、它”等，它们的语法功能也在运用中不断完善和扩大。

(2) 在指示代词中，“这 + ＊”和“那 + ＊”形成了一对表近指和远指的系列，如“这、这个、这般、这里”与“那、那个、那般、那里”。

(3) 疑问代词在话本中最为复杂，既有宋代之前出现的“谁、孰、安、焉、几、几时、那、何等、争、怎生、多少、何如、如何、奈何、若何、何故、为何、何以、何必、何须”，也有宋元时期出现的双音节疑问代词，如“甚底（的）、甚么、甚般、则甚、那里、那个、那得、第几、几多”等。但相对于前代的代词，它们的使用率还是比较低。

第二节　宋元话本的副词系统

一、程度副词

宋元话本中出现的程度副词有33个。它们从音节上可分为两类：

（1）单音节程度副词：最、极、至、更、愈、益、稍、少、微、略、颇、特、甚、尤、好、倍、深、煞、良、大、太、忒、较。

（2）双音节程度副词：最为、极是、略加、特加、特为、好生、好不、几多、十分、稍稍。

其中，从产生时代看，有上古已经产生的，如“太、极、至、甚、大、最、更、深、益、愈、少”共11个，且全是单音节词。有中古出现的，如“尤、颇、稍、略、好、微、倍、极是、略加”，共9个。也有近代（唐以来）新产生的，如“煞、较、忒、粗、良、尤、特、特为、好生、好不、几多、十分、稍稍”，共13个。

下面我们主要来分析新出现的程度副词：煞、较、好、忒、尤、好不、几多、十分、稍稍。

【煞】

（1）薛仁贵道：“快活煞我也。”道罢，领兵出寨。（《征辽事略》）

（2）（英公）大叫一声，堕于马下。口中一道血出，似绛桥一般。惊煞太宗。（《五代史》）

（3）知军怒曰：“见有告首人在，你勿得胡说，煞好公事！”（《宣和遗事》）

（4）关公一手掬其口，言：“张飞煞粗！皇叔看军师如太公。”（《三国》）

（5）纣王大喜：“卿煞知好事！”妲己至夜，遂把比干心肝食之。（《武王》）

“煞”共出现36次，出现的位置有两种：可以在动词后面作补语，也可出现在形容词、动词前面作状语。出现在动词后面作补语的，既可以在双音词后面，如例（1），也可以在单音词后面，如例（2）；出现在形容词前面作状语的，如例（3）、例（4），也可以在动词前面，如例（5）。

【较】

“较”共出现2次，出现在形容词和副词前面，如：

（1）石敬瑭谓重诲曰：“蜀道险阻，难于进军，所以成功较难。”（《五代史》）

（2）齐王大喜，问：“用甚计策？”高龙道：“外边兵势较大，问吴广、吴能，如今齐王败散，不及燕将，谁敢去南夷求救兵去？”（《七国》）

【好】

“好”共出现15次，一般出现在单音节、双音节形容词前面或者短语前面作状语，如：

（1）魏景闵王离宫失殿，不能为魏邦江山主者。好痛哉！（《秦并》）

（2）李将军教我二人来取你。你却在这里做女婿，好快活！（《五代史》）

（3）妲己问王曰：“我王何处得此带？好温润可爱！”（《武王》）

（4）孙子向龙床奏计，都无数句，王曰：“好强！”（《七国》）

【忒】

“忒”共出现6次，一般出现在单音节形容词前面，或者修饰短语，作状语，如：

（1）伯杨曰：“孙子欺吾忒煞！”（《七国》）

（2）朱温未听得万事俱休，才听得后，怒从心上起，恶向胆边生：“却不叵耐这黄巢欺负咱每忒甚！”（《五代史》）

（3）田单言："只有三万兵，忒少，恐难成大事。"（《七国》）

（4）军师言曰："老贼忒逞不睹事，当斩黄忠！"（《三国》）

【尤】

"尤"共出现7次，出现的位置有两种：可以在动词后面作补语，也可出现在形容词、动词前面作状语，如：

（1）那时使臣吴信押送，信为人小心，事京尤谨，京感旧泣下。（《宣和遗事》）

（2）车驾入城，金人剽掠尤甚，小民号泣，夜以继日，凡七日。（《宣和遗事》）

（3）宗泽百官劝进，谓："南京乃祖宗受命之地，取四方运漕尤易。大王宜早正位号，即皇帝位。"（《宣和遗事》）

（4）测影频移未退朝，喜逢贤相日尤高。当时不是楚姬问，今日何由进叔敖。（《征辽事略》）

（5）以其地乃舟车所会去处，漕运尤便，故徙都东京。（《五代史》）

【好不】

"好不"共出现2次，均出自《五代史》，一般出现在动词谓语前面作状语，如：

（1）且是暂时间厌皇宫拘倦，误至于此。一欢去后，岂肯长来宠我？你好不晓事也，直这般烦恼！（《五代史》）

（2）（李洪信、李洪义）背后道："咱爷娘得恁地无见识！将个妹妹嫁与一个事马的驱口，教咱弟兄好不羞了面皮！"（《五代史》）

【几多】

"几多"作副词用，共出现2次，在动词谓语前面作状语，如：

（1）刘光远曰："您怕人说服内成亲时，何不具状告官后，召媒改嫁，几多稳当。"（《五代史》）

（2）妇人领了圣旨，遂口占一词道：桂魄澄辉，禁城内万盏花灯罗列。无限佳人穿绣径，几多妖艳奇绝。（《宣和遗事》）

【十分】

“十分”共出现4次，出现在双音节的形容词前面作状语，如：

（1）见左边颈上生一个肉珠，大如钱样，珠上有禾穗纹，十分明朗。（《五代史》）

（2）正仓皇无措，行至前面，见一座庄舍，十分齐整。（《五代史》）

（3）徽宗问杨戬、高俅曰：“这座宅是甚人的？直这般盖造得十分清楚！”（《宣和遗事》）

（4）今据形胜地面，士马又十分精强，若称兵反叛，帝业可成。（《五代史》）

【稍稍】

“稍稍”共出现8次，出现在双音节动词或者短语前面作状语，如：

（1）阿计替引帝再入前室，然稍稍缓其监，饮食略备。（《宣和遗事》）

（2）军士亦往往有剽掠者，北汉民大失望，稍稍逃归山谷，自为保聚之计。（《五代史》）

（3）又言：“四太子下江南，稍稍失利。金国中皆言张浚、刘锜、韩世忠、刘光世、岳飞数人皆名将。”（《宣和遗事》）

（4）晋兵按甲不动，万弩齐发，飞箭如雨，契丹稍稍退却。（《五代史》）

二、范围副词

我们以功能和语义相结合的标准将范围副词分为四类：总括副词、限定副词、统计副词、类同副词，其中统计副词和类同副词不太典型，所以以下不再讨论。

（一）总括副词

沿袭前代的副词，如“都、浑、兼、皆、尽、尽皆、举、俱、全、无非、悉、咸、总”等；宋元话本新出现的总括副词主要是双音节副词，它们是“各皆、尽数”。

【各皆】

“各皆”共出现1次，在动词谓语前面作状语：

傍有关、张大怒，各带刀走上厅来，諕众官各皆奔走，将使命拿住，剥了衣服。(《三国》)

【尽数】

“尽数”共出现7次，出现在双音节动词前面作状语，如：

(1) 晋王乃命库使籍晋阳府库，得钱三十万缗、绢五千匹、金银各三千两，尽数输送契丹主帐前犒军。(《五代史》)

(2) 孙子遂发官下燕郡，取讨降书地图，限十日赴司投纳。至期，诸郡尽数投降纳书。(《七国》)

(3) 关公怒曰：“丞相故不放参!”复还本宅，将累赐底金银，尽数封监。(《三国》)

(4) 未免具降书投降。果然半月余日，诸郡尽数申官归降。(《秦并》)

（二）限定副词

一般修饰语义上表示对事物的范围、数量或动作行为的限定。这类副词自上古或中古沿用而来，如“不过、才、单、但、独、特、唯、惟、惟独、则、只、止、专”等；宋元话本新出现的有“只好、只是、止不过”。

【只好】

“只好”共出现 2 次，出现在双音节动词前面作状语，如：

（1）葛从周向朱全忠道：“下坡不走，快便难逢，只好一就攻取河东。”（《五代史》）

（2）博古道：“此卦大吉，乃干卦飞龙之象，不可恋旧回乡，只好在汴梁住坐，将来有富贵之分也。”（《五代史》）

【只是】

“只是”共出现 11 次，出现在动词前面作状语，如：

（1）名既不成，利又不遂，也只是收拾起些个盘费，离了长安。（《五代史》）

（2）（北汉主）大言于军中曰：“诸将且看，我今日不特只是杀赢了周军，亦可使契丹见我用兵，便自心服也！”（《五代史》）

（3）法师闻语，心如半醉：“然我七人，只是对鬼说话？”（《取经诗话》）

（4）殿上敬德道：“这小厮只是搦我。”令左右将披挂来。（《征辽事略》）

【止不过】

“止不过”共出现 1 次，在动词谓语前面作状语，如：

贾奕道：“止不过王公驸马。”师师道：“也不是。”（《宣和遗事》）

从以上的分类研究来看，从宋代之前继承下来的范围副词比例都超过新出现的副词，可见，宋元时期范围副词大都从上古或中古继承而来，稳定性比较高。新出现的副词比例相对比较低。

三、时间副词

时间副词这个概念最早是由黎锦熙提出的，他认为时间副词“专从‘时间流’中区别某种动作的一个时限，或表动时的持续，或表动时的反复；没有实体，专作副词：这就叫‘时间副词’”[①]。其后，王力、李泉等人都对时间副词做过界定。我们认为，时间副词就是表示动作行为、状态或事件发生、出现的时间的副词。关于时间副词的分类，历来备受争议，陆俭明、马真把时间副词分成了定时时间副词和不定时时间副词两类[②]。唐贤清根据语义和功能两方面的差别，将时间副词分为若干小类：过去已然、将来未然、短暂突发、进行现在、持续不变、逐渐缓慢、表不定时、暂且、最终[③]。我们认为时间具有单向性和连续性，区分清楚不是很容易，结合各位专家的观点，我们以语义和功能为依据，把相同或相反的类型放在一起。

（一）表示过去已经发生的时间副词

这类在话本中有不少，很多都是宋元之前就已经产生的，如“才、曾、曾经、尝、刚、既、适、已、已经、预先、元、早”等；也有新出现的，只有一个：恰才。

【恰才】

“恰才”出现1次，出现在名词短语前面作状语，如：

敬德马上舒首，扯住刘君昴右手腕，颩起鞭来。“恰才斩者莫不是薛仁贵么？”（《征辽事略》）

（二）表示正在进行的时间副词

话本中既有沿袭前代出现的“正”，也有新出现的时间副词，如“正在”。

---

① 黎锦熙编：《新著国语文法》，北京：商务印书馆1924年版，第45页。

② 陆俭明、马真：《现代汉语虚词散论》，北京：北京大学出版社1985年版，第78页。

③ 唐贤清：《〈朱子语类〉副词研究》，长沙：湖南人民出版社2004年版，第145页。

【正在】

“正在”共出现8次，出现在动词或者介词短语前面作状语，如：

（1）宋江一见了吴伟两个，正在偎倚，便一条忿气，怒发冲冠，将起一柄刀，把阎婆惜、吴伟两个杀了。(《宣和遗事》)

（2）太后讳道：“不曾来，闻赵王在长信宫带酒未醒，正在睡里。”(《前汉》)

（3）（袁天纲）正在推算，忽太宗到来，諕得袁天纲疾忙起来，起居圣驾。(《宣和遗事》)

（4）王翦正在军中坐，只见一阵风过，把风一嗅，便知张吉要来劫寨。(《秦并》)

（三）表示将来或者还没有发生的时间副词

如前代已经出现的“将、将次”，也有新出现的时间副词，如“将欲”。

【将欲】

“将欲”共出现7次，出现在动词前面作状语，如：

（1）朕一女尚乳臭，卿等使朕屈身以事戎狄，将欲使弃吾女于沙漠之地耶？(《五代史》)

（2）魏州一僧名传真者得之，以为常玉，将欲出市货卖。(《五代史》)

（3）次日，有童子再把葫芦一倾，水势越涨，将欲平城。(《宣和遗事》)

（4）郭威军行至澶州，将欲起离，将士拜伏马前不起。(《五代史》)

（四）表示刚刚开始的时间副词

宋元话本中只有前代出现的“方、方始、始、初始”，没有新出现的这类副词。

（五）表示短暂和突发的时间副词

话本中有前代出现的“登时、顿、忽、忽然、即时、立、辄、随即、乍、骤”，也有新出现的时间副词，如“顿然、猛（然）、蓦（然）、一时（间）”。

【顿然】

“顿然”共出现1次，出现在动词或者介词短语前面作状语，如：

霍雄答曰：“启覆招讨，若要吾邦，顿然不允。须用苦死交战一场，然后商议。”（《秦并》）

【猛（然）】

“猛（然）”共出现7次，出现在动词前面作状语，如：

（1）周光猛着力踏上，怎知帐前三四十步前后，有那陷马坑。（《秦并》）

（2）程咬金帐下蓦然看了，迎头望见，失声猛叫：“虎将在此。”（《征辽事略》）

（3）吕布大惊，行至廊下，无由得见。猛然见貂蝉推衣而出。（《三国》）

（4）军师猛然言曰：“将军也受吾一计。”张飞揽之。（《三国》）

【蓦（然）】

“蓦（然）”共出现13次，出现在动词前面作状语，如：

（1）评议三日，尚未定，蓦有人来报曰：“曹操一百三十万军，围了夏口也！”（《三国》）

（2）程咬金帐下蓦然看了，迎头望见，失声猛叫：“虎将在此。”（《征辽事略》）

（3）辽将追及，蓦见高坡一树木成丛，任城王急不择路，纵马而走。（《征辽事略》）

（4）众官未吃，蓦闻一声响亮若雷。（《三国》）

【一时（间）】

“一时（间）”共出现8次，出现在动词前面作状语，如：

（1）行者云：“依梦说看经。”一时间眼瞤耳热，遥望正面，见祥云霭霭，瑞气盈盈。（《取经诗话》）

（2）法师曰：“未言别事，且得平安过了！”七人停息，一时汗流如雨。（《取经诗话》）

（3）却说周瑜碎其琴，高骂众官：“吾一时醉，走了猾虏刘备！”（《三国》）

（4）薛仁贵应声而出，不待交战，三将一时坠骑。惊杀程咬金。（《征辽事略》）

（六）表示持续的时间副词

话本中既有前代出现的“从来、还、仍、仍旧、尚、依然、永、永远、犹、犹自、直”，也有近代出现的“尚（兀）自、兀自、一向、依旧、犹然”。

【尚（兀）自】

“尚（兀）自”共出现3次，出现在动词前面作状语，表示“还”的意思，如：

（1）帝设朝，问文武百官：“如今见有破不尽黄巾贼，尚自极多。又反了刘备，若相合一处，怎生奈何？”（《三国》）

（2）吕布归堂，众官皆散。前后三日，众官尚自不舍，侯成带酒骂吕布。（《三国》）

（3）及议山后地，粘罕尚兀自说南朝四面被边，若无兵刀，怎能立国如此强大，尚有畏怕中国的意。（《宣和遗事》）

【兀自】

“兀自”共出现2次，出现在动词前面作状语，表示“还”的意思，如：

(1) 有那将佐盖寓进言道:“天子还宫,席未及暖,人心恟惧,兀自未安。”(《五代史》)

(2) 兵行雾中,直到夹寨下营;梁军兀自睡卧未起。(《五代史》)

【一向】

“一向”共出现5次,出现在动词前面作状语,表示“一直”的意思,如:

(1) 便是那李敬儒的长孩儿李洪信管着家计,和那弟弟李洪义两个,一向僝僽刘知远,要赶将他出去。(《五代史》)

(2) 自前年买剑杀了那厮走从这里来,一向不知他音耗是怎生。(《五代史》)

(3) (炀帝)一向与妃子游荡忘返,便饥馑荐臻,盗贼蜂起,都不顾着。(《五代史》)

(4) 太后病患一向沉重,内门不开,遗嘱吕禄,且教替我设朝。(《前汉》)

(5) 二将马交,约斗三十余合,只见郑安成败走,那邹阔一向赶上。(《秦并》)

【依旧】

“依旧”共出现5次,出现在动词前面作状语,如:

(1) 齐王见之大喜,便纳为后,急令赦免邹坚、邹忌,依旧叙用朝中。(《七国》)

(2) 臣李克用钦奉诏敕,令臣帅所部兵依旧还镇,仰承天涵地覆之恩,自合即日就道。(《五代史》)

(3) 白社已应无故友,秋波依旧绕孤城。(《五代史》)

(4) 汉主从弘肇之请,令学士院降制:郭威邺都留守,枢密大使依旧。(《五代史》)

(5) 楚之臣钟离昧、季布二人,赦到投首到官者无罪,官职依旧封之。(《前汉》)

【犹然】

“犹然”共出现 1 次，出现在动词前面作状语，如：

分明是，与穷汉消灾灭罪。又没支分，犹然递滞，打笃磨槎来根底。(《宣和遗事》)

（七）表示暂时的时间副词

话本中有前代出现的“聊、聊且、且、权、暂、暂时”，也有新出现的“权且、暂时间”。

【权且】

“权且”共出现 1 次，出现在动词前面作状语，如：

数年征伐不曾休，权且休兵却报仇。(《秦并》)

【暂时间】

“暂时间”共出现 1 次，出现在动词前面作状语，如：

严妆整扮，各排绮宴，笙箫细乐，都安排接驾，那般的受用，那肯顾我来？且是暂时间厌皇宫拘倦，误至于此。(《宣和遗事》)

（八）表示逐渐的时间副词

前代出现的有“积渐、渐、日渐、稍、益”，宋元时期出现的是“看看、逐旋”。

【看看】

“看看”共出现 13 次，出现在动词或者副词前面作状语，如：

(1) 道君好道宠灵素，天下伽蓝尽灭形。极乐上元欢事罢，看看身死五云城。(《宣和遗事》)

(2)（刘友）前后饿得半似人半似鬼，看看至死。(《前汉》)

(3) 秦兵招讨王翦行兵，催上三军，看看取燕邦。(《秦并》)

(4) 张飞渡江，有五里阔，看看抵岸。(《三国》)

(5) 是晚择吉发兵，扬旗呐喊，擂鼓金鸣，一声炮响，行动三军。看看已到陈桥驿，军士屯驻，聚于驿门。(《五代史》)

【逐旋】

“逐旋”共出现1次，出现在动词前面作状语，如：

济楚风光，升平时世；端门支散，碗遂逐旋温来。吃得过，那堪更使金器，分明是，与穷汉消灾灭罪。(《宣和遗事》)

（九）表示时间不定的时间副词

如前代已经出现的“有时、偶、随时”，也有新出现的“早晚”。

【早晚】

“早晚”共出现5次，但有些是作为时间名词出现的，如《武王》：“姬昌便看天色早晚，乃辰时也，下一课，课内见今日至甲午时合主从巽起大风也。”《五代史》：“丈夫得则为王，失则为虏，吾行决矣！卿有事宜，不拘早晚，听叩宫门进入。”作为时间副词只有2次，出现在动词或者副词前面作状语，如：

(1) 仁贵下马，戳戟提剑，下土涧不杀辽将，就身上剥得白袍，即时穿了。大喜，不期早晚见帝。(《征辽事略》)

(2) 后有二子：长曰殊哥，小曰青哥，早晚必有太子。(《宣和遗事》)

（十）表示时间的最终概念的时间副词

既有前代的“竟、终”，也有新出现的“终须”。

【终须】

“终须”共出现3次，出现在动词前面作状语，如：

（1）吾今未遇被妻休，渭水河边执钓钩；只钓明君兴社稷，终须时至作王侯。（《武王》）

（2）仁贵道：“原无冤仇，为何交战。”贼将曰：“不与吾战，终须不道。”（《征辽事略》）

（3）徽宗隔夜梦吴越钱主，以手挽徽宗御衣云：“我好来朝你家，便留住我；终须还我山河社稷，待教第三子来。”（《宣和遗事》）

（十一）表示累加的时间副词

只有宋元之前出现的“复、更、又、又自、再”，没有新出现的。

四、情状方式副词

相对于其他副词而言，情状方式副词的研究比较晚。20 世纪 70 年代，吕叔湘提出此类词的归属问题①，但是并没有指出此类词的具体归属；陆丙甫将此类词看作“唯状形容词”，将此类词归为“非谓形容词”②。李泉从语法功能和语义角度，将此类词归为副词。③

我们根据宋元话本当中副词的基本特点，认为情状方式副词是表示动作行为进行的方式、手段、状态、结果等的副词。我们将这类副词分为七个类别：表示独自、各自、亲自；表示故意、任意、无意；表示相互、逐一、齐同；表示公然、暗然；表示极力、着急；表示径直、只顾；表示重复。

（一）表示独自、各自、亲自的副词

这里既有前代的“独、独自、各、各自、各各、亲、亲自”，也有新出现的“亲身、亲手”。

① 吕叔湘：《汉语语法分析问题》，北京：商务印书馆 1979 年版，第 45 页。
② 陆丙甫：《核心推导语法》，上海：上海教育出版社 1993 年版，第 78 页。
③ 胡明扬主编：《词类问题考察》，北京：北京语言文化大学出版社 1996 年版，第 123 页。

【亲身】

“亲身”共出现2次，出现在动词前面作状语，如：

（1）纣王闻言大怒，亲身骤起，拨转宫娥，亲手扯住皇后。(《武王》)

（2）怎知娘娘见在孟石村河头担水辛苦。孩儿告着爹爹，待亲身去寻咱娘娘，探问消息。(《五代史》)

【亲手】

“亲手”共出现5次，出现在动词前面作状语，如：

（1）纣王闻言大怒，亲身骤起，拨转宫娥，亲手扯住皇后。(《武王》)

（2）吕女亲手揪妃子发，至于殿上。(《前汉》)

（3）鬼谷先生曰：“不用尔。我亲手写书与朱亥，休得动兵。若动兵，枉逼了太子之命。”(《七国》)

（二）表示故意、任意、无意的副词

如前代出现的“不觉、故、任意、擅自、随意、特、妄、辄、恣意、专”，也有新出现的“故意、胡（乱）、平白、特地”。

【故意】

“故意”共出现7次，出现在动词前面作状语，如：

（1）国舅闻言泣下，叹息长吁。为纣王无道，故意放过姜尚关西去了。(《武王》)

（2）伯夷、叔齐如此之谏，故意先交前面扬尘遮日，只见昏暗，只图武王听之，回兵不战。(《武王》)

（3）张飞回言：“尔不顺曹操，今有汉将蔡阳，尔今引来，故意征伐。”(《三国》)

（4）张飞曰：“你受曹操富贵，故意埋藏来追先主。”(《三国》)

（5）太守问：“你这里至长安近远，如何违限半月有余？你是拖酒慢功，嫌官小，故意迟慢！”(《三国》)

【胡（乱）】

“胡”共出现4次，“胡乱”出现1次，出现在动词前面作状语，如：

（1）献帝笑曰：“马腾，你休胡奏，曹操忠臣也。”（《三国》）

（2）亦有巫者，彩服画冠，振铃击鼓于前罗列，血流布地。请为首者皆跪膝胡拜，言尤不可辩。（《宣和遗事》）

（3）子春知，言曰：“小人当日大醉，不合胡言，倒坏了吕家世界！”（《前汉》）

（4）汉室倾危不可当，黄巾反乱遍东方。不因贼子胡行事，合显擎天真栋梁。（《三国》）

（5）郭威道：“咱待去为人雇佣，挑担东西，胡乱糊口度日。”（《五代史》）

【平白】

“平白”共出现1次，出现在动词前面作状语，如：

我与师师两个胶漆之情甚美，便似天淡淡云边鸾凤，水澄澄波里鸳鸯，平白地涌出一条八爪金龙，把这鸳鸯儿拆散了！（《宣和遗事》）

【特地】

“特地”共出现2次，出现在动词前面作状语，如：

（1）郭威道：“咱是刘招讨帐前亲兵郭威，因吃酒得罪，被主帅将小人打了三十背花，禁受不过，特地投奔大王。大王不信，可验背疮，便见的实。”（《五代史》）

（2）那汉言道：“昨日是个七月七日节，我特地打将上等高酒来，待和你赏七月七则个。”（《宣和遗事》）

（三）表示相互、逐一、齐同的副词

比如前代已经出现的“并、次第、递相、共同、互、互相、交相、同共、相、相与、一齐、一时”，也有新出现的“一并、一发、一同、逐一”。

【一并】

“一并”共出现2次，出现在时间名词前面作状语，如：

（1）周瑜军行，见一万军拦住，有皇叔、诸葛言：“你知得荆州一并三年不收，今年田种，八月半头，看看收刈。”（《三国》）

（2）鲁肃言：“知荆州一并三年，大旱不收，饥死人遍地。有讨虏太夫人送一百万石粮，远赴荆州见皇叔。”（《三国》）

【一发】

“一发”共出现21次，出现在动词前面作状语，如：

（1）是夜开门，一发撞燕兵，遂保驾得出。（《七国》）

（2）薛仁贵应声而出，不待交战，三将一时坠骑。惊杀程咬金。諕杀马三宝。一发齐看，怎生建功来。（《征辽事略》）

（3）张表急速领贼兵，一发奔兖州走。汉军随后追赶，到五十余里。（《三国》）

（4）众军马一发连声，便叫：“吾乃燕人张翼德，谁敢共吾决死！”（《三国》）

【一同】

“一同”共出现12次，出现在动词前面作状语，如：

（1）第二日至荡州见太守，具言讫，一同去羑里城内，见监囚人冯凶。（《武王》）

（2）知远在孟石村住得半月十日，带取李夫人一同回北京留守衙去也。（《五代史》）

（3）黄忠出马，有十员名将随黄忠一同上桥。（《三国》）

（4）齐王家小、邹国姨、苏夫人将着一同寻齐王。（《七国》）

【逐一】

“逐一”共出现5次，全部出自《五代史》，出现在动词前面作状语，如：

（1）郭威访问仁浦兵数及故事。仁浦强记精敏，逐一疏陈，郭威专信任之。(《五代史》)

（2）郭威从那应募李继韬军下攻取泽州，被董璋占了功赏，杀人逃走，来到此间，逐一细说与知远听了。(《五代史》)

（3）知远将身入马坊，去逐一交点了马匹，割草浸谷，及时喂养得。(《五代史》)

（4）柴长者见那相士恁地说了，急忙使人唤郭威进来，问他来历。郭威逐一说与柴长者听了一遍。(《五代史》)

（四）表示公然、暗然的副词

既有前代出现的“暗、窃”，也有新出现的“暗暗、暗地、暗里、暗中、背地（里）、公然、密（地）”。

【暗暗、暗地、暗里】

“暗暗”“暗地”和“暗里”各出现 1 次，出现在动词或者短语前面作状语，如：

（1）高俅闻言喝退。二人既免现了本身之罪，暗暗地提兵巡掉，防护着圣驾。(《宣和遗事》)

（2）其不云木者，初生无枝叶，暗地中生，城北最甚。(《宣和遗事》)

（3）袁达闻之大喜，领三千大军，不如劫乐毅寨。明中易等，暗里难防。(《七国》)

【暗中】

“暗中”共出现 3 次，全部出自《武王》，出现在动词或者短语前面作状语，如：

（1）此是吊客神也，为西伯侯仁德之人，常不令人知，暗中来羑

里城，以酒食待姬昌，不肯交辛苦。(《武王》)

(2) 南宫适与费孟决战，杀声不止。暗中有一小将，斫折费孟马脚，活捉住费孟，来见太公。(《武王》)

(3) 太守暗中长得与姬昌道话。(《武王》)

【背地（里）】

“背地（里）”共出现2次，出现在动词或者短语前面作状语，如：

(1) 帝崩，怕天下诸侯有变，不敢发丧，背地里将銮车载尸，与鲍鱼相杂。(《秦并》)

(2) 思温的孩儿赵延照在晋做祁州刺史，思温知契丹动息，背地令人与延照言契丹终变，乞以幽州内附。(《五代史》)

【公然】

“公然”共出现1次，出现在动词或者短语前面作状语，如：

王黼平时公然卖官，取赃无数。(《宣和遗事》)

【密（地）】

“密”共出现100多次，“密地”共出现32次，一般出现在动词前面作状语，如：

(1) 当年十月，项羽令人促义帝就国，密地令将军吴芮、黔布等伏兵江中，将义帝杀了。(《秦并》)

(2) 兀歹儿听得这话，密地将得黄金五两，使敬瑭偷了好马一匹骑坐逃去了。(《五代史》)

(3) 竺国取经回东土，经今十月到香林。三生功果当缘满，密授真言各谛听。(《取经诗话》)

(4) 定光佛揭起云头，向西而去。僧行七人，密记于心。(《取经诗话》)

（五）表示极力、着急的副词

如前代的“百端、并力、急切、尽力、苦”，新出现的有“百般、好好、好生、急忙、苦苦、苦死、连忙”。

【百般】

“百般”共出现1次，出现在动词前面作状语，如：

仁贵百般告，贼将不说。仁贵大怒：“吾当杀尔。”（《征辽事略》）

【好好】

“好好”共出现2次，出现在动词前面作状语，如：

（1）文王曰：“上启母，善保岁寒，好好将息，切莫生忧。儿子不久归于冥世。”（《武王》）

（2）（黄巢）道罢，将些银子与那岳喜的伴当，交他好好的传示着。（《五代史》）

【好生】

“好生”共出现8次，出现在动词或短语前面作状语，如：

（1）冯亭军中见霍雄被斩了，忿怒生嗔，肩担熟铜斧来，好生与王翦定论胜负，分过太平。（《秦并》）

（2）杜威谓李谷曰：“差委您去督办怀、滑州军粮，好生办事。”（《五代史》）

（3）（薛仁贵）着剑尖按住前心：“我不杀你，好生道俺皇帝驾在何处？”（《征辽事略》）

（4）晋王好生待遇他，遣人招诱王彦章归晋。（《五代史》）

【急忙】

“急忙”共出现12次，出现在动词前面作状语，如：

(1) 却说匡胤在公署闻得城中鼎沸，急忙下令禁止。(《武王》)

(2) 柴长者见那相士恁地说了，急忙使人唤郭威进来，问他来历。(《五代史》)

(3) 张飞不听，使枪刺关公。关公急忙架隔遮截。(《三国》)

(4) 有萧相门外下马，韩信急忙接着萧相上厅，各序尊卑，礼毕而坐，数巡酒，礼终。(《前汉》)

【苦苦】

“苦苦”共出现3次，出现在动词前面作状语，如：

(1) 帝令斩，又有卜昌谏帝，终不从。苦苦再谏。(《七国》)

(2) 高皇收兵点检，约折兵三万余人。高皇苦苦痛嗟叹不止。(《前汉》)

(3) 高俅见婆子苦苦告说，遂放了贾奕。贾奕得脱便去。(《宣和遗事》)

【苦死】

“苦死”共出现5次，其中3次是作为名词用，如《武王》：“剖剥忠良，剔割孕妇；斫胫看髓，罗织苦死。所有百万般凌迟枉死生灵，皆祭之。”它出现在动词前面作状语，如：

(1) 执手相随成舍去，梁王苦死不堪观。(《前汉》)

(2) 霍雄答曰：“启覆招讨，若要吾邦，顿然不允。须用苦死交战一场，然后商议。”(《秦并》)

【连忙】

“连忙”共出现3次，均出自《三国》，出现在动词前面作状语，如：

(1) 先主出马言曰：“是何名姓?”贼人见先主，连忙下马施礼。(《三国》)

(2) 王允不免出庭问曰：“你为甚烧香？对我实说。”諕得貂蝉连

忙跪下，不敢抵讳。(《三国》)

(3) 皇叔言曰："只有皇帝宣，岂有曹公书?"车胄连忙下阶，私遁徐州。(《三国》)

(六) 表示径直、只顾的副词

既有前代的"径、直"，也有新出现的"一径、一就、只管"。

【一径】

"一径"共出现1次，出现在动词或者短语前面作状语，如：

赵云言曰："其实关公不知刘备在此，若知先主此处，一径来投大王。弟兄三人曾对天发誓，不求同日生，只愿同日死。"(《三国》)

【一就】

"一就"共出现5次，均出自《五代史》，出现在动词前面作状语，如：

(1) 葛从周向朱全忠道："下坡不走，快便难逢，只好一就攻取河东。"(《五代史》)

(2) 黄巢和那朱温、朱全昱、朱存三个兄弟，一同入那酒店里坐地，唤酒保买杯酒和肉来，四个一就吃了。(《五代史》)

(3) 刘后往晋阳为尼，嗣源使人一就杀之。(《五代史》)

(4) 孟知祥攻陷黔州。唐主命石敬瑭一就统军攻取剑州。(《五代史》)

【只管】

"只管"共出现5次，出现在动词前面作状语，如：

(1) 那将军答曰："咱是朱太守下部将贺瑰。我既走避，招讨只管赶来则甚?"(《五代史》)

(2) 张归娘只管含羞不说，泪珠似雨，滴滴地流满粉腮。(《五代史》)

(3) 帝后俱不能行，泣告阿计替曰："何不告金主，就此地令将我敲杀，何故只管教我千里外去也!"(《宣和遗事》)

(4) (李洪信、李洪义) 背后道："咱爷娘得恁地无见识！将个妹妹嫁与一个事马的驱口，教咱弟兄好不羞了面皮!"只管憎嫌他妹夫刘知远。(《五代史》)

(七) 表示重复的副词

例如前代出现的"常、重、重复、反复、累、累次、屡、频、频频、时时、再三"，新出现的这类副词有"从新、屡次"。

【从新】

"从新"共出现1次，出现在动词前面作状语，如：

神宗是个聪明的官家，朝廷上大纲小纪，一一要从新整理一番。恰有那曾参政名做公亮的，荐那王安石为丞相。(《宣和遗事》)

【屡次】

"屡次"共出现1次，出现在动词前面作状语，如：

鬼谷自思：楚王屡次宣吾不去，今番太子来，必降吾罪。(《七国》)

第三节　宋元话本的处置式

王力对处置式的界定是："就形式上说，它是用一个介词性的动词'把'字把宾语提到动词的前面（"一定要把淮河修好"），就意义上说，它的主要作用在于表示一种有目的的行为，一种处置。"① 处置式是汉语里的一种特殊句式，根据其结构和语义特征，吴福祥又把处置式分为三大

① 王力：《王力文集》(第九卷)，济南：山东教育出版社1998年版，第536页。

类：广义处置式（这类处置式的动词所表示的动作涉及两个受事成分，语义上处置性较弱）、狭义处置式（这类处置式的动词所表示的动作一般只涉及一个受动成分。动词的动作性较强，并且往往带上补语特别是结果补语，因而处置性较强）和特殊处置式（在这类句式中，动词与介词所引出的受动成分，语义上大都没有动作和受事关系）。①

话本中处置式有“以”字句、“用”字句、“将”字句和“把”字句，可记作 PO（X）V（Y）。具体结构形式有：$P+O_1+V+O_2$；$P+O+V$；$P+O+V_1$；$P+O+X+V$；$P+O+V+Y$；$P+O+X+V+Y$；其中 P 表示引出被处置对象的介词；O 表示被处置的对象；O_1表示被处置的对象；O_2表示动词的连带成分；V 表示处置行为的动词；V_1表示谓语部分是连动式或兼语式；X 表示动词的前加成分；Y 表示动词的后补成分。

一、“以”字句和“用”字句

“以”字句在上古汉语中就已出现，动词都是“给予”义或与“给予”义相关的动词，且均带有宾语。如：

（1）若灭后，以燕京一带归南朝，誓为兄弟之国。（《宣和遗事》）

（2）老臣非为欺君，先帝以陛下托臣。臣死，失了天下，陛下之过。(《三国》)

（3）汉王言曰：“朕以齐国与太子刘长也，今封尔为楚王。”(《前汉》)

（4）臣意宏道元命先帝临崩之夜，以爱子托陛下，以社稷嘱付大臣，臣今受此赏物，却立外姓，是臣卖却唐家社稷。(《九谏》)

以上例句中动词宾语“南朝”“臣”“太子”是给予的对象，介词宾语“燕京”“齐国”“陛下”则是给予的物品或人，这类句式即我们所说的广义的处置式，对于宾语的处置意义较弱。

① 蒋冀骋、吴福祥：《近代汉语纲要》，长沙：湖南教育出版社 1997 年版，第 575 页。

“用”字句上古汉语中就已出现，话本中共2例。如：

(1) 用香食美羹泼于地上。(《武王》)

(2) 牵土牛，上各坐一男一女，皆断其首，以缚其牛背，流血满身；其小儿首，用索缚于牛项下。(《宣和遗事》)

二、“将”字句

“将”字句大约形成于东汉以后，唐代以后才得到发展。处置介词“将”是由“将”的动词义“持、拿”转化而来的。宋元话本中“将”字句使用较多，用法也较为复杂。结构形式有“将 + O_1 + V + O_2”和“将 + O + V”两种基本结构形式。其中“将 + O + V”这种结构形式又有“将 + O + X + V”“将 + O + V + Y”“将 + O + X + V + Y”三种变化形式。下面分别讨论。

(一) 将 + O_1 + V + O_2

按 O_2 语义的不同，又可分为三类：

(1) 受事宾语。这类句式中的动词表示给予，其后的宾语是给予的对象，如：

(1) 道罢，将些银子与那岳喜的伴当，交他好好的传示着。(《五代史》)

(2) 遂喝令众军，将齐王献与乐毅去了。(《七国》)

(3) 实时出了劄付，将一部军马交郭威管领。(《五代史》)

(2) 处所宾语。这类句式中的动词多为行为动词，其后的宾语为处所词或表示处所的词，句子的语义是由于某种动作或行为的实施，使受事对象处于某一处所或方位之内，如：

(1) 将驩兜放逐于崇山田地，将三苗窜逐于三危田地，将鲧诛殛于羽山田地。(《宣和遗事》)

（2）忽见一个妇人吃了御赐酒，将金杯藏在怀里。（《宣和遗事》）

（3）比干将二人邀入衙内，置酒管待二人。（《武王》）

（4）（郭威）走去他手中夺将剑来，白干地把那厮杀了，将身逃归邢州路去。（《五代史》）

（5）鬼谷不肯，令兵将太子收在军中。（《七国》）

（3）结果宾语。这类句式中的动词无论是实际的动作行为还是意识性动作行为，都表示一种改变，其后的宾语表示的就是改变后的形式。如：

（1）姬昌告二人："纣王不仁，将百邑考作为肉酱。"（《武王》）

（2）是时徽宗追咎蔡京等迎逢谀佞之失，将李明妃废为庶人。（《宣和遗事》）

（3）如至，作一大会，将咱吕女与关外十王为妻。（《前汉》）

（4）吕后敕令刘肥、刘泽、刘长、刘仲、刘披、刘恒、刘友，将女妃子各各散配七王。（《前汉》）

（二）将 + O + V

"将 + O + V"这类句式作为基本句式，有两类：

（1）一类是其中的 V 是光杆形式，既无修饰成分，也无补充成分或动态助词。如：

（1）今鄂国公奉帝旨，宣张士贵战莫离支，出阵又逢辽兵，将父子困住，不能得出，当领兵救之。（《征辽事略》）

（2）仍将韩王囚系，改韩邦为颍州。（《秦并》）

（3）陈平笑曰："相公休愁，且将计策打并。凭萧何老相公，小臣不到得落于吕胥之手下。"（《前汉》）

（4）军师见吕凯大孝，将家族免放。（《三国》）

（2）谓语部分有的是连动式，有的是兼语式。连动式的如：

(1) 知远听得此语，心下欣然，将那纳粮的三十贯钱且把来赌。(《五代史》)

(2) 那潞州刺史坐厅，将郭威管押立于厅下。(《五代史》)

(3) 明日，唐主离中都，临行，将王彦章押付法场斩了。(《五代史》)

(4) 晋王犒设军马了，统大军起发，将刘仁恭共刘守光两父子造着两个槛车囚着，写个露布投捷旗上。(《五代史》)

(5) 讨虏与众官参详，将粮食献与荆王借路，令周瑜收川。(《三国》)

兼语式的如：

(6) 今一旦清平，俺三人无辜负大王处，令斩讫二人，更将肉羹送与臣食之。(《前汉》)

(7) 刘知远跟随敬瑭一处，去到晋阳田地里，将军下事务一切委重刘知远勾当。(《五代史》)

(8) 言荆王刘备之德，将皇叔书交刘璋看。(《三国》)

以“将 + O + V”为基础，V 的前面可以有修饰成分，这样就有了“将 + O + X + V”结构，V 的后面也可以接后续成分，这样就有“将 + O + V + Y”“将 + O + X + V + Y”结构。如：

(1) 秦王名世民的，将那哥哥太子建成杀了，传位为皇帝，号做太宗。(《五代史》)

(2) 李洪信、洪义两个，要教那妹妹将水淹杀了。(《五代史》)

(3) 下诏称杜重威谤议朝政，颇怀歹心，将重威并其党押赴市曹斩之。(《五代史》)

(4) 德威急忙赶至南宫，将刘郛军下斥堠的拿来，断却手臂而纵之去。(《五代史》)

从以上的分析来看，“将 + O_1 + V + O_2”，即吴福祥所说的“广义处置式”最为常见，其次是动词后有后加或连带成分的，光杆动词形式的处置式也有使用，而且从频次来看，超过了动词前有修饰成分的形式。

三、“把”字句

宋元话本中“把”字句使用较多，用法也较为复杂。与“将”字句结构类似，常见的“把”字句的结构形式有“把 + O_1 + V + O_2”“把 + O + V”“把 + O + V_1”“把 + O + X + V”“把 + O + V + Y”“把 + O + X + V + Y”六种结构性形式。下面分别讨论。

（一）把 + O_1 + V + O_2

按 O_2 语义的不同，又可分为三类：

（1）受事宾语。这类句式中的动词表示给予，其后的宾语是给予的对象，如：

（1）您是咱每弟弟，故把宋州兵权付您，却为贪女色，擅自离军，折了我兵三千。（《五代史》）

（2）西门扛出阵，把燕王首级献上秦朝上将李信。（《秦并》）

（3）“赵云，你来得恰好。”右胁着箭，手起肠出也。“皇叔年老，尚无锥立之地。我今已死矣。你把阿斗当与皇叔。”（《三国》）

宾语动词有的表示借给、给予、赏赐之类的意义，如例（1）至例（3）。

（2）处所宾语，其中有的动词前有修饰成分，有的动词后有趋向补语。如：

（1）纣王传宣，教把皇后尸首埋在后宫第七个梧桐树之下。（《武王》）

（2）僧人既见免其罪犯，即引行童往水边，望洪波起处把行童与一推在波心里面。（《宣和遗事》）

（3）燕王大怒，把太子赶出燕国。（《七国》）

（3）结果宾语。如：

（1）自称“铁天王”，把晁太公抢去。(《宣和遗事》)

（2）经商外国近三年，孟氏家中恶意偏。遂把痴那推下水，大鱼吞入腹中全。(《取经诗话》)

（3）曹操坐起，常有十万军，百员将，两壁相并，把长安变为尸山血海。(《三国》)

（二）把 + O + V

在这类句式中，谓语部分动词是光杆形式，既无修饰成分，也无补充成分或动态助词。如：

（1）尹知县令司吏辨认酒桶是谁人家动使，便可寻觅贼踪。把酒桶下验，见上面有“酒海花家”，四字分晓。(《宣和遗事》)

（2）荆州败军入川说与军师，军师大惊，怎敢奏帝，把此事按杀。(《三国》)

（3）袁天纲在司天台无事，把那世数推验，做一个图谶。(《宣和遗事》)

（三）把 + O + V_1

话本中的这种结构形式，谓语部分是连动式，如：

（1）但是小生自小兀坐书斋，不谙其它生活，只得把这教学糊口度日，为之奈何？(《五代史》)

（2）与契丹约做兄弟之国，把那河东割与石郎自管。(《五代史》)

（3）待石郎做皇帝后，把一两镇归他做主。(《五代史》)

（四）把 + O + X + V

在这类句式中，动词前有修饰成分。如：

（1）知常取纸粘于狱门上，将笔画一个圆圈，把水一噀，即时清光满室，冷气迫人。(《宣和遗事》)

（2）等候得赴试日已至，同士子入试场，把十年灯窗下勤苦的工

夫尽力一战。(《五代史》)

(3) 至夜，太子正睡之间，忽见亲母并奶母、一切苦楚宫人来告太子曰：“尔父王无道，宠信妲己之言，把俺等尸首不埋，冤恨无伸，望太子与俺等报仇。”(《武王》)

(4) 文武拜舞毕，把黄皓街市万刀，痛坏家族。(《三国》)

(五) 把 + O + V + Y

这类句式中动词后有后加成分，有37例。按后加成分的不同，又可分为三类：

(1) 后加成分是宾语的，如：

(1) 妲己至夜，遂把比干心肝食之。(《武王》)

(2) 咱把汉朝世界三停占了二停。(《三国》)

以上宾语成分可以分为两类，第一类，如例（1）中的宾语属于受事宾语，前后复指同一人或者物。这类受事宾语和“把 + O_1 + V + O_2”结构不一样，“把 + O_1 + V + O_2”中的两个宾语是不同事物；第二类如例（2），在这类句式中，“把”字后的宾语是全称的名词，动词后的宾语只是其中的一个部分。

(2) 后加成分是补语，如：

(1) 性好舞剑，会把剑向空掷去，一剑须杀一人。(《五代史》)

(2) 把宫廷荡尽，招讨给出文榜，招降百姓住坐生理。(《秦并》)

(3) 又见一人把棘棚折倒，就标上将梁王头上蛆用舌舐之。(《前汉》)

(4) 道声未了，见几个军把一年少后生推出来。(《前汉》)

按补语性质的不同，还可分为两小类。第一类如例（1）、例（2）、例（3）中的宾语，属于结果补语；第二类如例（4）中的宾语，是趋向补语。

(3) 后加成分是动态助词“了”，如：

（1）（郭威）走去他手中夺将剑来，白干地把那厮杀了，将身逃归邢州路去。（《五代史》）

（2）（宋江）将起一柄刀，把阎婆惜、吴伟两个杀了，就壁上写了四句诗。（《宣和遗事》）

（3）（无道的君王）信用小人，荒淫无度，把那祖宗混沌的世界坏了，父子将身投北去也。（《宣和遗事》）

（4）平白地涌出一条八爪金龙，把这鸳鸯儿拆散了！（《宣和遗事》）

（六）把＋O＋X＋V＋Y

在这类句式中，动词前既有修饰成分，又有后加成分。根据后加成分的不同，又可分为三类：

（1）后加成分是宾语。既有保留宾语，又有受事宾语。如：

（1）法师当把金镮杖遥指天宫，大叫："天王救难！"（《取经诗话》）

（2）妲己教把箕子剪发为奴。（《武王》）

（3）刘武、李德追高皇至近，武把高皇用刃刺之。（《前汉》）

（2）后加成分是补语。如：

（1）宋江把那天书，说与吴加亮等道了一遍。（《宣和遗事》）

（2）司马光不禄，章惇等入相，再行新法，把这太平的气象，又变做了乱世。（《宣和遗事》）

（3）只因父亲把那钱分付小人去纳粮，在卧龙桥上被五个后生厮合掷骰，一齐输了。（《五代史》）

（4）行至马嵬驿，六军不肯进发，把那贵妃使高力士将去佛堂后田地里缢杀了。（《宣和遗事》）

（3）后加成分是动态助词"了"，如：

（1）曹操当夜使三千军，数员将，没一个时辰，把马腾皆斩了。（《三国》）

（2）那时杨戬把那贾奕词与天觉看了。（《宣和遗事》）

四、小结

从以上的分析可以看出，广义处置式的使用仍比较常见，处置式谓语部分比较复杂，既有“状+动”“动+补”“动+宾”，还有连动式、兼语式和形容词。另外，在介宾词组和动词中间还出现了插入语。在“P+O+V+结果宾语”结构形式中，“把”的频率高于“将”的使用频率；在“P+O+X+V”“P+O+V+了”和“P+O+X+V+宾语”3种结构形式中，“将”的使用频率等于“把”的使用频率；其他9种结构形式中“将”的使用频率都高于“把”的使用频率。袁宾认为：从金、元时代开始，“将”字的口语色彩减弱，用口语写作的文献里“把”字的使用率增高。[①] 冯春田也指出：随着处置介词“把”的出现和发展，大约宋代之后“将”字式在口语中就逐渐被淘汰了。[②] 但宋元话本中出现了与他们所说的情况相反的现象，这可能是宋元话本中很多是讲史话本，与讲史话本这一特殊的文体有关，即它的语言在一定程度上还有史书的痕迹，属于书面文学语言，因此仿古成分较多。

第四节 宋元话本的被动式

被动句式是汉语里一种重要的句式，在上古汉语中就已见使用。宋元话本中的被动句式既有上古汉语中就有的“于”字句和“为”字句，也有战国时期萌芽、晚唐五代成熟的“被”字句，还有近代汉语中才出现的“吃”字句、“教（交）”字句和“着”字句。

---

① 参见袁宾：《近代汉语概论》，上海：上海教育出版社1992年版，第247页。

② 参见冯春田：《近代汉语语法研究》，济南：山东教育出版社2000年版，第561页。

一、“于”字句和“为”字句

话本中“于”字句类被动句式虽有使用，但用例很少。用例多为“V + 于 + NP”式。如：

(1) 是时，民困于水旱饥荒，敬瑭督趣严急，山东百姓往往流离外郡矣。(《五代史》)

(2) 燕小弱，累困于兵，今计举国不足以当秦。(《秦并》)

(3) 商纣王惑于妲己，而致邦国之灭。(《七国》)

话本中有80多例“为”字句，多为“为 + NP + 所 + V”式，《全相》中仅有5例，但《五代史》《宣和遗事》中有很多这样的例子，如：

(1) 虽皇叔、张飞为乱军所杀，公将家属不知何处。(《三国》)

(2) 听得嗣源兵在黎阳，遣其子继璟召之，中道为李绍荣所杀。(《五代史》)

(3) 计替曰：“此乃南国天子，为北国所执，今往燕京见帝，路经此地，故来此少憩。”(《宣和遗事》)

(4) 议者谓：“陛下欲进兵京城，为南仲父子所阻。”(《宣和遗事》)

(5) 崇训求之不得，为乱军所迫，崇训自刎而死。(《五代史》)

综合“为 + NP + 所 + V”的用例发现，所有的“所”后面的V均为单音节动词，没有出现双音节动词的用例，而且一般V前面没有修饰成分，后面没有后续成分，只有1例例外，后带有补语，如：

(6) 晋遣马军截其归路，夹攻之，镇军俘斩殆尽。存进为梁军流矢所中而死。(《五代史》)

在“为”字句当中，也有部分不出现“所”的结构，即“为 + NP + V”式，《五代史》中多见这种结构，如：

（1）元徽前略阵，马倒，为赵太祖射杀。(《五代史》)

（2）彦章创痛马跌，为李绍奇活捉，并其将张汉杰等二百余人，斩首六千级，器械辎重不计其数。(《五代史》)

（3）周德威追击，为梁军杀死。(《五代史》)

（4）西夏遣臣将兵助契丹，攻大金，为金人执缚，降之，臣今为灵州总管。(《五代史》)

（5）（穆令均）一力追赶，被伏军四处掩击，令均为乱军杀死。(《五代史》)

“为＋NP＋V”与“为＋NP＋所＋V”结构差不多，V 后一般没有后续成分，但 V 前有修饰成分，如：

（6）常氏将饭食送往田间，在中路忽被大风将常氏吹过隔岸龙归村，为一巨蛇将常氏缠住。(《五代史》)

比较“为＋NP＋所＋V”和“为＋NP＋V”两种结构的用例发现，“所”的出现是有条件的：当 V 为单音节动词时，一般会出现“所”；当 V 为双音节动词时，一般不出现“所”，只有 1 例例外，如：

（7）谁料闾左之戍卒一呼而七庙隳，身死人手，为天下笑。(《秦并》)

二、“被”字句

“被”字式被动句萌芽于战国末期，晚唐五代以后得到了迅速发展，在结构和语义上也显得相当成熟。话本当中“被”字式被动句共 420 多例，根据结构和语义关系，大致可分为三类：一般被动句、特殊被动句、“被”字句与处置式配套使用。分别讨论如下：

（一）一般被动句

根据结构形式的不同，一般被动句式可分为两种基本句式，即不出现施事者的“被＋V”结构和出现施事者的“被＋N＋V”结构。

1. “被＋V”结构

它也分为两种形式，即“被＋V”和“被＋V＋C（后续成分）”，先看“被＋V”结构的用例，如：

（1）有军卒盗人纸钱一扑，被擒。(《五代史》)

（2）各路、州、县接得文字，得知韩王被虏，诸将皆亡，未免具降书投降。(《秦并》)

（3）今日被捉，惟死者当也。(《三国》)

（4）及闻隐帝被弑，旻即谋举兵向阙。(《五代史》)

（5）天帝可怜见三功臣无辜被戮，令他每三个托生做三个豪杰出来……（《五代史》)

（6）徽宗无道之君，看看被掳，犹自不省！(《宣和遗事》)

在这种结构形式中，V一般是单音节动词，很少有双音节动词的，但有2例例外，如：

（7）冯亭启奏曰：“来日若无救兵相助，臣只得托大王洪福，出城交战，恐被攻击，孤城难以抵拒。”(《秦并》)

（8）朱温依他所教，掘地安葬朱五经，只留得金色飞鱼二个，都不全，及被打杀，并断为两三段，填埋穴内，葬父在上。(《五代史》)

再看“被＋V＋C（后续成分）”结构的用例，如：

（1）小卒走去报丞相李斯，称王翦招讨已被围在城前十里荒郊田地里。(《秦并》)

（2）王翦直奔将来捉楚王，楚王被赶一十五里，捉住楚王。(《秦并》)

（3）话说陈康被射丧亡，小军又败。(《秦并》)

（4）至晚方定。火烧屋宇近百余间，被杀伤者七百余人。(《宣和遗事》)

（5）周霸措手不及，只见周霸被射一箭，落马而死。(《秦并》)

(6) 刘文政与那北石佛村教学的秀才杨崇赌钱相争，拿起骰盆，将杨秀才一下打杀了，被捉去押下徐州左狱拷勘。(《五代史》)

(7) 冯亭军中见霍雄被斩了，忿怒生嗔，肩担熟铜斧来，好生与王翦定论胜负，分过太平。(《秦并》)

(8) 陛下梦与大罗天女对手着棋，局中有子，旋被打将，频输天女，盖谓局中有子，不得其位，旋被打将，失其所主。(《九谏》)

从以上用例来看，"被＋V＋C（后续成分）"中C很多是补语，有的结构比较复杂，如例（1）至例（6）；有的就是动态助词"了"，如例（7）；有的后面带宾语，如例（8）。

2. "被＋N＋V"结构

"被＋N＋V"结构是话本中最常见、最基本的被动句结构，按照它们在话本中的用例，"被＋N＋V"为最基本结构，又可以衍生出很多分类，如"被＋N＋所＋V""被＋N＋X（修饰成分）＋V""被＋N＋V＋C（后续成分）""被＋N＋X（修饰成分）＋V＋C（后续成分）"四种结构。

(1) "被＋N＋V"结构。

(1) 尔兄白全斌因劝辽王降唐，被此贼杀，今为唐兵所败，误至于此。(《五代史》)

(2) (新妇) 被猴行者作法，化此新妇作一束青草，放在驴子口伴。(《取经诗话》)

(3) 师曾两回往西天取经，为佛法未全，常被深沙神作孽，损害性命。(《取经诗话》)

(4) 孙虎领圣旨来至东宫，闻得景丹被太子斩首。(《七国》)

(5) 通被将军礼下为人，必有所告。(《前汉》)

(6) 南宫适过，登于山，啜乌文画独入谷中，被太公教兵将截了后路。(《武王》)

(7) 却说莒城，每日被石丙令兵攻城甚急。(《七国》)

(8) 马大闷坐，忽见仆人披头而来，哭曰："老太尉一家老小，皆被曹操使人杀了。"(《三国》)

(9) 仁贵曰："累建大功，被总管匿功不荐，未曾见帝。"(《征

辽事略》)

(10) 俄有人引帝手，被执缚驱行，至晚出灵州。(《宣和遗事》)

(11) (赵德钧父子) 被契丹喝令锁着，差人管押归契丹国去也。(《五代史》)

(12) (承义) 归家泣告父亲道："孩儿每出外闲走，被军人笑骂，道咱在此快活。"(《五代史》)

"被+N+V"结构中，N为施事者，V作为谓语动词，有五种情况，有时是单音节动词，如例(1)；有时是双音节动词，如例(2)至例(4)；有时V是比较复杂的短语结构，如例(5)；有的短语是兼语式，如例(6)至例(7)；有时是连动式，如例(8)至例(12)。

(2)"被+N+所+V"结构。

"被+N+所+V"结构在话本中用例不多，只有17例，而且其中1例并不是真正的被动句，如"店家不肯当与，被郭威抽所执佩刀，将酒保及店主两人杀死了"(《五代史》)，故而只有16例，如：

(1) (陈后主) 被隋兵所追，无处躲藏，遂同二妃投入井中。(《宣和遗事》)

(2) 话说总管段志贤引薛延陀忿恨领兵前来体察，薛仁贵被张士贵诈谋所逼，知仁贵先引王孙谔杀辽兵入天谷山去。(《征辽事略》)

(3) 敬德说："铁杖到此，被辽三高所杀，必是人怜，故用石碑葬之于水中。"(《征辽事略》)

(4) 蒯越言曰："荆王死，刘琦造叛，被次子所夺。皇叔玄德不知?"(《三国》)

"被+N+所+V"结构和上面的"为+N+所+V"结构类似，一般V为单音节动词，很少有双音节动词，只有1例，如：

(5) 咱非六国愚主，怎被您口舌所能摇撼?(《五代史》)

"被+N+所+V"与"为+N+所+V"结构类似，也有特殊情况，也就是V后面还有补语出现，即“被+N+所+V+C”，如：

（6）延陀曰：“败于辽阵，被辽将所逼，皇叔甚急，臣往前去救，臣中箭落马，其辽将追皇叔，不知何处。”（《五代史》）

（3）“被+N+X（修饰成分）+V”结构。

“被+N+X（修饰成分）+V”是“被+N+V”结构的变式，因为动词前面有状语修饰是常见形态，话本中的用例，如：

（1）穆令均不知元徽已设伏兵，一力追赶，被伏军四处掩击，令均为乱军杀死。（《五代史》）

（2）后军杀，西至江口，被吴国元帅陆逊拦杀，先主又败，吴军后赶。（《三国》）

（3）敬瑭恃勇追击，被伏兵掩击，敬瑭与百余骑突阵逃去。（《五代史》）

（4）李进与白涧军马，一齐来救王峦，被张建雄乘胜追杀，俘虏三千余人，蜀兵大败。（《五代史》）

（5）陈夜叉坠马，被周德威生擒，以献李克用军前。（《五代史》）

（6）忽有辟离支出战，李荣亦出马，搦战三十合，李荣被辟离支一刀斩首。（《秦并》）

在“被+N+X（修饰成分）+V”用例当中，有的X是动词修饰，如例（1）至例（5），有的是名词修饰，如例（6），总的来说，“被+N+X（修饰成分）+V”在话本当中用例不多。

（4）“被+N+V+C（后续成分）”结构。

“被+N+V+C（后续成分）”也是“被+N+V”结构的变式，因为在汉语语法当中，动词后面接有补语成分是很常见的结构形式，话本当中的用例很多，而且后续成分C的种类很多。

①后续成分是宾语，如：

（1）白全荣高叫：“您三将略住。你不知我有冤仇，被此贼杀吾

兄，今日当报其冤。”（《五代史》）

（2）关平告曰：“荆王，使人去赴西川求救。”到嘉明关被刘封、孟达纳杀文字。（《三国》）

（3）争奈机事不密，被阎婆惜知得来历。（《宣和遗事》）

（4）辽将马失坠骑，被某杀之，因夺此袍，来之晚矣。（《征辽事略》）

（5）深沙云：“项下是和尚两度被我吃你，袋得枯骨在此。”（《取经诗话》）

②后续成分是补语，如：

（1）程宗楚、唐弘夫跨马迎敌，被黄巢放一箭，先射中程宗楚额角，坠马而死。（《五代史》）

（2）白虎精哮吼近前相敌，被猴行者战退。（《取经诗话》）

（3）当有敬瑭亲将陈晖力救得免。守荣格斗，被陈晖杀死。（《五代史》）

（4）元龙措手不及，被仁贵戟刺落马。（《征辽事略》）

（5）郭威奏曰：“臣合门老幼，被刘铢屠杀已尽。告太后殿下，将刘铢早正典刑。”（《五代史》）

（6）（猴行者）被王母捉下，左肋判八百，右肋判三千铁棒，配在花果山紫云洞。（《取经诗话》）

（7）他前时不肖，被我赶将出去；今想老成似在先时分了。（《五代史》）

（8）战才数合，魏延朗已被吴虔裕活捉过来。（《五代史》）

（9）小卒来报，被辽兵困张总管于天谷山外，不得出。（《征辽事略》）

（10）一日，跟明宗出郊打围，赶得一只白狐，被军卒拿与敬瑭面前。（《五代史》）

（11）唐副留守冯延鲁仓皇无计，髡发为僧，被僧衣服逃窜，被军士执赴令坤军前。（《五代史》）

“被 + N + V + C（后续成分）”结构中 C 的种类比较复杂，有的是数量补语，如例（1）；有的是结果补语，这类最多，如例（2）至例（5）；趋向补语类数量也比较多，如例（6）至例（8）；处所补语的如例（9）；还有比较复杂的结构，如例（10）至例（11）。

③后续成分是补语“了（+宾语/补语）”，如：

（1）且说那刘守光将奔沧州路遁去，前行迷失道路，被人拿了，送晋王军前。(《五代史》)

（2）仁贵曰：“被唐将救了。”帝问：“何人救之。”(《征辽事略》)

（3）数日，军师引兵西至汉州，有太守张升迎战，被张飞捉了。(《三国》)

（4）郭威射死裴约救董璋，被董璋争了功赏。(《五代史》)

（5）有二大王刘泽执赏，遥望长安，思高祖天下，被吕家权了世界。(《前汉》)

（6）有伊虎带兵冲阵来解围，也被孙虎兵围了在荒郊田地里。(《秦并》)

（7）张占使人来报信，被朱温射了一箭。(《五代史》)

（8）曾出外牧马，马吃着报恩寺田禾稼，被寺僧拿去笞了二十下。(《五代史》)

后续成分是补语“了（+宾语/补语）”也有三种结构形式，有的直接以“了”结尾的，如例（1）至例（3）；有的是“了+宾语”，如例（4）至例（5）；有的是“了+补语”，如例（6）至例（8）；

④后续成分是“结果补语+宾语”，如：

（1）见一女子尸形，宛然如生，却被大雷震破女子之腹，内有一孩儿啼。(《武王》)

（2）豹尾大怒，与南宫适决战。不斗十合，被南宫适战住豹尾长枪。(《武王》)

（3）石丙谓袁达曰：“你敢与吾步斗么？”当时二人弃马步斗，约斗八十余合，一人败走。走者是谁人？却被袁达斧迎破石丙棰，石丙败归燕阵。(《七国》)

(4) 孙子曰："叫乐毅，被俺打破阵也。"(《七国》)

(5) 秦斌赶将来，被伊虎勒住马，后赶得快，二马相并中，一枪刺落下来。(《秦并》)

(5)"被+N+X(修饰成分)+V+C(后续成分)"

在这类句式中，谓语动词前有修饰成分，后有后续成分。如：

(1) 引三千军围了馆驿，有意杀赵云，被子龙一箭射死。(《三国》)

(2) 方入城，被一人向前将朱温扯住，喝道："你怎在此?"(《五代史》)

(3) 约战四十余合，袁达诈败，石丁便赶，被袁达一斧砍落。(《七国》)

(4) 德钧本意要并了范延光的一军，逗留不进，被延光恁地奏过，唐主不允所请。(《五代史》)

(5) 汴军骁将邓季筠出战，被李存孝就马上活捉过来，余军大溃。(《五代史》)

(6) 被太公用降妖章叱下，复坠于地。(《武王》)

(7) 被猴行者骑定馗龙，要抽背脊筋一条，与我法师结条子。九龙咸伏，被抽背脊筋了；更被脊铁棒八百下。(《取经诗话》)

(8) 蒋雄欲保桂阳，被张飞先取了，复来迎蒋雄。(《三国》)

(9) 鼓响一声，被关公一刀砍了蔡阳头，其军乱走。(《三国》)

(10) 崇侯虎不肯，又与殷交战，被殷交一斧砍折崇侯虎马脚。(《武王》)

(11) 被张飞大叫一声，喊散众人，夺了钱物。(《三国》)

(12) 他哥哥不伏，被敬瑭挥起手内铁鞭一打，将当门两齿一齐打落了。(《五代史》)

(13) 主人曰："今早有小行者到此，被我变作驴儿，见在此中。"(《取经诗话》)

"被+N+X(修饰成分)+V+C(后续成分)"结构中，C有的是结果补语，如例（1）至例（3）；有的是趋向补语，如例（4）至例（6）；有的是动态助词“了”，如例（7）至例（8）；有的是“了＋宾语”，如例（9）；有的是“结果补语＋宾语”，如例（10）至例（13）。

（二）特殊被动句

特殊被动句包括两类，一类是没有受事主语的“被”字句，另一类是非被动关系的“被”字句。主要用法如下。

1. 没有受事主语的“被”字句

在这类句式中，受事主语已出现在宾语的位置上，主语是无法补出来的。分为两种类型：“被＋N＋V＋（补语）＋宾语”和“被＋N＋X（修饰成分）＋V＋（补语）＋宾语”。

（1）“被＋N＋V＋（补语）＋宾语”，如：

（1）二边相斗。被猴行者骑定馗龙，要抽背脊筋一条，与我法师结条子。（《取经诗话》）

（2）至夜，羊刃着皂衣褙子去劫黄飞虎寨，被飞虎手下兵将捉羊刃，推见飞虎。（《武王》）

（3）张士贵收兵归寨，上表奏帝，被小臣杀辽梁建勋，大败之，夺金鼓旗幡无数。（《征辽事略》）

（4）被先生咬破中指，向西噀了狂风起。（《七国》）

（5）严颜乱军中坠马，被张飞捉了贼军，至林前下马。（《三国》）

（6）伟王在秀容田地里与刘知远会战，被刘知远杀了伟王。（《五代史》）

（7）（文政）遂夺少年刀，杀了少年人。被地分捉了刘文政，解赴齐州。（《五代史》）

这种类型中，有的V后面不带补语，如例（1）至例（3）；有的V后面带补语，如例（4）至例（7）。

（2）“被＋N＋X（修饰成分）＋V＋（补语）＋宾语”，如：

（1）纣王游黄河时，有一只大船，名曰“和州载”，二名“七里

州”，万人不可拽动，被乌文画独拽此船，逢间道、岗坡或旱地，力如水中，拽亦然。(《武王》)

(2) 韩员赶将来，被蒙恬举刀斩落韩员。(《秦并》)

(3) 胡雷后赶至近，被南宫适暗取铜弓铁箭，背后射胡雷一箭。(《武王》)

(4) 魏岁见殷交、西周武王、扈敬达，纵马将奔，无故落马坠地，被扈敬达纵马杀了魏岁。(《武王》)

(5) 行密与朱瑾乘胜掩击，溺水的，杀死的，不计其数。被杨行密拿了庞师古，就军前斩了。(《五代史》)

“被 + N + X（修饰成分） + V + （补语） + 宾语”结构中，有的是动词宾语，如例（1）；有的是“结果补语 + 宾语”，如例（2）；有的是“宾语 + 数量补语”，如例（3）；有的是“了 + 宾语”，如例（4）、例（5）。

袁宾指出：这类“被”字句具有金元时代燕京（大都）一带口语色彩，同时的南方口语里是没有的，这可能是受了外族语的影响。① 从这一点上看，《全相》的口语色彩相对还是比较浓的。

2. 非被动关系的“被”字句

在这些“被”字句中，“被”字后面是一个主动句，去掉“被”字后，句子仍然能成立，共27例。如：

(1) 被妲己教纣王将你儿肉试你贤不贤也。(《武王》)

(2) 被邹坚提刀入内，见齐王便斩，又无袁达在侧。(《七国》)

(3) 昔日潍水败时，隔散子童，辛苦甘分，被他欲夺子童为妻，子童坚意不从。(《前汉》)

(4) 被张飞扶刘备校椅上坐，于厅前系马桩上将使命绑缚。(《三国》)

(5) 曹英赶上，被彦超弃马奔入城去，两下鸣锣收军。(《五代史》)

(6) 裴约佯败，董璋乘胜追杀，被裴约伏兵四起，将董璋活捉了。(《五代史》)

---

① 参见袁宾：《近代汉语概论》，上海：上海教育出版社1992年版，第42页。

（7）敬德曰："此贼与刘君昴烧天谷山困仁贵，被段志贤说与臣，他愿为证。"（《征辽事略》）

（8）店家不肯当与，被郭威抽所执佩刀，将酒保及店主两人杀死了。（《五代史》）

（9）白虎精闻语，心生忿怒。被猴行者化一团大石，在肚内渐渐会大。教虎精吐出，开口吐之不得……（《取经诗话》）

（10）定醒之中，满山都是白虎。被猴行者将金镮杖变作一个夜叉，头点天，脚踏地，手把降魔杵……（《取经诗话》）

（11）延陀开目，见仁贵泪下，手指东北上："被辽将杀，奔白灌城去也。"言讫，延陀死了。（《征辽事略》）

（12）唐弘夫方待退走，被朱温跃马赶上，横枪一刺，刺下马来。（《五代史》）

（13）只见朱温拽马退走，被王重荣伏兵四起掩击，车马兵士杀伤过半，获粮草兵器四十余舡。（《五代史》）

（14）比及天明，到胡越城。被常何一夜饮酒，论荐仁贵之事。（《征辽事略》）

（15）敬德为左军，张士贵为右军。望辽兵至近，士贵觑刘君昴："被你送了我也。"君昴曰："重赏之下，必有勇夫。"（《征辽事略》）

以上的"被"字句去掉"被"字仍能成立，但有"被"和没有"被"，句子的语义焦点并不一样。蒋绍愚指出：这些句子中的事情都牵涉甲、乙双方，句子的重点在于叙述甲方的情况如何，如果去掉"被"字，句子的重点就变成叙述乙方的动作了。同时，他还指出了这种句式出现的原因，这种"被"字的用法是和汉语的表达特点有关的：汉语在一个句群中，总有一个叙述的中心或重点。用不用"被"字，常常与这中心或重点有关。①

（三）"被"字句与处置式配套使用

这类句式的特点是"被"字句与"把（将）"引进的处置对象杂糅套

---

① 蒋绍愚：《近代汉语研究概况》，北京：北京大学出版社 1994 年版，第 228 页。

用，使可处在主语位置上的受事者变为了由“把（将）”引进的处置对象，其中，“被”字句与“把”套用只有3例，都见于《全相》，如：

（1）孙子急回，却被伯杨把旗轮动，黑风乱起。（《七国》）

（2）楚兵三人都在阵中，被先生把黄旗与一摇，变了阵。（《七国》）

（3）龙、虎二人入阵，被鬼谷手中把旗一摇。（《七国》）

“被”字句与“将”套用在《全相》中只有1例，但其他话本中用例很多，共有7例，如：

（4）却被孙虎将黄旗一招，变成四门斗底阵，掩围下王翦。（《秦并》）

（5）方入城，被一人向前将朱温扯住，喝道：“你怎在此?”（《五代史》）

（6）郭威待至二更后，被郭威将阿里罕杀了，并帐前亲军，尽行砍杀。（《五代史》）

（7）梦见他门楼上有一条赤蛇，缠绕作一团，被敬儒将棒一驱，那赤蛇奋起头角，变成一条青龙。（《五代史》）

（8）因吃酒得罪，被主帅将小人打了三十背花，禁受不过，特地投奔大王。（《五代史》）

（9）定醒之中，满山都是白虎。被猴行者将金镮杖变作一个夜叉，头点天，脚踏地，手把降魔杵……（《取经诗话》）

（10）常氏将饭食送往田间，在中路忽被大风将常氏吹过隔岸龙归村，为一巨蛇将常氏缠住。（《五代史》）

“被”字句与处置式“把”套用只见于《全相》，不见于其他话本当中，而其他话本中多见“被”字句与处置式“将”套用，这也是比较特殊的地方。

三、“吃”字句、“教（交）”字句和“着”字句

这三类句式都是近代汉语里才有的，其中“吃”字句使用较多，一共有12例，如：

（1）市被吃孙子说了几句，遂下马降齐，市被遂引齐兵入城。（《七国》）

（2）忽见一个妇人吃了御赐酒，将金杯藏在怀里，吃光禄寺人喝住：“这金盏是御前宝玩，休得偷去！”（《宣和遗事》）

（3）那白兔从筵前过，傍若无人，出没走跃。吃那朱友裕张着那弓，放着个箭，箭到处，那白兔死倒在地。（《五代史》）

（4）敬业道：“人居寒微时，谁不吃人欺负？且如苏秦未遇时，嫂皆笑之，不为下机……”（《五代史》）

（5）您的妻房在这里吃哥哥万千磨难，日夕监他去河头挑水，受尽苦辛……（《五代史》）

（6）您是甚人，在此打睡？疾忙起来，去见长者，莫带累咱每吃受谴责。（《五代史》）

（7）斗不多时，只见阿速鲁眼上吃敬瑭射着一箭。（《五代史》）

（8）不多时雷电顿息，天日开明。常氏吃这一諕，疾忙奔归尧山，便觉有娠。（《五代史》）

（9）郭威吃董璋争了这功，又隶属他部下，思量与他厮争不出，呕了一肚价怒气……（《五代史》）

（10）郭威将救董璋杀裴约取泽州的事，向继韬详细说了：“只为吃董璋争了功赏，肚闷，将佩刀当些酒吃……”（《五代史》）

从以上用例来看，表被动的“吃”字句在《五代史》中的使用很多。从句式上说，“吃”字句跟“被”字句是同一句型，只是处在被动介词“被”的语法位置是被动介词“吃”。[①] 以上“吃”字的例句不仅有受事主语，如例

① 参见冯春田：《近代汉语语法研究》，济南：山东教育出版社2000年版，第598页。

(1) 至例 (3)，而且谓语动词后都有结果补语，如例 (9)、例 (10)。

再看“教（交）”字句只有2例，如：

(1) 输者推在虿盆中，教蛇咬蝎蜇死。(《武王》)

(2) 输者推在虿盆之内，交蛇咬蝎蜇死。(《武王》)

“着”字句1例：

二马才交，颜聚便着李信一刀斩了，丧命归泉。(《秦并》)

“教（交）”字句和“着”字句在性质与来源上，都和“被”字句不同，它们都由使役句转化而来，可以说是一种具有被动意义的使役句式。①

从以上我们对话本中的被动句的分析来看：在话本的被动句式中，“被”字句占绝对优势，早期的一些句式和近代汉语中新出现的句式虽有使用，但用例非常少。“被”字句用法也相当复杂，除了表示常规意义上的被动外，还可只表明句子的重点而不表示句意的被动；句式方面，受动者出现在宾语的位置上而常规主语无法补出来的、带有强烈地方口语色彩的句式使用较多，另外还有一些“被”字句与处置式配套使用的用例。“被”字句的具体成分也比较复杂，以谓语动词前后有其他成分的居多。

第五节　宋元话本的动补式

汉语的动补结构在唐代就已普遍使用，在话本中动补结构被广泛使用。这些动补结构可分为四类：动结式、动程式、动趋式和带“得”动补式，分别记作：“V + JC”“V + CC”“V + QC”与“得”字式。

① 参见冯春田：《近代汉语语法研究》，济南：山东教育出版社2000年版，第610－611页。

一、动结式“V + JC”

在动结式“V + JC”结构中，根据“V + JC”所处的句子中宾语的有无，又可分为“V + JC”“V + JC + O”“V + O + JC”三类。下面分别讨论。

（一）“V + JC”结构

根据“JC”构成成分的类型，可分为“V + $V_{补}$”和“V + $A_{补}$”。

在“V + $V_{补}$”位置上出现的动词有“败、尽、到（倒）、觉、动、坏、落、断”等。根据 $V_{补}$语义的不同，可分为表结果、表完成和表结果或完成三类。

（1）表结果。

（1）五月，童贯兵与辽人战败，退保雄州。（《宣和遗事》）

（2）凡五日，马军方渡尽，步军犹未渡也。（《宣和遗事》）

（3）你耶耶种瓜为生，尔家本是庄农，后统领大军，乃祖宗积到底福。（《三国》）

（4）嗣源与张处瑾、韩正时厮杀，嗣源马已跌倒，敬瑭跳下来将手扶嗣源上他马走去。（《五代史》）

（5）少时，乃得一梦，见湘轮水上流，车向壁上行，忽然惊觉。（《九谏》）

（6）文简至近，其人将旗摇动，狂风大作，土雾遮天，不辨高低上下。（《七国》）

（7）闻空中喝一声“不得无礼”，道：“三世人主，无得损坏！”稳婆本家哺养。（《前汉》）

（8）军过尽，后有人拆其桥，两壁火起。（《三国》）

（9）二马并，王翦举刀斩落，张晃翻身，下脚捎空。（《秦并》）

（2）表完成。

表完成的主要有“V + 罢”“V + 毕”“V + 了”“V + 了毕”“V + 讫”“V + 却”等，其中“V + ～”中的“V”大部分是单音节动词，少数是双音节动词，如：

（1）筵宴罢，从行的皆醉了。(《五代史》)

（2）徽宗览毕，就赐金杯与之。(《宣和遗事》)

（3）敬德大叫："夺吾功者是谁?"再觑了，便喜道……(《征辽事略》)

（4）搜出尸首，害了刘珍，祭赛庞统，埋殡了毕。(《三国》)

（5）此乃不匡谏纣王、妲己，恣纵行无道者，尽皆斩讫。(《武王》)

（6）陛下去问太子取将宝剑来者，毁却甚妙。(《武王》)

（7）徽宗闻言大喜，即时易了衣服，将龙袍卸却，把一领皂背穿着……(《宣和遗事》)

（8）帝欲赐赏，英公大怒，令左右把下者，推转斩讫。(《征辽事略》)

（9）（常氏）将郭和营葬了毕，母子两个奔去河东路潞州寻着黎阳县……(《五代史》)

以上例句大部分是单音节动词后面带上单音节、表示完成的"罢""毕""了""讫""却"，也有双音节甚至是连动式动词后接补语的，如例(4)、例(8)、例(9)。

(3) 表结果或完成。

"V + V (A)$_{补}$"表结果或者完成的，补语主要有"定、断、大、成、满"等，组成"V + 定""V + 断""V + 大""V + 成""V + 满"等。

（1）二人谋定，请皇叔于会上，酒至半巡，使壮士杀之。(《三国》)

（2）徽宗遂入茶坊坐定，将金箧内取七十足百长钱，撒在那桌子上。(《宣和遗事》)

（3）明日，一依如此，令痴那入内坐，被佗盖定，三日三夜，猛火煮烧。(《取经诗话》)

（4）二人相拒之际，不防人丛中放一冷箭，把那套索射断，众人大骇。(《秦并》)

(5) 将士急忙将马前黄旗裂断，被郭威身上，共拥威立马，山呼万岁。(《五代史》)

(6) 有妲已知太子长大，心中怕怖……(《武王》)

(7) 郭威且得二三岁；今虽长成，奈缘刺坏了脸，谁人肯认他。(《五代史》)

(8) 信张弓兜箭，拽满射中，鬼箭正中吕后左乳上当。(《前汉》)

(二)"V + JC + O"结构

"V + JC + O"结构按照补语的类型，分为两种结构："$V + V_{补} + O$"和"$V + A_{补} + O$"。

1. "$V + V_{补} + O$"结构

按照补语的语义特征，可以分为表结果和表完成两类。

(1) 表结果。

这类结构中的补语 $V_{补}$ 主要有"败、成、倒、定、动、断、翻、坏、见、尽、落、灭、破、取、散、煞、死、为、作、折、住"等，如：

(1) 二马挑战三十余合，秦斌败走，李彪赶将来，杀败三军。(《秦并》)

(2) 乐毅令众兵造云梯车攻城。不一日，造成云梯车。(《七国》)

(3) 那白兔死倒在地。使人取来，可煞作怪，那白兔又变成一张白纸……(《五代史》)

(4) 赵云推倒墙，盖其尸。(《三国》)

(5) 仁贵恐别人夺其功，不放，只缠定莫离支，混战到驻驆山下。(《征辽事略》)

(6) 两边擂动锣鼓。各人驻扎人兵。(《秦并》)

(7) 却是人材凛凛，有如天降鬼魔王；容貌堂堂，撼动天关药叉将。(《五代史》)

(8) 时南面守桥者，望见金兵旗帜，烧断桥缆，陷没数千人，虏因此不得济。(《宣和遗事》)

（9）桃花为脸玉为肌，费尽丹青描不得。(《宣和遗事》)

（10）天下大乱兮刘氏将亡，英雄出世兮扫灭四方。(《三国》)

（11）十一月，世宗自将伐唐，攻破濠州关城，拔其水寨……(《五代史》)

（12）令左右将去剥取皮来，将付军中蒙鼓。(《五代史》)

（13）骑劫令兵攻城，齐兵用炮打散燕军。(《七国》)

（14）薛仁贵背后五百军，叫："将军且住。"惊煞仁贵。(《征辽事略》)

（15）一风撼折三竿竹，十万军声万马奔。(《秦并》)

（16）唐兵接战，大败而走，杀死八千余人，夺取二寨。(《五代史》)

（17）一身踏碎高丽国，两手生擒莫离支。(《征辽事略》)

（18）一日，秦王杀建成，立为天子，魏证事秦王，致正观太平之治。(《五代史》)

（19）纵马至前，一只手扯住张士贵，一手拽住刘君昴。(《征辽事略》)

（20）主人曰："今早有小行者到此，被我变作驴儿，见在此中。"(《取经诗话》)

（2）表完成。

"V + $V_{补}$ + O"结构，补语 $V_{补}$ 主要有"罢、毕、讫、却"4 个，如：

（1）问罢大臣，众中无一人言。(《武王》)

（2）刘备俯伏在地，听讫赦书。(《三国》)

（3）士贵曰："匿仁贵之功是实，余外虚诉也。"斩讫刘君昴。(《征辽事略》)

（4）宫人咸至楼前，尽教去却宫衣绣裳，只系裙子一腰，教二人相扑。(《武王》)

（5）晋王命李嗣昭、周德威分兵做二道，填却壕堑，焚烧营寨，鼓噪而入。(《五代史》)

（6）二太子拜毕三王，帝设大宴，举杯留三王："且与寡人同理国事。"(《前汉》)

（7）（国昌）才得制书，即焚毁，杀却监军，与李克用合兵数万，进攻宁武岢岚军。（《五代史》）

2. “$V + A_{补} + O$”结构

“$V + A_{补} + O$”结构很少，共3例，充当补语的形容词有“遍、满”2个。如：

（1）看遍英雄传，多因名利亡。（《前汉》）

（2）昏笼尘土暗，场中踏遍马蹄痕。（《秦并》）

（3）只当日半夜前后，河水长十分，溢满长安浮桥。（《前汉》）

从以上的几类例句分析来看，动补结构带宾语后，谓语动词、补语和宾语之间的语义关系比较复杂，主要有以下几种：

（1）谓语动词和补语都与宾语发生语义联系，谓语动词施及宾语和补语，宾语与补语构成一个表义关系。

（2）谓语动词和补语都与宾语发生语义联系，但宾语在语义上不是谓语动词的受事，而是其当事。

（3）宾语只与谓语动词发生语义联系，补语用来补充说明谓语动词的结果，有的宾语是谓语动词的受事，有的宾语是谓语动词的当事。

（4）宾语只与补语发生语义联系，句子中的宾语不是谓语动词的受事，而是补语的当事。动作实施的结果是使补语和宾语的这种语义关系得以形成。

（三）“V + O + JC”结构

“V + O + JC”结构中，充当补语的完成动词只有“罢、毕、了、讫”4个，形容词“满”1个，如：

（1）仁贵谢恩罢，依班次列坐饮宴。（《征辽事略》）

（2）孙权读书罢，諕遍身汗流，衣湿数重，寒毛斗叟。（《三国》）

（3）潞王敛城中财帛，支犒军士罢，遂建大将旗鼓，统率大军，趋长安。（《五代史》）

(4) 遣使令去大梁城，见扈彻开诏毕，扈彻并不曾辞别，随使命至长安见帝。(《前汉》)

(5) 薛怀玉谢恩毕，摆出来，披袍束带，悬剑跨马。(《征辽事略》)

(6) 师师出见徽宗，施礼毕，道："寒门寂寞，过辱临顾；无名妓者，何幸遭逢!"(《宣和遗事》)

(7) 上有人传呼指挥曰："将它二人去见海滨王毕，来日入城。"(《宣和遗事》)

(8) 近臣入内奏纣王，至于殿下，山呼万岁了。(《武王》)

(9) (黄巢) 探听得试院开榜了，却是别人做了状元。(《五代史》)

(10) 此是西王母池。我小年曾此作贼了，至今由怕。(《取经诗话》)

(11) 窦仪读诏毕，宣徽使引匡胤就北面听命讫，宰相导登崇元殿…… (《征辽事略》)

(12) 通大泣，遂葬母讫。(《前汉》)

(13) 瓜欧夫妻拜命讫，妇人泣下如雨，其夫亦泪下。(《宣和遗事》)

(14) 头边用水一盘，明镜一面；竹竿一条，长一丈二尺，一通其节；令添水满，顿在头边。(《武王》)

从以上的用例中我们可以发现，在"V + O + JC"结构中充当补语的动词都是表示完成义的动词。

从以上的大量例句可以看出，表完成义的动词作补语以不带宾语为主，带宾语时，以宾语放在动补之间最为常见。这主要是因为表完成义的动词一般不带宾语，所以在有宾语时，为了明确语义指向，就把宾语直接放在动词之后，这也是动补结构还不完全成熟的一种表现。另外，在这些动词中，"了""却"的使用频率相对较低，这可能是因为在元代"了""却"作为动态助词表示动作完成的用法已经相当成熟，所以作为动词的用法就相应少了。另外，在动结式中，动词作补语的占绝对优势，其中不带宾语的略多于带宾语的；形容词作补语的比较少，只有几例。

二、动程式"V + CC"

动程式"V + CC"的用法很少，仅有 4 例，用作程度补语的是副词

“非常、极甚”，如：

（1）当头捧着一员白袍年少，武勇非常。纵马入阵，如饥鹰饿虎，辽人无敢犯者。(《征辽事略》)

（2）纣王见道，转加愠怒非常，言称：“叵耐岂敢！”令左右宣冯氏。(《武王》)

（3）纣王闻奏，大怒非常：“怎敢如此！”(《武王》)

（4）有一日，忽思羑里城中之囚，醢百邑考之恨，想纣王不仁之政，无道极甚，遂胀于心，因此得疾染患。(《武王》)

三、动趋式“V＋QC”

话本中动趋式的用法很多，其中，用作补语的有单纯趋向动词“上、下、来、去、进、入、出、起、开、回”等，复合趋向补语有“上来”等。这些词作补语时，语义上既有表趋向的，也有表结果的，还有很少一部分是表示状态的。趋向意义就是方向意义，表示人或物体通过动作在空间的移动方向；结果意义指趋向补语表示动作有结果或达到了目的，趋向补语的意义和人或物体在空间的位置移动无关，每个趋向补语的结果意义都是具体的、特殊的；状态意义表示动作或状态在时间上的展开、延伸，与空间无关①。

（一）单纯趋向补语

1. “V＋上”结构

“V＋上”在语义上有的表示趋向，有的表示结果。如：

（1）表示趋向，其中常见的谓语动词有“赶、进、追、奏”等，趋向动词“上”均表示动作的趋势。如：

（1）黄忠赶上，夺了金口关。(《三国》)

① 参见刘月华主编：《趋向补语通释》，北京：北京语言文化大学出版社1998年版，第2、14、25页。

(2) 德威诈败走却，陈夜叉一直赶上，被周德威奋铁挝反击……(《五代史》)

(3) 耶律德胜上阵，与李牧打话不同，二马交斗三十余合，耶律德胜败走，李牧追上。(《秦并》)

(4) 皇太子遣使将珍珠粉特来进上，言此粉食之，不中海毒。(《征辽事略》)

(5) 当日见徽宗忧色，遂俯伏在地，口称："万岁，万岁！臣诚惶诚恐，顿首顿首，昧死奏上。"(《宣和遗事》)

(2) 表示结果，其中常见的谓语动词有"扯、踏、呈"等，趋向动词"上"均表示动作实现。如：

(1) 周光踏虚，跌落坑内，撞动绳索上铃子响，四下诸军拿钩扯上，押见招讨。(《秦并》)

(2) 杨戬将奕柬呈上。天子览毕，交中使去拿那匹夫来。(《宣和遗事》)

(3) 周光猛着力踏上，怎知帐前三四十步前后，有那陷马坑，使麻布绷了，将土撒在上。(《秦并》)

(4) 贾奕道："我从今后再不敢踏上你家门儿来。咱两个瓶坠簪折，恩断义绝！"(《宣和遗事》)

2. "V＋上＋O" 结构

"V＋上＋O" 结构中，V 在语义上有的表示趋向，有的表示结果。

(1) 表示趋向，其中常见的谓语动词有"奏、献、赶、拜、进、呈、递、交、推、走、跨"等。如：

(1) 孙虎心下自知，不敢奏上燕王。(《秦并》)

(2) 昭义节度使臣李筠，谨谨顿首百拜上奏皇帝陛下！(《五代史》)

(3) 子牙去殿下，俄尔，做成韬书，便呈上纣王。(《武王》)

(4) 法师与猴行者不免进上寺门歇息。见门下左右金刚，精神猛烈……(《取经诗话》)

（5）仁贵左手推靶，右手兜弦，一推上弓，连拽数十满。（《征辽事略》）

（6）被吾一纸荐贤书，布衣走上黄金殿。今日仁贵白衣见帝，乃是马步军常何将仁贵回来……（《征辽事略》）

（7）言讫，绰戟在手，跨上赤虬马，飞奔军阵前去。（《征辽事略》）

（2）表示结果，其中常见的谓语动词有“加、安、传、催、扣、纳、杀、飞”等。如：

（1）宰相导登崇元殿，加上天子衮冕，受群臣朝贺，是为太祖皇帝。（《征辽事略》）

（2）臣谏陛下，可预先修整城池，加上五尺，提备秦兵。（《秦并》）

（3）李牧便传上钧令，分付诸军准备。（《秦并》）

（4）见吕布铁桶相似，张飞着力杀上血湖洞入去，到于城中。（《三国》）

（5）言讫，结束了下城，左右开门，提鞭稍马，纵马飞上吊桥，叫阵开着……（《征辽事略》）

3.“V＋下”结构

“V＋下”结构中，V在语义上有的表示趋向，有的表示结果。

（1）表示趋向，常见动词有“放、斫、捉、跪、送、脱、卸、行、掷”，均表示从高处向低处移动。如：

（1）才方出注，掷下便是个输采。眨眼间，三十贯钱一齐输了。（《五代史》）

（2）张吉举刀斫下，李信将刀隔过，张吉败走。（《秦并》）

（3）猴行者曰：“我因八百岁时，偷吃十颗，被王母捉下，左肋判八百，右肋判三千铁棒……”（《取经诗话》）

（4）不防一人向前跪下，是恒山赵云。（《三国》）

（2）表示结果，常见动词有“安、把、簇、监、接、擒、造”，均表示动作的实现或完成。如：

(1) 至长安，店中安下。(《前汉》)

(2) 帝欲赐赏，英公大怒，令左右把下者，推转斩讫。(《征辽事略》)

(3) 天子见了道："这和尚必是南方二会子左道术，使此妖法唬朕。交金瓜簇下斩讫报来!"(《宣和遗事》)

(4) 令左右人监下，取迟慢招伏。(《三国》)

(5) 有日，武王见之，拈来视看，却是太公造下。(《武王》)

4. "V + 下 + O" 结构

"V + 下 + O" 结构中，V 在语义上有的表示趋向，有的表示结果。

(1) 表示趋向的常见动词有"放、流、推、痛、交、撒、走、攧"等，均表示从高处向低处移动。如：

(1) 行者放下金镮杖，叫取孩儿入手中，问："和尚，你吃否？"(《取经诗话》)

(2) 田忌令人放下吊桥，与冯权、毛遂等入城。(《七国》)

(3) 自古有风后先生在于此处，从水面上流下此石，至风后面前而止。(《武王》)

(4) 觉来，常山王骂众宫女："敢把寡人推下龙床来!"(《前汉》)

(5) 这四个得了圣旨，交撒下金钱银钱，与万姓抢金钱。(《宣和遗事》)

(6) 知远疾忙起身，走下阶来将叔叔扶起。(《五代史》)

(7) 师甚敬惶。问："此落者是何物？"答曰："师不要敬，此是蟠桃正热，攧下水中也。"(《取经诗话》)

(2) 表示结果的结构最多，常见动词有"布、排、留、抛、斟、捉、解、摆、传、擒、选、抽、取、捽、打、点、定、夺、割、撇、脱、写、修、宣、掩、围、造、生"等，均表示动作的完成或实现。如：

(1) 李牧令布下二十八宿阵，令武胜出阵。(《秦并》)

(2) 道罢，西伯侯先会其意，乃留下此子。(《武王》)

(3) 高祖令武士擒下梁王。(《前汉》)

(4) 因使人宣召史弘福，尽拔史弘肇抛下财产付与史弘福，令其隶皇子郭荣帐下做属官。(《五代史》)

(5) 天子道："恐卿不信。"遂解下了龙凤绞绡直系，与了师师道…… (《宣和遗事》)

(6) 黄巢一日辞了爷娘，选下了日，直往大国长安赴选。(《五代史》)

(7) 只因袁天纲写下了这两句谶了，直到大唐第一十八个的皇帝，唤做僖宗皇帝。(《宣和遗事》)

(8) 于西京洛阳县夹马营赵洪恩宅，生下一个孩儿。(《宣和遗事》)

(9) 父母临危，留下一领汗衫，柳氏收得。(《征辽事略》)

如果比较"V+上"与"V+上+O"结构就会发现，"上"后面是否带宾语与动词有关系，但带宾语和不带宾语的情况差不多；但比较"V+下"与"V+下+O"结构发现，"V+下"结构后面带宾语的情况比不带宾语的情况多。

再比较"V+上+O"与"V+下+O"两种结构，我们发现，"V+下+O"结构比"V+上+O"结构更具有能产性。"V+上"限制了后面的句式的延展性，而"V+下"则更具有延展性，后面的宾语很丰富，这说明动词后面带趋向"下"比"上"更多，而且有时候"上""下"并不表示实际的动词的方向。

5. "V+来"结构

"V+来"结构中，"来"在语义上有的表示趋向，有的表示结果。而且很多学者把"来"当作动词的后缀来看待，所以"V+来"结构具有很强的能产性。

(1) 表示趋向，表示人或物通过动作向立足点移动。常见动词有"回、到、奔、出、入、将、过、归、拿、进、起、赶、杀、拈、取、送、推、下、献、报、收"。如：

(1) 孟氏与春柳敬惶，相谓曰："急须作计杀却！恐长者回来，

痴那报告。”(《取经诗话》)

(2) 陈平曰:“左右人将郦其明父推来!”(《前汉》)

(3) 五七日间,北国皇帝诏到来,请陛下到军前,不可相推。(《宣和遗事》)

(4) 薛怀玉谢恩毕,摆出来,披袍束带,悬剑跨马。(《征辽事略》)

(5) 李长者听得这说,唤门子叫他入来,问他来历。(《五代史》)

(6) 仁贵在阵中,生擒猛虎将,不用戟搠,舒两只手,就马挟过来。(《征辽事略》)

(7) 春柳曰:“……待佗开口,铁甲钩断舌根,图得长者归来,不能说话。”(《取经诗话》)

(8) 那黄巢拿着酒盏抬身起来,向朱全昱兄弟道是……(《五代史》)

(9) 那裴约一直赶来,被郭威勒回马射了一箭,裴约中箭坠马而死。(《五代史》)

(10) 三高不肯下来,仁贵不肯回去。(《征辽事略》)

(11) 那白兔死倒在地。使人取来,可煞作怪,那白兔又变成一张白纸……(《五代史》)

(12) 进入传国的宝非真,咱何得相诳?可将真的献来!(《五代史》)

(13) 一只手拍着葫芦口道:“业畜不要作业,收来收来!”(《宣和遗事》)

(14) 贾奕流言谤朕,合夷三族。余者皆令推入市曹,斩首报来!(《宣和遗事》)

(2) 表示结果,这类动词较少,常见的有“觉、觑、醒、道、说”等。如:

(1) 徽宗叫苦不迭,向外榻上忽然惊觉来,謕得浑身冷汗。(《宣和遗事》)

(2) 言罢,太子大哭,忽然觉来,悲啼移时,大恨妲己。(《武王》)

(3) 鲁肃、吕蒙五万军都折了,觑来无三千。(《三国》)

(4) 直至中夜,马县尉等醒来,不见了那担仗,只见酒桶撇在那一壁厢。(《宣和遗事》)

（5）醒来，面如经纸。（《前汉》）

（6）擒汝来，取尔头献唐皇帝，博取节度使也！莫说咱不曾道来！（《五代史》）

（7）今官司缉捉无行止目生异色人。可依直向咱说来！（《五代史》）

6. “V＋O＋来”结构

“V＋O＋来”结构中，V在语义上均表示趋向，常见动词有“入、上、将、下、出、斩、捉、取、引、奔、呼”。如：

（1）礼毕，开门放大兵入城来。诸将邀天子至衙内来。（《征辽事略》）

（2）孙子辞师父下山来。（《七国》）

（3）张士贵听道罢，早不喜。令左右将弓来，教仁贵拽试。（《征辽事略》）

（4）呼众将来，“依吾用事，复破燕兵，捉伯杨、乐毅”。（《七国》）

（5）仁贵大恸，既毕，纵马却出山谷来，寻段志贤不见。（《征辽事略》）

（6）伟王道：“这人莫是奸细？交军下斩了头来！”（《五代史》）

（7）言绝，舒手怀中，取出一物来度与仁贵。（《征辽事略》）

（8）李罕芝不得已，引众人来告黄大王，乞放朱温。（《五代史》）

（9）（帝）领兵将文武百官离凤凰城，奔凤凰山来。（《征辽事略》）

7. “V＋将＋来”结构

“V＋将＋来”结构中，V在语义上大部分表示趋向，常见动词有“赶、走、捉、奔、飞、追”等，少数表示动作的开始，动词有“杀、打”。如：

（1）薛仁贵活捉将来，惊杀了程咬金，以鞭碎其脑。（《征辽事略》）

（2）田忌败走，石丙赶将来。（《七国》）

（3）荒煞鄂国公。提单鞭指着旋风处走将来，其风已散，却来保驾。（《征辽事略》）

(4) 李牧闪过赶上杀，耶律德胜追将来，被李牧挥起蘸金斧砍下，只见耶律德胜腾空落马。(《秦并》)

(5) 背后敬德领二年少将军赶将来，盛走里，忽然听一棒锣声，有五百人截了去路。(《征辽事略》)

(6) 锣声一响，横处一彪军杀将来，乃杨仪。(《三国》)

(7) 唐将诸总管却杀将来。莫离支急回阵，与唐将混战。(《征辽事略》)

(8) 始皇车驾正过其间，只见坠石打将来，石从车驾边跳过去，误中副车。(《秦并》)

8. "V＋去"结构

"V＋去"结构中，V在语义上有两类：一类表示趋向，另一类表示结果。具体分类情况如下：

(1) 语义上表示趋向，表示所涉及的事物从一个点向另一点位移的过程。常见动词有"遁、赶、回、退、出、归、过、入、杀、推、捉、藏、夺、起、取、送、亡、追、走"。如：

(1) 世宗怕北汉主遁去，下诏趣诸军休分明夜，兼程赶上。(《五代史》)

(2) 敬德令人急去叫，仁贵早杀入去。(《征辽事略》)

(3) 最好游人归去后，满头花弄晓来风。(《宣和遗事》)

(4) 待老爷明日结束行囊，带领百十人一同走去，探您娘娘消息，两日便回。(《五代史》)

(5) 三高不肯下来，仁贵不肯回去。(《征辽事略》)

(6) 李妈妈听得这话，慌忙走去告报与左右二厢捉杀使孙荣、汴京里外缉察皇城使窦监。(《宣和遗事》)

(7) 刘文政与那北石佛村教学的秀才杨崇赌钱相争，拿起骰盆，将杨秀才一下打杀了，被捉去押下徐州左狱拷勘。(《五代史》)

(2) 语义上表示结果，常见动词有"死、取、拿、窃、化、除、解、斩"。如：

（1）令小卒将囚车绑缚，解去献与始皇。（《三国》）

（2）邹坚曰："大王言孙子化去，臣不敢挂印？"（《七国》）

（3）文王化去不复追，谁问姜公直钓机。（《武王》）

（4）少顷雷电大震，帝所居民家一男一妇及小儿皆死去，俄有数丈大火流于帝前。（《宣和遗事》）

（5）公初克城时，虽倾藏尽取去，亦无碍事；今小生抄籍以后，藏中的物皆官物也，非有诏书，不可得矣。（《五代史》）

（6）梁主置传国宝于卧榻上，忽为左右窃去，以迎唐主降矣。（《五代史》）

（7）凡天子仪制，皆有降杀；除去帝号，奉周正朔。（《五代史》）

9. "V＋O＋去"结构

"V＋O＋去"结构中，V在语义上一般表示趋向，常见动词有"入、归、撞、出、还、寻、见、取、夺、将、救、请、求、杀、宣、保、报、渡、访、赶、劫、掘、领、买、收、送、投、押、要"。如：

（1）玄德曰："尔少将些军去。"（《三国》）

（2）被契丹喝令锁着，差人管押归契丹国去也。（《宣和遗事》）

（3）你不放我出寨去，就此处杀你。（《七国》）

（4）纣王闻奏，遂免死罪，放入冷宫去。（《武王》）

（5）天子道与杨戬："你与我取几瓶酒去。"（《宣和遗事》）

（6）谓士贵曰："公只此按兵休动，我当持兵救志贤去。"（《征辽事略》）

（7）高俅见大怒，遂令左右将贾奕绑了，使交送大理寺狱中去。（《宣和遗事》）

（8）柴氏见他有这孝心，便向爷爷柴仁翁说知，津发郭威离了家门，投潞州去。（《五代史》）

10. "V＋去＋O"结构

"V＋去＋O"结构比较少，V在语义上有的表示趋向，有的表示结果。分类如下：

(1) 表示趋向，常见动词有“夺、回、取、抬”。如：

(1) 奴婢赶马去雁门关外牧养，叵耐新来镇守严广下关，夺去马一百余匹。(《秦并》)

(2) 严广，汝不合将我马乱吞追杀，更夺去百余匹马，杀散手下人兵。(《秦并》)

(3) 却有败军回去寨内见崇侯虎，具说前事：“如今被殷交坏了三员将也。”(《武王》)

(2) 表示结果，共3例，动词是“除”。如：

(1) 上以振威天下，下以除去主上生平不喜底。(《秦并》)

(2) 礼毕，姬昌仍旧且理天下，重赏三军，轻收差税，重修有道，除去不仁；济赡生民，恤孤怜寡；招贤良，用忠直。(《武王》)

(3) 凡天子仪制，皆有降杀；除去帝号，奉周正朔。(《五代史》)

11. “V+将+（出、入）去”结构

“V+将+（出、入）去”结构中，V在语义上表示趋向，常见动词有“赶、助、迸、杀”。如：

(1) 约斗三十合，李信败走，陈康赶将去。(《秦并》)

(2) 今凉粉一椀，唐将竭力建功。急点大兵背后助将去，怎生取安地岭？(《征辽事略》)

(3) 应荣圣赶将去，被王翦一刀砍落，两脚捎空，如同春梦。(《秦并》)

(4) 道罢，一骑马迸将出去。惊煞太宗。(《征辽事略》)

(5) 您旧时欺负自家，赶将出去投军，又要将水淹杀了咱的孩儿！(《五代史》)

(6) 他前时不肖，被我赶将出去；今想老成似在先时分了。(《五代史》)

(7) 从背后一员将腾至，飞临辽阵高叫，见一骑马杀将入去。(《征辽事略》)

12. “V + 将 + O + （出）去”结构

“V + 将 + O + （出）去”结构中，V 在语义上表示趋向，常见动词有“救、赶、推、捉”。如：

（1）却说纣兵败将回奏纣王曰：“臣启陛下，如今西伯侯有西兵来救将姬昌去了。”（《武王》）

（2）和那弟弟李洪义两个，一向僝僽刘知远，要赶将他出去。（《五代史》）

（3）言未毕，纣王用手揽衣，一手揽将乌云髻挽，从摘星楼边推将楼下去。（《武王》）

（4）只见顾驴儿毙倒在地气绝。被那地分捉将郭威去，解赴黎阳县里打着官司。（《五代史》）

13. “V + 进”结构

“V + 进”结构中，V 在语义上均表示趋向，表示由外面向里面移动，常见动词有“踏、杀、呈、投、供”，如：

（1）只隔三四十步地，不知大踏进几步，刺杀王翦。（《秦并》）

（2）只闻一棒锣声，左畔田策五千人马撞出，右畔吴广五千人马撞出，田资勒回马头杀进。（《秦并》）

（3）教天下人若有奇珍异宝，皆来呈进，不得隐匿。（《武王》）

（4）中外臣寮士庶，并许直言极谏，实封投进，虽有失当，亦不加罪。（《宣和遗事》）

（5）至有水处，必令左右供进。又戒左右勿得叱喝。（《宣和遗事》）

（6）后军相继杀进，契丹兵退却，晋军尽得出。（《五代史》）

14. “V + 入”结构

“V + 入”结构中，V 在语义上均表示趋向，表示人或物的位移由外向里，后面一般带有处所宾语，构成“V + 入 + C”式，常见动词有“走、杀、邀、撞、跳、将、奔、冲、打、接、引、赚、放、侵、推、簇、飞、赶、送、押、迎”。如：

(1) 薛仁贵引王孙谔杀入阵来，见段志贤困于阵中，身遭重伤。(《征辽事略》)

(2) 喊一声，撞入燕阵。(《七国》)

(3) 纣王知不免难，大叫一声，自往跳入火中。(《武王》)

(4) 数日，接入城中，百姓觑皇叔面颜，无有不惊者。(《秦并》)

(5) 言讫，褰衣大步欲跳入油锅，则天连声叫武士执其裾……(《征辽事略》)

(6) 康王遂徒步行至一庄，觉为饥渴所逼，奔入一村庄，略求浆饮。(《宣和遗事》)

(7) 帝曰："无碍。"百姓引入思乡城来。(《征辽事略》)

(8) 金主怒不已，送入外罗院，即官掖门所囚也。(《宣和遗事》)

15. "V+出(+O)"结构

"V+出(+O)"结构中，V在语义上有的表示趋向，有的表示结果。后面有时接宾语。

(1) V在语义上表示趋向，表示由里面向外面移动，常见动词有"撞、取、杀、抱、推、吐、送、涌、抽"。如：

(1) 军师令人唤到当面，问马谡，无言支对，推出交斩。(《三国》)

(2) 石丙见有救兵。尽力杀出，见许桂，大喜曰："若非哥哥，几乎不能相见。"(《七国》)

(3) 抽出佩刀待刺杀敬瑭，赖得亲军陈晖力救得免。(《五代史》)

(4) 仁贵曰："此处必有唐兵，与辽兵交战。"撞出山谷，正逢辽将。(《征辽事略》)

(5)(柳氏)言绝，舒手怀中，取出一物来度与仁贵。(《征辽事略》)

(6)(士贵)令左右推出，君昴亲为监斩。(《征辽事略》)

(7) 被猴行者化一团大石，在肚内渐渐会大。教虎精吐出，开口吐之不得……(《取经诗话》)

(8) 是时，尊者一时送出，咸愿法师取经早回。(《取经诗话》)

(9) 但见那小厮头上有一片紫云盖着，马上有一条黑龙露出，爪角皆做金色，光明眩耀。(《五代史》)

（10）天子见了大惊，看时却见行童在波心中，涌出半截身体，一只手把个红葫芦……（《宣和遗事》）

（2）V在语义上表示结果，动词为“搜”，有4例。如：

（1）国舅夫人大惊曰：“倘若内门前曹操搜出，一门家小都休。”（《三国》）

（2）（陈后主）被隋兵所追，无处躲藏，遂同二妃投入井中。隋兵搜出，亦遭其虏。（《宣和遗事》）

（3）袁达搜出国书一道，乃是四国借兵的文字。（《七国》）

（4）搜出尸首，害了刘珍，祭赛庞统，埋殡了毕。（《七国》）

16.“V+起（+O）”结构

“V+起（+O）”结构中，V在语义上有三类：一类表示趋向，一类表示结果，一类表示状态。而且“V+起”后面经常可以接宾语。具体分类如下：

（1）表示趋向，一般表示由低处向高处移动，常见动词有“扶、搭、放、飞、加、惊、救、举、立、喷、走、坐”。如：

（1）范质不得已，亦拜。匡胤亲手扶起，以优礼相待之。（《征辽事略》）

（2）忽有皂雕飞起，直来台上搦妲己。（《武王》）

（3）张飞拿住袁襄，用手举起，于石亭上便摔。（《三国》）

（4）承平无事，君臣共乐，宜略去烦苛碎礼，饮食坐起，各宜自便。（《宣和遗事》）

（5）帝方至中流，忽然风波涌起，于绿水中见一人金盔银甲，玉带红缨……（《征辽事略》）

（6）克用张开目，手握一张弓，走起。只见烟焰腾空，恰好得一阵大雨，雷电掣光，天地昏暗。（《五代史》）

（7）（知远）道罢，挑起草篮便去。（《五代史》）

（8）仁贵见二重门掩然犹闭，背后却早拽起吊桥，放落赚板，绕

城围楼，列开弓弩。(《征辽事略》)

(2) 表示结果，一般表示动作实施后产生的结果。如：

(1) 众人一时扶太子为帝，号齐孝襄王，立起也。(《七国》)

(2) 盖乱贼臣子，兴起干戈。今高丽者。海东丑类，化外之夷。(《征辽事略》)

(3) 张士贵在后，一箭射起仁贵心上火来。(《征辽事略》)

(4) 只见肚皮裂破，七孔流血。喝起夜叉，浑门大杀，虎精大小，粉骨尘碎，绝灭除踪。(《取经诗话》)

(3) 表示状态，一般表示进入新的状态。如：

(1) 有一日，比干打酒池肉林炮烙蛋盆边过，忽有旋风闹起，睹是枉死生灵。(《武王》)

(2) 当日子春共大使闲话间，提起吕氏三王如何。(《前汉》)

(3) 说起一人，姓刘名备，字玄德，涿郡范阳县人氏，乃汉景帝十七代贤孙，中山靖王刘胜之后。(《三国》)

17. "V + 开 (+ O)" 结构

"V + 开 (+ O)" 结构，V 在语义上一般表示动作实施后产生的结果，有"分离、分裂"之意，常见动词有"展、拆、睁、摆、解、撞、放、打"。有的不带宾语，如：

(1) 有一员中使接得展开，奉圣旨"宣万姓"。(《宣和遗事》)

(2) 赵王令宣至，严仲子至阶下，拜罢，递上国书。拆开了，王不悦。(《秦并》)

(3) 张飞令军卒将五十面旗，北于阜高处一字摆开，二十骑马军正觑南河。(《三国》)

带宾语的结构分两类，大部分表示结果，少量表示趋向。表示结果的，如：

（4）惊煞将军。止住弓弩，放开城门，荒速下城，与仁贵相见。（《征辽事略》）

（5）咱兄弟每待到二更时分，打开他门，将他库藏中金帛劫掠些与哥哥做路费归去，怎不容易？（《五代史》）

（6）忽闻人咳嗽一声。睁开一对重瞳眼，觑着千金买笑人。（《宣和遗事》）

表示趋向的，如：

（7）（乐毅）前面执竹竿推开云梯车，后面放矢石如雨，燕兵不能攻城。（《七国》）

（8）见白玉拄杖一条，用手去拿，却是一门缝。用肩推开洞门，如同白日相似。（《三国》）

18. "V＋回（＋O）"结构

"V＋回（＋O）"结构一般表示趋向意义，包括没有宾语和有宾语两种情况。没有宾语的，如：

（1）话说张车在齐国俟候三日，齐王不肯与兵解围，张车只得奔回。（《秦并》）

（2）虏惊欲遁回，郭药师曰："南朝未必有备，不如姑行。"（《宣和遗事》）

（3）当时扛回家内，启白长者，鱼已买回。（《取经诗话》）

（4）仁贵曰："臣将自前建功尽与张士贵，只擒莫离支，其功要建，既见此贼，臣肯放回。"（《征辽事略》）

有宾语的，如：

（5）未行之际，有那伊虎告招讨："不如且将刺客周光放回楚军，

令他回报楚王，使他早早退兵，免得二国干戈，多少省事。”（《秦并》）

（6）田策拨回马，再战二十余合，李信败走，田策赶上。（《秦并》）

（二）复合趋向补语

1. “V（+O）+上来”“V+上（+O）来”结构

“V（+O）+上来”“V+上（+O）来”结构的不同主要是动词的宾语位置。首先看宾语在前面和没有宾语的情况，常见动词有“赶、斟、奔、走、下”等。

（1）二将打话不同，二马交战三四十合，伊虎败，霍雄赶上来杀。（《秦并》）

（2）太后斟酒上来。（《前汉》）

（3）妇人奔庄上来，通报夫主：“我昨日奔绛州去，见市中张黄榜……”（《征辽事略》）

（4）霍存独自一个走回寨上来报事因。（《五代史》）

（5）更不别言，将剑在手。飞奔正堂上来。（《五代史》）

（6）为首使命高叫：“当报皇姑得知。今王子有命，宣公主添寿。”言讫，撩衣便下船上来。（《征辽事略》）

宾语在后面的情况比较少，如：

（7）傍有关、张大怒，各带刀走上厅来，諕众官各皆奔走。（《三国》）

（8）轰雷闪电，雨若倾盆，则见汴河水厌厌地长上岸来。（《宣和遗事》）

（9）喝令阶下排军，将洪信、洪义两个疏了枷，引上阶来，为他把一个盏，与他退惊则个。（《五代史》）

2. “V（+O）+下来”“V+下（+O）来”结构

“V（+O）+下来”结构和“V（+O）+上来”结构类似，有宾语在前面和在后面两种。有的没有宾语，如：

（1）孙虎取下来，将剑割下燕丹首级，回来献上燕王。(《秦并》)

（2）嗣源与张处瑾、韩正时厮杀，嗣源马已跌倒，敬瑭跳下来将手扶嗣源上他马走去。(《五代史》)

（3）将这孩儿要顿放鸟鸢巢内，便是攧下来，他怎生更活！(《五代史》)

（4）单可及被李思安刀横膊转，从马上斫下来，俘杀三万余人。(《五代史》)

不过大部分宾语在后面，如：

（5）周瑜亦赶曹璋。璋射一箭，正中周瑜，落下马来。(《前汉》)

（6）被燕兵拿住见乐毅，搜下文字来，言往韩、魏、赵三国求救。(《七国》)

宾语也有在前面的，不过用例很少，如：

（7）（仁贵）掩杀辽兵，奔安地岭下来。(《征辽事略》)

（8）宗旦使人上到巢里，取将孩儿下来，抱归家里看养，因此命名做黄巢。(《五代史》)

3. “V（+O）+起来”“V+起（+O）来”结构

“V（+O）+起来”“V+起（+O）来”结构的宾语有三类：一类没有，一类在前，一类在后。先看“V（+O）+起来”，如：

（1）军中一发哭起来，哀声动地。(《三国》)

（2）李师师见贾奕气倒，则得傍前急救。须臾苏醒，便踏起来向着师师口前，俯伏在地……(《宣和遗事》)

（3）文武近臣扶将楚王起来坐定，进上安魂定魄汤饮了方醒。(《秦并》)

（4）至次日，帝并三路兵起来，逼平襄城，下御寨毕。(《征辽事略》)

(5) 那黄巢拿着酒盏抬身起来，向朱全昱兄弟道……(《五代史》)

再看“V＋起（＋O）来”结构，如：

(6) 太子见言，令教放起姜尚来，请坐，置酒三杯与姜尚饮。(《武王》)

(7) 敬德马上舒首，扯住刘君昴右手腕，彫起鞭来。(《征辽事略》)

(8) 提单鞭指着旋风处走将来，其风已散，却来保驾。左右扶起帝来。(《征辽事略》)

4. “V（＋O）＋出来”“V＋出（＋O）来”结构

“V（＋O）＋出来”“V＋出（＋O）来”结构分三类：无宾语的、宾语在“出”前的、宾语在“出”后的。先看无宾语的例子：

(1) 如意不从其言，走出来，赚入未央宫。(《前汉》)

(2) 薛怀玉谢恩毕，摆出来，披袍束带，悬剑跨马。令歌乐前引，欲游街市。(《征辽事略》)

宾语在“出”前的，有的表示趋向，如例（3）；有的表示结果，如例（4）。

(3) 四人领兵出迷魂阵，杀燕兵出来。(《七国》)

(4) 看鬼谷定甚策出来？(《七国》)

(5) 令他每三个托生做三个豪杰出来：韩信去曹家托生，做着个曹操；彭越去孙家托生，做着个孙权。(《五代史》)

(6) 众中忽有一人，墨色布衣，若寺僧行童状，从人众中跳身出来，以手画帘，出指斥至尊之语。(《宣和遗事》)

宾语在“出”后的，有的表趋向，如例（7）、例（8）；有的表结果，如例（9）、例（10）。

（7）龙离足跳出马来。（《秦并》）

（8）今日走出张飞来，失了杏林庄一小寨，你却早有怕惧之心。（《三国》）

（9）无五日对阵，蛮王令人打出虎豹来。（《三国》）

（10）吾用一计，交百万燕军阵里献出孙子来。（《七国》）

5. “V＋过（＋O）来”结构

“V＋过（＋O）来”大部分表示趋向，如：

（1）令一官人取过来，度与妲己。（《武王》）

（2）尚昔日事急身危之时，谢贤放过关来。（《武王》）

（3）田忌在城上望见东南一队兵撞过燕军来。（《七国》）

（4）白袍年少曰：“总管理会的，敢先要赏，须便建功。休道只救任城王，和那莫离支拖将过来，须直总管一条金带。”（《征辽事略》）

（5）仁贵在阵中，生擒猛虎将，不用戟挒，舒两只手，就马挟过来。（《征辽事略》）

（6）北汉主奋髯怒曰：“诸公勿言！恐沮我军气势。试观我决胜，拿取周主过来，为咱的孩儿报仇也！”（《五代史》）

（7）战才数合，魏延朗已被吴虔裕活捉过来。王继勋帅其众三千人，诣郭威军前投降。（《五代史》）

6. “V（＋O）＋回（＋O）来”结构

“V（＋O）＋回（＋O）来”结构如果有宾语，有在“回”前面的，也有在后面的。先看宾语在“回”前面的：

（1）若高皇征陈豨回来，必见某过也。（《前汉》）

（2）有那大虫要来伤残牛只，被成宝将大柴棒赶去，夺取牛回来。（《五代史》）

（3）被知远厮打一顿，夺得这钱回来。（《五代史》）

（4）杨志上了枷，取了招状，送狱推勘。结案申奏文字回来，太守判道……（《五代史》）

宾语在“回”后面的，如：

(5) 又战三十合，赵云气力不加，败回马本阵里来。(《三国》)

(6) 又有人言：“却放回曹豹来也。”(《三国》)

(7) 霍存独自一个走回寨上来报事因。(《五代史》)

7. “V＋O＋入来”“V＋入＋O＋来”结构

“V＋O＋入来”“V＋入＋O＋来”和“V（＋O）＋出来、V＋出（＋O）来”结构语法意义相反，因此结构类似，有宾语在前和在后两类。宾语在“入”前面的，如：

(1) 若是打阵入来，直至死不能得出。(《七国》)

(2) 军不放帝入去，窃恐夹带细人入来。(《前汉》)

(3) 忽见阵势分开，一骑马杀将入来，迎见来者一人，素袍莹铠，赤马繁缨。(《征辽事略》)

宾语在“入”后面的，如：

(4) 少间有人报，二人杀入燕寨来。(《七国》)

(5) 薛仁贵引王孙谔杀入阵来，见段志贤困于阵中，身遭重伤。(《征辽事略》)

(6) 帝曰：“无碍。”百姓引入思乡城来。(《征辽事略》)

8. “V＋上（下）＋O＋去”结构

“V＋上（下）＋O＋去”结构分为两种相反方向的意义结构：“V＋上＋O＋去”“V＋下＋O＋去”，这样的复合结构在宋元话本中比较少，如：

(1) 齐王奔上城去，被人冷箭射齐王落马。(《七国》)

(2) 移时，将妇人头吊下城去。(《前汉》)

9. “V（+O）+出去”“V+出+O+去”结构

“V（+O）+出去”结构的用例要比“V+出+O+去”多，大概是“出去”之间较难插入宾语的缘故，而且这种结构在《五代史》中多见，如：

（1）他前时不肖，被我赶将出去；今想老成似在先时分了。（《五代史》）

（2）乐毅言曰：“俺也不信。咱放将你出去。”（《七国》）

（3）王大曰：“咱是得个太君的言语，怎生是来耍您？您若信从，便教您享用快活；若还不肯，您可将身出去。”（《五代史》）

（4）却说骑劫、骑能、石丙道：“任你千般巧计，飞出去便是你强。”（《七国》）

（5）便是那李敬儒的长孩儿李洪信管着家计，和那弟弟李洪义两个，一向僝僽刘知远，要赶将他出去。（《五代史》）

“V+出+O+去”结构比较少，如：

（6）温侯当不住，张飞引十八骑撞出阵去。（《三国》）

（7）归家去激恼义父，慕容三郎将刘知远赶出门去。（《五代史》）

（8）二人走出西门去了。（《武王》）

（9）諕得敬瑭不敢回家见着父亲，浪荡走出外州去。（《五代史》）

10. “V（+O）+过去”“V+过+O+去”结构

“V（+O）+过去”“V+过+O+去”结构用例不多，如：

（1）石从车驾边跳过去，误中副车。（《秦并》）

（2）刘备赍擎诏赦，辞了元帅，引本部下军，往任城县东门，打跳河中过去。（《三国》）

（3）翼德具言：“前日打过阵去，到得曹操在睢阳求救去来。”（《三国》）

（4）使小将将书，撞过燕寨去。（《七国》）

11. “V＋（O）＋回去”结构

（1）倘得门下做个盟主，可择日便离此间，沿途杀掠回去，不旬日间便到故乡，参见父母。（《五代史》）

（2）魏王准奏，回了国书，遣使命回去。（《秦并》）

（3）大王教使命将书与俺父亲，取我回去，如何？（《前汉》）

12. “V＋O＋入去”“V＋入＋O＋去”结构

“V＋入＋O＋去”似乎比“V＋O＋入去”结构更能产，用例也较多，如：

（1）军不放帝入去，窃恐夹带细人入来。（《前汉》）

（2）知远只得随那门子入去。长者坐于厅上，知远就厅下一跪。（《五代史》）

（3）乐毅劝不住，石丙撞入阵去。（《七国》）

（4）即时，巨蟒走入洞去。（《三国》）

（5）说由未了，攧下三颗蟠桃入池中去。（《取经诗话》）

（6）（四个弟兄）且同入个树林中躲了，待晚西却行到那马家门首去。从那岭腰分路入这小路上去。（《五代史》）

（7）曹英赶上，被彦超弃马奔入城去，两下鸣锣收军。（《五代史》）

（8）克用追赶可及，为伏兵四出，克用马跌，单身牵将马奔入一林中去，将身隐匿。（《五代史》）

我们可以看出，宋元话本中趋向动词作补语有以下几个特点：

第一，用例丰富，几乎所有的趋向动词都可以作补语。其中，趋向动词“来”作补语的次数最多，其次是“去”，另外“上、下、人、起、出”等使用也较多，复合趋向补语使用总数虽然不多，但种类丰富，现代汉语中出现的复合趋向动词都有使用。

第二，形式多样，共有“V＋C”“V＋C＋O”“V＋O＋C”“V＋将＋C”“V＋将＋C＋O”等几种格式。其中，趋向补语后再带宾语“V＋C＋O”最为常见，其次是动词后只带趋向补语。单纯趋向补语后的宾语大多直接位于补语之后，而复合趋向补语带宾语时则以宾语插在复合趋向动词中间最为常见。

第三，语义较丰富，复合趋向补语既可以表示趋向意义，也可以表示结果意义，还有少量的表示状态意义。其中，趋向意义仍占绝对优势。

四、“得”字式

话本中“得”字式有400多例。在这些动补结构中，“得”有两种不同性质：一是“得”本身充当补语；二是“得”充当结构助词，用来引出补语成分。根据动补结构中补语的意义，话本中“得”字式动补结构可分为以下四类：

①动词+结果补语（简称为“补结式”，记作“V+JC”）。

②动词+可能补语（简称为“补能式”，记作“V+NC”）。

③动词+状态补语（简称为“补状式”，记作“V+ZC”）。

④动词+趋向补语（简称为“补趋式”，记作“V+QC”）。

1. 补结式（“V+JC”）

（1）“得”字充当结果补语，“得”字本身仍具有“获得”义，有以下两种结构：

①“V+得（+O）”结构，其中动词V可以是单音词，也可以是双音词，“得”后面可以有宾语，如：

（1）徽宗遂入茶坊坐定，将金箧内取七十足百长钱，撒在那桌子上。周秀便理会得，道是个使钱的勤儿。(《宣和遗事》)

（2）及庐陵王代之，不经旬日，计兵千万。单于探得，不战自退。(《九谏》)

（3）孙子接得，是父书。(《七国》)

（4）后军听得，齐临，捉住飞廉，拥见太公。(《武王》)

（5）知远将身入马坊，去逐一交点了马匹，割草浸谷，及时喂养得。(《五代史》)

（6）王翦接得燕丹首级并国书了，便把燕丹图像比对，恰好一般。(《七国》)

(7) 那时李彪中箭已死，小军抢得尸首，回归阵中，告复招讨。(《秦并》)

(8) 猴行者拘得背筋，结条子与法师系腰。(《取经诗话》)

(9) 苏代道："听得齐王走往公子田文即墨城也。"(《七国》)

②"V＋得（＋O)"常见的否定式是"V＋不（未）得"和"V＋O＋不得"，如：

(1) 马果不断。乱兵搜索不得，乃免祸。(《五代史》)

(2) 却说诸葛累次夺皆庭不得，遂取妇人衣装头面，叫司马益："好汉下城来!"(《三国》)

(3) 教虎精吐出，开口吐之不得；只见肚皮裂破，七孔流血。(《取经诗话》)

(4) 因关东饥馑，王仙芝倡乱，遂聚众落草。欲返乡里，动身未得。(《五代史》)

(5) 崇训求之不得，为乱军所迫，崇训自刎而死。(《五代史》)

(6) 那人向朱温道："咱是您的姊夫，登州孔目官燕守志也。您恁时幼小，认我不得。我将你去探你姐姐。"(《五代史》)

(2)"得"是结构助词，用来引出动词的结果补语，如：

(1) 安重荣听得安从进反叛，召集境内饥民数万，南向邺都，托言入朝。(《五代史》)

(2) 其时，燕兵被齐兵将杀得不留一卒，只留得骑劫、石丙单马逃命，走回燕国。(《七国》)

(3) 小兵抢秦斌回阵后，用金疮药救得活，三军一时败走。(《秦并》)

(4) 断得阴间无私，交你做阳间天子；断得不是，贬在阴山背后，永不为人。(《三国》)

(5) 知远听得他妻儿言语，便就房下并叠得百十贯钱，将身出去。(《五代史》)

2. 补能式（“V + NC”）

（1）“V + （不）得（ + O）”结构，如：

（1）太后在心，怎生过得？(《前汉》)

（2）八人奏曰：“陛下，这公事却早断不得，如何阳间做得天子？”(《三国》)

（3）楚王问曰：“何人退得秦兵，重赏千金，子子孙孙不绝官职。”(《秦并》)

（4）秦敬曰：“你斗得我时，情愿与你；若斗不得我，你见我这手中大刀么？”(《七国》)

（5）吾不习阴书，至此不着乌鸡血，起不得风。(《七国》)

（6）赵王无计，发兵不得。(《秦并》)

（2）“V + （不）得（ + O）”的否定式是“不能 + V + 得”，例如：

（1）是时伯杨令众将严守，不能破得。(《七国》)

（2）纣王急走，劈着纣王战马，负痛不能走得。(《武王》)

3. 补状式（“V + ZC”）

“V + ZC”结构中，充当状语的有形容词或者短语，如：

（1）师师闻道，諕得魂不着体，急离坐位，说与他娘道……(《宣和遗事》)

（2）燕阵撞出东辽大将钟离生。打扮得如何？(《秦并》)

（3）来得晚了些个，都占了亭馆，无处坐地。(《三国》)

（4）这贾奕昼忘飧，夜忘寝，禁不得这般愁闷，直瘦得肌肤如削。(《宣和遗事》)

（5）其时四下伏兵并起，杀得燕兵尸横满野，血浸成河。(《七国》)

（6）姬昌占之，今可免囚牢也，感得天凤来朝吾也。(《武王》)

（7）不多时，拿得贾奕到于金阶之下。(《宣和遗事》)

4. 补趋式（“V + QC”）

补趋式结构在话本中很少，有“V + 得 + 来”和“V + 得 + 去”两种，如：

（1）看出得来么？（《七国》）

（2）袁达试入阵去，看怎生出得来？（《七国》）

（3）看袁达怎生出得去？（《七国》）

从以上分析我们可以看出：在“得”字式动补结构中，“得”本身充当补语（包括结果补语和可能补语）的占优势；“得”用作结构助词引出补语的相对较少，其中又以状态补语最为常见，其次是结果补语，可能补语未见用例。在四种结构中，补结式使用最多，补趋式使用最少。吴福祥指出：能性述补结构“V 得/不 C”最早见于唐代，而“具有实现某种结果的可能性”语法化为“V 得 Vi”格式的时间是元明①。但在话本中未见一例。话本成书时间已是元末，按说“V 得/不 C”的使用应该已经比较广泛，但从我们的考察结果来看，话本中的能性述补结构仍是“V 得/不得”，这也许和当时说书人的语言风格有关。

① 参见吴福祥：《汉语能性述补结构“V 得/不 C”的语法化》，《中国语文》2002 年第 1 期，第 32 页。

第四章　宋元话本语言研究与《汉语大词典》的编纂

王云路曾经指出："搞好辞书编纂，是语言建设的一项重要任务，这不仅反映了辞书事业的兴旺与否，更体现了语言研究和理论水平的高低。"① 一部高质量的辞书，应该能够体现当代语言研究的最新成果，所以辞书的编纂要以各个历史时期的词汇研究成果为基础。专书词汇研究不仅应该为汉语词汇史的研究提供资料，还必须为辞书的编纂服务，二者相辅相成。

《汉语大词典》是目前我国最具权威性的大型辞典，在收词、释义、溯源、探流等方面均取得了丰硕的成果，但由于出版时间较早和工程浩大等因素，其在收词、释义等方面难以面面俱到，难免会出现疏漏和失误。我们在研读宋元话本的过程中，对比《大词典》，发现其疏漏和失误主要体现在三个方面：释义问题、漏收的问题（包括词条、义项）和例证问题。

第一节　《大词典》释义问题举例

笔者在研读话本的过程中，针对其中的一些词语，查询《大词典》，发现《大词典》有些词条的释义有失准确性，主要体现在三个方面：一是释义不准确；二是安排义项先后失当；三是词条未单列。

---

① 王云路：《辞书失误考略》，《古汉语研究》1993 年第 1 期，第 26 页。

一、释义不确

【叙用】

《大词典》“叙用”：“分等级进用。《三国志·魏志·文昭甄皇后传》：‘（明帝）又尝梦见后，于是差次舅氏亲疏高下，叙用各有差，赏赐累巨万。’唐元稹《才识兼茂明于体用策》：‘若此，则叙用之式恒，而尺寸之才无所弃矣。’”

“叙”本“次序、次第”，《书·舜典》：“纳于百揆，百揆时叙。”孔颖达疏：“于是皆得次序，无废事也。”又引申“按等级录用、按劳绩的大小给予奖励”之意，《周礼·天官·宫伯》：“凡在版者，掌其政令，行其秩叙。”郑玄注：“叙，才等也。”贾公彦疏：“秩谓依班秩受禄；叙者，才艺高下为次第。”

“用”乃“使用、录用、任用”之意，《诗·大雅·公刘》：“执豕于牢，酌之用匏。”《孟子·梁惠王下》：“（孟子）曰：‘……见贤焉，然后用之。’”

“叙用”当为同义连言，为并列式语义结构。并列式双音词常常会出现语义偏指的现象（如第二章中谈到的“头项”“尸体”等），“叙用”连言之后语义偏重于“用”，“叙”的语义已经脱落，即“叙用”已经没有“分等级”之意，如：

(1) 太后大怒，将石庆贬于夷门岛，永不叙用。文武归宅。(《前汉》)

(2) 齐王见之大喜，便纳为后，急令赦免邹坚、邹忌，依旧叙用朝中。(《七国》)

又如明罗懋登《三宝太监西洋记通俗演义》第一〇回：“（万岁爷）即时传出一道旨意，宣上锦衣卫掌印的堂官，到于午门之外，押将玉印，重责四十御棍，永不叙用。”《水浒传》第五四回：“那汉道：‘小人姓汤名隆。父亲原是延安府知寨官来，因为打铁上遭际老种经略相公，帐前叙用。’”这些“叙用”均不含“分等级”之意。

察《大词典》"叙用"的释义"分等级进用"，是据《三国志》用例来释义的，《三国志》此例中的"叙用"有所谓"分等级进用"之意，是因为它出现在前有"于是差次舅氏亲疏高下"的语言环境中，非"叙用"本有此意。而且，此条第二个例证也看不出"叙用"有"分等级进用"之意，所以《大词典》此条的释义是典型的随文释义，释义不确，"叙用"即"录用、任用"。

【根前】

《大词典》"根前"条："身边；附近。根，通'跟'。金董解元《西厢记诸宫调》卷一：'少年做事，大抵多失心粗。手撩衣袂，大踏步走至根前。'元孟汉卿《魔合罗》楔子：'姪儿根前有个小厮。'《水浒传》第十六回：'拿着一条朴刀，望杨志根前来。'"

从《大词典》用例来看，"根前"都作"面前"讲，又如：

(1) 张飞大怒，挥拳直至段珪根前。刘备、关公二人扯拽不住，拳中唇齿绽落，打下牙两个，满口流血。(《三国》)

(2) 那时契丹欲举兵入寇，朝廷选帅臣出镇河东，有枢密院直学士李崧去皇帝根前奏过……(《五代史》)

(3) 只靠那丞相路岩，排行唤做路十的，处置军国大事。奈缘路十蒙蔽圣聪，向僖宗根前只奏道……(《五代史》)

故如指人"根前"，多指"面前"义，《大词典》释作"身边"不确；如指物"根前"，则为"近前、周围"，如《封神演义》第九一回："且说邬文化直冲杀至后营，来到粮草堆根前。"故"根前"可释作"面前、附近、周围"。

"根前"又作"跟前"，如：

(4) 慕容彦超于汉主跟前大言曰："臣视北军犹蠛蠓耳！"(《五代史》)

(5) 有太后的弟弟李业，……日夕在汉主跟前谮毁大臣杨邠、史弘肇、郭威等。(《五代史》)

《大词典》释义有误的词条还有“僽、嗑、拘刷（见第二章第一节）、宿昔交、内当”等。

二、义项的顺序失当

我们认为辞书义项的安排应该遵循两个原则：其一，时间先后原则。辞书对于词条的释义，应该按照义项出现的时间先后来释义。当一个词条有多个义项时，义项的先后顺序反映了词语各个义项之间的引申和被引申关系，也体现了词语在时间这个线性系列上的发展和变化。其二，认知规律原则。从具体到抽象是人类认识客观事物的一般规律，词义的引申一般也是从具体义到抽象义、比喻义。那么，辞书义项的顺序一般也应该是先具体义后抽象义、比喻义。参照《大词典》，发现有很多地方违反以上两个原则，如：

【马角】

《大词典》“马角”条：“1. 比喻不能实现的事情。亦比喻苦熬出头，创建奇迹。清杜濬《偶然小饮和王歙州》：‘骊珠兄弟得，马角古今迟。’……2. 指灾异之兆。明刘基《梁甫吟》：‘外间皇父中艳妻，马角突兀连牝鸡；以聪为聋狂作圣，颠倒衣裳行蒺藜。’”

古代出现月食的时候，古人认为是天狗食日，认为这预示着灾难事件将要发生。同样道理，马本不长角，如果马长角的话，在古人看来，可能就预示着有什么灾难或者异常的事情将要发生，故“马角”一词本意当指“灾异之兆”，即义项 2。人要是办成了一件在常人看来难以完成的事情，就如同要马生角一样，是奇异和困难的，所以后来“马角”也比喻难以完成的事情或者创建奇迹，即义项 1。从具体义引申到比喻义是词义引申常见的规律，故从词语本身意义之间的衍生关系来看，义项 1 当是义项 2 的引申。而且，从《大词典》“马角”条的两个义项各自的首引例来看，前一个是清代文献，后一个是明代文献，义项的安排也应该是义项 2 在前，义项 1 在后。

又，“马角”首引例以清代文献为证，例证过晚，话本中即有用例：

（1）一旦秦皇马角生，燕丹归北送荆卿。（《秦并》）

（2）诏曰：“……昔燕丹囚于秦国，马角而生，得脱……”（《三国》）

【埋伏】

《大词典》“埋伏”条：“1. 谓隐伏起来待机行动。多用于军事方面。《三国演义》第六四回：‘两岸都是芦苇蒹葭，可以埋伏。’……2. 藏匿。宋叶适《答少詹书》：‘而少詹若不相信，反以不肖者为隐藏埋伏，不能尽切磋琢磨之道，此某之所以疑愧而不敢深言也。’……”

从“埋伏”两个意义之间的衍生关系看，当是先有“藏匿”义，再发展出军事用语的“潜伏”义。而且，从《大词典》该条两个义项的首引例也可以看出，义项2当安排在义项1之前。

又，义项1首引《三国演义》用例为证，例证稍晚。话本中有很多例证：

（1）燕王依奏。令孙虎提兵五千，去峡口左畔埋伏；令韩广提兵五千，去峡口右畔埋伏。（《秦并》）

（2）又令武骑将李德，将马军二万，代州七里滩埋伏。（《前汉》）

（3）柳林中，张飞埋伏军一发撞入城去，杀张表军落水者勿知其数。（《三国》）

（4）会张处瑾遣步军一千余人迎接粮运，投九门田地里去。李嗣昭就彼处埋伏。（《五代史》）

【提起】

《大词典》“提起”条：“1. 举起；拿起。《水浒传》第五三回：‘李逵抢将入去，提起斧头，便望罗真人脑门上劈将下来。’……2. 说起，提到。元本高明《琵琶记·蔡公逼伯喈赴试》：‘他意儿难提起，这其间就里我自知。’……3. 引起；提出……”

“提起”本来应该是一个具体的动作，然后才会引申出抽象的“说起、提到”义。但是，由于《大词典》义项1没有找到早于或同于义项2首引例时间的例证，从而给辞书的使用者传达了错误的信息：“提起”是从抽象义引申出具体义的。其实“提起”之“举起、拿起”义五代已出现，《祖堂集》19次出现“提起”，全作“举起、拿起”义，如卷四：“秀才曰：‘佛当何处选？’其僧提起茶碗曰：‘会么？’”又卷六：“师提起纳衣，僧云：‘不问这个。’师云：‘看你提不起。’”话本中“提起”为“说起”义，如：

当日，子春共大使闲话间，提起吕氏三王如何。（《前汉》）

《大词典》义项安排先后失当的词条，见于话本的还有“相等、原来、苦苦、老生、小可、黄榜、心肝”等。

三、词条未单列

词条未单列表现为两个方面：第一，《大词典》解释单音词时，所采用的例证是以该单音词为构词语素的双音词的例证，而该双音词《大词典》未收；第二，把一些同形异义的词语看作一个词条的两个义项来释义。如：

【巴】

《大词典》“巴”条义项5：“盼望；等待。宋杨万里《过沙头》诗：‘暗潮巴到无人会，只有篙师识水痕。’元石子章《竹坞听琴》第三折：‘我巴到你黄昏盼到你明。’《初刻拍案惊奇》卷二三：‘巴到天明，连忙归家。’”

我们观察《大词典》“巴”条的三个用例，发现它们均为“巴到”的用例，“巴”在宋元时期有“等待、期望”义，陈著《卜算子·嘲二十八兄》词：“望得眼儿穿，巴得心头热。”刘克庄《最高楼·乙卯生日》：“几曾三宿为归计，更巴一岁是希年。”故“巴到”为一个独立的双音词，“巴到”即“等到”，它在话本中多次出现，如：

（1）巴到次日天明，招讨王翦，肩担一柄刀，出阵，厉声叫索冯亭将军打话。（《秦并》）

（2）巴到天明，李牧召诸将，与秦兵分个胜负。(《秦并》)

（3）巴到次早天明，只见银河淡淡，玉漏声残。(《秦并》)

“巴到”在元代戏曲、明清小说中亦多见，如纪君祥《赵氏孤儿大报仇》第二折：“刚留得孤苦伶仃一小童。巴到今朝袭父封，提起冤仇泪如涌。”《水浒传》第一六回：“老都管道：‘你们不要怨怅，巴到东京时，我自赏你。’”又第七三回：“李逵心焦，那双眼怎地得合。巴到天明，跳将起来……”《警世通言》卷二：“常言又说得好：夫妻本是同林鸟，巴到天明各自飞。”

《大词典》未收“巴到”，当单列词条。

【短行】

《大词典》“短行”条：“1.（－háng）指短篇诗文。唐李咸用《谢友生遗端溪砚瓦》诗：“宜从方袋挈，枉把短行批。”2.（－xíng）过失；短处。《武王伐纣平话》卷中：“（费孟）奏曰：‘臣启我王，夜来捉住飞虎，被姜尚放了。臣谏不从，言君之短行。姜尚心内必也反也！’”3. 卑劣行为；缺德。元本高明《琵琶记·伯喈夫妻分别》：“我没奈何分情破爱，谁下得亏心短行？”

我们从《大词典》“短行”条的释义来看，义项 3 明显是义项 2 的引申，从人有过失、缺点引申出个人行为的卑劣。它们和义项 1 的意义完全不同，而且读音也不同。前一“短行”的“行”的语素义为“诗文”，后两个的“短行”之“行”为“行为”义，所以前一义与后两义完全没联系。

表“过失、短处、卑劣行为、缺德”义的“短行”是宋元时期出现的新词，元高明《琵琶记》第二十九出：“你自撇下爹娘媳妇，屡换光阴，他那里须怨着你没信音。笑伊家短行，无情忒甚，到如今，骨自道且说三分话，不肯全抛一片心。”明柯丹邱《荆钗记》第二十八出《哭鞋》：“（净）他家锅中米没半升，去恋着豪门，不思旧亲，到如今一旦身荣，撇却糟糠布荆，短行处教人怒冲。”所以义项 1 的“短行”和义项 2、3 的“短行”为同形异义，《大词典》当把后两义的“短行”单列作一词条。

《大词典》中把同形异义的词语当作同一词条的两个义项来处理的还有“法场、亲事、打揲”（均见第二章）等。

第二节 《大词典》漏收问题举例

我们查阅话本的词语，对比《大词典》，发现其漏收主要表现在词条漏收和义项漏收两个方面。

一、漏收词条举例

我们发现很多在话本中频繁出现的词语，尤其是一些口语词，在《大词典》中居然没有收录，这对于国内一部注重“古今兼收、源流并重”的辞书无疑是一种缺憾。以下我们以话本中出现的词语为例，来考察《大词典》失收的词条。同时，我们还参考了近代汉语几部重要的词典，如《小说词语汇释》（陆澹安编著）、《宋元语言词典》（龙潜庵编著）、《近代汉语词典》（高文达主编）、《近代汉语词典》（许少峰主编）和刘坚、江蓝生编著的近代汉语断代语言词典系列（《唐五代语言词典》《宋语言词典》《元语言词典》）等。在下文中，如果无特别说明，则《大词典》和上述几部词典均未收录该词条。

（一）见于宋元之前而未被收录者

【癞疾】

（次子）忽患癞疾，有发皆落，遍身脓血不止，熏触父母。（《三国》）

“癞疾”即麻风病，是一种慢性传染病，其症状是皮肤麻木，表面结痂，毛发脱落，感觉丧失，手指脚趾变形等，《三国》上例出现的症状正是如此。《太平广记》卷一一三“刘龄”条（出《法苑珠林》）：“魏巨体内发疽，日出血三升，不一月苦死。自外同伴，并患癞疾。”又卷一一六

“谢晦”条（出《辨正论》）：“其后队人满身著癞疾，经时而死。”《二刻拍案惊奇》卷二九：“（马少卿）遂大书于门道：‘小女云容，染患癞疾……即以此女嫁之，赘入为婿。立此为照。’”又卷三一：“死后家人信了人言，道癞疾要传染亲人，急忙抬出，埋于浅土。”

“癞疾”亦可单言“癞”，“癞”或作“瘌”，《广雅·释诂》：“瘌，伤也。”《集韵·曷韵》：“瘌，一曰……疥也。或作癞。”王梵志诗《世间慵懒人》：“一群病癞贼，却搊父母耻。”《敦煌变文校注·燕子赋》：“燕子曰：‘人急烧香，狗急蓦墙。只如［你］钉疮病癞，埋却［你］尸腔！’”《太平广记》卷一一六“周宗”条（出《冥祥记》）：“宗等五人，相继病癞而死。”《大词典》当收“癞疾”条。

【作患】

（1）曹相诈言：“……他人有意为君，怕太子异日宫中作患。”（《三国》）

（2）后说军师自思，蛮贼不降，异日作患。（《三国》）

（3）军师自思：今次出祁山，恐江吴贼人作患。（《三国》）

“作”本“兴起、发生”义，《易·系辞下》：“包牺氏没，神农氏作。”“患”本“忧虑、担心”义，《论语·季氏》：“孔子曰：‘……丘也闻有国有家者，不患寡，而患不均。’”又引申出“祸患、灾难”义，《易·既济》：“君子以思患而豫防之。”

“作患”即“作乱”，《汉书·东方朔传》：“朔曰：‘……故淫乱之渐，其变为篡，是以竖貂为淫而易牙作患……’”《三国志·魏志·邓艾钟会传》：“文王笑曰：‘我宁当复不知此耶？蜀为天下作患，使民不得安息……’”《旧唐书·突厥下》：“时北突厥作患，高祖厚加抚结，与之并力以图北蕃，统叶护许以五年冬。”

“作患”在话本中又同“作反、作祸”：

（4）武侯奏曰：“三镇反者，皆是一将孟获，先帝借了十万军，因此作反。今老臣引五万军取镇征蛮。”（《三国》）

(5) 张飞言曰："你不闻吾到当阳长坂坡，观曹操百万之军，吾叫一声，如同小卒。何况小沟，岂能作祸！"(《三国》)

又，"作患"在佛经中指阻碍和影响教徒修业，北凉浮陀跋摩共道泰等译《阿毗昙毗婆沙论》卷二七："虽有大声，不能作患。阿练若住处，虽复小声，犹以为患。"后魏菩提流支译《大宝积经论》卷二："说菩萨虽未断诸烦恼，示现胜声闻等，以不能作患及作大利益功德之事。"吴支谦译《佛说义足经》卷一："痴人莫还为女作患，女必得婿。"

《大词典》已收与"作患"义近的"作难、作乱、作害"，故当收"作患"条。

【付与】

(1) 那李牧、冯亭、项梁三将奏曰："先锋不可便付与二将，须索交他两个比试，决个胜负，与先锋印者。"(《秦并》)

(2) 太后曰："付与卿自行处断，便族灭其家，不足以雪公之耻也。"(《五代史》)

(3) 丞相即便修书，付与先主。(《三国》)

"付"本"给与"义，《书·梓材》："皇天既付中国民，越厥疆土。于先王肆。王惟德用，和怿先后迷民，用怿先王受命。""与"本"给予"义，《周礼·春官·大卜》："以邦事作龟之八命：一曰征，二曰象，三曰与。"郑玄注："与谓予人物也。"

故"付与"乃同义连言，"付与"即"给予"。"付与"中古佛经已多见，如西晋安法钦译《阿育王传》卷五："婆罗门即捉二子付与尊者，尊者得已度令出家获阿罗汉道。"梁宝唱等集《经律异相》卷七："王得太子。即国中宝藏金银付与。"隋阇那崛多译《佛本行集经》卷一八："汝将此等诸宝璎珞，归付与我诸眷属等。"宋元以后文献亦多见，关汉卿《钱大尹智宠谢天香》第四折："（诗云）拣选下锦绣红妆女，付与你银鞍白面郎。"《三国演义》第八五回："烦丞相将诏付与太子禅，令勿以为常言。凡事更望丞相教之！"《红楼梦》第六九回："原先不该如此将刀靶付与外人去的。因此悔之不迭……"

【已了】【已毕】

（1）楚王见副将景耀龙果是英雄难敌，再令正先锋秦赋出阵。施礼打话已毕，二人挑战。（《秦并》）

（2）是时册上尊号已毕，百官称贺。（《宣和遗事》）

（3）帝大怒曰："朕行宣诏已了，都被这父子坏损齐国威名！"（《七国》）

（4）文政坚要共霍存去。去到齐州探事已了。（《五代史》）

（5）法师告谢已了，回头问猴行者曰……（《取经诗话》）

"已"乃"停止、完毕"义，《战国策·齐策二》："左右恶张仪，曰：'仪事先王不忠。'言未已，齐让又至。"姚宏注曰："已，毕也。""了"亦有"完毕"义，汉王褒《僮约》："晨起早扫，食了洗涤。""毕"亦有"完毕"义，《孟子·滕文公上》："（孟子）'公事毕，然后敢治私事。'"故"了、已、毕"均表示完结，"已毕、已了"均为同义连言，意即"完毕"。

"已毕"在古文献中常见，如《南齐书·高帝本纪下》："元年以前，三调未充，虚列已毕，官长局吏应共偿备外，详所除宥。"《南史·吴均传》："寻有敕召见，使撰《通史》，起三皇讫齐代。均草本纪、世家已毕，唯列传未就，卒。"《拍案惊奇》卷二七："（慧圆）与同伴都相见已毕，从此在尼院中住下了。"

"已了"在古文献中也多见，如《北史·刘献之传》："献之善《春秋》《毛诗》，每讲《左氏》，尽隐公八年便止，云：'义例已了，不复须解。'"《拍案惊奇》卷二四："若把令爱嫁与老仆，老仆能孝养吾丈于生前，礼祭吾丈于身后，大事已了，可谓极得所托的。"又卷二五："却说赵院判扶了兄柩，来到钱塘，安厝已了。奉着遗言，要去寻那苏家。""已了"在《水浒传》中的用例很多，共 81 次，如《水浒传》第四〇回："众人只替他两个叫苦。当时打扮已了，就大牢里把宋江、戴宗两个匾扎起……"又第四一回："众人商量已了。只见薛永去了五日回来，带将一个人回到庄上来，拜见宋江。"

《大词典》已收“了毕、完毕、成毕、讫毕”，均为“完毕”义，“已了、已毕”与其义同，《大词典》当收。许少峰主编的《近代汉语词典》已收“已了”（第1385页），但未收“已毕”。

【涕泪交流】

（太子）言罢，又见第七个梧桐树下，有一女人，涕泪交流，哽噎大怨，言曰：“纣王共妲己，太子好无道！”（《武王》）

“涕泪交流”形容人流泪极多，很激动的样子，《北史·王思政传》：“（赵彦深）引见文襄，辞气慷慨，涕泪交流，无挠屈之容。”隋毗尼多流支译《大乘方广总持经》卷一：“尔时大众闻佛说已，皆悉悲泣，涕泪交流，俱发是言。”《敦煌变文校注·唐太宗入冥记》：“皇帝此时论着太子，涕泪交流。”

《大词典》收有“涕泗滂沱”，与“涕泪交流”义同，《大词典》当收此条。

（二）见于宋元而未被收录者

【绣墩】

（1）皇帝传宣，皆令免礼，赐平身上殿，赐绣墩而坐。（《武王》）

（2）徽宗遣殿官宣李师师入内，朝见毕，赐夫人冠帔，使师师衣着，仍赐绣墩，次坐于御座之侧。（《宣和遗事》）

（3）齐王闻奏大喜，即宣孙子至殿下，礼毕，请孙子上殿，赐绣墩而坐。（《七国》）

“墩”本指“土堆”，隋虞世南《北堂书钞》卷一五七引晋郭璞《尔雅》注：“江东呼堆为墩。”“墩”上古音端母文部，“堆”上古音端母微部[①]，“文部”“微部”依照王力上古韵部表[②]，同在第九部，故“墩”当为“堆”的一音之转，二者音近义通。“墩”又引申指“墩子、堆状物”，唐高适《同李员外贺哥舒大夫破九曲之作》诗：“唯有关河眇，苍茫空树墩。”宋代出现了一种坐具，因其形状如墩子，故亦曰“墩”，如：

（4）子春礼毕，大使赐墩而坐。（《前汉》）

《宋史·丁谓传》：“遂赐坐。左右欲设墩，谓顾曰：‘有旨复平章事。’乃更以杌进，即入中书视事如故。”“杌”是一种矮脚的凳子。可见，“墩”与“杌”均为坐具。

如在“墩”上放置绣花的套垫，则为“绣墩”，一般尊者才能享受坐绣墩的待遇，如上四例。《飞龙全传》第三回：“只见正中设着一张闹龙交椅，两旁放着两个绣墩。匡胤又问道：‘这是什么人儿坐的？’光远道：‘那中间龙椅，是当今坐的。这两旁绣墩，是两位丞相坐的。’”《封神演义》第七回：“妲己进宫，坐在绣墩之上，长吁一声。”又第八回：“杨妃送二位殿下出宫。杨妃坐于绣墩之上，自思叹曰……”

又，“绣墩”在佛经中又指佛教徒打坐的坐垫，元念常集《佛祖历代通载》卷一五：“翁踞床指绣墩命着坐，童子俄进玻璃盏。”明觉岸编《释氏稽古略》卷三：“翁纵牛引师升堂，翁踞床指绣墩命坐。”高文达主编的《近代汉语词典》（第897～898页）已收此条。

【排宴】

（1）其时，孙子排宴管待诸国君王。（《七国》）

（2）俄然驾到宫，太后接驾坐，置酒排宴。（《前汉》）

（3）先主排宴管待吕布，三日却归小沛。吕布归徐州。（《三国》）

---

① “墩、堆”上古音依据唐作藩编著：《上古音手册》，南京：江苏人民出版社1982年版，第31页。

② 参见唐作藩编著：《上古音手册》，南京：江苏人民出版社1982年版，第2页。

“排”有“备办”义，辛弃疾《鹊桥仙·送粉卿行》词：“轿儿排了，担儿装了，杜宇一声催起。”元好问散曲《喜春来·春宴》：“春宴排，齐唱春来。”故有“排办”“排备”连言，《五代史》：“李克用既奉诏，不敢再进军。未免排办茶饭，看待诏使。”《东京梦华录》卷四《筵会假赁》：“欲就园馆亭榭寺院游赏命客之类，举意便办，亦各有地分，承揽排备。”《夷坚志·支乙·大梵隐语》：“陈令排备酒馔，设席堂上，祝而祭焉。”

故“排宴”乃“安排、置办酒宴”之意，话本出现12例。元杂剧关汉卿《关大王独赴单刀会》第一折：“今据长江形势，第一计：趁今日孙、刘结亲，已为唇齿，就江下排宴设乐……”《二刻拍案惊奇》卷五：“因圣驾御楼观灯已毕，先同着一般的中贵四五人，前去宫中排宴……”《水浒传》第七〇回：“宋江欢喜，忙叫排宴庆贺。”

《大词典》已收“设宴、款宴、摆宴”，“排宴”与之义同，《大词典》当收此条。

【可似】

> 随时分娩，报知吕后。吕后看之，笑是一怪物，没眉没眼，可似一块血肉。（《前汉》）

“可”作副词有“恰，正”义，李白《古风》之一〇：“吾亦澹荡人，拂衣可同调。”李商隐《辛未七夕》诗：“由来碧落银河畔，可要金风玉露时。”

故“可似”乃“恰似”义，宋刘将孙词《沁园春》：“彩凤随鸦，琼奴失意，可似人间白面郎。”《说郛》卷一一〇载辽王鼎《焚椒录》：“芙蓉失新艳，莲花落故妆。两般总甚比，可似粉腮香。”清佚名《海公小红袍传》第二三回：“杜爷道：‘他二人只因搜宝回来，可似在路上冒了风寒，至今未愈。’”又第三三回：“左右将文玉套上夹棍，三收五敲，文玉可似杀猪一般叫起来。”

“可似”亦作“可便似”，明孟称舜《娇红记》第十二出《期阻》：“骂你个妒色毛团面，鳔胶儿粘在天。要你下去呵，可便似颠风倒走黄河岸，瘦马逆行连云栈，死囚押赴森罗殿。”第二十出《断袖》：“（贴）你看月看到小姐房里去？你早则招了，如今又倒抵赖。俺小姐呵，可似海棠零落，春风一把。”又第四十五出《泣舟》：“想着那情意惬，荼蘼架底相逢夜，可便似秦楼笑咏，玉管吹彻。”同一文献中，一处作“可似”，两处作“可便似”，二者义同。《西游记》第六五回：“三藏扬鞭指道：‘悟空，那座山也不知有多少高，可便似接着青天，透冲碧汉。’”龙潜庵《宋元语言词典》收有“可便似”，《大词典》失收“可似、可便似”，当补。

【尸横遍野】

> 乐毅亲督百万大军，与齐兵混战一昼夜。齐兵大败。杀得尸横遍野，血浸成河。(《七国》)

“尸横遍野”首见于话本，形容杀人之多。在其后的明清小说中多见，如《醒世恒言》卷二五：“杀得吐蕃尸横遍野，血染成河。端的这场厮杀，可也功劳不小。”又卷二七：“元来赵总兵杀退贼兵，看见尸横遍野，心中不忍，即于战场上设祭阵亡将士……”《三国演义》第七回：“不到数合，蔡瑁败走。坚驱大军，杀得尸横遍野。”又第三一回：“左边乐进，右边于禁杀出，杀得袁军尸横遍野，血流成渠。”

见于宋元话本而《大词典》失收的还有“药囊、都皆、阴书、经图、停尸、玩看、枪营、荡无、告覆、启覆、收捉、搜捉、仰面、隘窄、巴到、剿平、歹心、动乐、度与、患病、霍地、寂淡、举唱、勘官、令教、貌类、莫若、契旧、囚车、权职、视看、胜景、胜败、输败、输兵、索讨、跳楼、贪顾、探觑、探闻、投纳、团兵、围簇、慰闷、委差、续添、宣诰、挟仇、要战、着邪、执谋、住歇、误然、支赏、回兵、马步军、两壁（厢）、号啕大哭、锣鼓喧天”等，共计70余条，限于篇幅关系，不再一一举例。

二、漏收义项例释

查阅见于话本的词语，发现有的词虽然被《大词典》收录，但该词在话本中的某些用法《大词典》没有收录，如：

【发】

《大词典》“发”的义项多达61条，其中动词义有51个，可见“发”在古汉语中是一个使用频率很高的动词，但我们发现话本中有一动词义的“发”比较特殊，如：

(1) 西伯侯又发一课：今日是戊子日，雨降，合主此墓自摧破，此墓中合出一个烈士。(《武王》)

(2)（纣王曰）……尔今日与寡人发一课，看目下有何吉凶相应之事？免卿不死之厄。(《武王》)

(3) 太公又发一课，言道：“今日有一将来投我。”(《武王》)

以上“课”为占卦的一种，“发”之此义同“下”（见第二章第一节“下”），“发一课”即“摆一卦、占一卦”之意，“发”之此义多见于“发一课”的短语结构中，明谢诏《东汉秘史》第八回：“（严奇）谓子陵曰：‘今闻长安试武，弟欲赴选，特来哥处求发一课，看取吉凶若何?’子陵遂发一课，见爻象大凶……”《西游记》第三五回：“他道：‘这个象发课的筒子响，倒好发课。等老孙发一课，看师父甚么时才得出门。’”《大词典》失收此义。

【迟疾】

“迟”本“徐行”义，《说文·辵部》：“迟，徐行也。”故引申出“慢、晚”义，如《战国策·楚策四》：“（庄辛）臣闻鄙语曰：‘见兔而顾犬，未为晚也；亡羊而补牢，未为迟也。’”

“疾”本“病，病痛”义，《书·金縢》：“既克商二年，王有疾，弗豫。”又有“急剧而猛烈”义，《易·说卦》：“动万物者，莫疾乎雷；桡万物者，莫疾乎风。”“急剧而猛烈”有较强的程度义，故又引申出“快”义，如《庄子·天道》：“轮扁曰：‘……斲轮，徐则甘而不固，疾则苦而不入。’”

《大词典》“迟疾”条有两义：其一，或快或慢，快慢；其二，犹早晚。其中“早晚”义的两个例证都出自话本。

故“迟疾”乃反义并列关系，反义并列的双音词会出现语义融合和语义脱落（见第二章），《大词典》“迟疾”条所收的两义正是“迟”和“疾”语义融合之后产生的意义。我们发现，“迟疾”还会出现语义脱落的现象，从而引申出另外的意义，如话本中两例“迟疾”：

（1）（孙龙曰）……吾命在旦夕，汝可速来救我。如迟疾，则父子不能相见矣！父孙操书。（《七国》）

（2）却说周瑜带酒问众官：“曹相屯军夏口，百三十万；若迟疾，夏口必破。众官谁有计可退曹军？”（《三国》）

此两例中的“迟疾”作“迟慢”义，语义偏于“慢”义，“疾”义脱落，此时“迟疾”义同“迟慢”，如：

（3）太守问：“你这里至长安近远，如何违限半月有余？你是拖酒慢功，嫌官小，故意迟慢！”（《三国》）

（4）太守怒，再问：“你如何先交军兵先来，老小在后，你休分说！”令左右人监下，取迟慢招伏。（《三国》）

故《大词典》“迟疾”条当收其“迟慢”义。

【一并】

《大词典》“一并”条：“一起；一齐。宋秦观《元日立春三绝》之一：‘直须残腊十分尽，始共新年一并来。’……”

“并”有“合”义，《汉书·董仲舒传》：“科别其条，勿猥勿并。”颜师古注：“并，合也。”“合”又与“连”义同，故“一并”有“一连，接连”义，如：

（1）鲁肃言：“知荆州一并三年，大旱不收，饥死人遍地……”（《三国》）

（2）有皇叔、诸葛言：“你知得荆州一并三年不收，今年田种……”（《三国》）

“一并”为“一连，接连”义时，后多接数量短语，表示时间、空间的连续，如例（1）、例（2）。宋高观国《祝英台近》词：“念芳意。一并十日春寒，梅花煞憔悴。”《喻世明言》卷三三：“话里却说张公，一并三日不开门。”《施公案》第一八七回：“张桂兰也不放在心上，他却穿身来到内院，见一并三间房屋，一明两暗。”《大词典》“一并”条失收“一连”义。

【一路】

《大词典》“一路”有以下几个义项：一条道路；沿途；一类，同一类；犹言一带或一个方面；一边、一面；一起。话本中的“一路”的用法不见于《大词典》：

（1）武王曰：“有诸侯助伐朝歌，至癸亥日，有一路兵来委的投我。”（《武王》）

（2）英布阵自乱，单马走迷，至一山，逢一路军兵。（《前汉》）

“路”本“道路、路途”义，《易·说卦》：“《艮》为山，为径路。”“一路”可指一条道路，见《大词典》义项1。军队行军之时，排列在道路之上，“一路”可由道路转指站在道路上的人，故“一路”又引申出“一队”义，如上二例中的“一路”均为“一队”，此义又见于明清小说，《三国演义》中多见，《三国演义》第一三回：“忽左右报曰：‘有一路军马，枪刀映日，金鼓震天，前来救驾。’”又第一四回：“帝慰谕方毕，忽报正东又有一路军到。”又第一八回：“败兵回告操曰：‘若非山后这一路人马阻住中路，我等皆被擒矣。’”《西游记》第三七回：“又只见东门开处，闪出一路人马，真个是采猎之军，果然势勇。”《大词典》失收此义项。

【都无】

《大词典》“都无”条只有一个义项：倘无，若无。“都无”在话本中共出现22次，均不作此义，如：

(1) 孙子向龙床奏计，都无数句，王曰：“好强!”(《七国》)

(2) 兵马如飞，都无一饭间，汉兵至正北面……(《前汉》)

(3) 都无五七日，使丫环侍女，驷马重重，送貂蝉于太师宅内。(《三国》)

(4) 遂与行者同入殿内。寺中都无一人。(《取经诗话》)

(5) 宣抚司谭稹对使者道：“宣抚司都无片文只字，许粮之约，难以奉承。”(《宣和遗事》)

常见的“都无”乃“全无”义，《朱子语类》卷三四：“又去习启事、杂文，便自称文章之士。然都无用处，所以皆不济事。”但此“都无”为短语。然而，如果表全部否定义的“都无”后面接有表数量义的短语，则不表“全无”义，而表一定的数量意义，故“都无”又可引申出“不到、仅仅”义，上五例“都无”后接有数量短语，均作“不到、仅仅”。可见“都无”作此义时，后面必须接表数量义的短语，处于这种语法结构中的“都无”才有“不到、仅仅”义，此义唐代已见，韩愈《题杜工部坟》：“中间诗笔谁清新，屈指都无四五人，独有工部称全美，当日诗人无拟伦。”“屈指都无四五人”就是“不到四五人”之意。唐李德裕《会昌一品集·别集》卷五《奏银妆具状》：“去年二月中奉宣，令进盝子，计用银九千四百余两，其时贮备都无三二百两。”宋邵雍《击壤集》卷四《惜芳菲》：“芳菲大率一春内，烂漫都无十日间。”宋梅尧臣《宛陵集》卷七《同至姜店》：“君不解饮聊开筵，程次都无五百里。”元高文秀《好酒赵元遇上皇》第一折：“五更头搭手思量，动不动惊四邻告社长。我待横三杯在路旁，都无二十日身丧，我这一灵儿不离了酒糟房。”

故《大词典》“都无”条失收“不到、仅仅”义。

【上国】

《大词典》“上国”条有四个义项：国都以西的地区；春秋时期称中原各诸侯国为上国，与吴、楚等国相对而言；外藩对帝室或朝廷的称呼；指京师。但是在《全相》中，“上国”指实力最强的诸侯国。如：

(1)(鬼谷曰)……汝众将拜齐为上国若何?(《七国》)

（2）（司马欣曰）……若论气力，则秦为上国。（《秦并》）

（3）（始皇曰）……驰骋辩口，离间诸国，私自结纵合横，各有吞噬上国之谋。（《秦并》）

（4）平生感慨有谁知？何事谋身与愿违！上国献书还不达，故园经乱又空归。（《五代史》）

（5）妃曰："汝本北方小胡奴，侵凌上国，南灭炎宋，北威契丹，不行仁德，专务杀伐……（《宣和遗事》）

从《大词典》"上国"的义项1、2来看，"上"的语素义主要指的是方位，黄河的上游（吴、楚等国处于黄河下游）。"上"由方位可引申指抽象的权力、地位高，《书·吕刑》："穆穆在上，明明在下。"故"上国"可指实力最强的国家，如上话本示例中的"上国"均作此义。《清平山堂话本·羊角哀死战荆轲》："角哀曰：'小生姓羊，双名角哀，吴国人也。闻上国招贤，特来归投。'"此处是说羊角哀闻楚国招贤，故而毛遂自荐。"上国"指楚国，可见，此"上国"之"上"不指方位，而指实力。《大词典》"上国"条失收"实力最强的国家"义。

【正传】

《大词典》"正传"条有三个义项：正统的传授；犹本传；犹正题、正文。在话本中"正传"还有表示"正史"之意：

（1）"正传"云：淖齿数齐王曰："千乘、博昌之间，方数百里，雨血沾衣，王知之乎？"（《七国》）

（2）"正传"云：杀燕兵片甲不回，复齐七十余城……（《七国》）

例（1）的内容出自《战国策·齐策六》："淖齿数之曰：'夫千乘、博昌之间，方数百里，雨血沾衣，王知之乎？'"例（2）的内容出自《史记·田单列传》："所过城邑皆畔燕而归田单，兵日益多，乘胜，燕日败亡，卒至河上，而齐七十余城皆复为齐。"乃记田单火牛阵破齐之事。故例（1）、例（2）的内容均来自正史，故其中"正传"指正史。此义在其后的明清小说中亦见，如《喻世明言》卷一五："若按欧阳文忠公所编的

《五代史》正传上载道：梁末调民，七户出一兵。”《醒世姻缘传》第一五回：“晁夫人说：‘我虽是妇人家，不曾读那古本正传；但耳朵内不曾听见有这等刻薄负义没良心的人！干这等促狭短命的事……’”又第六三回：“薛如卞道：‘我不忍合姐姐说。我只见古本正传上说……’”

【招讨（使）】

《大词典》“招讨”条有两义：招抚征讨；比喻魁首。“招讨（使）”在话本中出现 104 次，大部分出自《秦并》和《五代史》，如：

（1）严广迎接李牧招讨入关，交割牌印。(《秦并》)

（2）那将军答曰：“咱是朱太守下部将贺瑰。我既走避，招讨只管赶来则甚?”(《五代史》)

（3）郭威道：“告枢密招讨相公，小人请将精兵三千，明日决定破贼。”(《五代史》)

（4）于前者先锋使樊哙，合后者略阵将灌婴，大将军王陵、招讨使周勃二人，次序着高皇车驾……(《前汉》)

（5）晋王授李存审为招讨使。镇州食竭，张处瑾遣使诣晋王投降，晋王未许。(《五代史》)

（6）晋王授李嗣昭为招讨使，替阎宝职事。(《五代史》)

《大词典》“招讨”义项 1 为动词，但其在话本中几乎全部用作名词，是官名，即皇帝任命的征讨大将军。用作官名的“招讨”当是义项 1 的引申，由动词“招讨”转指负责“招讨”的将领。用作官名的“招讨”在明清小说中习见，《水浒传》中出现 50 多次，多作官名，如第八二回：“（天子）问道：‘你去岁统十万大军，亲为招讨，征进梁山泊，胜败如何?’”又第九三回：“宋江见说大喜，赏赐了李俊，着令自往常州，去见张、刘二招讨，投下申状。”明罗贯中《三遂平妖传》第一七回：“文招讨见说，大喜道：‘招讨如此用兵，何愁贝州不破！’”

“招讨”用作官名，又作“招讨使”，见例（4）、例（5）、例（6）。《宋史・太宗本纪》：“乙丑，克隆州，获其招讨使李询等六人。”《宋史・仁宗本纪》：“壬辰，夏守赟兼沿边招讨使。出内藏缗钱十万赐戍边禁兵之家。”

【英雄】

《大词典》“英雄”条有三义：指才能勇武过人的人；指具有英雄品质的人；指无私忘我，不辞艰险，为人民利益而英勇奋斗，令人敬佩的人。三个义项均为名词义，但在话本中有很多“英雄”用作形容词的例子：

(1) 项梁奏曰：“此王翦、王贲，英雄难敌。臣施一小计，聊损他兵。”(《秦并》)

(2) 王翦奏曰：“……缘荆地有上将项梁，英雄难攻……”(《秦并》)

(3) 西门扛遣将回奏言：“秦兵英雄难当，折□□□□上将。乞获燕王，献与秦将，免侵辽东受苦。”(《秦并》)

(4) 夫项王有八德：起于陇亩，威服天下者，英雄之致，一也……(《前汉》)

以上四例中的“英雄”均作形容词，乃“英勇”义。“英雄”作“英勇”义在明清小说中多见，《水浒传》第四七回：“（杜兴）‘惟有一个女儿最英雄，名唤一丈青扈三娘……’”又第九五回：“宋江道：‘那人英雄了得，你如何近傍得他！’”《禅真逸史》第三九回：“又看杜伏威、薛举、张善相、查讷等，人材魁伟，相貌英雄，心下十分钦敬。”《警世通言》卷二一：“赵员外慌忙出堂，见了赵公子拜谢道：‘若非恩人英雄了得，吾女必陷于贼人之手，父子不得重逢矣！’”《大词典》“英雄”条失收“英勇”义。

【伏路】

《大词典》“伏路”：“暗道，隐秘的通路。《西游补》第七回：‘原来鱼雾村中，有两扇玉门，里边有条伏路，通着未来世界。’”但话本中“伏路”是其他意思：

(1) 各人鸣金收兵下寨。看看已晚，各差小卒伏路。(《秦并》)

(2) 李牧赶上五十里，扎寨。各人是晚令小军伏路。(《秦并》)

话本两例“伏路”乃军事用语，指安营扎寨之后，派士兵在营寨周围执行巡逻警戒任务，“伏路”即“巡逻”，此义在《三国演义》《水浒传》中常见，如《三国演义》第三回：“李肃赍了礼物，投吕布寨来。伏路军人围住。”又第三〇回：“却说许攸暗步出营，径投曹寨，伏路军人拿住。”又第六二回：“早有伏路小军飞报入寨，泠苞已有准备了。”《水浒传》第五九回：“三军人马，来到山下，早有伏路小喽啰上山报知。”又第九六回：“此时才有一更天气。路上撞着两个伏路小军，二人结果了两个……”《禅真逸史》第二九回：“（张逊六）走不半里，被伏路军拿人黄松大寨。”

【交兵】

《大词典》“交兵”条：“兵刃相接，交战。《管子·大匡》：‘鲁，小国也，固不带剑，今而带剑，是交兵闻于诸侯……’”话本中出现 11 次“交兵”，只有一次用作“交战”义，其余的均不作“交战”义，如：

（1）次早，讲武殿交兵，起离齐国，迤逦行程。(《七国》)

（2）次早，王贲在演武亭交兵，起离京兆府。(《秦并》)

（3）汉王准奏，宣陈豨受印于枢密院，交兵二十万，将韩信应用兵器衣甲分付与陈豨。(《前汉》)

话本中“交兵”指出征之前，由皇帝或将军授予出征将领以兵权，调拨军队供其使用。“交兵”此义在其他文献中还未发现，当是“转交兵权”的紧缩或缩略，紧缩或缩略法构词是口语词产生的一种常见的构词方式。如“开江”乃“摇开江面”的缩略①，《水浒传》第四一回：“晁盖整点众人完备，都叫分头下船，开江便走。”

【正受】

《大词典》“正受”条：“佛教语。又称禅定，是佛教修行方法之一。定心，离邪乱，谓之正；无念无想，纳法在心，谓之受。”话本中有一例“正受”不作此义：

① 此例引自蒋冀骋、吴福祥：《近代汉语纲要》，长沙：湖南教育出版社 1997 年版，第 215 页。

（曹操）又言："张飞白身车骑大将军。吾东征吕布，倘若还朝，交你正受也。"（《三国》）

例中曹操称呼张飞为"白身"将军，意即朝廷还未正式授予官衔，"正受"即回朝之后"正式授官"之意。此义在《水浒传》中亦见，《水浒传》第八六回："原来那个番官，正受黄门侍郎，左执金吾上将军，姓李名集，呼为李金吾。"又第八八回："因此朝廷特差御前八十万禁军枪棒教头，正受郑州团练使，姓王，双名文斌……"又第九〇回："太师蔡京、枢密童贯商议奏道：'方今四边未宁，不可升迁。且加宋江为保义郎，带御器械，正受皇城使。'"

古者施、受同源，"授"是"受"的后出字，"受"常作"授"，故"正受"亦作"正授"：

（曹操）"……汉上将军兼马步都元帅正授领省大魏王曹操，谨付讨虏将军左右。"（《三国》）

《宋史·度宗本纪》："至是以功来上，且以二州摄事守臣请命于朝，诏与正授。"《金史·麻吉列传》："从攻陕西，为右翼都统，攻城破敌，皆与有功。师还，正授谋克。"《水浒传》第九一回："干人道：'……并主人陈将士官诰，封做扬州府尹，正授中明大夫名爵……'"

【腾空】

《大词典》"腾空"有两义：（－kōng）向天空飞升；（－kòng）使空出。《全相》中"腾空"两例均不作此两义：

（1）不防景耀龙取出弓箭，弓开如满月。箭去似流星，正中李彪，金盔倒卓，两脚腾空。（《秦并》）

（2）耶律德胜追将来，被李牧挥起蘸金斧砍下，只见耶律德胜腾空落马。（《秦并》）

"腾空"常义是"向上飞升"，《宣和遗事·亨集》："正欲擒那僧人，则见霞光耀目，不能近前，只听得响亮一声，见僧人腾空而去，立在云端之上……”“腾空”是停留在空中，故可引申出“悬空”义，如上两例，《水浒传》第七二回：“王班直拿起酒来，一饮而尽。恰才吃罢，口角流涎，两脚腾空，倒在凳上。”《大词典》失收其“倒悬”义。

第三节 《大词典》例证问题举例

《大词典》词条例证的顺序，一般按照例证的时间先后安排，这样做可以正确反映词语产生和发展的情况。辞书的使用者在查阅相关的词条时，才能根据用例大致了解这个词语产生、发展和变化的轨迹。我们利用《大词典》查阅话本的词语，发现《大词典》例证问题主要表现为：其一，用例不当；其二，例证偏晚；其三，例证不足；其四，没有例证。

一、用例不当

用例不当指的是《大词典》所引用的某些例证的时代有问题。用例不当，一方面不能正确反映该词语的产生、发展和变化的过程；另一方面也会给辞书的使用者传达错误的信息。笔者利用《大词典》查阅话本中的词语，发现有些见于话本的词语的首引例或义项的首引例均用到了《京本通俗小说》中的用例，如：

【分说】

（1）先生曰：“交你休来，今遭吾捉了，有何分说？”（《七国》）

（2）太守怒，再问：“你如何先交军兵先来，老小在后，你休分说！”（《三国》）

（3）看众官面，不曾断你。因此挟仇，杀了太守。你休分说！（《三国》）

《大词典》“分说”条：“分辩；辩白。《京本通俗小说·错斩崔宁》：‘众人那里肯听他分说，搜索他搭膊中，恰好是十五贯钱，一文也不多，一文也不少。’元无名氏《抱妆盒》第二折：‘我这里越分说，他那里越疑猜。’……”

【仔细】

(1) 更无一人告与太子，太子不知仔细，方免娘娘之忧也。(《武王》)

(2) 伟王见说，唤：“且留人间。您是何人？可说因依仔细!”(《五代史》)

(3) 有离娄、师旷，早闻先知仔细。至来日，南宫适出阵与二将大战三十合……(《武王》)

《大词典》“仔细”条义项3：“犹言底细。详细情形。《京本通俗小说·碾玉观音》：‘郭立道：“也不知他仔细。只见他在那里住地，依旧挂招牌做生活。”’《武王伐纣平话》卷上：‘更无一人告与太子，太子不知仔细，方免娘娘之忧也。’”

从安排用例的先后顺序看，这两条都是首引《京本通俗小说》的用例，次引元代文献，似乎把《京本通俗小说》处理为宋代语料（至迟为元代语料）。然而《京本通俗小说》早在1965年就已经被学界认定为伪书[①]，它是根据《警世通言》和《醒世恒言》编造的话本小说，其确定的刊刻年代是明代。既然是伪书，其中的用例就不能作为宋代（或元代）语料。如果把它的用例安排在元代的用例之前，就会给读者传达错误的信息：《京本通俗小说》的时间早于或同于元代。

《大词典》首引例为《京本通俗小说》的词条还有很多，见于话本的如“量酒”“钧旨”“兀谁”等；词条的某一义项的首引例为《京本通俗小说》，见于《全相》的如“撺”之“抛掷”义、“道不得”之用作反诘

① 参见马幼垣、马泰来：《〈京本通俗小说〉各篇的年代及其真伪问题》，台湾《清华学报》1965年新5卷第1期。（转引自蒋绍愚：《近代汉语研究概况》，北京：北京大学出版社1994年版，第20页。）

语气义、“一径”之“径直”义、“富贵”之“财物；财宝”义、“寻讨”之“寻找”义、“时分”之“时候”义、“歇泊”之“安顿住宿”义、“管待”之“款待”义、“不争”之“如果”义、“约会”之“预先约定相会”义等。我们认为，即使要用到《京本通俗小说》的例证，也只能安排在元代例证之后。

二、例证偏晚

《大词典》词条的例证偏晚主要体现在两个方面：其一，词条的首引例晚于《全相》；其二，某个义项的首引例晚于宋元话本。

（一）词条的首引例晚于《全相》

【下棋】

《大词典》“下棋”条首例引用明冯梦龙《古今谭概》为证，例证稍晚，话本就有“下棋”的用例，如：

（1）一人报曰：“告相公，先生在里向书案上，有先生下棋，正是孙子。”（《七国》）

（2）二太子下棋，圣王复杀景王三局，景王言：“我弟棋高也。”（《前汉》）

“下棋”亦见于同时期其他文献，如宋周密《武林旧事》卷七：“婉容进茶讫，遂奏太后云：‘本位近教得二女童，名琼华、绿华，并能琴阮、下棋、写字、画竹、背诵古文，欲得就纳与官家则剧。’”同卷：“命小内侍宣张婉容至清心堂抚琴，并令棋童下棋，及令内侍投壶、赌赛、利物、则剧。”

【尽皆】

《大词典》“尽皆”条首例以《三国演义》为证，但“尽皆”在话本中已经出现46次，如：

(1) 此乃不匡谏纣王、妲己，恣纵行无道者，尽皆斩讫。(《武王》)

(2) 其余五百兵尽皆坑尽，只留得三五个回营。(《秦并》)

(3) 只当日半夜前后，河水长十分，溢满长安浮桥。百姓尽皆奔走入城……(《前汉》)

(4) 不问坟墓之间，尽皆发掘。(《宣和遗事》)

(5) 朱全忠将所获的俘虏，尽皆杀了……(《五代史》)

“尽皆”亦见于宋元时期其他文献，《靖康纪闻》：“金使自入内中，亲手尽皆抽去。”《东京梦华录》：“诸门皆有官中乐棚。万街千巷，尽皆繁盛浩闹。”《守城录》：“所有贼人狗脊洞子，只于当日尽皆打倒，并人亦打杀……”

【发喊】

《大词典》“发喊”条首例引《水浒传》为证，但“发喊”在话本中已出现19次，如：

(1) 太公令教四下兵将一齐打城，三十六寨一齐发喊之次……(《武王》)

(2) 诗曰：弓拽满轮秋月，箭飞一点寒星。军兵发喊一声，惊煞太宗。(《征辽事略》)

(3) 众军不能向前。打折贼军枪杆，勿知其数。寨中贼兵发喊惊恐自开。(《三国》)

宋陈规、汤璹《守城录》卷三：“是夜五更一点，忽同时发喊，云梯、火炮、弓弩箭凿攻城，势焰凶猛。”元关汉卿杂剧《尉迟恭单鞭夺槊》第四折：“不打话来回便战。三军发喊，二将争功。”

“发喊”在话本中又义同“喊声”，如：

(1) 至夜又至晓，是甲子日早辰，于城四下兵将一齐喊声，果然城墙自摧。(《武王》)

(2) (董卓) 方欲兴兵，忽听得城内大喊声，闭了城门，急点军

兵数千余人，前街后巷，罗纹结角，军兵都把了。（《三国》）

（3）或一夜闻外喊声，众大惊，火光连天，杀人大乱。（《宣和遗事》）

【索命】

《大词典》"索命"条首例引明沈德符《万历野获编》为证，但话本已出现"索命"的用例，如：

（1）燕国孙操大兵一十万，与儿孙子来索命……（《七国》）

（2）又梦见三十个官人扯住衣裳来索命。（《前汉》）

"索命"亦见于宋代其他文献，如《古尊宿语录》卷三二："忽然睡着，梦见数百虾蟆来问索命。"《太平广记》卷一二四"吴景"条（出《稽神录》）："妇人曰：'我从吴景索命，不知其他。'"又卷一二六"陈洁"条："公引手接之，成大蜘蛛，衔中指，拂落阶下，化为厉鬼，云来索命。"

【钧令】

《大词典》"钧令"条首例引清洪昇《长生殿》为证，例证过晚，话本即有其用例，如：

（1）李牧便传上钧令，分付诸军准备。（《秦并》）

（2）王贲把风一嗅，言："今夜有人来劫寨。"传下钧令，教诸军提备……（《秦并》）

"钧令"乃对上级命令的敬称，亦见于元明时代其他文献，如《水浒传》第七八回："却说高太尉见水面上船只……忙传钧令，且教收兵回济州去，别作道理。"《西游记》第二〇回："那虎先锋……上前跪下道：'大王，小将不才，蒙钧令差往山上巡逻，忽遇一个和尚……'"

【悔之晚矣】

《大词典》首例引明沈受先《三元记》为证，例证稍晚，《全相》已有用例，如：

(1) 孙子不识其阵，大惧曰："吾师曾交我，吾嫌不好，不学。即今悔之晚矣。此阵变化多矣。"(《七国》)

(2)(孙子)当初学阴书，嫌不肯学，今日悔之晚矣。(《七国》)

(3) 倘陛下文过遂非，再信谗言，微游妓馆，则忠言结舌，不闻于上，万一有奸邪叵测之情，陛下悔之晚矣！(《宣和遗事》)

元杂剧高文秀《刘玄德独赴襄阳会》："他若领兵来时，将古城踏来平地，那其间悔之晚矣!"王伯成《李太白贬夜郎》："看了书中有女颜如玉，路上行人口胜碑。儿曹辈，悔之晚矣，归去来兮。"

【奇珍异宝】

《大词典》首例引用清周亮工《书影》为证，例证明显过晚，话本就有2例：

(1) 有一日，妲己奏曰："我王教天下，若有奇珍异宝，进来妆饰宫室。臣妾看玩之。王意若何?"(《武王》)

(2) 纣王闻奏，即日敕令出榜于内门外，教天下人，若有奇珍异宝，皆来呈进，不得隐匿。(《武王》)

"奇珍异宝"还见于元明时期的其他文献，如元刘君锡杂剧《庞居士误放来生债》第三折："(正末领卜儿、灵兆、凤毛、行钱上，云)行钱，将那家中金银贯钞，奇珍异宝，都搬运在大船上不曾?"秦简夫杂剧《东堂老劝破家子弟》第一折："出脱了些奇珍异宝，花费了些精银响钞。"《西游记》第九八回："二尊者即奉佛旨，将他四众，领至楼下。看不尽那奇珍异宝，摆列无穷。"

其他见于话本而《大词典》首例例证过(稍)晚的还有："铃子、一彪、之前、之后、直至、侄子、侄儿、做主、人等、假装、系是、兄长、剿灭、剿除、午牌、在日、只怕、唆使、丧命、叹气、害病、姑表、棹(桌)子、根问、救驾、腥气、有些、背反、款状、煞神、息怒、母舅、意情、尽皆、簇拥、着力、纵容、选定、辨认、隘口、头功、鬼面、响箭、不移时、八卦阵、四下里、御林军、绊马索、护心镜、人烟稠密、人困马乏、四面八方、安邦定国、桃园结义、昏迷不醒、撒豆成兵、无计奈何、怨气冲天、碎尸万段、相貌堂堂、生民涂炭、血流成河、羞花闭月、鸣金收兵、鼓乐喧天”等。

（二）某个义项的首引例晚于宋元话本

【几乎】

《大词典》“几乎”条义项2：“差点儿。多谓达到了即要发生而结果未发生的程度。《二刻拍案惊奇》卷九：‘这里素梅在房中心头丕丕的跳，几乎把个胆吓破了。’……”话本有此义的多处用例：

（1）（石丙）大喜曰：“若非哥哥，几乎不能相见!”（《七国》）

（2）璋射一箭，正中周瑜，落下马来。不是众人，几乎捉了周瑜。（《三国》）

（3）三月，虏过吴县，统制陈思恭用舟师邀击于太湖，几乎生获兀术。（《宣和遗事》）

（4）譬如在河中时血战几番，末梢头和侍中几乎性命不保。（《五代史》）

【比试】

《大词典》“比试”之义项1：“彼此较量高低。多指比武。”首引《水浒传》为证，此义话本中已有很多用例：

（1）忽班部中撞出一将，身长九尺……愿为先锋，与郑安成比试。（《秦并》）

（2）楚王依奏，便令二将比试，胜的挂先锋印。（《秦并》）

（3）乃是燕国景耀龙来奏称：“秦斌乃是败国之臣，未可赐与先锋。奴婢乞与秦斌比试。”（《秦并》）

（4）那娄忒没的浑家兀歹儿道：“适间咱在楼上，望着两个比试武艺，但见那小厮头上有一片紫云盖着……”（《五代史》）

【不觉】

《大词典》“不觉”义项4：“想不到；无意之间。《水浒传》第二回：‘不觉荏苒光阴，早过半年之上。’……”话本中有很多此义项的用例：

(1) 吕不韦取出邯郸诸姬绝好善舞者，与之居。缱绻之娱，不觉有身孕。(《秦并》)

(2) 冯亭上城，日日观望齐、赵二国救兵解围。不见使命回来。不觉一旬过了无信。(《秦并》)

(3) 始皇惜其善击筑，重赦之。不觉半载，稍益近之。(《秦并》)

(4) 黄宗旦道：“天要坏我家门，杀了这孩儿是逆天道。且养活教长成，看他又作么生。”不觉年至十四五岁，身长七尺，眼有三角……(《五代史》)

【不在话下】

《大词典》“不在话下”义项1：“小说戏曲中套语，表示此处不用详细叙说。”首引《醒世恒言》为证，但话本中就有很多用例：

(1) 酧劳军卒，不在话下。(《七国》)

(2) 赵王封李牧为武安君，其余官员各加官赏。不在话下。(《秦并》)

(3) 此人善击筑，太子取留，不在话下。(《秦并》)

见于话本而其某一义项的首引例过（稍）晚的词条还有很多，以四大名著为例：

首引例为《水浒传》的如“好事”之“指打醮、超度、祈福消灾之类宗教法事活动”义、“有劳”之“麻烦”义、“所有”之“整个；全部”义、“正要”之“刚要；正预备”义、“通知”之“把事项告诉人知道”义、“起行”之“动身；出动”义、“相等”之“等待”义、“染患”之“染病”义、“退兵”之“撤退军队”义、“下去”之“动词后表趋向”义等。

首引例为《三国演义》的如“微末”之“犹言卑微低贱”义、“对手”之“谓势均力敌的人”义、“隘口”之“险要的关隘”义、“埋伏”之“谓隐伏起来待机行动”义等。

首引例为《红楼梦》的，如“作法”之“施展法术”义、“真性”之“灵魂”义、“拽”之“拉扯”义等。

首引例为《西游记》的如“随喜”之“因别人欣喜而欣喜”义。

三、例证不足

辞书所收录的词条，其例证当以3～5个例证为宜，例证少于3个的词条，则会影响释义的准确性和说服力。例证不足指的是《大词典》收录词条的例证只有1个或2个，2个例证之间容易出现时间跨度过大的问题，1个例证则沦为孤证。

（一）例证时间跨度过大

在《大词典》收录的词条中，有的词条例证较少，一般只有2个例证。如果某个词语出现较早，2个例证之间的时间跨度就可能很大，这样就难以正确反映出词语产生、发展和变化的过程，如：

【忧容】

《大词典》“忧容”条首引《国语》，次引《儿女英雄传》，2个例证时间相隔千年，可举话本用例作为补充：

（1）妲己至夜，与纣王相见，面带<u>忧容</u>，颜无笑色。(《武王》)

（2）有门馆先生，见冉卿大夫面带<u>忧容</u>，遂问大夫，因何不乐。(《三国》)

（3）王允把盏言曰：“温侯面带<u>忧容</u>，不知何意?”(《三国》)

【种田】

《大词典》“种田”条首引唐文献，次引现代作家丁玲作品，中间可引《全相》用例补充：

（1）比干又奏曰：“昔日夏禹王之后……不交百姓<u>种田</u>养蚕，递相保守，天下大乱。”(《武王》)

（2）休言荒国无人住，荒县荒州谁肯耕？人力种田师不识，此君住处是西城。（《取经诗话》）

（二）孤证

1. 见于宋元之前的孤证

【剥戮】

《大词典》仅引《宋书·百官志一》为证，话本中有用例：

武王不纳伯夷、叔齐之谏，言曰："纣王囚吾父，醢吾兄；损害生灵，剥戮忠良……"（《武王》）

【臣附】

《大词典》仅引《孟子·滕文公下》为证，话本亦有用例：

（1）（秦王曰）……尚且臣附于庄王之世，您自思诸国势力比赧王为何如？犹敢凭陵大国，不肯臣附？（《秦并》）

（2）比遣臣陈觉奉表天朝，钦奉诏书，休兵息民，允许通和，特容小国臣附，仰见陛下天涵地育之恩。（《五代史》）

【并聚】

《大词典》仅引《荀子·王制》为证，话本中就有用例：

（1）汉家天下，三停占了二停。黄巾并聚三十六万。（《三国》）

（2）当日汉灵帝设朝，聚大臣议曰："今黄巾贼并聚三十六万，如之奈何！"（《三国》）

2. 见于宋元的孤证

【合注】

《大词典》此条仅引元陈克明《粉蝶儿》为证，话本中有多处用例：

（1）姬昌见一喜一悲。喜者自身无灾；悲者合注子父分离……（《武王》）

（2）（周公曰）……梦见熊，更能飞者，谁敢当也？合注从南方贤人来也。（《武王》）

【须管】

《大词典》此条仅引宋秦观《品令》词为证，在话本中有2处“须管”的用例：

（1）鬼谷曰：“不用兵多，只用兵一万出阵，须管成功。便是太山也要粉碎！”（《七国》）

（2）王翦招讨差官下诸郡，取索地图，限半个月须管赴司呈献。（《秦并》）

【开山斧】

《大词典》“开山斧”条：“古时武器名。质坚形大，可用以开挖山岩，故称。金董解元《西厢记诸宫调》卷二：‘（孙飞虎）担一柄簸箕来大开山斧。’”话本中已有多处用例：

（1）袁达绰一百二十斤开山斧，李牧横丈四长枪，独孤陈持双股剑在手，众人一发都撞出来。（《七国》）

（2）魏阵撞出龙离足，肩担开山斧，二将打话不同，二马交战。（《秦并》）

（3）当先一人，茜红巾、熟铜甲、开山斧，高声叫曰：“留下买路钱者！”（《三国》）

词语见于宋元话本，可为《大词典》词条的孤证作补充的还有“根捉、惊叫、希差、未委、跟赶、参榜、凭验、墟棘、称雄、怀身、陷马坑、摘星楼、恶向胆边生”等。

3. 晚于宋元话本的孤证

【将令】

《大词典》“将令”条仅引《儒林外史》1例为证，例证稍晚，话本中已出现2次“将令”：

（1）孙子闻之，骂曰：“乐毅匹夫之才！”传将令，众人准备……（《七国》）

（2）鬼谷合五国兵一处，叫七人各将计受了。七人得将令。（《七国》）

【苦害】

《大词典》“苦害”条仅引《水浒传》为证，话本中有多处用例：

（1）前后一年，苦害万民，民不聊生，皆有倒悬之心。（《武王》）

（2）（飞虎曰）……我妻锉为肉酱，教吾食之；更弃子杀妻，信妲己之言，苦害万民之命，以此反来。（《武王》）

（3）若纣王苦害生灵万余人命，合斩纣王并妲己与寡人报仇。（《武王》）

词语见于宋元话本，可为《大词典》孤证补充例证并将例证时间提前的还有“下寨、少待、共计、厮打、送献、根问、唬杀、潜名、起集、怒色、正在、荫子封妻”等。

四、没有例证

由于以前的辞书编纂没有充分重视像宋元话本这类口语词汇较多的白话文献，一些我们现在习惯用的口语词，《大词典》虽有收录，却没有例证。然而有些口语词我们可以在宋元话本中找到它的用例，如我们在第一章第二节中举出的“无多时、左手、左面”等，话本中这些词语的用例对于现代汉语词语的溯源有着重要的意义。再举几例：

【芦苇】

《大词典》“芦苇”条只对其生长习性进行了描写，没有例证，话本中有多处用例：

（1）姜尚于芦苇深处，宿至天明。（《武王》）
（2）端的枪刀如芦苇，人马撮风行。（《七国》）
（3）吕蒙众官，边江有芦苇，吴军得脱。（《三国》）

【貌似】

《大词典》“貌似”：“表面上像。”无例证，话本中就有用例：

陈平曰：“臣不笑别，见太子貌似惠帝。”（《前汉》）

宋吴曾《能改斋漫录》卷八《沿袭·退之全用列子文》：“韩退之杂说云：‘……其喙有若鸟者，其貌有若蒙倛者。彼皆貌似而心不同焉，可谓之非人耶？’”

【兄嫂】

《大词典》“兄嫂”：“哥哥和嫂子。”此条没有例证，话本中就有用例：

关公滴泪言曰：“兄嫂活则同活，死则同死。”（《三国》）

从以上话本出现的词语与《大词典》和近代汉语相关词典之间的对比研究来看，我们可以得出以下结论：一些见于目前大型词典的明清小说（如《三国演义》《西游记》《红楼梦》、“三言”“二拍”等）的词条或者义项，其实它的首引例或者某个义项的最早用法都可以追溯到像话本这类的白话文献中。以上的大量例证充分说明：话本中大量的口语词对于明清小说的语言有着重要的影响，它体现了话本语料的重要价值，也同样说明它对现代汉语词语的溯源有着重要意义。

征引文献

（按文献名称首字音序排列）

A

［1］浮陀跋摩共道泰等译：《阿毗昙毗婆沙论》，台北：新文丰出版公司1983年版。

［2］安法钦译：《阿育王传》，台北：新文丰出版公司1983年版。

B

［3］白居易著，丁如明、聂世美校点：《白居易全集》，上海：上海古籍出版社1999年版。

［4］安遇时编集，魏同贤标点：《包龙图判百家公案》，杭州：浙江古籍出版社1996年版。

［5］李延寿：《北史》，北京：中华书局1974年版。

［6］李百药：《北齐书》，北京：中华书局1972年版。

［7］孙光宪著，林艾园校点：《北梦琐言》，上海：上海古籍出版社1981年版。

［8］虞世南：《北堂书钞》，天津：天津古籍出版社1988年版。

［9］冰心：《冰心选集》（第一卷），成都：四川人民出版社1983年版。

C

［10］方汝浩撰，高学安、佘德余校点：《禅真逸史》，杭州：浙江古籍出版社1987年版。

［11］姚思廉：《陈书》，北京：中华书局1972年版。

［12］广东、广西、湖南、河南辞源修订组，商务印书馆编辑部编：

《辞源》（合订本），北京：商务印书馆 1988 年版。

［13］辞海编辑委员会编：《辞海》（缩印本），上海：上海辞书出版社 1989 年版。

［14］朱熹集注：《楚辞集注》，上海：上海古籍出版社 1979 年版。

［15］洪兴祖撰，白化文、许德楠、方进等点校：《楚辞补注》，北京：中华书局 1983 年版。

［16］杜预注，孔颖达等正义：《春秋左传正义》，上海：上海古籍出版社 1990 年版。

［17］何休注，徐彦疏：《春秋公羊传注疏》，上海：上海古籍出版社 1990 年版。

［18］范宁注，杨士勋疏：《春秋谷梁传注疏》，上海：上海古籍出版社 1990 年版。

［19］程端学撰，永瑢、纪昀等编：《春秋本义》，台北：台湾商务印书馆 1986 年版。

D

［20］佚名编，金少英校补、李庆善整理：《大金吊伐录校补》，北京：中华书局 2001 年版。

［21］菩提流志译并合：《大宝积经》，台北：新文丰出版公司 1983 年版。

［22］菩提流支译：《大宝积经论》，台北：新文丰出版公司 1983 年版。

［23］昙无谶译：《大方等大集经》，台北：新文丰出版公司 1983 年版。

［24］昙无谶译：《大般涅槃经》，台北：新文丰出版公司 1983 年版。

［25］阇那崛多译：《大威德陀罗尼经》，台北：新文丰出版公司 1983 年版。

［26］毗尼多流支译：《大乘方广总持经》，台北：新文丰出版公司 1983 年版。

［27］邓小平：《邓小平文选（一九七五——一九八二年）》，北京：人民出版社 1983 年版。

［28］孟元老撰，邓之诚注：《东京梦华录注》，北京：中华书局 1982 年版。

［29］魏泰撰，李裕民点校：《东轩笔录》，北京：中华书局 1983 年版。

[30] 范镇撰，汝沛点校：《东斋记事》，北京：中华书局 1980 年版。

[31] 冯梦龙、蔡元放编：《东周列国志》，北京：人民文学出版社 1955 年版。

[32] 谢诏：《东汉秘史》，北京：大众文艺出版社 2004 年版。

[33] 耐得翁：《都城纪胜》，扬州：广陵书社 2003 年版。

[34] 潇湘迷津渡者辑：《都是幻》，北京：中国戏剧出版社 2000 年版。

[35] 黄征、张涌泉校注：《敦煌变文校注》，北京：中华书局 1997 年版。

E

[36] 郑樵注，永瑢、纪昀等编：《尔雅注》，台北：台湾商务印书馆 1986 年版。

[37] 郭璞注，邢昺疏：《尔雅注疏》，北京：中华书局 1980 版。

[38] 凌濛初著，章培恒整理，王古鲁注释：《二刻拍案惊奇》，上海：上海古籍出版社 1983 年版。

[39] 吴趼人著，凌金兰点校：《二十年目睹之怪现状》，北京：中华书局 2001 年版。

F

[40] 释道世：《法苑珠林》，台北：新文丰出版公司 1983 年版。

[41] 周祖谟校笺：《方言校笺（附索引）》，北京：中华书局 1993 年版。

[42] 吴璿著，公羽校点：《飞龙全传》，南京：江苏古籍出版社 1996 年版。

[43] 许仲琳编，张耕点校：《封神演义》，北京：中华书局 2002 年版。

[44] 念常集：《佛祖历代通载》，台北：新文丰出版公司 1983 年版。

[45] 康孟详译：《佛说兴起行经》，台北：新文丰出版公司 1983 年版。

[46] 支谦译：《佛说义足经》，台北：新文丰出版公司 1983 年版。

[47] 阇那崛多译：《佛本行集经》，台北：新文丰出版公司 1983 年版。

G

[48] 慧皎：《高僧传》，台北：新文丰出版公司 1983 年版。

[49] 义净译：《根本说一切有部毘奈耶》，台北：新文丰出版公司

1983 年版。

［50］义净译：《根本说一切有部毘奈耶杂事》，台北：新文丰出版公司 1983 年版。

［51］冯梦龙编：《古今小说》，上海：上海古籍出版社 1987 年版。

［52］赜藏主编集，萧萐父、吕有祥点校：《古尊宿语录》，北京：中华书局 1994 年版。

［53］董解元：《古本董解元西厢记》，上海：上海古籍出版社 1984 年版。

［54］王念孙：《广雅疏证》，南京：江苏古籍出版社 1984 年版。

［55］黎翔凤撰，梁运华整理：《管子校注》，北京：中华书局 2004 年版。

［56］徐元诰撰，王树民、沈长云点校：《国语集解》，北京：中华书局 2002 年版。

［57］欧阳修撰，李伟国点校：《归田录》，北京：中华书局 1981 年版。

［58］张端义撰，李保民校点：《贵耳集》，上海：上海古籍出版社 2001 年版。

［59］李伯元著，贾苏元点校：《官场现形记》，北京：中华书局 2002 年版。

H

［60］佚名著，郑春山主编：《海公小红袍传》，北京：长城出版社 1999 年版。

［61］韩邦庆著，觉园、愚谷点校：《海上花列传》，上海：上海古籍出版社 2001 年版。

［62］韩愈撰，马其昶校注，马茂元整理：《韩昌黎文集校注》，上海：上海古籍出版社 1986 年版。

［63］韩非著，陈奇猷校注：《韩非子新校注》，上海：上海古籍出版社 2000 年版。

［64］班固撰，颜师古注：《汉书》，北京：中华书局 1962 年版。

［65］罗竹风主编：《汉语大词典》，上海：汉语大词典出版社 1993 年版。

[66] 汉语大字典编辑委员会编：《汉语大字典》，成都：四川辞书出版社 1986—1990 年版。

[67] 寒山著，项楚注：《寒山诗注（附拾得诗注）》，北京：中华书局 2000 年版。

[68] 罗大经撰，王瑞来点校：《鹤林玉露》，北京：中华书局 1983 年版。

[69] 曹雪芹、高鹗著：《红楼梦》，北京：人民文学出版社 1982 年版。

[70] 范晔撰，李贤等注：《后汉书》，北京：中华书局 1965 年版。

[71] 胡安国撰，永瑢、纪昀等编：《胡氏春秋传》，台北：台湾商务印书馆 1986 年版。

[72] 何宁：《淮南子集释》，北京：中华书局 1998 年版。

[73] 王明清：《挥麈录》，上海：上海书店出版社 2001 年。

[74] 李德裕撰，永瑢、纪昀等编：《会昌一品集》，台北：台湾商务印书馆 1986 年版。

J

[75] 丁度：《集韵》，北京：中国书店 1983 年版。

[76] 邵雍撰，永瑢、纪昀等编：《击壤集》，台北：台湾商务印书馆 1986 年版。

[77] 孟称舜著，欧阳光注释：《娇红记》，上海：上海古籍出版社 1988 年版。

[78] 方濬师撰，盛冬铃点校：《蕉轩随录（续录）》，北京：中华书局 1995 年版。

[79] 巴金：《家》，北京：人民文学出版社 1988 年版。

[80] 脱脱等：《金史》，北京：中华书局 1975 年版。

[81]《金刚经疏》，台北：新文丰出版公司 1983 年版。

[82] 兰陵笑笑生著，陶慕宁校注：《金瓶梅词话》，北京：人民文学出版社 2000 年版。

[83] 房玄龄等：《晋书》，北京：中华书局 1974 年版。

[84] 冯梦龙编撰，马冰点校：《警世通言》，北京：中华书局 2002 年版。

[85] 张介宾：《景岳全书》，北京：人民卫生出版社 1991 年版。

[86] 道原：《景德传灯录》，台北：新文丰出版公司 1983 年版。

[87] 无名氏等著，程毅中等校点：《京本通俗小说》，南京：江苏古籍出版社 1991 年版。

[88] 王引之：《经传释词》，南京：江苏古籍出版社 2000 年版。

[89] 宝唱等集：《经律异相》，台北：新文丰出版公司 1983 年版。

[90] 陆德明撰，黄焯断句：《经典释文》，北京：中华书局 1983 年版。

[91] 柯丹邱撰，毛晋编：《荆钗记》北京：中华书局 1958 年版。

[92] 丁特起编集：《靖康纪闻（附拾遗）》，北京：中华书局 1985 年版。

[93] 刘昫等：《旧唐书》，北京：中华书局 1975 年版。

[94] 薛居正等：《旧五代史》，北京：中华书局 1976 年版。

L

[95] 刘鹗：《老残游记》，北京：人民文学出版社 2000 年版。

[96] 陆游撰，李剑雄、刘德权点校：《老学庵笔记》，北京：中华书局 1979 年版。

[97] 朱谦之：《老子校释》，北京：中华书局 1984 年版。

[98] 徐志钧校注：《老子帛书校注》，上海：学林出版社 2002 年版。

[99] 司马光等编：《类篇》，北京：中华书局 1984 年版。

[100] 郑玄注，孔颖达等正义：《礼记正义》，北京：中华书局 1980 版。

[101] 陈傅良著，永瑢、纪昀等编：《历代兵制》，台北：台湾商务印书馆 1986 年版。

[102] 脱脱等：《辽史》，北京：中华书局 1974 年版。

[103] 姚思廉：《梁书》，北京：中华书局 1973 年版。

[104] 蒲松龄著，张友鹤辑校：《聊斋志异》，上海：上海古籍出版社 1979 年版。

[105] 杨伯峻：《列子集释》，北京：中华书局 1979 年版。

[106] 康僧会译：《六度集经》，台北：新文丰出版公司 1983 年版。

[107] 戴侗：《六书故》，见李学勤主编：《中华汉语工具书书库》（第 13 册），合肥：安徽教育出版社 2002 年版。

[108] 太公望：《六韬》，见《百子全书》（上册），杭州：浙江古籍出版社 1998 年版。

[109] 释・行均编：《龙龛手镜》，北京：中华书局 1985 版。

［110］刘昌诗撰，张荣铮、秦呈瑞点校：《芦浦笔记》，北京：中华书局1986年版。

［111］何晏等注，邢昺疏：《论语注疏》，北京：中华书局1980版。

［112］黄晖：《论衡校释（附刘盼遂集解）》，北京：中华书局1990年版。

［113］杨衒之：《洛阳伽蓝记》，台北：新文丰出版公司1983年版。

［114］释晓莹：《罗湖野录》，北京：中华书局1985年版。

［115］吕不韦著，陈奇猷校释：《吕氏春秋新校释》，上海：上海古籍出版社2002年版。

M

［116］郑玄笺，孔颖达等正义：《毛诗正义》，北京：中华书局1980版。

［117］赵岐注，孙奭疏：《孟子注疏》，北京：中华书局1980版。

［118］吴自牧撰，傅林祥注：《梦粱录》，济南：山东友谊出版社2001年版。

［119］沈括：《梦溪笔谈》，上海：上海书店出版社2003年版。

［120］刘若愚：《明宫史》，北京：北京古籍出版社1982年版。

［121］张廷玉等：《明史》，北京：中华书局1974年版。

［122］卓尔堪选辑：《明遗民诗》，北京：中华书局1961年版。

［123］孙诒让著，孙以楷点校：《墨子间诂》，北京：中华书局1986年版。

N

［124］李延寿：《南史》，北京：中华书局1975年版。

［125］徐渭著，李复波、熊澄宇注释：《〈南词叙录〉注释》，北京：中国戏剧出版社1989年版。

［126］萧子显：《南齐书》，北京：中华书局1972年版。

［127］吴曾：《能改斋漫录》，上海：上海古籍出版社1979年版。

［128］曾朴著，韩秋白点校：《孽海花》，北京：中华书局2001年版。

P

［129］凌濛初著，章培恒整理，王古鲁注释：《拍案惊奇》，上海：上海古籍出版社 1982 年版。

［130］支谦译：《菩萨本缘经》，台北：新文丰出版公司 1983 年版。

［131］竺佛念译：《菩萨璎珞经》，台北：新文丰出版公司 1983 年版。

Q

［132］《七国春秋平话》，上海：中国古典文学出版社 1955 年版。

［133］唐芸洲：《七剑十三侠》，杭州：浙江古籍出版社 1997 年版。

［134］石玉昆编，穆公校点：《七侠五义》，上海：上海古籍出版社 2005 年版。

［135］李绿园著，李颖点校：《歧路灯》，北京：中华书局 2004 年版。

［136］《前汉书平话》，上海：中国古典文学出版社 1955 年版。

［137］《秦并六国平话》，上海：中国古典文学出版社 1955 年版。

［138］杨沫：《青春之歌》，北京：北京十月文艺出版社 1992 年版。

［139］赵尔巽等：《清史稿》，北京：中华书局 1976 年版。

［140］洪楩编，王一工标校：《清平山堂话本》，上海：上海古籍出版社 1992 年版。

［141］《全相平话五种》，北京：文学古籍刊行社 1956 年版。

［142］王季思主编：《全元戏曲》，北京：人民文学出版社 1990 年版。

［143］隋树森编：《全元散曲》，北京：中华书局 1964 年版。

［144］王全等点校：《全唐诗》，北京：中华书局 1960 年版。

［145］陈尚君辑校：《全唐诗补编》，北京：中华书局 1992 年版。

［146］马绪传编：《全唐文》，北京：中华书局 1983 年版。

［147］唐圭璋编：《全宋词》，北京：中华书局 1965 年版。

［148］傅璇琮等主编，北京大学古文献研究所编：《全宋诗》，北京：北京大学出版社 1991 年版。

［149］严可均校辑：《全上古三代秦汉三国六朝文》，北京：中华书局 1958 年版。

R

［150］吴敬梓著，李汉秋辑校：《儒林外史》（会校会评本），上海：上海古籍出版社 1984 年版。

S

［151］《三国志平话》，上海：中国古典文学出版社 1955 年版。

［152］陈寿撰，裴松之注，陈乃乾校点：《三国志》，北京：中华书局 1982 年版。

［153］罗贯中：《三国演义》，北京：人民文学出版社 1973 年版。

［154］罗懋登著，陆树仑、竺少华校点：《三宝太监西洋记通俗演义》，上海：上海古籍出版社 1985 年版。

［155］王圻、王思义编集：《三才图会》，上海：上海古籍出版社 1988 年版。

［156］罗贯中：《三遂平妖传》，北京：北京大学出版社 1983 年版。

［157］徐梦莘：《三朝北盟会编》，上海：上海古籍出版社 1987 年版。

［158］孔安国传，孔颖达等正义：《尚书正义》，北京：中华书局 1980 年版。

［159］蒋礼鸿：《商君书锥指》，北京：中华书局 1986 年版。

［160］李心机编著：《伤寒论通释》，北京：人民卫生出版社 2003 年版。

［161］胡仔纂集，廖德明校点：《苕溪渔隐丛话》，北京：人民文学出版社 1962 年版。

［162］邵伯温撰，李剑雄、刘德权点校：《邵氏闻见录》，北京：中华书局 1983 年版。

［163］《神僧传》，台北：新文丰出版公司 1983 年版。

［164］竺法护译：《生经》，台北：新文丰出版公司 1983 年版。

［165］阮阅编，周本淳校点：《诗话总龟前集》，北京：人民文学出版社 1987 年版。

［166］高亨注：《诗经今注》，上海：上海古籍出版社 1980 年版。

［167］叶绍翁撰，沈锡麟、冯惠民点校：《四朝闻见录》，北京：中华书局 1989 年版。

［168］司马迁撰，裴骃集解，司马贞索引，张守节正义：《史记》，北京：中华书局 1982 年版。

［169］高承撰，李果订，金圆、许沛藻点校：《事物纪原》，北京：中华书局 1982 年版。

［170］王先谦撰集：《释名疏证补》，上海：上海古籍出版社 1984 年版。

［171］释觉岸编：《释氏稽古略》，台北：新文丰出版公司 1983 年版。

［172］天然痴叟：《石点头》，北京：大众文艺出版社 2002 年版。

［173］佚名：《施公案》，北京：长城出版社 1999 年版。

［174］脱脱等：《宋史》，北京：中华书局 1977 年版。

［175］沈约：《宋书》，北京：中华书局 1974 年版。

［176］顾野王：《宋本玉篇》，北京：中国书店 1983 年版。

［177］佚名撰，永瑢、纪昀等编：《宋史全文》，台北：台湾商务印书馆 1986 年版。

［178］林正才注释：《守城录注释》，北京：解放军出版社 1990 年版。

［179］许慎撰，徐铉校定：《说文解字》，北京：中华书局 1963 年版。

［180］许慎撰，段玉裁注：《说文解字注》，上海：上海古籍出版社 1988 年版。

［181］朱骏声：《说文通训定声》，武汉：武汉市古籍书店 1983 年版。

［182］钮玉树：《说文新附考》，见《丛书集成初编》（第 1099 册），北京：中华书局 1985 年版。

［183］郑珍：《说文新附考》，北京：中华书局 1985 年版。

［184］陶宗仪等编：《说郛三种》，上海：上海古籍出版社 1988 年版。

［185］陈汝衡修订：《说唐》，上海：上海古籍出版社 1978 年版。

［186］张瀚撰，盛冬铃点校：《松窗梦语》，北京：中华书局 1985 年版。

［187］司马光撰，邓广铭、张希清点校：《涑水记闻》，北京：中华书局 1989 年版。

［188］苏轼著，孔凡礼点校：《苏轼文集》，北京：中华书局 1986 年版。

［189］施耐庵、罗贯中：《水浒传》，北京：人民文学出版社 1975 年版。

［190］韩鄂：《岁华纪丽》，北京：中华书局 1985 年版。

T

［191］长孙无忌等：《唐律疏议》，北京：中华书局1985年版。

［192］蔡绦撰，冯惠民、沈锡麟点校：《铁围山丛谈》，北京：中华书局1983年版。

［193］李昉等编：《太平广记》，北京：中华书局1961年版。

［194］方以智：《通雅》，北京：中国书店1990年版。

W

［195］梅尧臣撰，永瑢、纪昀等编：《宛陵集》，台北：台湾商务印书馆1986年版。

［196］王梵志著，项楚校注：《王梵志诗校注》，上海：上海古籍出版社1991年版。

［197］萧统编，李善注：《文选》，北京：中华书局1977年版。

［198］魏收：《魏书》，北京：中华书局1974年版。

［199］《武王伐纣平话》，上海：中国古典文学出版社1955年版。

［200］普济著，苏渊雷点校：《五灯会元》，北京：中华书局1984年版。

［201］支谦译：《五母子经》，台北：新文丰出版公司1983年版。

［202］韩道昭：《五音集韵》，见李学勤主编：《中华汉语工具书书库》（第60册），合肥：安徽教育出版社2002年版。

［203］周密撰，傅林祥注：《武林旧事》，济南：山东友谊出版社2001年版。

X

［204］吴承恩：《西游记》，北京：人民文学出版社1980年版。

［205］真德秀撰，永瑢、纪昀等编：《西山读书记》，台北：台湾商务印书馆1986年版。

［206］项安世：《项氏家说》，北京：中华书局1985年版。

［207］逯钦立辑校：《先秦汉魏晋南北朝诗》，北京：中华书局1983年版。

［208］《新刊大宋宣和遗事》，上海：中国古典文学出版社1954年版。

［209］《新编五代史平话》，上海：中国古典文学出版社1954年版。

［210］胡裕树主编：《新编古今汉语大词典》，上海：上海辞书出版社 1995 年版。

［211］金盈之撰，罗烨编，周晓薇校点：《新编醉翁谈录》，沈阳：辽宁教育出版社 1998 年版。

［212］欧阳修、宋祁著：《新唐书》，北京：中华书局 1975 年版。

［213］柯劭忞：《新元史》，北京：中国书店 1988 年版。

［214］余廼永校注：《新校互注宋本广韵》，上海：上海辞书出版社 2000 年版。

［215］陆人龙著，覃君点校：《型世言》，北京：中华书局 1993 年版。

［216］冯梦龙编撰，张耕点校：《醒世恒言》，北京：中华书局 2001 年版。

［217］西周生撰，黄肃秋校注：《醒世姻缘传》，上海：上海古籍出版社 1981 年版。

［218］《续传灯录》，台北：新文丰出版公司 1983 年版。

［219］毕沅编著：《续资治通鉴》，北京：中华书局 1957 年版。

［220］李焘撰，上海师范大学古籍整理研究所、华东师范大学古籍整理研究所点校：《续资治通鉴长编》，北京：中华书局 1990 年版。

［221］如莲居士著，秦方点校：《薛刚反唐》，西安：三秦出版社 1994 年版。

［222］王先谦撰，沈啸寰、王星贤点校：《荀子集解》，北京：中华书局 1988 年版。

Y

［223］颜之推撰，王利器集解：《颜氏家训集解》，北京：中华书局 1993 年版。

［224］许顗：《彦周诗话》，见吴文治主编：《宋诗话全编》（2），南京：江苏古籍出版社 1998 年版。

［225］慧琳：《一切经音义》，台北：新文丰出版公司 1983 年版。

［226］郑玄注，贾公彦疏：《仪礼注疏》，北京：中华书局 1980 年版。

［227］洪迈撰，何卓点校：《夷坚志》，北京：中华书局 1981 年版。

［228］段成式撰，方南生点校：《酉阳杂俎》，北京：中华书局 1981

年版。

［229］张世南撰，张茂鹏点校：《游宦纪闻》，北京：中华书局 1981 年版。

［230］张鷟：《游仙窟》，见刘坚、蒋绍愚主编：《近代汉语语法资料汇编·唐五代卷》，北京：商务印书馆 1990 年版。

［231］冯梦龙编撰，何草点校：《喻世明言》，北京：中华书局 2002 年版。

［232］白云道人：《玉楼春》，见侯忠义等主编：《中国古代珍稀本小说》（10），沈阳：春风文艺出版社 1994 年版。

［233］郭茂倩编：《乐府诗集》，北京：中华书局 1979 年版。

［234］钟兆华：《元刊全相平话五种校注》，成都：巴蜀书社 1990 年版。

［235］陈翔华编校：《元刻讲史平话集》，北京：北京图书馆出版社 1999 年版。

［236］宋濂等：《元史》，北京：中华书局 1976 年版。

［237］顾嗣立编：《元诗选》（初集），北京：中华书局 1987 年版。

［238］《元典章》，北京：中国书店 1990 年版。

［239］张君房编，李永晟点校：《云笈七签》，北京：中华书局 2003 年版。

［240］赵彦卫撰，张国星校点：《云麓漫钞》，沈阳：辽宁教育出版社 1998 年版。

Z

［241］章太炎：《章太炎全集》（七），上海：上海人民出版社 1999 年版。

［242］刘向集录：《战国策》，上海：上海古籍出版社 1998 年版。

［243］道略集：《杂譬喻经》，台北：新文丰出版公司 1983 年版。

［244］吴兢撰，谢保成集校：《贞观政要集校》，北京：中华书局 2003 年版。

［245］鸳湖烟水散人：《珍珠舶》，见侯忠义等主编：《中国古代珍稀本小说》（7），沈阳：春风文艺出版社 1994 年版。

［246］瞿昙般若流支译：《正法念处经》，台北：新文丰出版公司 1983

年版。

［247］张自烈：《正字通》，见李学勤主编：《中华汉语工具书书库》（第3册），合肥：安徽教育出版社2002年版。

［248］黄生撰，黄承吉合按，包殿淑点校：《字诂义府合按》，北京：中华书局1984年版。

［249］司马光编著，胡三省音注：《资治通鉴》，北京：中华书局1956年版。

［250］王先谦：《庄子集解》，北京：中华书局1978年版。

［251］王弼等注，孔颖达等正义：《周易正义》，北京：中华书局1980年版。

［252］郑玄注，贾公彦疏：《周礼注疏》，北京：中华书局1980年版。

［253］王与之撰，永瑢、纪昀等编：《周礼订义》，台北：台湾商务印书馆1986年版。

［254］黎靖德编，王星贤点校：《朱子语类》，北京：中华书局1986年版。

［255］丁光迪主编：《诸病源候论校注》，北京：人民卫生出版社1991年版。

［256］静、筠禅僧编，张华点校：《祖堂集》，郑州：中州古籍出版社2001年版。

参考文献

（按文献名称首字音序排列）

一、著作

B

［1］香坂顺一著，江蓝生、白维国译：《白话语汇研究》，北京：中华书局 1997 年版。

C

［2］陈望道著，复旦大学语言研究室编：《陈望道文集》（第三卷），上海：上海人民出版社 1981 年版。

［3］王云路：《词汇训诂论稿》，北京：北京语言文化大学出版社 2002 年版。

［4］张永言：《词汇学简论》，武汉：华中工学院出版社 1982 年版。

［5］董秀芳：《词汇化：汉语双音词的衍生和发展》，成都：四川民族出版社 2002 年版。

D

［6］陈秀兰：《敦煌变文词汇研究》，成都：四川民族出版社 2002 年版。

［7］蒋礼鸿：《敦煌变文字义通释》（增补定本），上海：上海古籍出版社 1997 年版。

［8］吴福祥：《敦煌变文 12 种语法研究》，开封：河南大学出版社 2004 年版。

［9］张涌泉：《敦煌俗字研究》，上海：上海教育出版社 1996 年版。

［10］张锡厚：《敦煌文学源流》，北京：作家出版社 2000 年版。

［11］周绍良、白化文编：《敦煌变文论文录》，上海：上海古籍出版社 1982 年版。

［12］汪维辉：《东汉—隋常用词演变研究》，南京：南京大学出版社 2000 年版。

［13］李珊：《动词重叠式研究》，北京：语文出版社 2003 年版。

F

［14］李维琦：《佛经词语汇释》，长沙：湖南师范大学出版社 2004 年版。

G

［15］徐时仪：《古白话词汇研究论稿》，上海：上海教育出版社 2000 年版。

［16］江蓝生：《古代白话说略》，北京：语文出版社 2000 年版。

［17］王凤阳：《古辞辨》，长春：吉林文史出版社 1993 年版。

［18］丁声树编录，李荣参订：《古今字音对照手册》，北京：中华书局 1981 年版。

［19］章太炎撰，陈平原导读：《国故论衡》，上海：上海古籍出版社 2003 年版。

H

［20］李宗江：《汉语常用词演变研究》，上海：汉语大词典出版社 1999 年版。

［21］石毓智、李讷：《汉语语法化的历程——形态句法发展的动因和机制》，北京：北京大学出版社 2001 年版。

［22］王力：《汉语史稿》，北京中华书局 1980 年版。

［23］四川大学中国俗文化研究所、四川大学汉语史研究所编：《汉语史研究集刊》（第七辑），成都：巴蜀书社 2005 年版。

［24］陈宝勤：《汉语造词研究》，成都：巴蜀书社 2002 年版。

［25］冯胜利：《汉语的韵律、词法与句法》，北京：北京大学出版社 1997 年版。

［26］张惠英：《汉语方言代词研究》，北京：语文出版社 2001 年版。

［27］许宝华、宫田一郎主编：《汉语方言大词典》，北京：中华书局 1999 年版。

［28］张涌泉：《汉语俗字研究》，长沙：岳麓书社 1995 年版。

［29］吕叔湘：《汉语语法论文集》，北京：商务印书馆 1984 年版。

［30］林宝卿：《汉语与中国文化》，北京：科学出版社 2000 年版。

［31］胡士莹：《话本小说概论》，北京：中华书局 1980 年版。

［32］姚永铭：《慧琳〈一切经音义〉研究》，南京：江苏古籍出版社 2003 年版。

J

［33］张涌泉：《旧学新知》，杭州：浙江大学出版社 1999 年版。

［34］高文达主编：《近代汉语词典》，北京：知识出版社 1992 年版。

［35］许少峰主编：《近代汉语词典》，北京：团结出版社 1997 年版。

［36］刘坚、江蓝生、白维国等：《近代汉语虚词研究》，北京：语文出版社 1992 年版。

［37］孙锡信：《近代汉语语气词》，北京：语文出版社 1999 年版。

［38］袁宾：《近代汉语概论》，上海：上海教育出版社 1992 年版。

［39］刘坚编著：《近代汉语读本》（修订本），上海：上海教育出版社 2005 年版。

［40］曹广顺：《近代汉语助词》，北京：语文出版社 1995 年版。

［41］冯春田：《近代汉语语法研究》，济南：山东教育出版社 2000 年版。

［42］蒋绍愚：《近代汉语研究概况》，北京：北京大学出版社 1994 年版。

［43］蒋冀骋、吴福祥：《近代汉语纲要》，长沙：湖南教育出版社 1997 年版。

［44］马贝加：《近代汉语介词》，北京：中华书局 2002 年版。

［45］俞光中、植田均：《近代汉语语法研究》，上海：学林出版社

1999 年版。

［46］吕叔湘著，江蓝生补：《近代汉语指代词》，上海：学林出版社 1985 年版。

M

［47］顾之川：《明代汉语词汇研究》，开封：河南大学出版社 2000 年版。

R

［48］董志翘：《〈入唐求法巡礼行记〉词汇研究》，北京：中国社会科学出版社 2000 年版。

S

［49］唐作藩编著：《上古音手册》，南京：江苏人民出版社 1982 年版。

［50］斯大林著，中共中央马克思恩格斯列宁斯大林著作编译局编：《斯大林选集》（下卷），北京：人民出版社 1979 年版。

［51］程毅中辑注：《宋元小说家话本集》，济南：齐鲁书社 2000 年版。

［52］丁锡根点校：《宋元平话集》，上海：上海古籍出版社 1990 年版。

［53］欧阳健、萧相恺编订：《宋元说经话本集》，郑州：中州古籍出版社 1991 年版。

［54］袁宾编著：《宋语言词典》，上海：上海教育出版社 1997 年版。

［55］龙潜庵编著：《宋元语言词典》，上海：上海辞书出版社 1985 年版。

［56］李文泽：《宋代语言研究》，北京：线装书局 2001 年版。

［57］程湘清主编：《宋元明汉语研究》，济南：山东教育出版社 1992 年版。

T

［58］王锳：《唐宋笔记语辞汇释》（修订本），北京：中华书局 2001 年版。

［59］江蓝生、曹广顺编著：《唐五代语言词典》，上海：上海教育出

版社 1997 年版。

［60］周祖谟编：《唐五代韵书集存》，北京：中华书局 1983 年版。

W

［61］蔡镜浩编著：《魏晋南北朝词语例释》，南京：江苏古籍出版社 1990 年版。

X

［62］中国社会科学院语言研究所词典编辑室编：《现代汉语词典补编》，北京：商务印书馆 1989 年版。

［63］吕叔湘主编：《现代汉语八百词》，北京：商务印书馆 1980 年版。

［64］陆澹安编著：《小说词语汇释》，上海：上海古籍出版社 1979 年版。

［65］叶德均：《戏曲小说丛考》，北京：中华书局 1979 年版。

［66］郭在贻：《训诂学》（修订本），北京：中华书局 2005 年版。

Y

［67］莱昂斯著，汪榕培导读：《语义学引论》，北京：外语教学与研究出版社 2000 年版。

［68］爱德华·萨丕尔著，陆卓元译：《语言论——言语研究导论》，北京：商务印书馆 1985 年版。

［69］胡明扬：《语言学论文选》，北京：中国人民大学出版社 1991 年版。

［70］李崇兴、黄树先、邵则遂编著：《元语言词典》，上海：上海教育出版社 1998 年版。

［71］郑光主编：《原本老乞大》，北京：外语教学与研究出版社 2002 年版。

［72］高育花：《元刊〈全相平话五种〉语法研究》，开封：河南大学出版社 2007 年版。

［73］王小盾编：《扬州大学中国文化研究所集刊》（第一辑），南京：江苏古籍出版社 1998 年版。

Z

［74］郑振铎：《郑振铎全集》（第四卷），石家庄：花山文艺出版社 1988 年版。

［75］志村良治著，江蓝生、白维国译：《中国中世语法史研究》，北京：中华书局 1995 年版。

［76］太田辰夫著，蒋绍愚、徐昌华译：《中国语历史文法》（修订译本），北京：北京大学出版社 2003 年版。

［77］王力：《中国现代语法》，北京：商务印书馆 1985 年版。

［78］鲁迅：《中国小说史略》，北京：人民文学出版社 1973 年版。

［79］章培恒、骆玉明：《中国文学史》，上海：复旦大学出版社 1996 年版。

［80］游汝杰：《中国文化语言学引论》，北京：高等教育出版社 1993 年版。

［81］王云路、方一新：《中古汉语语词例释》，长春：吉林教育出版社 1992 年版。

［82］吴福祥：《〈朱子语类辑略〉语法研究》，开封：河南大学出版社 2004 年版。

二、期刊论文

C

［1］王云路：《辞书失误考略》，《古汉语研究》1993 年第 1 期。

［2］王云路：《从〈唐五代语言词典〉看附加式构词法在中近古汉语中的地位》，《古汉语研究》2001 年第 2 期。

［3］王小莘：《从〈颜氏家训〉看魏晋南北朝的亲属称谓》，《古汉语研究》1998 年第 2 期。

［4］程毅中：《从姚卞吊诸葛诗谈小说家话本的断代问题》，《文学遗产》1994 年第 1 期。

［5］王承惠：《成语的演变与发展》，《宁波大学学报》（人文科学版）1997 年第 2 期。

D

［6］黄碧云：《“打”字的中缀用法》，《辞书研究》2004 年第 1 期。

［7］徐时仪：《“打”字的语义分析续补》，《辞书研究》2001 年第 3 期。

［8］祝建军：《“打 V”之“打”的语法化探析》，《古汉语研究》2004 年第 3 期。

［9］黄峰：《“打”字的音和义》，《古汉语研究》1998 年第 4 期。

［10］倪乐雄：《东西方战争文化的原型蠡测——“荷马史诗”与〈诗经〉比较研究》，《中国文化研究》1994 年第 4 期。

［11］钟兆华：《动词“起去”和它的消失》，《中国语文》1988 年第 5 期。

［12］王宗祥：《敦煌变文断代研究札记二则》，《敦煌研究》2001 年第 1 期。

［13］周维平、李宏：《敦煌文献中的三部唐代话本小说》，《丝绸之路》1999 年第 A1 期。

F

［14］丁邦新：《方言词汇的时代性》，《北京大学学报》（哲学社会科学版）2005 年第 5 期。

G

［15］萧欣桥：《关于“话本”定义的思考——评增田涉〈论“话本”的定义〉》，《明清小说研究》1990 年第 C1 期。

［16］张永言、汪维辉：《关于汉语词汇史研究的一点思考》，《中国语文》1995 年第 6 期。

［17］吴福祥：《关于语法化的单向性问题》，《当代语言学》2003 年第 4 期。

［18］吴福祥：《关于动补结构“V 死 O”的来源》，《古汉语研究》2000 年第 3 期。

H

［19］韩陈其：《汉语词缀新论》，《扬州大学学报》（人文社会科学版）2002 年第 4 期。

［20］车淑娅：《〈韩非子〉同素异序双音词研究》，《语言研究》2005 年第 1 期。

［21］李钊平：《话本二题》，《钦州师范高等专科学校学报》2000 年第 1 期。

J

［22］祝建军：《近代汉语动词“打”的语义泛化》，《烟台大学学报》（哲学社会科学版）2002 年第 3 期。

［23］杨荣祥：《近代汉语副词简论》，《北京大学学报》（哲学社会科学版）1999 年第 3 期。

［24］祝建军：《近代汉语动词前缀“打 -”演变探析》，《烟台大学学报》（哲学社会科学版）2003 年第 4 期。

［25］马幼垣、马泰来：《〈京本通俗小说〉各篇的年代及其真伪问题》，台湾《清华学报》1965 年新 5 卷第 1 期。

［26］欧秀慧：《就“打”说“打”——国语词头“打”字研究》，台湾《大叶学报》1993 年第 1 期。

L

［27］楼含松：《论讲史平话的语言特征》，《浙江大学学报》（人文社会科学版）2002 年第 6 期。

［28］张能甫：《论王梵志诗中的俗语词》，《西昌师范高等专科学校学报》2000 年第 3 期。

［29］刘坚、曹广顺、吴福祥：《论诱发汉语词汇语法化的若干因素》，《中国语文》1995 年第 3 期。

P

［30］黄典诚：《普通话“打”字的读音》，《辞书研究》1985 年第 1 期。

Q

［31］马玉汴：《趋向动词的认知分析》，《汉语学习》2005 年第 6 期。

［32］高育花、白维国：《〈全相平话五种〉中的人称代词》，《古汉语研究》2003 年第 1 期。

S

［33］谢之：《〈三刻拍案惊奇〉语词札记》，《长江大学学报》（社会科学版）2004 年第 1 期。

［34］石毓智：《时间的一维性对介词衍生的影响》，《中国语文》1995 年第 1 期。

［35］殷晓明：《试论〈元曲选〉中的动词重叠》，《古汉语研究》2005 年第 4 期。

［36］范方莲：《试论所谓“动词重叠”》，《中国语文》1964 年第 4 期。

［37］纪德君：《宋元平话与明清历史演义小说析异》，《学术研究》2001 第 12 期。

［38］李文泽：《宋代语言中的同义词聚合》，《四川大学学报》（哲学社会科学版）2001 年第 1 期。

［39］施蛰存：《说“话本”》，《文史知识》1988 年第 10 期。

［40］邢福义：《说“兄弟”和“弟兄”》，《方言》1999 年第 4 期。

T

［41］王云路：《谈“摒挡”及其相关词语的附加式构词特点》，《语言研究》2002 年第 1 期。

X

［42］邢福义：《〈西游记〉中的“起去”与相关问题思辨》，《古汉语研究》2005 年第 3 期。

［43］马启红：《“相”与太谷方言的“厮”》，《忻州师范学院学报》2003 年第 3 期。

Y

［44］曹瑞芳:《阳泉方言的动词词缀“打”》,《语文研究》2004 年第 4 期。

［45］张延成:《也谈“多少”》,《汉字文化》2000 年第 2 期。

［46］周文:《也说“读卖”及其他》,《江南大学学报》（人文社会科学版）2006 年第 1 期。

［47］沈家煊:《“语法化”研究综观》,《外语教学与研究》1994 年第 4 期。

［48］李宜涯:《〈元刊五种平话〉中的道教色彩》, 台湾《成大宗教与文化学报》2001 年第 1 期。

［49］高育花:《〈元刊全相平话五种〉中的处置式》,《古汉语研究》2006 年第 2 期。

Z

［50］方一新:《中古汉语词义求证法论略》,《浙江大学学报》（人文社会科学版）2002 年第 5 期。

［51］王云路:《中古诗歌附加式双音词举例》,《中国语文》1999 年第 5 期。

［52］王云路:《中古二等韵介音和〈切韵〉元音数量》,《浙江大学学报》（人文社会科学版）2002 年第 1 期。

三、学位论文

［1］陈明娥:《敦煌变文词汇研究》, 山东大学博士学位论文, 2003 年。

［2］丁喜霞:《中古常用并列双音词的成词和演变研究》, 浙江大学博士学位论文, 2005 年。

［3］郭颖:《〈诸病源候论〉词语研究》, 浙江大学博士学位论文, 2005 年。

后　记

本书是教育部人文社会科学一般规划课题结题成果之一。笔者在读博期间，一直对宋元话本语料进行搜集、整理和研究，毕业论文即对《全相平话五种》的语词研究。毕业之后，在博士论文的基础上出版了《〈全相平话五种〉语词研究》。在研究过程中，由于对宋元时期的话本语料基本上有所涉猎，发现宋元话本的语言有自己的特点，有些词汇和语法现象打上了那个时代口语特点的印记，故还有许多需要我们去发掘和研究的内容。正是基于这种想法，2012 年笔者以“宋元话本语言研究”为题目，申请了教育部课题，顺利获批。此后，一直以此为研究对象展开研究，其间经历家庭变故、工作变动和担任繁忙的行政职务，导致研究工作断断续续，历时数载，终于完成了这部可能还不成熟的书稿，里面有些问题还没有进行深入探讨，有些问题可能还值得商榷，这些都留待前贤时彦批评指正。

在语法的研究过程中，参阅了很多有关宋元白话研究的论文及著作，如吴福祥先生的《〈朱子语类辑略〉语法研究》、高育花的《元刊〈全相平话五种〉语法研究》等，尤其是师姐高育花的这本著作，本书中对她的语法研究的分类方法和一些数据分析结果多有借鉴，在此一并感谢！

周　文

丙申年仲秋于江门不知斋